Maggie Mitchell

The other Girl

Du kannst niemals ganz entkommen

Roman

Aus dem amerikanischen
Englisch von Sybille Uplegger

List

Die Originalausgabe erschien 2015
unter dem Titel *Pretty Is*
bei Henry Holt, New York

Übersetzung des Gedichts »Porphyrias Buhle« von Robert Browning:
R. Borchardt aus: Meller, Horst; Reichert, Klaus (Hg.). Englische und amerikanische Dichtung Bd. 3. München: dtv 2001, S. 16 ff.

MIX
Papier aus verantwortungsvollen Quellen
FSC® C083411

List ist ein Verlag
der Ullstein Buchverlage GmbH

ISBN 978-3-471-35112-3

Gesetzt aus der Minion Pro
bei Pinkuin Satz und Datentechnik, Berlin
Druck und Bindearbeiten: CPI books GmbH, Leck
Printed in Germany

Für meinen Vater,
Homer Mitchell

Und in Erinnerung an meine Mutter,
Susan Reid Mitchell

ERSTER TEIL

Lois

Alle hielten uns für tot. Wir wurden seit fast zwei Monaten vermisst und waren zwölf Jahre alt. Was sonst hätten sie denken sollen?

Natürlich waren sie froh, als sie uns wiederhatten. Trotzdem war nichts mehr so wie früher. Es war, als wären wir von den Toten zurückgekehrt und nun in irgendeiner Weise befleckt. Dass wir gegen jede Chance überlebt hatten, machte uns schuldig. Ich sah ihnen an, was sie dachten: Bestimmt hatten wir unsere Seelen verkauft – oder Schlimmeres. Sicher, das Ganze war nicht unsere Schuld gewesen (jedenfalls nicht ausschließlich) – aber trotzdem. Wir waren nicht mehr dieselben.

Und sie hatten recht damit, wenn auch nicht so, wie sie dachten. Für uns zählte, dass wir auserwählt worden waren. Aus der Menge herausgegriffen. Wir hatten seit jeher den Verdacht gehabt, dass wir anders waren; endlich hatte es sich bestätigt. Es war zwecklos, so zu tun, als wäre dem nicht so – und zu unserer Erleichterung erwartete das auch niemand mehr von uns. Die Welt hatte erkannt, dass wir außergewöhnlich waren – und hielt Abstand zu uns, als wären wir scharf gemachte Bomben, die eines Tages ohne jede Vorwarnung explodieren könnten.

Wenn ich schon darauf bestehe, dass wir auserwählt worden waren, sollte ich ehrlicherweise auch zugeben, dass er mich als Zweite gewählt hat. Carly May war die Erste. Ich rede mir ein, dass das purer Zufall war, allein ein Umstand der Geographie: dass er uns beide gleichermaßen wollte, nur eben zum fraglichen Zeitpunkt näher an Nebraska war als an Connecticut. Aber ich weiß, dass es bei ihm keine Zufälle gab. Ich war die Zweite. Carly die Erste. Bis in alle Ewigkeit.

Unsere Fotos waren überall, auch wenn wir es nie auf eine Milchtüte schafften. Meistens hatten wir diesen todgeweihten Ich-wurde-längst-in-Stücke-gehackt-und-im-Wald-verscharrt-Gesichtsausdruck. Im Fernsehen und in den Tageszeitungen sah man oft Schulporträts von uns, auf denen wir vor rauchblauem Hintergrund verträumt und tragisch lächelten. Aber es wurden auch Pressefotos von uns veröffentlicht: Carly mit funkelnden Diademen auf ihren goldblonden Locken, den geschminkten Mund zu einem Lächeln verzogen, in dem etwas beunruhigend Verheißungsvolles lag. Ich, Lois, dagegen ernster, meine Buchstabierpokale in der Hand, die Anziehungskraft eines feindseligen Kätzchens ausstrahlend. Zumindest kommt es mir so vor.

Als Carly May achtzehn war, verschwand sie erneut, diesmal aus eigenem Antrieb. Sie hinterließ eine Nachricht. »Sucht nicht nach mir, ihr findet mich sowieso nicht«, hatte sie auf eins der Porträts in ihrer Pressemappe gekritzelt. Sie hatte sich auch einen Schnurrbart gemalt und das Weiße ihrer Augen geschwärzt. Das weiß ich deshalb, weil ihre Stiefmutter Gail mich zwei Jahre später anrief, während sie gerade an ihren Memoiren arbeitete. Sie dachte, ich wüsste vielleicht, wo Carly May steckte. Aber ich wusste es nicht, ich hatte seit Jahren nichts mehr von Carly gehört. All das kann man in Gails Buch nachlesen, wobei sie den Schwerpunkt natürlich auf ihr eigenes Leiden und ihren zupackenden Charakter legte. Sie schickte mir ein Exemplar, ich warf das Buch von einer Brücke.

Als Carly wieder in mein Leben trat, war sie nicht mehr Carly May Smith, und wir waren fast dreißig.

Carly May

Es ist immer schon schwierig gewesen, darüber zu reden, ohne total melodramatisch zu klingen. Und sobald das passiert, komme ich mir verlogen vor, als würde ich versuchen, jemandem die Idee für ein TV-Drama zu verkaufen. »Nach einer wahren Geschichte« – was nicht gleichbedeutend ist mit der Wahrheit. Ehrlich gesagt habe ich seit Jahren nicht mehr über die Sache gesprochen. Mit keiner Menschenseele.

Dabei war es in Wirklichkeit kein bisschen melodramatisch. Das ist ja das Erschreckende daran, wenn man mich fragt: mit welcher Ruhe wir alles hingenommen haben. Am helllichten Tag auf der Hauptstraße eines kleinen Kuhkaffs in Nebraska entführt zu werden war in meinen Augen längst nicht das Abgefahrenste, was mir an jenem Tag hätte passieren können.

Ich kam gerade vom Ballett und ging langsam die Straße runter zum House of Beauty, wo meine Stiefmutter Gail sich die Nägel und weiß der Geier was sonst noch alles machen ließ. Die Frau bedurfte ziemlich umfangreicher Instandhaltungsarbeiten. Ich trug Radlerhosen und ein Oversized-T-Shirt, hatte die Tasche mit den Tanzklamotten über der Schulter und schleppte mich mit meinen zwölf Jahren über den heißen, breiten Gehsteig der Hauptstraße von Arrow, Nebraska. Ich dachte gerade darüber nach, wie ich Gail das Leben zur Hölle machen könnte, als der Wagen neben mir anhielt. Irgendein grauer Wagen, ich kannte mich mit Autos nicht besonders aus. Aber ich wusste gleich, dass der Typ am Steuer von weit her kam. In Arrow sah man ziemlich selten Fremde. Er lehnte sich herüber und kurbelte auf der Beifahrerseite das Fenster herunter. *Wahrscheinlich hat er sich verfahren*, dachte ich. Ich vermutete, dass er mich nach dem Weg zurück in die Zivilisation fragen wollte, also blieb ich abwartend stehen, mehr oder weniger gewillt, ihm zu erklären, wie man von hier zum Highway kam. Ich wette, ich hatte diesen pampigen Gesichtsausdruck, wie nur Zwölfjährige ihn draufhaben.

Aber er wollte gar nicht nach dem Weg fragen, und er hatte genügend Fotos von mir gesehen, um zu wissen, dass er das richtige Mädchen vor sich hatte. »Steig ein«, sagte er mit einem Lächeln. »Ich nehm dich ein Stück mit.«

Also stieg ich ein. Ohne zu zögern. Weiß der Himmel, warum. Wenn ich mich an einer Erklärung versuche, läuft es früher oder später immer auf seinen Blick hinaus. Er sah mich an, als würde er mich in- und auswendig kennen, als könnte er meine Gedanken lesen, als wäre ich der einzige Mensch auf der Welt, der für ihn wichtig war. Will nicht jeder so angesehen werden?

Später studierte ich die Fotos, die er von mir in seiner Akte hatte. Auf einigen hatte ich ein breites, künstliches Lächeln aufgesetzt. Auf anderen sah ich ein bisschen eingeschnappt aus, weil ich versucht hatte, die Schmollgesichter der Models aus den Zeitschriften nachzumachen. Ich wollte dahinterkommen, woher er es gewusst hatte – ich meine, wie er sich so sicher hatte sein können, dass er nichts weiter tun musste, als die Wagentür zu öffnen, und ich würde einsteigen. Ich suchte nach einem verräterischen Aufblitzen von Leichtsinn in meinen noch kindlichen Augen, nach einem Zeichen von unterschwelliger Verdorbenheit. Ich bin sicher, die Polizei hat auch danach gesucht. Später dann. Aber ich habe nie etwas finden können, nicht einmal rückblickend. Ich hatte bereits diesen leicht abgehobenen Blick, den man normalerweise mit schönen Mädchen assoziiert. Soweit ich es beurteilen kann, gab er absolut nichts preis.

Wir fuhren und fuhren. Ich wusste nur, dass wir in östlicher Richtung unterwegs waren. Während der ersten Stunden sagte er kaum ein Wort, ging nur gelegentlich die Radiosender durch, wobei er allerdings nie etwas fand, das ihm gefiel. Mariah Carey, Nirvana, Beck – bei allem verzog er den Mund. Johnny Cash ließ ihn einmal kurz innehalten, aber selbst da drückte er schon nach wenigen Sekunden ungeduldig auf den Knopf, um zum nächsten

Sender zu wechseln. Mir drängte sich die Frage auf, wonach er eigentlich suchte und wieso er sich die ganze Prozedur immer wieder antat, wenn er doch schon vorher wusste, dass das Radio ihm nichts zu bieten hatte. Wann immer es ausgeschaltet war, hatte er die Hände locker am Lenkrad, das konnte ich aus dem Augenwinkel beobachten. Irgendwie gab mir das ein Gefühl von Sicherheit. Hin und wieder schaute er zu mir herüber und schenkte mir ein kleines Lächeln: *Ein Onkel-Lächeln*, dachte ich, oder vielleicht das Lächeln eines Lehrers, wobei ich gar keinen Onkel hatte und meine Lehrer bislang größtenteils Lehrerinnen gewesen waren, nervöse junge Frauen mit Dauerwellen und peinlichen Blümchenblusen. Er war eher ein Phantasielehrer, gutaussehend und ein bisschen geheimnisvoll. Wann immer er sich zu mir umdrehte, gab ich genau auf seine Augen acht, und dabei fiel mir auf, dass er nur mein Gesicht anschaute – sein Blick driftete nie zu meinen braungebrannten, schlanken Beinen oder zu den zwei kleinen Wölbungen unter meinem pinkfarbenen T-Shirt, die sich seit einiger Zeit dort abzeichneten.

Das beruhigte mich. Ich machte es mir bequem und sah zu, wie draußen Nebraska vorbeizog, als hätte es nichts mit mir zu tun. Ich war noch nie aus meinem Heimatstaat rausgekommen und freute mich riesig, als wir die Grenze zu Iowa passierten, obwohl es da mehr oder weniger genauso aussah. Mir gefiel die Vorstellung, meine Welt hinter mir zu lassen. Irgendwann fuhren wir von der Interstate ab und hielten an einer Tankstelle, wo er aus einer Reisetasche auf dem Rücksitz eine dunkelbraune Perücke holte. Er überreichte sie mir, wie man ein Geschenk überreicht, so als wüsste er bereits, dass es mir Spaß machen würde, mich zu verkleiden. Er wartete draußen vor der ungewohnt sauberen Damentoilette und studierte eine Karte, während ich drinnen meine langen Haare unter die Perücke stopfte und sie zurechtzog, bis mir die Ponyfransen gerade in die Stirn fielen. Die Perücke muss billig gewesen sein – die Haare waren steif wie Puppenhaar und hatten diesen Plastikglanz. Ich hatte noch nie eine Perücke getragen, aber es gefiel mir auf Anhieb. Ich rubbelte mir den Lipgloss und den hellrosa Lidschatten weg, die ich zum Ballett getragen hatte, und danach fühlte ich mich wie ein anderes Mädchen. Im beschlagenen, rissigen Spiegel experimentierte ich mit meinem neuen Look. Ich würde scheu und unschuldig sein, beschloss ich. Arglos, auch wenn ich das Wort damals noch nicht kannte. (Sowieso war es mit dem Vorsatz schnell vorbei.) Durch furchtsam gesenkte Lider blickte ich zu meinem Spiegelbild auf und kokettierte ein bisschen mit meinem neuen Selbst, bis er von draußen höflich an die Tür klopfte. Als ich endlich aus der Toilette kam, nickte er anerkennend.

Er kaufte verkohlte Tankstellen-Hotdogs für uns, und wir fuhren weiter Richtung Osten, auf einem ländlichen Highway, der sich durch endlose Maisfelder zog. Ich hätte nicht glücklicher sein können.

Lois

Man könnte sie sehr leicht übersehen. Am linken unteren Bildrand, kaum erkennbar, wirft sich eine Frau mit dunkler Brille flach auf den Gehsteig, um einer Kugel auszuweichen. Ihr Tun ist weder an sich relevant noch in irgendeiner Weise maßgeblich für den Plot, sie ist einfach Teil des allgemeinen Durcheinanders – keine Haupt-, ja nicht mal eine Nebenfigur. Ihr Schicksal scheint für die Handlung des Films gänzlich ohne Bedeutung. »Ist sie eine von den Gangstern?«, frage ich Brad und starre mit zusammengekniffenen Augen auf ihr verschwommenes, halb im Schatten liegendes Gesicht.

»Die da unten in der Ecke, meinst du? Wahrscheinlich ist das eher die Gespielin von einem der Gangster. *Gangsterbraut* – nennt man das nicht so? Sieht ziemlich heiß aus. So Domina-Barbie-mäßig.«

»Sie hat aber ihre eigene Waffe«, sage ich betont beiläufig.

»Also ist sie nicht bloß eine Gespielin.« Mir fällt auf, dass sie ihre Pistole in der linken Hand hält. Als ich sehe, wie ihre schlanken Finger den Griff fester umklammern – offenbar macht sie sich zur Flucht bereit –, da weiß ich, dass ich recht habe. Ich kenne diese Hand. Sie ist älter, länger, eleganter als früher. Aber ich würde sie überall wiedererkennen.

Ich habe promoviert und danach eine Dozentenstelle an einem kleinen College auf dem Land angenommen, einem Ableger der State University New York. Dort bringe ich jungen Studenten, deren Gehirne, wie mir allmählich klar wird, fast ausschließlich auf den Empfang elektronischer Stimuli geeicht sind, britische Literatur näher. Meine Studenten sind nicht viel jünger als ich, dennoch kommt es mir so vor, als entstammten sie einem anderen Jahrhundert. Ich lebe in einer geräumigen Wohnung im oberen Stockwerk eines um die Jahrhundertwende erbauten viktorianischen Hauses, das viel Charme, aber eine nur unzureichende Wärmedämmung besitzt. (Hier oben in New York ist *geräumig* bei den Maklern ein Codewort für *kalt*.) Es ist ein Donnerstagabend Ende Februar, als ich Carly May in einer Ecke meines Fernsehbildschirms wiedersehe. Draußen herrschen schon seit Tagen Temperaturen unter null. Ein Kollege von der Anglistikfakultät und ich sitzen vor meinem Fernsehapparat, kuscheln uns in Decken, schauen einen Film und essen Pizza dazu. Wenn ich *kuscheln* sage, dann meine ich damit, dass wir *getrennt* voneinander kuscheln. Ohne Körperkontakt. Brad Drake und ich sind die jüngsten Assistenzprofessoren an der Fakultät. Die nächstältere Generation, die der Mittdreißiger, hat Kinder, Gärten, ein fertiges Leben. Sie geben Dinnerpartys, bei denen sich alle Gäste um zweiundzwanzig Uhr gähnend und mit einem gemurmelten Hinweis auf den Babysitter verabschieden. In meiner ersten Zeit an der Uni war ich selbst auf einigen dieser Partys. Sich mit ironischer Distanz schlechte Filme anzusehen ist kein Zeitvertreib, der diese Leute noch amüsieren würde. Allesamt wunderbare Kollegen, aber ich wusste von Anfang an, dass sie nie meine

Freunde werden würden. Was auch vollkommen in Ordnung ist. Ich brauche nicht viele Freunde: Brad reicht mir.

»Spul mal zum Abspann vor«, fordere ich ihn auf, weil er wie immer die Fernbedienung in Beschlag genommen hat.

»Können wir nicht warten, bis der Film zu Ende ist?«

»Ich kenne die Frau«, sage ich. »Ich schwöre, ich kenne sie. Ich muss das nachprüfen.«

»Woher solltest du sie denn kennen? Man kann ja kaum ihr Gesicht sehen. Und *wenn* du sie kennst, warum willst du es dann nachprüfen? Ich meine, wenn du dir so sicher bist? Außerdem –«

»Warum musst du jedes Mal, wenn ich etwas sage, eine Diskussion anfangen?« Eine sinnlose Frage. Das ist eben Brads Art. Normalerweise finde ich diese perverse Neigung ganz liebenswert. Außerdem ist es eine seiner vielen Charaktereigenschaften, die, wenigstens in meinen Augen, die ganz und gar platonische Natur unserer Beziehung begründen. Ich schnappe mir die Fernbedienung.

Rasch spule ich durch den Beginn der Titelsequenz, in dem die Figuren noch richtige Namen haben, bis zu dem Teil vor, in dem die Rollenbeschreibungen kryptischer werden: erste Tote, zweite Tote, Mädchen im Diner, Frau mit Pistole. In dieser letzten Gruppe stoße ich auf einen Darstellernamen, der zwar nicht der ist, nach dem ich gesucht habe, der aber dennoch meine Aufmerksamkeit erregt: Chloe Savage. Die Initialen stimmen überein. Und da ist noch etwas: ein geisterhaftes Echo jenseits aller Logik, eine Art dumpfes Pochen in der Magengrube. Ich weiß es einfach.

»Sie ist es nicht«, teile ich Brad in gespielter Enttäuschung mit und lasse mich zurück in die Couch sinken. Die Lüge kommt instinktiv, ich denke nicht eine Sekunde lang darüber nach, Brad die Wahrheit zu sagen.

Es ist vollkommen einleuchtend, dass sie ihren Namen geändert hat.

Irgendwann verabschiedet sich Brad. Müde und widerwillig wagt er sich in den Schnee hinaus, wobei sein sehnsuchtsvoller Blick mir zu verstehen gibt, dass er hofft, ich möge ihm für die Nacht meine Couch anbieten. Kaum ist er weg, setze ich mich sofort an meinen Rechner. Ich finde genügend Fotos von Chloe Savage, die das bestätigen, was ich ohnehin schon wusste. Ihre im Netz verfügbaren Biographien sind enttäuschend vage, um nicht zu sagen: Sie wimmeln vor Lügen. Nur ein Detail verbindet sie mit Carly May: »Nahm als Kind an Schönheitswettbewerben teil.« Dass sie Miss Pre-Teen Nebraska gewesen ist, wird allerdings nicht erwähnt. Im Gegenteil, es ist zu lesen, sie käme aus Connecticut. *Wie ich*, fährt es mir durch den Kopf. Das muss sie sich von mir ausgeliehen haben. Auch das kann als eine Art Beweis gelten.

Ich drucke alles aus, was ich finden kann: Lebensläufe, Filmographie, Fotos. Ich lege das Material fein säuberlich in eine Mappe und schreibe *Carly/Chloe* darauf. Dann stecke ich die Mappe ohne erkennbaren Grund ganz unten in eine Schublade, wie um sie zu verstecken. Wovor? Neugierigen Blicken? Ich könnte streng geheime Regierungsunterlagen auf meinem Nachttisch aufbewahren, und sie wären vollkommen sicher.

Trotzdem verstecke ich die Mappe. Es scheint mir das einzig Richtige zu sein.

Chloe

Ich war superhübsch. Groß für mein Alter, mit goldenen Locken und saphirblauen Augen. Wie eine kleine Elfe. Eine sexy Elfe, sollte ich hinzufügen, jedenfalls sobald ich aufgebrezelt war. Es ging los, nachdem Gail zu uns gekommen war. Als Daddy sie mit nach Hause brachte, um sie mir vorzustellen, war die Sache eigentlich schon gelaufen: Sie hatte seinen Heiratsantrag angenommen. Damals hatte sie rotgefärbtes Haar und violette Kontaktlinsen und lange pinkfarbene Fingernägel. Von Natur aus eine graue Maus, hatte sie alles in ihrer Macht Stehende getan, um sich Farbe zu verleihen. Aber es war wie beim Technicolorverfahren: Es wirkte unecht. Sie hatte eine hohe, näselnde Stimme. Mir mit meinen sieben Jahren kam sie vor wie eine Figur aus einem Cartoon. Warum mein trauriger, stiller Vater zwei Jahre nach dem Tod meiner Mutter eine Cartoonfigur heiraten wollte, begriff ich nicht. Er muss wohl der Ansicht gewesen sein, ich bräuchte eine Ersatzmutter, oder vielleicht dachte er, ich würde mich über Geschwister freuen, die Gail auch postwendend in Gestalt zweier kleiner Halbbrüder produzierte. Er hätte mit beiden Vermutungen danebengelegen, allerdings machte er sich nie die Mühe, mich zu fragen.

»Püppchen«, so nannte Gail mich gleich bei unserer ersten Begegnung. »Oh, Carly May, bist du aber ein süßes kleines Püppchen«, sprudelte sie. »Hugh, du hast mir gar nicht gesagt, was für ein bezauberndes kleines Püppchen sie ist!«

Mein Vater lud weiter schweigend die Einkaufstüten aus dem Kofferraum. Ich erkannte sofort, dass er meistens Gail das Reden überließ.

Nachdem ich zum zweiten Mal verschwand, brachte Gail ein Buch heraus. Wohlgemerkt, ich sage nicht, dass sie ein Buch *schrieb*. Ich schwöre, sie hat in ihrem ganzen Leben nie etwas Komplizierteres als einen Einkaufszettel zu Papier gebracht. Ihre Ghostwriterin hieß Liz Caldwell, der Name steht in kleinerer Schrift rechts unten in der Ecke des Schutzumschlags wie die Signatur eines Malers – man muss schon genau hinschauen, um sie zu entdecken. »Mit Liz Caldwell«, heißt es dort. Ich kann mir lebhaft vorstellen, wie dieses *mit* ausgesehen haben muss: Gail sitzt im Wohnzimmer, eine Ladung Schminke im Gesicht, als wollte sie zur Oscarverleihung, eine Hand hält die Kippe, die dicken Wurstfinger sind mit sämtlichen Ringen gespickt, die sie besitzt. So suhlt sie sich in Selbstmitleid und der erbärmlichen Illusion ihrer eigenen Wichtigkeit. Ihr gegenüber sitzt Liz Caldwell, die so tut, als wäre sie von Gails Weisheit und Charakterstärke beeindruckt, die in ihre Notizen schaut und Gail hin und wieder sanft ermuntert, während neben ihr der Kassettenrekorder surrt. Woher ich weiß, dass Liz nur so getan hat, als wäre sie beeindruckt? Weil ich Gail kenne, deswegen. Aber vielleicht musste Liz sich auch gar nicht die Mühe machen, ihre Verachtung zu verbergen: Wahrscheinlich war Gail viel zu sehr mit ihrem eigenen Drama beschäftigt, als dass sie irgendetwas anderes wahrgenommen hätte. Einfühlungsvermögen war noch nie eine ihrer Stärken.

Selbst der Titel des Buches ist eine Lüge: *Wie ich meine Tochter zweimal verlor*. Zugegeben, selbst wenn es der Wahrheit entspräche, wäre es geschmacklos, aber ich bin nicht – und war auch nie in irgendeiner Weise – Gails gottverdammte Tochter. Man kann nicht verlieren, was man nie hatte.

Ich war klug, ob man es glaubt oder nicht. Ich *bin* klug. Die Leute rechnen nicht damit. Meine Mutter, die bei einem Autounfall ums Leben kam, als ich fünf war, war Lehrerin. Mein Vater las gern. Immer wenn er aus dem Stall kam, ließ er sich in seinen Sessel fallen und griff nach einem Buch. Meistens waren es Sachbücher, aber auch Romane. Als ich klein war, lasen meine Eltern mir oft vor, und sie redeten mit mir wie mit einer intelligenten Lebensform. In der Schule schrieb ich gute Noten, wenn ich mir Mühe gab, aber unter Gails Herrschaft kam es mir wenig sinnvoll vor, mich weiter anzustrengen.

Sie muss die Sache mit den Schönheitswettbewerben auf eigene Faust recherchiert haben. Es war die Ära vor dem Internet, insofern war es schwieriger als heutzutage. Sie muss die Informationen per Post angefordert haben. Wie auch immer, jedenfalls war sie diejenige, die die Broschüren anschleppte, mit denen alles begann. Es war das erste Mal, dass wir überhaupt davon hörten – Daddy und ich, meine ich.

»Ich wusste gar nicht, dass es so was auch schon für kleine Mädchen gibt«, sagte Daddy und blätterte mit seinen großen rauen Farmerhänden durch die Hochglanzprospekte, als hielte er etwas in der Hand, das er nur ungern berührte – einen Tierkadaver zum Beispiel. »Ich dachte immer, die Teilnehmerinnen sind schon älter.«

»Schau dir die Mädchen nur mal an«, sagte Gail und fuhr mit einer pink lackierten Kralle über die lächelnden Mondgesichter. »Du musst doch selber zugeben, dass Carly May hübscher ist als die alle. Sie könnte so einen Wettbewerb mit links gewinnen.«

»Aber warum sollte sie das wollen?«, fragte Daddy, gab ihr die Broschüren zurück und zog an einem meiner Zöpfe. »Carly May hat was im Kopf.« Ich war in der zweiten Klasse. »Diese Mädchen sehen doch alle aus wie dumme Hühner. Hübsche Gesichter und nichts dahinter.«

»Es gibt Schlimmeres«, sagte Gail.

»Auf die Schönheit des Charakters kommt es an, nicht auf die des Körpers«, sagte Daddy.

Ich starrte auf die glitzernden Rüschenkleider, die die Mädchen anhatten – vielleicht waren es dumme Hühner, vielleicht auch nicht, wie sollte man das feststellen? –, und dachte über Gails Worte nach. Mein Gott, woher wissen Kinder eigentlich die Dinge, die sie wissen? Ich kann mich noch sehr gut daran erinnern, wie ich damals zweierlei begriff: Erstens, dass Gails Behauptung, ich sei hübscher als die anderen Mädchen, zutraf. Ich war erst acht Jahre alt, aber ich wusste es mit derselben Gewissheit, wie ich wusste, dass Hennen Eier legen. Und *das* wusste ich zweifelsfrei, da ich jeden Tag ins Hühnerhaus ging, um sie einzusammeln. Ich würde gerne behaupten, dass es mir nie jemand gesagt hat, aber irgendwie muss die Welt es mir gesagt haben.

Und ich verstand zweitens, dass Gail – sosehr ich sie auch damals schon hasste – höchstwahrscheinlich recht damit hatte, dass es wichtig war, hübsch zu sein. Und ich wusste, dass es da etwas gab, wonach ich mich sehnte, etwas Großes, das ich nicht benennen konnte. Etwas, das sich außerhalb meiner alltäglichen Welt befand. Also sorgte ich dafür, dass Gail mich eine Weile später dabei sah, wie ich allein am Küchentisch in den Broschüren blätterte. Daddy war nicht zu Hause.

Mehr brauchte sie nicht, um loszulegen.

Lois

Ich halte meine Vergangenheit vor niemandem geheim, jedenfalls nicht direkt. Meine Geschichte folgte mir ganz einfach nicht von der Highschool aufs College, und ich zog es vor, nicht weiter davon zu sprechen. Ich wollte versuchen, eine andere Lois zu sein, zumindest in der Öffentlichkeit. Selbst als ich meine Dissertation über den Topos der Entführung im englischen Roman schrieb, stellte niemand außer meinen Eltern und meinem Doktorvater die offensichtliche Verbindung her. Wie es scheint, habe ich mich zu einem ganz normalen, unauffälligen Menschen entwickelt: Lois Lonsdale, Anglistikdozentin, Fachfrau für sehr dicke Romane, in denen, glaubt man meinen Studenten, nichts passiert. Penible Verfechterin des korrekten Gebrauchs von Semikolons. Noch bis vor kurzem erinnerte sich kein Mensch an die Entführung, geschweige denn an die Namen der wie durch ein Wunder unversehrt geretteten Mädchen. Es gab zu viele andere Mädchen in den Nachrichten, von denen die meisten weit weniger Glück hatten; als Zuschauer springen wir mit unserer Aufmerksamkeit von einer Tragödie zur nächsten. Nachdem unsere Fotos aus den Medien verschwunden waren, hörten Carly May und ich faktisch auf zu existieren; die Zeiten, da Reporter vor meiner Tür campierten, sind längst vorbei.

Doch mittlerweile habe ich ein neues Geheimnis: Ich bin Lucy Ledger, Autorin des Thrillers *Der Wald so still*, der sich einigermaßen gut verkauft und bald, wie unwahrscheinlich das auch klingen mag, für die große Leinwand verfilmt werden soll. Der Roman basiert lose auf den Ereignissen unserer Entführung. Mein Leben ist wieder kompliziert geworden.

Ich hatte immer schon ein Faible für Geheimnisse.

In meinem Seminar über den englischen Roman nehme ich gerade Samuel Richardsons *Pamela* durch. Ich will das Buch möglichst früh im Semester hinter mich bringen, damit wir uns danach den interessanten Dingen zuwenden können. Den *interessanteren* Dingen, wollte ich sagen, auch wenn das natürlich Ansichtssache ist. Ich versuche meine skeptischen Studenten davon zu überzeugen, dass die Lektüre von *Pamela* durchaus Spaß machen kann. Wie man ja weiß, handelt es sich bei dem Buch um einen Briefroman, wenngleich einen ziemlich merkwürdigen, da die meisten Briefe ihren jeweiligen Empfänger nie erreichen. Man könnte es aber auch als eine Art Schauerroman im Gewand einer Heiratsgeschichte beschreiben. Als Mr B's wenig zartfühlende Versuche, seine junge (blutjunge!) Bedienstete zu verführen (zu vergewaltigen), fehlschlagen, verschleppt er sie kurzerhand, setzt sie auf einem seiner zahlreichen Anwesen gefangen und lässt sie von seiner Komplizin und Mitverschwörerin, der sadistischen Mrs Jewkes, bewachen. Dass Pamela am Ende ihren »Herrn« heiraten darf, versöhnt einen nur bedingt mit der Tatsache, dass sie die Hälfte des Romans in Gefangenschaft verbringt, dabei ständig Mr B's Vergewaltigungsversuche abwehren muss und oft vor Angst in Ohnmacht fällt.

Aber zugleich ist es auch eine Liebesgeschichte.

In der Regel kaufen mir meine Studenten das mit der Liebesgeschichte nicht ab.

Als daher Sean McDougal eines frühen Februarnachmittags in der Tür zu meinem Büro auftaucht, nehme ich an, er sei einer aus der Schar der Unzufriedenen, und bereite mich innerlich darauf vor, diesem leicht bedrohlich wirkenden, nach Zigaretten riechenden blassen Gespenst meinen Standardvortrag über die Relevanz von *Pamela* zu halten.

Doch dann überrascht er mich. »Ich hab Sie gegoogelt.«

Sean ist groß und hager, aber zugleich auch irgendwie konturlos. Seine spärliche, flaumige Gesichtsbehaarung verstärkt diesen Effekt noch: Er wirkt unscharf. Wäre er attraktiv, wenn er gepflegter aussähe, nicht so lauernd? Möglich. Schwer zu sagen. Bei seinem Anblick fühle ich mich vage an jemanden erinnert, doch ich durchforste mein Gedächtnis vergebens. Ich kann den Ursprung des Gefühls nirgendwo festmachen.

Er sitzt mir an meinem Schreibtisch gegenüber, als wäre er dort zu Hause; von seinem dicken Mantel tropft der schmelzende Schnee auf meinen Fußboden, und in seinen hellen, farblosen Augen liegt ein leicht boshaftes Funkeln. Er wirkt sehr selbstzufrieden.

Verdammt.

Ursprünglich hatte ich geglaubt, ein Pseudonym würde mir auf gleichsam magische Weise ein Doppelleben garantieren. Ich war davon ausgegangen, eine klare Grenze zwischen Lois Lonsdale und Lucy Ledger ziehen und nach Belieben zwischen den beiden hin und her wechseln zu können. Meine Lektorin Amelia Winter allerdings befreite mich rasch von diesem Irrtum. Als sie mich zum ersten Mal nach dem realen Hintergrund meines Romans fragte, antwortete ich ihr selbstgewiss, es gebe keinen. Alles sei pure Erfindung, behauptete ich. Daraufhin streckte sie einen sehnigen Arm aus, wählte von den Dutzenden druckfrischer Exemplare, die sich auf ihrem Schreibtisch türmten, eins aus und begann darin zu blättern. Hinter ihr, im Fenster ihres im fünfundzwanzigsten Stock gelegenen Büros, drängten sich glitzernde Wolkenkratzer. Ich konnte mein Glück immer noch kaum fassen. Aus meinem Manuskript war tatsächlich ein Buch geworden.

»Die Sache ist die«, sagte Amelia, während sie die Seiten überflog. »Für uns ist es wichtig, über solche Dinge Bescheid zu wissen. Denn wenn es da etwas gibt – *ganz egal, was* –, wird es herauskommen. Dafür sorgt das Internet. Wenn wir vor der Veröffentlichung über alles informiert sind, können wir das zu unserem Vorteil nutzen. Aber wenn nicht, wenn Sie uns gegenüber nicht offen sind, kann es eventuell schwer werden, den Schaden zu kontrollieren.« Sie klappte das Buch wieder zu, als hätte sie gefunden, was immer sie darin gesucht hatte. »Darüber sollten Sie mal nachdenken«, sagte sie.

Ich wollte nicht darüber nachdenken, tat es aber trotzdem.

Sean zieht geräuschvoll die Nase hoch, und ich schiebe ihm meine Kleenex-Schachtel hin. Er beachtet sie nicht. Ich hatte unter dem Schreibtisch die Beine übereinandergeschlagen, aber jetzt stelle ich beide Füße in ihren flach besohlten Wildlederstiefeln fest auf den Boden. Das ist meine Verteidigungshaltung – oberhalb der Hüfte ist sie nicht wahrnehmbar.

»Ach ja?« Ich rücke unnötigerweise einen Stapel Papiere auf meinem Schreibtisch zurecht. »Tja, das Wunder der modernen Technik. Hätte Pamela doch nur Mr B googeln können, dann wäre der Skandal um seine schwangere Mätresse viel früher aufgeflogen, und Pamela hätte sich ihm gegenüber vielleicht nicht ganz so verständnisvoll gezeigt.« Ich sage dies bewusst leichthin, da ich es nicht wirklich für eine akzeptable Art halte, über den Roman zu reden – breche ich damit doch eine meiner eigenen Regeln: In der fiktionalen Literatur gibt es kein »Was wäre wenn?«, es gibt keine Parallelwelten, in denen die Figuren vielleicht anders gehandelt hätten und die Geschichte, wären ihre Protagonisten auch nur halb so klug wie wir, ein völlig anderes Ende hätte nehmen können. So ist es beispielsweise auch absolut unsinnig, darauf zu pochen, Pamela hätte Mr B niemals heiraten dürfen: Pamela ist überhaupt nur deshalb von Bedeutung, weil sie genau das tut, es immer getan hat und immer tun muss. Andernfalls gäbe es keinen Roman. Keine Pamela.

»An der Stelle im Buch sind wir noch nicht«, sagt Sean gänzlich humorlos. »Wollen Sie nicht wissen, was ich rausgefunden hab? Im Internet?«

Ich kann es mir schon denken. Als ich Amelia gegenüber damals mit der Wahrheit herausrückte, kam mir der Verdacht, dass ich ihr damit lediglich bestätigte, was sie ohnehin schon wusste. Demnach war offensichtlich keine Detektivarbeit notwendig, um Lucy Ledgers Spur bis zu Lois Lonsdale zurückzuverfolgen. Seans Hände liegen auf meinem Schreibtisch, rot und wund, die Nägel zerbissen und nicht so sauber, wie sie sein könnten. Ich wünschte, er würde die Hände wieder in die Taschen stecken, bei ihrem Anblick wird mir übel. Sean ist kein Sherlock Holmes, und doch sieht es ganz so aus, als würde er mir gleich beweisen, dass Amelia mit ihrer Prophezeiung von damals recht hatte.

Ich mache Ausflüchte. »Wenn ich das wissen wollte, hätte ich mich selbst gegoogelt.« Was ich selbstverständlich schon getan habe. Tut das nicht jeder? Damals kamen zunächst einmal neun andere Suchergebnisse: eine unbekannte Sängerin, die zufälligerweise den gleichen Namen hat wie ich, Volkszählungsdaten, Einträge aus Sterberegistern, jemand, der allen Ernstes noch eine Myspace-Seite hat, die Besitzerin einer Hundepension in Ohio und natürlich die Fakultätswebsite mit meinem Profil und meinen Vorlesungsplänen. Erst darunter stößt man auf einen knappen, nüchternen Webeintrag mit einer Auflistung von Kindesentführungen, nach Jahrzehnten geordnet. Meine Entführung ist eine von vielen in der Mitte der neunziger Jahre. Danach muss man sich nur noch durch vier weitere Seiten klicken, bis man auf die Information stößt, dass Lois Lonsdale und Lucy Ledger ein und dieselbe Person sind; und von dort ist es dann nur noch ein virtueller Katzensprung, bis sich einem auch der Rest der Geschichte offenbart.

Ich schenke Sean ein Lächeln, das sowohl professoral als auch gewinnend sein soll. Damit hoffe ich ihn von seinem Kurs abzubringen, der zweifellos Unangenehmes für mich verheißt. Noch bleibt ihm Zeit, die Sache zu überdenken. Im Gegensatz zu Pamela ist seine Geschichte noch nicht geschrieben.

Aber er lässt sich nicht beschwichtigen. Jetzt fällt es mir wieder ein: Er hat eine schauderhafte erste Seminararbeit abgeliefert. Habe ich ihn durchfallen lassen? Vermutlich. Ich lege großen

Wert darauf, dass man mich ernst nimmt und niemand mich für ein Leichtgewicht hält. Ich klappe mein Zensurenbuch auf. Tatsächlich, durchgefallen: zu dumm.

»Es war, als Sie über Pamela gesprochen haben und darüber, wieso sie Mr B nach allem, was der ihr angetan hat, überhaupt noch heiraten kann. Irgendwas an der Art, wie Sie darüber geredet haben, kam mir komisch vor.« Seine Stimme klingt seltsam monoton. Unheimlich, finde ich langsam. Verstörend. »Das passiert mir manchmal. Ich kriege so eine Eingebung, was andere Leute betrifft. Also hab ich mich über Sie schlaugemacht. Wollen Sie raten, was ich rausgefunden hab?«

»Ich kann es mir mit allergrößter Mühe vorstellen«, antworte ich trocken. »Wahrscheinlich war es nicht mein dritter Platz beim nationalen Buchstabierwettbewerb.«

Bislang ist es mir relativ gut gelungen, Lucy Ledger aus Lois Lonsdales Alltag herauszuhalten. Auf ihrem Autorenfoto hat Lucy Ledger dunkel geschminkte Augen und sieht trendig glamourös aus. Sie trägt Lederjacke und Statement-Ohrringe. Lois Lonsdale hingegen blickt auf der Fakultätswebsite streng durch die ihr ins Gesicht fallenden Haare, ihr Hals wird eingerahmt von einem steifen Blusenkragen, der aus dem Revers ihres adretten Kostüms hervorschaut. Wenn man nicht gerade danach sucht, würde man niemals eine Ähnlichkeit feststellen. Wir haben meinen wahren Namen nicht öffentlich gemacht, als das Buch herauskam, allerdings kamen einige besonders beharrliche Rezensenten trotzdem dahinter. Meine Eltern erhielten ein paar Anrufe von Leuten, die die alte Geschichte noch einmal aufwärmen wollten, und Mirandas und Stephens Missfallen in Bezug auf mein literarisches Projekt führte dazu, dass unser Verhältnis sich noch weiter abkühlte. Dem Leiter der Fakultät erzählte ich beim Einstellungsgespräch von dem Roman, allerdings erwähnte ich nicht, dass er Wurzeln in meiner eigenen Vergangenheit hatte. Der Mann fand es ohnehin skandalös genug, dass ich einen Unterhaltungsroman geschrieben hatte, und erklärte sich ohne viel Überredung einverstanden, die Sache geheim zu halten. Das gestaltete sich einfacher als erwartet: Es gab nur minimale Überschneidungen zwischen meinen zwei Welten. Auf Lesungen sah ich nie ein bekanntes Gesicht, und den Großteil der Pressearbeit versuchte ich von zu Hause abzuwickeln. Ich wurde zu einer Meisterin des E-Mail- und Telefoninterviews.

Sean McDougal ist die erste echte Bedrohung, mit der ich mich konfrontiert sehe.

Nachdem er eine Zeitlang in seinem Rucksack gewühlt hat, fördert er ein zerfleddertes Taschenbuch zutage. Es ist aufgequollen und dunkel, als hätte er es vor dem Ertrinken gerettet – oder in die Badewanne fallen lassen, was mir wahrscheinlicher vorkommt. »Ich hab's gebraucht bei Amazon gekauft«, sagt er. »Praktisch umsonst, bis auf das Porto.«

Es ist *Der Wald so still.*

Der Gedanke, dass dieser ungepflegte Rüpel in meinem Leben – ja sogar in meinen Sätzen – herumstochert, jagt mir einen Schauer über den Rücken. Trotzdem ist es wohl kaum eine Katastrophe. Ich überlege angestrengt und versuche vorauszuahnen, wie dieser schrecklich unsympathische junge Mann die Sache nutzen könnte, um mir zu schaden.

Mir fällt nichts ein.

Für eine Romanautorin ist das wohl ein Armutszeugnis.

Chloe

Ich gehöre auf die Bühne. Das hat Zed mir gesagt (so haben wir ihn immer genannt – wie den englischen Buchstaben Z; seinen echten Namen haben wir erst hinterher erfahren), und ich wusste gleich, dass er damit recht hat. Trotzdem bin ich beim Film gelandet. Angeblich taugt mein Gesicht besser für die Leinwand. Fürs Theater braucht man ein Sprechgesicht. Große Augen, einen breiten, ausdrucksstarken Mund, scharfe Wangenknochen, eine gut definierte, ja markante Nase. »In gewisser Weise«, sagt mein Agent, »bist du zu hübsch.« Und das ist nicht als Kompliment gemeint. Er sagt nicht mal *schön*. Er sagt *hübsch*, verdammte Scheiße. Und *hübsch* ist genau das Richtige für gewisse Rollen in gewissen Filmen.

»Was du dir in Bezug auf deine Figur vergegenwärtigen musst«, hat mir einmal ein Regisseur gesagt, »ist, dass sie zwar schön ist, aber davon gar nichts *weiß*. Deshalb verlieben sich alle in sie. Das Geheimnis ihrer Schönheit ist ihre Unschuld.«

»Ihre Dummheit, meinst du wohl?«, sagte ich mit einem Lachen. Der Regisseur lachte nicht. Er wusste gar nicht, worauf ich hinauswollte, und erklärte mir das Ganze noch einmal von vorn, als hätte ich nicht seit der Highschool immer wieder dieselben Sprüche gehört. *Sie ist so hübsch, und sie weiß es nicht mal!*, sagten die Leute bewundernd über gewisse Mädchen.

Denn nur dann kann man einer Frau ihre Schönheit verzeihen: wenn sie ein Dummkopf ist – oder eine Lügnerin.

Man kann nicht in dieser Welt groß werden, ohne in den Spiegel zu schauen und sich zu fragen, wie sehr man den Frauen in den Illustrierten oder im Fernsehen ähnelt (oder ihnen eben nicht ähnelt). Und für den Fall, dass man nicht von selbst darauf kommt – weil man so wahnsinnig bescheiden ist, oder was auch immer –, wird die Welt einen schon darauf aufmerksam machen. Genau wie die Welt einen garantiert darauf aufmerksam machen wird, wenn man hässlich oder fett oder auf irgendeine andere Weise inakzeptabel ist. Damit meine ich nicht, dass die Leute es einem notwendigerweise ins Gesicht sagen (obwohl es früher oder später jemand tun wird), sondern dass sie es einen spüren lassen. Man sieht es an ihren Blicken, an der Art, wie sie sich einem gegenüber verhalten.

Wie gesagt: außer man ist dumm oder vollkommen verblendet. Bestimmt gibt es solche Fälle auch.

»Das hat nichts mit Eitelkeit zu tun«, versuchte ich damals dem Regisseur begreiflich zu machen, obwohl ich längst erkannt hatte, dass es zwecklos war. »Es geht einfach nur darum, dass man die Dinge beim Namen nennt.«

Er fand, so wie ich meine Figur anlegte, sei sie zu wissend, zu selbstreflektiert. So würden die Zuschauer keine Sympathie für sie entwickeln, meinte er.

Mitunter denke ich, dass wir ein Land voller Heuchler sind. Und ich bin einer von ihnen: Am Ende habe ich die Rolle so gespielt, wie er es wollte. Meine Figur geriet zu einer kitschigen Männerphantasie, nicht zu einer echten Person.

Und trotzdem wurde ich nicht berühmt.

Ich mache es mir im Bademantel mit einer Tasse Tee an einem sonnigen Fenster gemütlich, um endlich das Drehbuch zu lesen, mit dem mir Martin schon seit geraumer Zeit in den Ohren liegt. Er findet es gut, meinte, ich würde davon begeistert sein, aber ich traue ihm nicht so recht. Sein Enthusiasmus macht mich nervös: Ich weiß, dass seine Hoffnungen in Bezug auf mich nicht mehr dieselben sind wie früher, und ich fürchte mich davor, herauszufinden, was er inzwischen als »großartige Rolle« für mich empfindet – vielleicht eine nervige Mutter in einem Teenieklamauk oder die klammernde, shoppingsüchtige Ehefrau in einer romantischen Komödie, in der natürlich andere Figuren im Mittelpunkt stehen. Karikaturen. Ich bin fast dreißig, und da es mir nicht gelungen ist, Nicole Kidman oder Julia Roberts zu werden, ist das alles, wofür ich auf dem Schauspielerinnenmarkt noch tauge: Karikaturen.

Das Drehbuch beginnt mit einer Konfrontation zwischen der Polizei und einem einzelnen Schützen, der sich in einer Hütte im Wald verschanzt hat. Zwei hübsche Mädchen, vielleicht zwölf Jahre alt, legen im Wohnzimmer der rustikalen Hütte ein Puzzle, während ihre furchtsamen Blicke immer wieder zum Fenster gehen. Auf der Veranda sitzt ein Mann mit einem Gewehr in der Hand und blickt ruhig in den Wald hinaus. Die Hütte ist umstellt. Die Polizei rückt vor, und der Mann ignoriert wiederholt die durchs Megaphon gebrüllten Befehle. Er macht keinerlei Anstalten, sich mit erhobenen Händen zu ergeben. Die Mädchen sind starr vor Angst. Sie sind sauber und ordentlich, wenngleich etwas sonderbar gekleidet: Sie tragen schlichte dunkle Baumwollkleider, ihre langen Haare hängen offen herunter. Sie ähneln entfernt den Mitgliedern einer Sekte.

Plötzlich kommt es zu einem Tumult – der Zuschauer sieht ihn nicht, er hört ihn nur –, als die Polizei sich der Hinterseite der Hütte nähert. Der Mann hebt das Gewehr.

Ich lese zehn Seiten, bevor ich aufstehe, in die Küche gehe und meinen Tee gegen eine Bloody Mary eintausche. Ich hätte wirklich gerne etwas Stärkeres, aber streng genommen ist es noch Vormittag, also ist die Bloody Mary mein Kompromiss. Dann gehe ich zurück und lese die erste Szene ein zweites Mal. Ich muss mich vergewissern, dass ich nicht den Verstand verloren habe.

Martin ist nicht in seinem Büro, und er geht auch nicht ans Handy. Ich hinterlasse ihm fünf Nachrichten. Ich muss wissen, ob das ein Scherz ist. Ich wüsste nicht, wie das sein könnte, aber andererseits weiß ich auch nicht, was es sonst sein sollte. Es gibt gewisse Unterschiede – wir waren oben, als es passierte, nicht im Wohnzimmer. Es gab auch kein Puzzle: Stattdessen diskutierten wir über die Kostüme für ein Theaterstück, an dem wir gerade probten. Aber die Kleider, die Haare. Die Hütte. Der Mann im Adirondack-Stuhl. *Meine eigene beschissene Geschichte.*

Es dauert wesentlich länger, als es sollte, bis ich begriffen habe, dass ich nicht eins der entführten Mädchen spielen soll. Nein, ich bin für den Part der Ermittlerin vorgesehen, die sich den Fall zu sehr zu Herzen nimmt, durch deren Hilfe die Mädchen aufgespürt werden können, die zwischenzeitlich eine regelrechte Obsession für den Kidnapper entwickelt, die sich beklemmenden Wahrheiten aus ihrer eigenen Vergangenheit stellen muss, bla, bla, bla. Das ist meine Rolle.

Eigentlich müsste es mich ja beruhigen, dass ich keine Ahnung habe, wer zum Teufel diese Frau sein soll, und nur annehmen kann, dass sie – ähnlich wie das Puzzle – frei erfunden ist, stattdessen jedoch ärgere ich mich darüber. So vieles an der Geschichte ist mir vertraut, dass die Abweichungen unangenehm hervorstechen.

Der Anfang des Drehbuchs ist das Ende der Geschichte. Danach wird die Handlung bis zu diesem Augenblick erzählt, angefangen bei dem Zeitpunkt, als das erste Mädchen zu dem Mann ins Auto steigt. Hier und da sind einige weitere Unwahrheiten eingestreut.

Hier kommt *meine* Geschichte. Die Geschichte, die Lois gestohlen hat. (Es kann nur Lois gewesen sein, wer sonst?) Wir sind nie in Motels abgestiegen, der Mann und ich. Wir haben im Wagen geschlafen. Ich befand mich die meiste Zeit in einem angenehmen, trägen Dämmerzustand. Er hat zwischendurch kurz auf Parkplätzen, am Ende von Sackgassen oder in kleinen Parks die Augen zugemacht. Beim ersten Mal hat er einen dicken Strick durch eine meiner Gürtelschlaufen gezogen und ihn sich ums Handgelenk gebunden: Falls ich mich bewegte, erklärte er mir ganz selbstverständlich, würde er davon aufwachen. Es klang nicht nach einer Drohung, obwohl es in gewisser Hinsicht vermutlich eine sein sollte. Zu dem Zeitpunkt wusste ich bereits, dass er eine Waffe im Handschuhfach hatte. In Nebraska besaß so ziemlich jeder eine Waffe – aber diese hier war anders, eine kleine, handliche Pistole. *Wie im Fernsehen*, dachte ich. Davor hatte ich noch nie etwas anderes zu Gesicht bekommen als Jagdgewehre.

Man weiß nie, wer da draußen herumläuft oder auf was für verrückte Ideen die Menschen kommen, sagte er, als ich die Pistole sah, wie um mir zu versichern, dass sie nicht für mich gedacht war, sondern zur Abschreckung gegen lästige Fremde dienen sollte, denen wir möglicherweise unterwegs begegnen würden. Er klang ein wenig entschuldigend, wenn nicht gar verlegen.

Aber wir begegneten niemandem. Sofern sich die Leute überhaupt Gedanken über uns machten, schienen sie uns für Vater und Tochter zu halten – obwohl er sehr jung Vater geworden sein musste, um in seinem Alter bereits ein zwölfjähriges Kind zu haben. Eins der Dinge, die mir während der Fahrt auffielen, war, dass die meisten Menschen vollkommen auf sich und ihre eigenen Probleme fixiert waren. Für jemanden wie mich, der an die kleinstädtische Neugier und Wichtigtuerei von Arrow gewöhnt war, war es eine faszinierende Erfahrung: Wir durchquerten einen Ort nach dem anderen, ohne dass irgendjemand von uns Notiz genommen hätte. Wir waren wie Geister.

So froh ich war, aus Nebraska weg zu sein, so wenig Eile hatte ich, an irgendeinem anderen Ort anzukommen. Es gefiel mir, die Welt an meinem heruntergekurbelten Fenster vorbeifliegen zu sehen: Ackerland, das in kleine staubige Ortschaften überging, der heiße Wind, der durch meine hässliche Barbieperücke wehte. Teilweise ist mir die Fahrt als eine Abfolge von Gerüchen im Gedächtnis geblieben: Kuhfladen, Hühnerhöfe, Fast Food, Holzkohlegrills, frisch gemähtes Gras, Donutläden. Einmal saßen wir eine Weile in einem Städtchen fest, weil dort – aus uns unbekanntem Anlass – gerade eine Parade abgehalten wurde. Da wir nicht weiterfahren konnten, stiegen wir einfach aus und schauten zu, als gehörten wir zu den Bewohnern. Ich habe immer noch den satten Geruch von Zuckerwatte und Hotdogs und fettgebackenen Krapfen in der Nase. Fast hatte man den Eindruck, die Atmosphäre in der Stadt wäre etwas, das man essen konnte, auch wenn man es hinterher bereuen würde.

Auf dem Rückweg zum Auto kaufte er mir Zuckerwatte, und für die nächsten Meilen wickelte ich mir die klebrigen Fetzen um die Zunge, heilfroh, dass ich nicht die blonde Milchkönigin war, die in einem weißen Cabrio durch den Ort kutschiert wurde und der Menge mit einer Drehung des Handgelenks zuwinkte, so als wäre ihre Hand bloß eine nutzlose Flosse. Das starre Lächeln in ihrem rotwangigen Gesicht hätte meins sein können. *Gott sei Dank*, dachte ich, als wir wieder unterwegs waren.

Du hättest schreien können, sagten die Leute später. Du hättest weglaufen können, du hättest irgendjemanden um Hilfe bitten können. Er scheint dir doch ausreichend Gelegenheit gegeben zu haben.

Lois Lonsdale ist außer mir der einzige Mensch auf der Welt, der diese Geschichte kennt.

Lois

»Hatten Sie jemals Sean McDougal in einer Ihrer Veranstaltungen?«, frage ich Kate LeBlanc. Dabei kenne ich die Antwort bereits, weil ich mir seine Akte angesehen habe: Er hat vergangenes Semester ein Überblicksseminar bei ihr belegt. Kates Spezialgebiet ist die frühe amerikanische Literatur, und in diesem Augenblick kommt mir der Gedanke, dass die Falten, die von ihren Nasenflügeln abwärts bis zu den Winkeln ihres schmallippigen Mundes verlaufen, etwas nachgerade Puritanisches haben. Sie erwecken den Eindruck, als verziehe sie permanent missbilligend das Gesicht, selbst wenn ihre Miene eigentlich neutral ist. Ich frage mich, ob dies hier womöglich ein Fehler ist. In der Regel bitte ich niemanden um Hilfe. Kate und ich sitzen in einem Café in der Stadt, in einer Ecke mit größtmöglichem Abstand zur Tür, die sich immer wieder öffnet, um Stöße winterlich kalter Luft hereinzulassen. Es ist einigermaßen gemütlich hier, und der Kaffee schmeckt auch nicht schlecht. Das Flair ist so großstädtisch, wie man es in einem Ort dieser Größe eben erwarten kann. Die Bilder lokaler Künstler, die an den Wänden hängen, sind rührend überteuert, und keins von ihnen wird jemals verkauft.

»Einmal. Im letzten Semester.« Kate nippt an ihrem Tee, da sie, wie sie mir begierig erklärt hat, kürzlich Kaffee von ihrem Speiseplan gestrichen hat. Solche willkürlichen Akte der Selbstkasteiung machen mich nervös, genau wie ihre nächsten Worte.

»Wieso? Haben Sie Schwierigkeiten mit ihm?« Hätte sie gesagt: »Macht er Ihnen Schwierigkeiten?«, wäre alles in Ordnung. Stattdessen schiebt sie mit ihrer Formulierung, ob nun bewusst oder unbewusst, die Verantwortung für das Problem mir zu.

Ich lasse nicht locker, weil ich Bescheid wissen muss: Hat Sean speziell mich herausgegriffen – denn so kommt es mir vor, und ganz eindeutig will er, dass ich das denke –, oder benimmt er sich bei jedem so?

»Manchmal ist er mir einfach ein bisschen unheimlich«, sage ich so beiläufig wie möglich. Ich will ihr klarmachen, dass das Problem ganz allein bei ihm liegt: Weder bin ich diejenige, die unheimlich ist, noch neige ich dazu, in meiner Paranoia überall unheimliche Dinge zu sehen oder aus jeder noch so alltäglichen Begebenheit gleich ein persönliches Drama zu machen.

»Wirklich!« Kate macht große Augen. Ihre langen Ohrringe aus bunten Perlen zittern und schimmern, ein Echo ihres Erstaunens. »Seltsam. Er ist eigentlich ein kluger Kerl. Ziemlich ruhig, sicher, aber als unheimlich würde ich ihn nicht bezeichnen. Wie genau äußert sich das denn? Wenn ich fragen darf?«

Klug? Interessant. »Na ja, im Seminar eigentlich gar nicht. Ich merke nur, wie er mich manchmal so anstarrt. Das macht mich nervös. Und er kommt sehr oft zu mir ins Büro. Auffällig oft.«

»Ja, er ist ein großer Freund von Sprechstunden«, sagt Kate. »Wahrscheinlich, weil er sich nicht traut, im Seminar den Mund aufzumachen. Den Eindruck hatte ich zumindest von ihm. Mit Situationen unter vier Augen kommt er besser zurecht.« *Was eine gute Dozentin auch erkennen und fördern würde.* Sie spricht es nicht aus, aber es steht im Raum.

Warum weigert sie sich, auch nur die Möglichkeit anzuerkennen, ich könnte recht haben? Was verspricht sie sich davon? Mir wird klar, dass dies der Punkt ist, an dem ich das Gespräch lieber beenden sollte; ich sollte das Thema wechseln und stattdessen über die Frühjahrsferien oder über die Läden hier reden. Das tue ich aber nicht. Der scheue, intelligente Student, den sie mir beschreibt, ist nicht der Sean, den ich kennengelernt habe, und meine Bedenken ihm gegenüber wachsen nur noch.

»Ja, aber etwas an seinem Verhalten ist so *distanzlos*, wenn Sie verstehen. Das meinte ich mit unheimlich. Er scheint sich sehr stark für mein Leben zu interessieren – allemal mehr als für das, was ich über die Literatur des achtzehnten Jahrhunderts zu sagen habe. War das bei Ihnen auch so?«

Etwas wie Abscheu huscht über Kates Züge, und sie fällt mir mit einer scharfen, abfälligen Handbewegung ins Wort. »Ach, Lois. An Ihrer Stelle würde ich mir darüber keine Gedanken machen. Sie dürfen nicht vergessen, dass er ein sozial sehr gehemmter Mensch ist. Ich glaube, er hat einfach wenig Kontrolle über die Signale, die er aussendet. Meiner Ansicht nach sollten Sie keine voreiligen Schlüsse daraus ziehen oder Ihrem ersten Eindruck allzu große Bedeutung beimessen. Sie sind noch neu hier, und wir sind ein kleines College. Sicher sind die Studenten in Bezug auf Ihre Person neugierig und wissen nicht immer, wo die Grenzen sind. Aber ich würde Neugier nicht mit Besessenheit gleichsetzen.«

Ich habe das Wort *Besessenheit* nie in den Mund genommen: Es kommt von ihr, und es ist ein feindseliges Wort. Bestürzt sehe ich sie an; in ihren Augen steht geschrieben, was sie wirklich denkt: *Natürlich glauben Sie, alle jungen Männer wären von Ihnen besessen, weil Sie hübsch sind. Und was noch schlimmer ist: Sie sind so eitel, dass ich es Ihnen jetzt auch noch bestätigen soll. Sie warten darauf, dass ich sage: »Aber Lois, Ihnen muss doch klar sein, dass junge Männer sich Ihnen gegenüber immer so verhalten werden.« Haben Sie vielleicht mal darüber nachgedacht, sich die Haare zusammenzubinden oder sich unauffälliger zu kleiden? Sie sind genau die Sorte krankhaft selbstbezogener Frau, die ständig nach Lob und Anerkennung lechzt …*

Ich lege die Hände um meine Kaffeetasse, um sie zu wärmen, auch wenn der Kaffee schon fast kalt geworden ist. Kate irrt sich. Ich bin nicht auf Schmeicheleien aus, nicht von meinen Studenten und schon gar nicht von ihr. Was ich will, sind Informationen, seien sie auch noch so vage. Ich will wissen, ob mein Verdacht gerechtfertigt ist und ich mir Sorgen machen muss. Doch an dem angespannten Zug um ihren Mund und dem ungehaltenen Tappen ihres Fußes auf dem Boden erkenne ich, dass sie mir keine Hilfe sein wird; mehr noch, ich habe sie gegen mich aufgebracht. An einer kleinen Fakultät wie unserer kann man es sich nicht leisten, Feinde zu haben. Plötzlich muss ich an meine Mutter denken. »Warum mögen die anderen mich nicht?«, habe ich sie einmal gefragt, nachdem ich in der Grundschule von Mitschülern zurückgewiesen worden war. »Ach, die sind wahrscheinlich bloß neidisch«, antwortete sie unbestimmt und knipste eine verwelkte Blüte von einem Rosenbusch vor dem Hotel ab. Sie konnte mich allerdings nicht davon überzeugen, dass sie meine Welt überhaupt gut genug verstand, um eine solche Äußerung zu tätigen. Später stellte ich einer meiner Therapeutinnen dieselbe Frage, inzwischen wollte ich unbedingt eine Antwort darauf haben. »Was glauben Sie denn?«, fragte sie auf die ihr eigene hilfreiche Art zurück, den Kopf forschend zur Seite geneigt.

Ich leere meine Kaffeetasse und wechsle das Thema: Ich komme auf den Schnee zu sprechen, der fürs Wochenende angesagt wurde, und wir weichen auf eine angeregte Unterhaltung über das Wetter aus. Schließlich habe ich erfahren, was ich erfahren wollte: Sean verhält sich nur mir gegenüber so, normalerweise gibt er sich anders. Es ist also etwas Persönliches, er will etwas von mir.

Der Teil meines Gehirns, der nicht aktiv an der Wetterdiskussion beteiligt ist, flüchtet sich vor lauter Unbehagen in ein altes Spiel aus meinen Buchstabiertagen. Das passiert mir in letzter Zeit häufiger. *Kate*, denke ich; *Wörter mit K: Kaleidoskop, Keratin, Kamikaze, Krypton, koscher, Krinoline.* Es gibt weniger K-Wörter, als man meinen möchte. K-Wörter sind hart und eckig: *Sie passen zu ihr*, denke ich, schlinge sie ihr um den Hals und binde sie wie Anker an ihre Knöchel. Ich behänge Kate mit K-Wörtern. Das beruhigt mich ein wenig.

Ja, der dritte Platz beim Buchstabierwettbewerb auf nationaler Ebene, genau wie ich es Sean gegenüber erwähnt habe: Das ist ein Geheimnis, das zu hüten sich nicht lohnt. Es war in einer Zeit, als sich noch niemand für das Thema interessierte, bevor es Filme über Buchstabierwettbewerbe gab, bevor im Fernsehen darüber berichtet wurde, bevor Buchstabieren Anfang des neuen Jahrtausends irgendwie schick wurde. Mit zehn las ich im Kinderteil der Zeitung einen Artikel über einen Jungen, der einen regionalen Buchstabierwettbewerb gewonnen hatte. Neugierig geworden, schaute ich mir die Liste der Wörter an, die er für seinen Sieg hatte buchstabieren müssen. *Galanterie, Pamphlet, Feuilleton, illuster, achterlich, Forsythie, Pumpernickel.* Die meisten dieser Wörter, das wusste ich, kamen nur in Büchern vor, nicht in den Unterhaltungen echter Menschen; die Hälfte davon hätte ich nicht einmal richtig aussprechen können, trotzdem kannte ich sie. Und die übrigen, mir noch unbekannten Wörter prägten sich meinem Gedächtnis sofort ein. Ich spürte förmlich, wie es geschah.

Das kann ich auch, dachte ich und erging mich prompt in Siegesphantasien. Ich war überzeugt, für Großes bestimmt zu sein, und es kam mir ungerecht vor, dass mein Leben als Fünftklässlerin so wenig Gelegenheit bot, mich unter Beweis zu stellen. Buchstabieren wäre ein Anfang, dachte ich mir.

Ich begann, indem ich aus Wörterbüchern Listen zusammenstellte und mich selbst prüfte. Ich bat meine Eltern um Hilfe, die mein neues Hobby zwar wunderlich, aber harmlos fanden, und einen Englischlehrer, der hoffte, durch mich zu Ruhm und Ehre zu kommen. Ich meldete mich bei einem regionalen Wettbewerb an und schaffte es als eine der jüngsten Teilnehmerinnen ins Finale. In dem Jahr gewann ich noch nicht, aber im darauffolgenden. Als ich zwölf war, hatte ich mich für die nationale Ausscheidung in Washington, D. C., qualifiziert.

Am Ende zog ich mich recht bald wieder aus der Buchstabierszene zurück. Zum einen hatte nach meiner Rückkehr aus den Adirondacks die Vorstellung, bekannt zu sein, jeden Glanz verloren; mein Bild in der Zeitung zu sehen löste nicht länger Begeisterung in mir aus.

Aber die Wörter blieben für alle Zeiten in meinem Kopf.

Als ich das Café verlasse und den verschneiten Gehweg entlangstapfe, mache ich mit *L* weiter.

Loggia, larmoyant, limnisch.

Selbst ich muss zugeben, dass meine Kindheit, von außen betrachtet, etwas Malerisches hatte. Das weitläufige neuenglische Landhotel, die Pferde, die prasselnden Feuer in den Kaminen und fünf Meter hohe Christbäume – man kann sich ihrem Charme nicht entziehen. Doch selbst vom Krieg zerstörte Dörfer in den Fernsehnachrichten, wo zerlumpte, unterernährte Kinder zwischen den pittoresken Bombentrümmern alter Steinhäuser spielen, können bisweilen malerisch aussehen. Das bedeutet nicht, dass man dort leben möchte. Ich will die Leiden meiner Kindheit nicht überbewerten, sondern nur zum Ausdruck bringen, dass es möglich ist, in einer Umgebung, die andere Menschen auf einer Postkarte bewundern, todunglücklich zu sein.

Meine Eltern führten ein Landhotel. Das Anwesen befand sich seit Generationen im Besitz der Familie meiner Mutter. Sein Herzstück war ein annähernd quadratischer Bau im Kolonialstil, flankiert von zwei langen Seitenflügeln, die zu einem späteren Zeitpunkt hinzugefügt worden waren. Aus dem hinteren Teil des Gebäudes ragte, wie ein überzähliger Fangarm, ein dritter Anbau hervor. Durch ihn gelangte man zu dem, was meine Mutter heute noch als den Küchengarten bezeichnet. In dem Anbau hatte sie ihre frühe Kindheit verbracht – in diesem ästhetisch fragwürdigen Appendix hinter dem Haus, der von der Straße aus nicht zu sehen war und somit den majestätischen Eindruck und die Symmetrie des Haupthauses nicht stören konnte. Es war nicht der schönste Teil des Anwesens, aber der praktischste: Zum einen waren die kleinen Räume mit den niedrigen Decken leichter zu heizen, zum anderen sahen die bequemen modernen Möbel, mit denen meine Großeltern sie ausgestattet hatten, darin nicht klein und armselig aus. Der Rest des Hauses war damals noch verschlossen – ungenutzt, ungeheizt. Meine Mutter hat mir allerdings erzählt, dass sie als Kind Durchgänge zu den langen Fluren, den mit Tüchern verhangenen Zimmern entdeckte und dort spielte, so wie zweifellos alle Kinder in den zweihundert Jahren vor ihr.

Dann kam mein Großvater zu Geld. Zu viel Geld. Es war ihm gelungen, auf den Zug der boomenden Versicherungsbranche in Hartford aufzuspringen. Und schon bald, so berichtet meine Mutter, fielen Scharen von Handwerkern ins Haus ein, um es in seinen ursprünglichen Zustand zurückzuversetzen, bis schließlich das gesamte Anwesen wieder offen war und die Fensterscheiben im Sonnenlicht blinkten. Die Familie zog ins Haupthaus zwischen elegante Möbel und Lüster aus einer anderen Ära.

Meine Mutter erbte das Haus, jedoch nicht genug Geld, um es instand zu halten; die Restaurierung hatte bereits einen Großteil des Vermögens meines Großvaters verschlungen, und seine immer extravaganter werdenden Lebensgewohnheiten hatten es weiter schrumpfen lassen. (Man munkelte, so meine Mutter, von geheimen Kartenspielen, Pferderennen, teuren Mätressen in der Stadt.) Sie war in der Annahme groß geworden, dass sie einmal eine gute Partie machen und so den Fortbestand des Hauses sichern würde – was zutiefst viktorianisch klingt, das ist mir durchaus bewusst. Sie besuchte das Mount Holyoke College, sie war begabt, sie wurde nicht ausschließlich darauf vorbereitet, sich einen guten Mann zu angeln. Doch die Familie genoss in der Gesellschaft des Ortes ein hohes Ansehen: Man verkehrte mit anderen wohlhabenden Familien, und sie traf sich mit jungen Männern, die dazu auserkoren waren, Bankiers oder Ärzte oder Versicherungsmagnaten zu werden. Teure Kleider und Pelze und Autos und Ausflüge in die Stadt. Pferde, Tennis.

Doch Miranda Sheridan heiratete niemanden aus dieser Welt. Sie heiratete meinen Vater, der zwar hochfliegende Pläne unbestimmter Art, aber keinen Pfennig Geld hatte. Genau wie sie war Stephen Lonsdale Maler – wenigstens dachte er das damals, aber er gab die Malerei schon kurz nach der Hochzeit wieder auf. Meine Mutter hingegen zieht sich auch heute noch regelmäßig in ihr Atelier zurück, obwohl sie ihre Arbeiten nur selten ausstellt oder verkauft. Ihre großen abstrakten Leinwände verleihen den Gemeinschaftsräumen des Hotels eine museale Atmosphäre; in den Gästezimmern, behauptet mein Vater, würden sie zu einschüchternd wirken. Den Schilderungen meiner Mutter zufolge hatte sich Stephen vom Luxusleben der Sheridans verführen lassen, obwohl er es gleichzeitig verachtete – eine Haltung, die er vor meinem Großvater, einem ergrauten, steifen und durch und durch ehrbaren Mann, nicht ganz verbergen konnte.

Nach dem Tod meines Großvaters kamen meine Eltern, die zwei mittellosen Gelegenheitsexzentriker, zu dem Schluss, dass sich das Haus irgendwie selbst finanzieren müsse. Was es auch nach wie vor auf bewundernswerte Weise tut. Also verbannten sie sich selbst (und später dann auch mich) in einen der Seitenflügel und bauten den Rest des Hauses zu einem hübschen neuenglischen Landhotel um, von dem später auch in zahllosen Reisemagazinen berichtet wurde: Hochglanzfotos einer exklusiven ländlichen Pracht, die für mich nie nach Zuhause aussah.

Was für ein herrlicher Ort für ein Kind! Ich kann gar nicht zählen, wie viele Leute mir das schon gesagt haben. Aber stellen Sie sich vor: Das Haus war immer voll, und meine Eltern hatten ständig mit den Gästen zu tun. Deren Bedürfnisse und Wünsche waren uferlos, und der Lebenszweck meiner Eltern bestand darin, jedem einzelnen von ihnen nachzukommen. Tagsüber sah ich nur wenig von meiner Mutter und meinem Vater. Zum Abendbrot kamen wir zwar für gewöhnlich zusammen, doch obwohl wir absichtlich spät aßen, in der Hoffnung, dass sich die Gäste dann größtenteils auf ihre Zimmer zurückgezogen hätten, kam es oft genug vor, dass wir durch die Klingel gestört wurden, über die unser bescheidenes Quartier mit dem Rest des Hauses in Kontakt stand. Dann seufzten meine Eltern jedes Mal und sahen sich über den Tisch hinweg wortlos an. Mit diesem Blick machten sie aus, wer an der Reihe war zu gehen – beziehungsweise wer am wenigsten getrunken hatte.

An den Wochenenden verbrachte ich so wenig Zeit wie möglich zu Hause, denn dann schienen die Gäste noch präsenter zu sein als sonst: Sie blieben nach dem Frühstück noch lange sitzen, nahmen Bücher aus den Regalen, um darin zu blättern, lasen auf der Veranda die Tageszeitung. Sie zahlten gutes Geld für diese Privilegien, und theoretisch missgönnte ich sie ihnen auch nicht: Mir war wohl bewusst, dass von diesen gutbetuchten, grundsätzlich freundlich gesinnten Feriengästen unser Lebensunterhalt abhing. Trotzdem konnte ich mir nicht helfen; ich kam mir wie eine Vertriebene vor. Im Prinzip war der Flügel, den ich mit meiner Familie bewohnte, vom Hotel abgetrennt, doch bisweilen geschah es, dass sich die Gäste in unsere Küche verirrten, die gleich neben der großen Hauptküche lag, in der meine Mutter allmorgendlich ein reichhaltiges Gourmetfrühstück zubereitete. Besonders Entdeckungsfreudige drangen hin und wieder sogar noch weiter vor und fanden sich, sollte jemand vergessen haben, die Tür zu verriegeln, unversehens in unserem bescheidenen Wohnzimmer wieder. Wir hatten eine kleine Veranda, die hinten am Haus klebte wie ein architektonischer Nachsatz. Sie war ausschließlich uns vorbehalten – den Gästen stand eine wunderschöne große Veranda zur Verfügung, die sich über die gesamte Frontlänge des Hauses zog, und dazu noch eine Terrasse auf der Rückseite; manchmal allerdings, wenn sie gerade nicht daran dachten oder auf der Suche nach einem abgeschiedenen Plätzchen waren, führte sie ihr Weg auch auf unsere Veranda. Stießen die Gäste dabei auf mich, war dies allen Beteiligten peinlich – so als hätten sie mitten im Flur einen Wischmopp oder einen Haufen schmutziger Bettlaken entdeckt: etwas, das eigentlich hinter die Kulissen gehörte. In den Augen der Gäste waren meine Eltern Leute, die exquisite Krebs- und Ziegenkäsecrêpes schufen, spannende Lokalgeschichten zu erzählen wussten und jeden Wunsch erfüllten. Wenigstens schätzte ich die Lage so ein, und ich nährte diese Überzeugung durch Bücher, die mich in meinem kindlichen Verdacht bestärkten, allein und missverstanden zu sein.

Am meisten graute mir vor den Gästen, die Kinder mitbrachten. Kleinkinder wurden im Hotel in der Regel nicht geduldet, aber Kinder ab zehn waren erlaubt. Bei ihnen war die Wahrscheinlichkeit, dass sie in meine Welt eindrangen, noch größer, außerdem zeigten sie eine ungehemmte Neugier in Bezug auf meine Stellung. War ihre Langeweile groß genug – und das kam vor –, versuchten sie manchmal sogar, Streit mit mir anzufangen. Vermutlich hofften sie, ein paar deftige kindliche Beleidigungen könnten einem öden Urlaub voller Bücher und Brettspiele und Wanderausflüge etwas Würze verleihen. Nicht alle waren Scheusale; hin und wieder baute ich sogar zu einem einsamen Mädchen eine flüchtige Freundschaft auf. Doch meistens verharrte ich in dem Gefühl, eine Fremde im eigenen Haus zu sein. Meine Eltern hegten die Hoffnung, dass die Gewinne irgendwann steigen würden, so dass sie sich Angestellte leisten könnten, die sich um den alltäglichen Betrieb des Hotels kümmerten, doch bislang reichte es gerade einmal für zwei Zimmermädchen und einen Hausmeister. Wie meine Eltern – oder zumindest meine Mutter – sehnte auch ich mich nach dem Tag, an dem wir endlich wieder unsere rechtmäßige Stellung als Herren des Anwesens einnehmen würden. Als ich zu dem Mann ins Auto stieg, war in mir bereits der Verdacht gekeimt, dass diese rosige Zukunft eher ein Hirngespinst als ein solider Businessplan war.

Hätte ich an jenem Tag rechtzeitig gemerkt, dass es zu regnen begonnen hatte, wäre ich vielleicht in der Bücherei geblieben; wir wohnten am Ortsrand, und es war ein langer Fußmarsch bis nach Hause. Stattdessen hielt ein grauer Wagen am Straßenrand, gerade als ich von den steinernen Stufen der Bibliothek in den stetigen Nieselregen hinaustrat. Mir fiel auf, dass das Auto ein New Yorker Kennzeichen hatte, aber dabei dachte ich mir nichts: Solche Nummernschilder sieht man in Connecticut häufig. Ich erinnere mich noch an das leise Gefühl von Beunruhigung, das mich beschlich, als der Fahrer das Fenster herunterkurbelte. Aber ich glaube, das war in erster Linie Schüchternheit: Die Aussicht, mit Fremden sprechen zu müssen, machte mich nervös; es lag nicht daran, dass dieser Fremde mir besonders bedrohlich erschienen wäre. Ganz im Gegenteil: Er sah freundlich aus und war gut gekleidet. Er war jünger als mein Vater, auch wenn ich nicht genau einschätzen konnte, wie viel jünger. Er war einer dieser Menschen, die gleichzeitig alt und jung aussehen. Als ich auf den Wagen zutrat, beugte sich das Mädchen, das auf dem Beifahrersitz saß, ein Stück nach vorn, damit sie mich sehen konnte – oder womöglich damit ich sie sehen konnte. Mir fiel gleich auf, dass sie ungewöhnlich hübsch war. Ihre Haare sahen merkwürdig aus, sie waren dick und von einem einheitlichen, stark glänzenden Braun, aber das betonte nur noch mehr das zarte, puppenhafte Aussehen ihres Gesichts. Ich bemühte mich, sie nicht allzu fasziniert anzustarren; sie hingegen musterte mich mit unverhohlener Neugier.

»Wir sind auf der Suche nach der Junior-Highschool«, sagte der Mann. Er hatte eine sanfte, volltönende Stimme, höflich, aber mit einem angenehm humorvollen Unterton. »Vielleicht könntest du uns weiterhelfen? Ich glaube, wir haben uns verfahren.«

»Ich gehe ab Herbst in die Siebte«, fügte das Mädchen hinzu.

»Ich auch«, hörte ich mich sagen. Was hatten die beiden an sich, dass ich mich auf Anhieb in ihrer Gegenwart wohl fühlte? Dass sich mich so vollkommen entwaffneten?

»Ich bin ganz schlecht in Wegbeschreibungen«, sagte ich entschuldigend und blickte angestrengt auf die Straße im Versuch, mir die Strecke bildlich vor Augen zu führen. »Also – fahren Sie erst mal einfach weiter die Straße runter. Sehen Sie die Kirche da am Ende?« Ich zeigte mit einer Hand, während ich mit der anderen meinen Rucksack auf der Schulter zurechtrückte. Der Regen war stärker geworden; ich spürte, wie meine Haare schwer wurden und Regentropfen kurz an meinen Wimpern hängen blieben, ehe sie mir wie Tränen das Gesicht hinabliefen.

»Hör mal«, unterbrach mich der Mann. »Du bist ja schon ganz durchnässt. Warum steigst du nicht ein? Du kannst uns zeigen, wo die Schule ist, und danach fahren wir dich nach Hause.«

»Sonst werden noch deine ausgeliehenen Bücher nass«, meldete sich das Mädchen zu Wort.

Ich wusste, dass es viel leichter für mich wäre, sie vom Auto aus zur Schule zu lotsen, als ihnen den Weg aus dem Kopf zu beschreiben. Außerdem wohnte ich ziemlich nah bei der Schule; sie würden keinen allzu großen Umweg machen müssen, um mich zu Hause abzusetzen.

Wäre der Mann allein gewesen, hätte ich das Angebot nicht angenommen. Da bin ich mir ganz sicher, oder wenigstens so sicher, wie man sich in solchen Dingen sein kann. Wie jedes andere Kind in Amerika Mitte der Neunziger wusste auch ich, dass es keine gute Idee war, zu Fremden ins Auto zu steigen. Es war die Anwesenheit des Mädchens, die meine Zweifel ausräumte. Ihr geradezu absurd hübsches Gesicht sprach mich irgendwie an, es vermittelte mir Sicherheit. *Das ist ein Mädchen, das vielleicht meine Freundin werden könnte*, ging mir unwillkürlich durch den Kopf.

Ich schlüpfte auf die Rückbank, stellte meinen triefenden Rucksack neben mich, rutschte in die Mitte zwischen die beiden Vordersitze und beugte mich nach vorn.

»Okay. Jetzt da vorne rechts«, sagte ich. Einige Abzweigungen lang folgte er ganz unverdächtig meinen Anweisungen. Dann jedoch bog er ohne Vorwarnung nicht rechts, sondern links ab, und plötzlich befanden wir uns auf einer stadtauswärts führenden Nebenstraße. Ich war so verdattert, und er war so ruhig, dass ich kein Wort herausbrachte. Das ist die Sache, die ich nie jemandem hinreichend erklären konnte. Ich wollte die beiden Fremden nicht enttäuschen. Ich wollte für immer auf dieser muffigen

Rückbank mitfahren. Ich wollte zu ihnen gehören. Ich spürte, wie das Mädchen mich beobachtete. Ich fragte mich, ob der Mann wohl ihr Vater war, bezweifelte es aber. Das Alter stimmte nicht, außerdem redeten sie auch nicht so miteinander. Ich hätte nicht genau beschreiben können, *wie* sie miteinander redeten. Unzählige Male lag mir etwas auf der Zunge, aber irgendwie war es schon zu spät, etwas zu sagen. Es ist komisch, aber ich wollte nicht unhöflich sein. Sie waren so selbstsicher und so nett.

Die erste Stunde lang sagte keiner ein Wort, und dann war es Carly May, die mir alles erklärte, was ich ihrer Meinung nach wissen musste. Wir hielten an, um zu tanken, und Carly und ich blieben im Wagen sitzen.

»Du musst nicht aufs Klo, oder?«, fragte sie mich, und da »Nein« ganz eindeutig die richtige Antwort war, sagte ich genau das. »Bleib lieber unten«, riet sie und rutschte auf dem Beifahrersitz tiefer. »Besser, niemand sieht uns.« Sie klang eher wie eine Komplizin, nicht wie das Opfer einer Entführung – wenn sie das überhaupt war. Wenn ich das war; *Entführung* – das Wort war mir flüchtig in den Sinn gekommen, doch es besaß keine rechte Überzeugungskraft. Ich tat, was sie sagte.

»Weglaufen oder so bringt übrigens nichts«, fügte sie noch hinzu. Dann drehte sie sich auf ihrem Sitz zu mir um und fixierte mich mit ihren blauen Augen – sie wirkten dunkler als zuvor, man sah jetzt nur noch die Sprenkel in ihrer Iris, die im Schein der Tankstellenlichter aufleuchteten. »Hast du Angst?«

Der Wagen roch nach Fast Food und nach Menschen, die mehrere Tage lang nicht geduscht hatten. Ich hatte Hunger und eigentlich musste ich sehr wohl aufs Klo. Natürlich hatte ich auch Angst, aber Angst war nicht das Einzige, was ich empfand. Wie oft hatte ich davon geträumt, meiner Welt den Rücken zu kehren? Hatte mir komplexe Phantasien meiner Flucht und Verwandlung zurechtgesponnen? Und jetzt, in einem einzigen verwirrten, regennassen Augenblick, hatte man mir meine Welt entrissen. Meine Gefühle waren – gemischt.

»Er hat uns auserwählt, weißt du«, sagte sie. »Es war kein Zufall, dass wir zu dir gekommen sind. Er weiß alles über uns.« Ich merkte ihr an, dass sie dachte, diese Information würde mir gefallen, und damit lag sie richtig. Zu meiner Angst gesellte sich ein Gefühl von Wichtigkeit; ich spürte, wie die Angst einen Schritt in den Hintergrund trat.

»Wieso?«, fragte ich. Die Frage lag auf der Hand, trotzdem sah ich, dass sie dem anderen Mädchen nicht passte. Sie drehte sich wieder nach vorn und warf einen Blick in den Rückspiegel. »Da kommt er«, verkündete sie, als er zum Wagen zurückkehrte. Carly schenkte ihm ein strahlendes Lächeln. Ihr Miss-Lächeln, wie ich später erfuhr, nur echter. Und er lächelte zurück.

So war es von Anfang an: Die beiden vorn, sich gegenseitig anlächelnd, ich hinten, wachsam, nachgeordnet.

Chloe

»Das ist genau das Richtige für dich«, sagt Martin. »Es ist eine Actionrolle – du spielst eine Polizistin, trägst eine Waffe und so weiter –, aber sie hat jede Menge dramatisches Potential. Du bist ein Cop mit *Gefühlen*. Mütterlich, voller Konflikte, eine echte Identifikationsfigur. Du bekommst das Beste von allem! Diese Rolle könnte dir ganz neue Türen öffnen.«

»Wer hat das geschrieben?«, frage ich zum zweiten Mal. Vorne auf dem Drehbuch steht der Name Adam Gitner, aber davon lasse ich mich nicht täuschen. Ich wiederhole: »Woher kommt diese Scheißgeschichte? Gib mir eine Antwort, dann können wir reden.«

Wir sind in Martins Büro, das ich noch nie leiden mochte: Es erinnert mich daran, dass ich eine Drittligaschauspielerin bin und mich an diesen Platz in der dritten Liga klammere wie eine Katze, die ihr Gleichgewicht verloren hat. Das neutral eingerichtete Büro hat nicht direkt etwas Zwielichtiges, es sieht nur so aus, als wäre vor fünf Jahren die Zeit stehengeblieben. Es kommt einem *beinahe* zwielichtig vor: als müsste man nur den erdfarbenen Lack von einer Oberfläche abkratzen und schon würde man auf den hässlichen Unterbauch dieser gottverfluchten Welt stoßen. Wir sind hier, weil er sich nicht mit mir auf einen Drink treffen wollte. »Hältst du das für klug?«, hat er mich beinahe sanft gefragt – aber im Augenblick bin ich zu sehr auf diese eine Sache fixiert, um mich über seine altväterliche Attitüde aufzuregen.

»Wer«, sage ich. »Hat. Diese. Scheißgeschichte. Geschrieben? Nicht das Drehbuch. Von wem ist der Roman?«

Mir wird klar, dass ich ihm Angst mache und er meine Erregung natürlich nicht nachvollziehen kann. Aber darüber kann ich mir später immer noch Gedanken machen.

»Ich fürchte, der Name würde dir nichts sagen«, antwortet Martin. Ich höre Erstaunen in seiner Stimme. »Soweit ich weiß, haben mehrere Autoren an dem Drehbuch mitgearbeitet. Wie gesagt, es basiert auf einem Roman, der vor ein paar Jahren erschienen ist. Eine Art psychologischer Thriller. Ich muss gestehen, ich habe ihn nicht gelesen. Er wurde von jemandem geschrieben, den du mit Sicherheit auch nicht kennst, es sei denn, dein Literaturgeschmack ist weniger anspruchsvoll, als ich dachte.« Er lächelt. Das ist seine Masche: Er verteilt Komplimente wie Hundekuchen. Er weiß auch, dass ich es gern habe, wenn jemand eine Bemerkung über meine Intelligenz macht.

Normalerweise mag ich Schmeicheleien so sehr wie jede andere nach Anerkennung gierende Schauspielerin, heute allerdings reagiere ich darauf, indem ich einen massiven Briefbeschwerer von seinem Schreibtisch nehme. Unter der glatten Oberfläche ist ein Strudel aus düsteren Farben zu sehen. Ich halte ihn mal in der einen, mal in der anderen Hand und genieße sein kühles Gewicht. Ich frage mich, wie weit ich ihn schleudern könnte. Bestimmt könnte ich damit eine Delle in die verkackte Wand werfen.

»Lucy Soundso«, sagt Martin rasch. »Lucy … irgendwas mit

L. Ledger. Lucy Ledger. Jetzt zufrieden? Siehst du? Niemand Besonderes. Und sie hatte absolut nichts mit dem Drehbuch zu tun.«

Lucy Ledger. Lois Lonsdale. *Jetzt mal im Ernst.*

»Sie wollen, dass du für die Rolle vorsprichst«, sagt Martin. »Wenn du das machst, kann ich dich vielleicht mit der Autorin in Kontakt bringen. Das ist ein heikles Thema. Autoren sind sensibel.«

»Ja, Martin.«

»Und noch was.« Martin schaut aus dem Fenster, also tue ich dasselbe. Palmen, ein leichter Wind. Touristen, die ziellos umherwandern und nach Stars Ausschau halten. »Ich muss dir nicht erst sagen, dass das hier eine Riesenchance für dich ist.«

Mistkerl. Außerdem ist er so ziemlich der einzige Mensch auf der Welt, dem irgendwas an mir liegt.

Fünf Minuten später bin ich auf dem Weg zum nächsten Barnes & Noble.

Ich nehme mir vor, nichts zu trinken, wenn ich nach Hause komme, nur um mir zu beweisen, dass Martins nicht sehr subtile Ermahnungen überflüssig sind. Andererseits: Wenn etwas Anlass zum Trinken ist, dann ja wohl das hier. Ich mache mir einen Martini, und zwar sehr dirty.

Ich brauche ein paar Stunden, inklusive kurzer Pausen zum Drinkmixen, bis ich das Buch durchhabe. Ich war immer schon eine ziemlich schnelle Leserin, meine Lehrer haben mir früher oft vorgeworfen, ich hätte die Bücher gar nicht zu Ende gelesen. Außerdem ist das hier nicht gerade Tolstoi, wie Martin bereits angedeutet hat. Der Verlag hat *Der Wald so still* als ein Mittelding zwischen Frauenroman und Thriller mit literarischem Anspruch vermarktet. Auf dem Cover ist eine grellrote Blutspur zu sehen, die durch den verschneiten Wald hin zu einer Märchenhütte führt – ein Szenario, das im Buch gar nicht vorkommt. Mir ist auch aufgefallen, dass der Roman sich eingehender mit dem Innenleben der Figuren befasst als das Filmskript, er versucht im Leser ein Gespür für ihre jeweilige verkorkste Weltsicht zu wecken. Meine Figur – Carly May, meine ich – ist überraschend komplex: Klar, sie ist arrogant, aber zugleich auch verletzlich und einsam und verwirrt. *Danke, Lois.* Ich bin gerührt. Martinis können einen sentimental machen. Sich selbst gegenüber war Lois längst nicht so gnädig: Die Lois im Roman ist zu selbstbezogen, um wirklich sympathisch zu sein. Zu eifersüchtig, zu bedürftig. Plötzlich empfinde ich einen gewissen Drang, sie in Schutz zu nehmen. Ich will ihr junges Selbst gegen ihr allzu kritisches älteres Selbst verteidigen: *So schlimm warst du nun auch wieder nicht.*

Aber vielleicht doch, wispert mein Martini.

Außerdem hat Lois es mit der Wahrheit nicht sehr genau genommen. Mit einigen Wahrheiten jedenfalls. Teilweise fühle ich mich erleichtert und teilweise – irgendwie anders. Ich weiß noch nicht genau. Verraten?

Lois

Sean sitzt mir an meinem Schreibtisch gegenüber, seine fünfseitige Hausarbeit über *Pamela* in der Hand. Meine Anmerkungen, sauber in dezenter violetter Tinte geschrieben, finden auf den Seitenrändern kaum Platz. Die Hausarbeit hat schon bessere Tage gesehen; sie ist zu einer schmutzigen, zerknitterten Rolle gedreht, auf der undefinierbare Flecken prangen, und sogar von meinem Platz aus rieche ich den Zigarettengestank, der ihr anhaftet. Mir graut davor, sie anzufassen. Zum tausendsten Mal ertappe ich mich bei dem Wunsch, ich hätte mich dazu durchgerungen, ihm ein »Befriedigend« zu geben und die ganze Sache zu vergessen. Aber das erschien mir den anderen Studenten gegenüber ungerecht, denn einige von ihnen haben sich ihr »Befriedigend« hart erarbeiten müssen.

»Ich möchte gerne Folgendes von Ihnen wissen: Was ist Ihrer

Meinung nach die These Ihres Aufsatzes?«, frage ich. »Lesen Sie sich den einleitenden Absatz durch, und vielleicht unterstreichen Sie die These.«

»Ich hab keinen Stift«, sagt er. Seine Fähigkeit, aus allem ein Problem zu machen, ist schlichtweg atemberaubend. Ich gebe ihm einen Stift – keinen von meinen eigenen, wohlgemerkt, sondern einen der billigen Bic-Kugelschreiber, die die Fakultät für uns bereitstellt. Wahrscheinlich wird er ihn hinterher einstecken, ob nun mit Absicht oder nicht. Er nimmt den Stift und kerbt mit ihm eine dunkle Linie unter einen kurzen Satz.

»Lesen Sie ihn mir bitte vor«, sage ich.

»In Wahrheit«, liest er mit übertriebenem Ernst, »ist Pamela eine Schlampe.«

Diese Antwort ist nicht nur unangemessen; sie ist aggressiv. Ich könnte ihn hinauswerfen und bin tatsächlich versucht, es zu tun. Ich könnte ihn melden, dann stünde ihm ein bohrender Anruf von einem Mitarbeiter des psychologischen Studentendienstes ins Haus. Aber ich lasse es. Ich will auf eigene Faust herausfinden, was hinter dieser Sache steckt. Sie erscheint mir zu persönlich, um Dritte mit hineinzuziehen.

Außerdem: So unverschämt seine »These« auch sein mag, Tatsache ist, dass im achtzehnten Jahrhundert viele Leser ganz ähnliche Zweifel in Bezug auf den Charakter der jungen Pamela hegten, die am Ende ihren wollüstigen Herrn ehelicht, nachdem sämtliche seiner Versuche, sie zu verführen – beziehungsweise zu vergewaltigen – an ihrer unbezwingbaren Tugendhaftigkeit gescheitert sind. In diversen Spottversionen und Parodien, von denen Henry Fieldings *Shamela* die berühmteste ist, wird Pamela tatsächlich als Schlampe dargestellt. Als Flittchen, als Hure. Oder bestenfalls noch als ein intrigantes kleines Miststück. Das bedeutet keineswegs, dass die Autoren dieser Werke Richardsons Pamela unterstellen wollten, sie sei eine Schlampe: Es bedeutet nur, dass sie eine wesentlich glaubwürdigere Figur abgeben würde, wenn sie tatsächlich eine Schlampe wäre.

»Ich möchte gerne mit Ihnen darüber sprechen, wie Sie dieser Behauptung etwas mehr Komplexität verleihen können«, sage ich neutral, als wäre Sean ein Student wie jeder andere, kein übergriffiger Widerling, der mit einer geradezu morbiden Neugier seine Nase in meine Geheimnisse zu stecken versucht.

Eine halbe Stunde später stopft er den Aufsatz und – jawohl – den Stift in seinen speckigen Rucksack. Dann hebt er plötzlich den Kopf und lächelt, wobei er Zähne entblößt, die leider nie von einer Spange profitiert haben. Vermutlich sollte ich dieses Lächeln angenehmer finden als sein übliches bösartiges Grinsen, aber ich stelle fest, dass das genaue Gegenteil der Fall ist.

»Ich hab übrigens auch die andere gefunden«, sagt er. »Sie wissen schon – das Mädchen, das damals zusammen mit Ihnen entführt wurde? Ich hab sie aufgespürt.«

Plötzlich aufwallender Zorn treibt mir das Blut ins Gesicht, und mein Vorsatz, Ruhe zu bewahren, gerät ins Wanken. Carly hatte beeindruckende Wutanfälle; manchmal habe ich sie darum beneidet. Ich merke, dass mein Zorn diesmal dichter unter der Oberfläche lauert als sonst – wie ein Fisch, der im flachen Wasser nach ahnungslosen Insekten schnappt. Ich will Sean wüste Beleidigungen an den Kopf werfen, will mit einem Kugelschreiber auf seine selbstzufriedene Visage einstechen. Unter meinem BH rinnt ein Schweißtropfen hervor, meinen Rücken hinab bis ins Kreuz. Er hat Carly May beschmutzt, indem er nach ihr gesucht hat, indem er ihren Namen in seinen ekligen Laptop getippt hat – es ist, als hätte er ihr die Bluse zerrissen und dreckige Fingerabdrücke darauf hinterlassen; als hätte er ihre nackte Haut entblößt. *Idiot.*

Ich ziehe die obere Schreibtischschublade auf, hole ein Pfefferminz aus einer Dose, stecke es in den Mund und schiebe es neben meine hinteren Backenzähne. Als ich spreche, ist mein Tonfall ruhig. »Ihnen ist hoffentlich klar, was ich mit ›umfangreiche Überarbeitung‹ meine. Ich will, dass der Aufsatz nicht mehr wiederzuerkennen ist. Neue These, komplett neuer Text. Sonst bleibt es bei der Note. Sie haben eine Woche Zeit.« *Idiot: Ichneumon, iatrogen, Ikosaeder, Ignipunktur, Ichor, Iztaccíhuatl.* Die Wörter helfen mir nicht. Ich stehe auf, um ihm zu signalisieren, dass unser Gespräch beendet ist. Er überragt mich. Ich wünschte, ich wäre größer. So groß wie Carly.

»Haben Sie beide sich gut verstanden?«, fragt er, während er zur Tür schlurft. »Sind Sie danach noch in Kontakt geblieben?«

Anfangs habe ich mich gefragt, ob Sean womöglich eine Behinderung hat, irgendeine körperliche Beeinträchtigung, die sich auf seine Haltung auswirkt. Das hätte mich vielleicht dazu gebracht, ihm mit mehr Wohlwollen zu begegnen. Inzwischen bin ich aber zu dem Schluss gekommen, dass sein unbeholfener, schiefer Gang bloß eine Masche ist. Allerdings ist mir schleierhaft, was er damit bezwecken will. Unwillkürlich muss ich an die lispelnden Adligen aus dem achtzehnten Jahrhundert denken. Auf rein wissenschaftlicher Ebene bin ich mit dem Phänomen vertraut, aber aus persönlicher Sicht konnte ich nie einen Sinn darin erkennen. Warum sollte man ohne Not lispeln? Warum humpeln, wenn es auch anders geht? Ich frage mich, ob diese Assoziation in irgendeiner Weise lehrreich sein könnte, und nehme mir vor, zu einem späteren Zeitpunkt noch einmal eingehender darüber nachzudenken.

Illimitiert. Immortelle. Indigotin. Ich zwinge mich, seinem Blick zu begegnen, doch meine Augen sind ausdruckslos.

Wovor habe ich Angst? Mir ist, als würde Sean in meinem Kopf herumschleichen und dort in dunklen, staubigen Winkeln graben.

Zu den zahlreichen unausgesprochenen Erwartungen, die an neue Fakultätsmitglieder gestellt werden, gehört auch, dass sie Einladungen von Studentenorganisationen grundsätzlich annehmen. In diesem Sinne habe ich bereits eine Unzahl kaum erträglicher Frühstücke, Filmabende, Kennlernpartys und – man höre und staune – sogar einen 5-Kilometer-Lauf für irgendeine gemeinnützige Organisation hinter mich gebracht. Und heute Abend werde ich zu einer Benefizveranstaltung gehen, die eine Studentinnenverbindung zugunsten des örtlichen Frauennotdienstes organisiert hat.

Das ist der Grund, weshalb ich mehrere Stunden nach meinem Termin mit Sean in einem nicht sehr professoralen roten Jerseykleid und hochhackigen schwarzen Stiefeln mit für den Schnee viel zu glatten Sohlen vor einem imposanten Backsteinhaus in der Main Street stehe. Ich will den Kate LeBlancs dieser Welt nicht den Gefallen tun, mausig und spießig zu erscheinen; und ich will nicht von den jungen Mädchen überragt werden. Mit einer Tasse Tee in der Hand und einer Auswahl delikater Kekse auf dem Unterteller bahne ich mir den Weg durch die kleine Gästeschar. Ich unterhalte mich höflich mit einem sehr ernsthaften Senator, dem hochgeschätzten Überraschungsgast, der mir Einzelheiten über ein umstrittenes Bauprojekt am Stadtrand verrät, die mich weit weniger interessieren, als sie es vermutlich sollten. Danach führt mich mein Weg quer durch den Raum in eine Ecke, in der eine große dunkelhaarige Frau steht – die Leiterin des Frauennotdienstes, wie ich erfahre. Ihre gallenbittere Art unterhält mich. »Ein schönes Leben, nicht wahr?«, meint sie und lässt den Blick durch den Raum schweifen – das weiche Licht, die filigranen Polstersessel, diese fast schon angestrengte Zurschaustellung von Kultiviertheit.

Ich fühle mich geschmeichelt, weil sie davon ausgeht, ich würde ihre Haltung zu dieser Inszenierung von Privilegiertheit teilen. In Wahrheit bin ich mir keineswegs so sicher, ob sie recht hat. Man weiß nie, welche dunklen Geheimnisse sich hinter den klaren, strahlenden Gesichtern der Studentinnen verbergen. Wir alle kennen die Statistiken über Vergewaltigungen an Universitäten. Die Leiterin des Frauennotdienstes wirft mir einen schnellen, scharfen Blick zu; sie scheint meine Gedanken zu erahnen. »Natürlich kann man nie wissen«, fügt sie hinzu. »Gewalt gegen Frauen ist mitnichten auf bestimmte gesellschaftliche Milieus beschränkt. Da spricht nur meine Voreingenommenheit aus mir. Ich kann solche Veranstaltungen einfach nicht ausstehen.« Sie nippt mit offenkundiger Ironie an ihrem Tee. »Ich wette, schon morgen hüpfen sie in Dessous und Togen auf irgendeiner Party herum und generieren neue Kundschaft für den Notdienst. Sie mussten mich regelrecht anbetteln, damit ich heute Abend vorbeischaue.« Sie trägt einen grobgestrickten schwarzen Pullover über einem weiten Blümchenrock, und ihre Stiefel sind wesentlich praktischer als meine. Ihr Name ist Delia. Ganz spontan schlage ich ihr vor, irgendwann einmal zusammen etwas trinken zu gehen, nicht zuletzt, weil sie so eine erfrischende Abwechslung zu meinen Kolleginnen ist. Die düstere Aura einer unbekannten Welt umgibt sie und blitzt auch immer wieder in ihren kritischen Seitenblicken auf. Sie hat hautnah miterlebt, wozu Menschen fähig sind. Ich hätte sie gerne als Verbündete; ich habe das Gefühl, ich könnte eine brauchen.

»Ich trinke nicht«, antwortet Delia. »Aber vielleicht auf einen Kaffee?«

Ich nehme die Visitenkarte, die sie mir höflicherweise anbietet, und sage ihr, dass ich mich melden werde. Sie stellt ihre Porzellantasse behutsam auf einen Beistelltisch mit spindeldürren Beinen und verkündet, es sei Zeit, sich unter die Gäste zu mischen. Sie klingt wie jemand, der gleich einem Erschießungskommando gegenübertreten muss. Schuldbewusst erkenne ich, dass auch ich die Geborgenheit meiner Ecke langsam verlassen sollte.

Ich halte unter den Studentinnen nach bekannten Gesichtern Ausschau. Der Senator würde mir auch schon reichen. Junge Mädchen mit glänzenden Haaren und züchtigen Kleidern – allesamt in gedeckten Farben, als hätten sie sich vorher abgesprochen – stehen in losen Grüppchen beieinander und unterhalten sich mit spiegelglatter Lebendigkeit. Solche Grüppchen sind, wie ich festgestellt habe, strukturell weniger durchlässig, als es von außen den Anschein hat; sich in ihrer Peripherie aufzuhalten garantiert noch lange nicht, dass man Aufnahme findet. Ein

Fakt aus dem Chemieunterricht fällt mir wieder ein – etwas über Edelgase, die nicht mit anderen Elementen reagieren.

Ich frage mich, was an solchen Gasen edel sein soll. *Edel: Eburneation, Echolalie, Eyrir.*

Niemand kommt und rettet mich.

Carly würde wissen, was zu tun ist. Sie wusste es immer. Sie war – in atomarer Hinsicht – das genaue Gegenteil von edel.

Meine Lektorin freut sich auf eine Fortsetzung, deshalb habe ich einen Vertrag über zwei Bücher bekommen. »Ich fände es spannend, wenn Sie auch etwas über die Folgezeit schreiben würden«, hat sie bei einem Mittagessen in Manhattan zu mir gesagt. »Ich meine nicht die Phase unmittelbar danach, sondern das Leben der Mädchen, nachdem sie zu ihren Familien und in ihre Heimatorte zurückgekehrt sind. Wie sie versuchen, sich wieder in ihrem alten Leben zurechtzufinden et cetera. Was wird aus ihnen? Welche Beziehung haben sie noch zueinander? Müsste nicht eine unauflösliche Verbindung zwischen ihnen bestehen? Was könnte sie wieder zusammenführen?« Sie stellte noch viele weitere Fragen dieser Art, während in ihrem leicht zu begeisternden (aber zugleich pragmatisch denkenden) Kopf ein ganzer Roman zum Leben erwachte. Sie hat mir vor ein paar Tagen eine Mail geschrieben und mich gefragt, ob ich zu den Dreharbeiten nach British Columbia kommen will. Chloe Savage möchte gerne die Autorin kennenlernen. Sie hat also auch zwei und zwei zusammengezählt.

Als ich von der Party nach Hause komme, ziehe ich mein rotes Kleid aus und mehrere Schichten warmer Kleidung an, einschließlich der gestrickten fingerlosen Handschuhe, die ich neuerdings abends immer trage. Ich schenke mir ein Glas Wein ein und setze mich an meinen Rechner. Ich lege die Finger auf die Tastatur. Ich werde mich in deutlich fiktionalere Gefilde vorwagen müssen als bisher. Der Sohn des Entführers wird das Mittel sein, durch das die beiden wieder zueinanderfinden; er wird eine neue Bedrohung für sie darstellen. Er will sie vernichten, was sonst? Doch zuerst muss er ihrer habhaft werden. Draußen vor meinem Fenster sinken dicke Schneeflocken zur Erde. Hin und wieder, wenn ein Windstoß sie erfasst, wirbeln sie in einem wilden Tanz vorüber.

Genau, ein eifersüchtiger Sohn. Ich gebe dem Entführer einen Sohn, und ich mache ihn eifersüchtig. Unser Entführer hatte wirklich einen Sohn, so berichteten jedenfalls die Zeitungen, insofern bewege ich mich gar nicht so weit von der Wahrheit fort. Sein ganzes Leben lang hat dieser Sohn die zwei jungen Mädchen beneidet, die sein Vater entführt und geliebt hat – die Mädchen, die er seinem eigenen Fleisch und Blut vorzog. Die Mädchen, mit denen er seine letzten Tage verbrachte, während er, der leibliche Sohn, im Trailer seiner Großeltern hauste und nicht einmal denselben Nachnamen trug wie sein Vater. Die Mädchen, die ihm den Vater geraubt haben. Er hegt schon seit langem den Wunsch, sie dafür büßen zu lassen.

Die Benefizveranstaltung der Studentinnenvereinigung tritt artig in den Hintergrund, ebenso wie Delia und die gedämpften Klänge vom Fernseher meiner Vermieterin aus dem Stockwerk unter mir.

Ich werde mit Schnee beginnen. Der eifersüchtige Sohn. In einem Trailer. Im Schnee.

Als Brad mich einige Tage später an einem trüben Februarnachmittag per SMS in die örtliche Poolhalle einlädt, reiße ich mich endlich von meinem Computer los und wage mich vor die Tür. Neben der Arbeit an der Fortsetzung habe ich auch letzte Korrekturen an meiner wissenschaftlichen Publikation vorgenommen. Im Wesentlichen handelt es sich dabei um meine Doktorarbeit. Dass sie bereits so kurz nach Erlangen meiner ersten Dozentur von einem namhaften Universitätsverlag angenommen wurde, ist auf meinem Gebiet eine beeindruckende Leistung – gut genug für eine Festanstellung, auf die ich noch Jahre werde warten müssen. Es ist praktisch der Oscar der akademischen Forschung; damit werde ich zum aufgehenden Stern. Die Publikation ist kein Geheimnis, obwohl ich die Sache nicht an die große Glocke hänge und meistens eher herunterspiele. Offiziell gibt man sich an der Fakultät begeistert, doch in einigen Lagern sind die Gefühle gemischt. Ich hege den nicht gänzlich aus meiner Paranoia erwachsenen Verdacht, dass Kate LeBlanc ihre Kräfte gegen mich zusammenzieht. Damit war zu rechnen. In dieser Welt wird erwartet, dass man zunächst einmal Lehrgeld zahlt, und das habe ich nicht getan. Zweifellos machte man sich Sorgen, ich könnte Forderungen stellen, eine bevorzugte Behandlung erwarten. Oder mich nach einem prestigeträchtigeren Job umsehen.

Möglicherweise werde ich das eine oder andere davon tun. Es gefällt mir, ein aufgehender Stern zu sein.

Einzig Brad scheint sich aufrichtig für mich zu freuen. Im ersten Semester haben wir ungeheuer viel Zeit in der Poolhalle verbracht, sind allerdings nicht mehr dort gewesen, seit nach den Weihnachtsferien die Lehrveranstaltungen wieder begonnen haben. Mir haben diese Abende gefehlt. Brad kennt mich nicht wirklich – ich habe ihm viele Dinge verschwiegen. Er kennt die Geschichte meiner Kindheit in groben Zügen, denkt allerdings, ich hätte die Entführung verarbeitet; er weiß von dem Roman, allerdings nicht, dass er verfilmt wird. Trotzdem kennt keiner mich besser als er, und er ist der einzige Mensch in meinem Leben, der mir eine Lois spiegeln kann, die ich wiedererkenne. Oder zumindest eine Lois, die ich gerne sein möchte.

Als ich den Computer ausschalte und meinen Schreibtisch aufräume, fällt mir Seans jüngste Hinterlassenschaft ins Auge. Seit einiger Zeit schiebt er immer wieder Fotokopien unter meiner Bürotür hindurch: Zeitungsartikel aus der Zeit meiner Entführung. Der erste warf mich vollkommen aus der Bahn. Er stammte aus dem *Hartford Courant*: »Mädchen anscheinend unversehrt zurück«, lautet die Schlagzeile auf der Titelseite. Darunter ein grobkörniges Foto von mir zusammen mit meinen Eltern. Mein

Gesicht liegt im Schatten. Meine Mutter wirkt königlich, entschlossen und kampfbereit, mein Vater hingegen geistig weggetreten und in sich zusammengesunken. Ich selbst bin nur verschwommen zu erkennen; eigentlich lässt sich auf Grundlage dieses Fotos gar nichts über mich aussagen. Die neueste Gabe ist ein alter Artikel aus unserem Lokalblatt, der *Gazette*: »Ganze Stadt hilft bei Suche nach verschwundenem Mädchen«.

Natürlich sehe ich solche Zeitungsausschnitte nicht zum ersten Mal, aber es ist schon lange her. Sie rütteln mich immer noch genauso auf wie damals. Sie beziehen sich auf eine Welt, in der sich alles um mich drehte, obwohl ich gar kein Teil von ihr war. Meine Eltern haben nie viel über diese Wochen gesprochen. »Wir hatten schreckliche Angst«, sagten sie, aber es ist mir nie gelungen, diese Angst wirklich nachzuempfinden, mir Miranda und Stephen Lonsdale zerfressen von Furcht und Trauer vorzustellen. Nicht, dass ich ihnen nicht glaube – es übersteigt einfach nur meine Vorstellungskraft. »Wir haben überall nach dir gesucht«, sagten sie. Wo? Ich habe versucht, mir auszumalen, wie sie, angetan mit festem Schuhwerk und Jeans, die Wälder durchkämmen, schlaflos und abgezehrt, wie sie um den Teich herumlaufen, den ganzen Ort auf den Kopf stellen – während ich mich viele Hundert Meilen entfernt nur zu bereitwillig mit meinem neuen Leben arrangiere. Ich hasse Sean dafür, dass ich mich durch ihn wieder mit diesen sinnlosen Spekulationen befasse, mit meiner Schuld, die viel zu spät kommt. Und doch ist die genaue Art seines Vergehens schwer zu fassen: Schließlich hat er mir kein Haar gekrümmt, er hat mich nicht einmal bedroht. Nicht mit Worten.

Chloe

Ich habe die Rolle bekommen. Mir war das von Anfang an klar. Ich bin nicht religiös, ich glaube nicht daran, dass gewisse Dinge im Leben vorherbestimmt sind. Aber in letzter Zeit habe ich immer öfter das Gefühl, als würden sich die Ereignisse auf eine Art und Weise fügen, die nicht hundertprozentig meiner Kontrolle unterliegt.

Nicht, dass ich an so einen Quatsch glaube. Das tue ich nämlich definitiv nicht.

Insofern ist mir auch klar, dass es verrückt klingt, aber ich *wusste*, dass die Rolle mir gehört. Natürlich habe ich mich beim Vorsprechen richtig angestrengt und auch sonst alles getan, um einen guten Eindruck zu hinterlassen. Ich bin nicht mit ein paar Martinis intus zum Casting gewankt und habe alles dem Zufall überlassen. Trotzdem wusste ich es. Ich konnte mir keine andere Schauspielerin in der Rolle von Lois' Ermittlerin vorstellen. Wenn dieser Film schon unbedingt gedreht werden muss, muss ich darin mitspielen, das ist ja wohl klar.

Als bereits zwei Tage nach dem Casting bei mir das Telefon klingelte, musste ich mich zurückhalten, um nicht ja zu sagen, ehe sie mir überhaupt ein Angebot gemacht hatten.

Leider habe ich jetzt keine Ahnung, was ich bis Drehbeginn mit meiner Zeit anfangen soll. Gedreht wird im Sommer in British Columbia. Und Martin hat über die Lektorin tatsächlich einen Termin mit »Lucy Ledger« für mich vereinbart. Ich werde Lois also am Drehort treffen. Bis dahin sind es noch mehrere Monate, die ich irgendwie herumbringen muss. Unzählige Martinis, denen es zu widerstehen, Brücken, die es nicht einzureißen gilt. Ich bin zwar nicht direkt pleite, aber rosig sieht meine finanzielle Lage auch nicht gerade aus. Mein letzter Film ist gefloppt. Das war wirklich ärgerlich, zumal ich ihn gar nicht so schlecht fand. Es war eine kleine Independent-Produktion im Stile des Neo-Noir. Nicht die Art von Film, für die ich normalerweise angefragt werde, aber ich dachte mir, ein etwas anspruchsvolleres, künstlerisches Projekt wäre ein vernünftiger Karriereschritt. Und vielleicht wäre die Rechnung auch aufgegangen – wenn sich irgendein Schwein dazu bequemt hätte, ins Kino zu gehen und sich den Film anzuschauen. Ich spiele darin eine Frau, die herausfindet, dass ihr Verlobter – neben anderen dubiosen Aktivitäten – ein Mädchen getötet hat. Es gelingt ihm, die Tat recht erfolgreich zu vertuschen, bis irgendwann jemand beginnt, Fragen zu stellen, zwei und zwei zusammenzählt und so weiter und so fort. Es war ein düsterer, atmosphärisch dichter Film ohne kitschiges Happy End. Und er spielte in den Siebzigern: großartige Frisuren und Kostüme, außerdem waren sowohl die Filmleute als auch die Schauspieler bereit, sich regelmäßig zu bekiffen.

Aber das Marketing war eine Katastrophe, niemand ging ins Kino, und meine Gage war der reinste Hohn. Wenn ich bis Ende Juni in L. A. bleiben muss, bin ich danach wirklich pleite.

Früher mochte ich L. A. – als ich neu in der Stadt war und alles gut lief und ich noch glaubte, ganz kurz vor meinem großen Durchbruch zu stehen. Ich hatte ein übersteigertes Vertrauen in mein gutes Aussehen und mein Talent. Ich hatte das Gefühl, dass die Welt mir etwas schuldig war – und ich glaubte, dass meine Gefühle eine Rolle spielten. Ich hatte ein paarmal sehr viel Glück gehabt, und ausgehend davon nahm ich an, dass es nun bald so weit wäre: Die Welt würde endlich ihre Schulden bei mir begleichen.

Ich bekam eine gute Rolle in *Destiny Wars*, einem Sci-Fi-Film mit moderatem Budget, der zum Überraschungshit des Sommers wurde. Darin spielte ich zwar keine Hauptrolle, gehörte aber zu der kleinen Gruppe von Astronauten, um die sich die Handlung des Films drehte, außerdem war ich eine der wenigen, die bis zum Ende überlebten. Wir trugen hautenge, glänzende Anzüge, von denen sämtliche Filmemacher zu denken scheinen, dass sie das Kleidungsstück der Zukunft sind. Ich wurde zu den MTV Viewer's Choice Awards eingeladen und durfte über den Roten Teppich laufen. Es gab Artikel über mich in Zeitschriften – ich tauchte zwar nicht auf dem Cover auf, aber mehrseitig im Innenteil. In der Folge heimste ich ein paar Modeljobs ein und bekam weitere Drehbücher zu lesen. Ein Magazin kürte mich sogar zum nächsten It-Girl. Ich dachte, ich hätte es geschafft. Noch ein paar Jahre, und ich könnte im Triumph nach New York zurückkehren: Dort würde dann die Theaterbühne auf mich warten.

In *Destiny Wars 2 – Der Aufstieg* starb ich schon nach den ersten fünf Minuten. Ich schaffte es kaum bis zum Ende der Titelsequenz, bevor ein heimtückischer Mannschaftskamerad mich in meinem schicken silbernen Weltraum-Nachthemd und mit einer tödlichen futuristischen Partikelkugel im Kopf in die Weiten des Alls schoss.

Ich hätte gerne mal in einer romantischen Komödie mitgespielt, aber ich schien auf Actionfilme abonniert, in denen ich immer nur den Sidekick mimen durfte. Den Unter-Sidekick, genau genommen. Nicht den coolen, witzigen, superwichtigen Haupt-Sidekick. Den entbehrlichen Neben-Sidekick. Wie sich herausstellte, machte es den Zuschauern großen Spaß, mich sterben zu sehen. Einmal bin ich durch Zufall über eine Fanwebsite gestolpert, auf der man einen Zusammenschnitt all meiner Filmtode sehen konnte.

In besagtem Independent-Film durfte ich nicht nur endlich einmal richtig schauspielern, sondern darüber hinaus auch vernünftige Klamotten tragen – Jeans und Rollkragenpullis statt schwarzes Leder und Stilettos. Und ich durfte leben. Ich kam in der ersten Szene vor und in der letzten. Ich litt, ich lernte, ich wuchs.

Und kein Schwein interessierte sich dafür.

Mein Glaube geriet ins Wanken. Mein Glaube an Chloe Savage. Die einzige Religion, der ich anhänge.

Trotzdem: So schrecklich, dass ich Abend für Abend in meinem Bungalow in Silver Lake hocke, mir Drinks hinter die Binde kippe und der guten alten Zeit nachweine, ist es noch lange nicht. Schließlich lebe ich in L.A. Heute Abend beispielsweise habe ich ein Date. Ein klassisches Ich-hole-dich-um-zwanzig-Uhr-ab-Date. Und der Typ ist nicht mal Schauspieler. Er ist Schriftsteller – was vielleicht noch schlimmer ist, keine Ahnung, aber wenigstens stellt es eine Abwechslung dar. Schauspielern habe ich abgeschworen. Die schauen dir in die Augen und sehen doch immer nur sich selbst.

Lois

Es ist später Nachmittag, und Ivan's Poolhalle ist gut besucht. Trotz des offiziellen Rauchverbots verschleiert Qualm die Luft. Brad und ich schnappen uns den letzten noch freien Tisch mit verblichenem Filz und altmodischen Ledertaschen; wir bestellen Bier und wählen unsere Queues aus. Ivan erscheint aus dem Nichts, um die Kugeln aufzubauen.

Brad ist ein guter Billardspieler. Ich nicht, allerdings gelte ich als »ziemlich gut für eine Frau«, was für das Ivan's allemal ausreicht.

Ich spiele heute sogar besser als sonst, wenngleich nicht gut genug, um gegen Brad gewinnen zu können. Aber ums Gewinnen geht es auch gar nicht, sondern darum, dass Brad glücklich ist, dass er spielt wie ein Profi und mir hin und wieder Tipps gibt. Meine Bereitschaft, mit ihm Billard spielen zu gehen, ist ein Friedensangebot, und Brad nimmt es an, indem er sich an unnötig schwierige Stöße wagt, damit ich wenigstens den Hauch einer Chance habe. Brad versteht sich ausgezeichnet auf diese Form der Kommunikation, und fast liebe ich ihn dafür.

Brad und ich mögen die Poolhalle, weil sie zu einer ganz anderen Welt zu gehören scheint als das College; hier sehen wir nie jemanden von den Kollegen. Die einzige Gefahr wären die Studenten. Weil bei Ivan's Alkohol ausgeschenkt wird, steht immer jemand an der Tür und kontrolliert die Ausweise, aber hin und wieder gelingt es einigen Jüngeren doch, sich hineinzumogeln – größtenteils Kids aus dem Ort, vermute ich, die schon seit Jahren herkommen. Aber einen meiner Studenten habe ich noch nie hier gesehen. Umso größer ist daher mein Schreck, als ich mich über den Filz beuge, um einen komplizierten Stoß diagonal über den Tisch zu versuchen, und mein Blick dabei auf Sean fällt, der auf der anderen Raumseite an der Wand lehnt und mich beobachtet. Ich streiche mir die Haare aus den Augen, konzentriere mich, nehme erneut Maß und verpatze den Stoß trotzdem. Brad versenkt seine letzte Kugel, und während ich mich zu ihm beuge, um ihm im Scherz die Hand zu schütteln und zu seinem Sieg zu gratulieren, raune ich ihm zu: »Mein Student ist hier. Der, von dem ich dir erzählt habe – der mit ›Pamela ist eine Schlampe‹. Schau nicht hin – hinter dir an der Wand. Zerrissene Jeans, Docs, gammeliger Trenchcoat.«

»Hört sich originell an.« Als Brad sich schließlich umdreht, steht Sean auf einmal direkt vor ihm und streckt ihm die Hand hin.

»Dr. Drake«, sagt er und macht praktisch einen Diener, während er Brad die Hand schüttelt. »Wie schön, Sie kennenzulernen. Ich hatte bis jetzt noch keine Gelegenheit, ein Seminar bei Ihnen zu belegen, obwohl es mir alle ausdrücklich empfohlen haben. Ich hoffe, dass es bald mal klappt. Ich interessiere mich wirklich sehr für amerikanische Dichter der Postmoderne.«

Völlig überrumpelt bringt Brad nur ein leicht trotteliges Nicken zustande und versucht, in den Dozentenmodus umzuschalten. Ich klopfe mit meinem Billardqueue auf den Boden.

»Sie haben da ja einige richtig geschmeidige Spielzüge gemacht, Dr. Drake«, sagt Sean und beäugt den Tisch. »Nicht übel für einen Prof. Haben Sie vielleicht Lust auf eine Partie? Mein Kumpel da drüben kann auch spielen. Studenten gegen Dozenten, na, was sagen Sie?«

Sean hat einen »Kumpel«? Das überrascht mich. Ich habe ihn immer als Einzelgänger gesehen, der einsam und allein durch die Welt schlurft; als ich versuche, ihn mir in einer ganz normalen Unterhaltung mit anderen Studenten vorzustellen, vielleicht bei einem Bierchen, streikt mein Verstand. Allerdings ist der Sean, der Brad hier gerade in den Hintern kriecht, auch nicht der bedrohliche junge Mann, der zu mir in die Sprechstunden kommt. Wie es scheint, hat er einen vielschichtigen Charakter.

Es gäbe viele Möglichkeiten, das Angebot höflich auszuschlagen. Ich warte darauf, dass Brad sich für eine entscheidet, und lehne meinen Queue demonstrativ an die getäfelte Wand. »Tut mir leid, aber ich glaube, mir reicht's.«

»Nur ein schnelles Spiel mit neun Kugeln«, sagt Sean rasch zu Brad, und ich weiß, mein hoffnungslos gutherziger Freund wird es nicht über sich bringen, nein zu sagen. Ich kehre ihnen den Rücken zu und entferne mich ein Stück. Von der Sicherheit eines krummbeinigen Tisches aus, auf dem die Bier- und Aschereste aus Jahrzehnten sich in den Ritzen trauriger alter Liebes- oder Hassbotschaften festgesetzt haben, schaue ich mich um. Ich habe nicht übel Lust zu verschwinden.

In dem Moment sehe ich Delia, die Leiterin des Frauennotdienstes, auf der anderen Seite des Raumes inmitten einer Gruppe von Frauen – bei Ivan's ein seltener Anblick. Sie trägt Jeans mit einer schwarzen Lederjacke und sieht darin lässig und zugleich knallhart aus. Sie beugt sich über den Filz und stößt die Kugeln an; mit einem befriedigenden Knallen rollen sie auseinander. Zwei finden den Weg in eine Tasche. Ich selbst habe die Kunst des Breakens nie erlernt.

Ich habe Delia versprochen, sie anzurufen, es dann aber doch nicht getan. Ich habe es vollkommen vergessen. Doch als ich sie nun wiedersehe, verspüre ich erneut den Drang, eine Bindung zu ihr aufzubauen oder es wenigstens zu versuchen. Es ist, als wäre ich wieder das einsame kleine Mädchen auf dem Spielplatz, das keine Freunde hat. Ich sehe mich nach Brad um, der die neun Kugeln sauber in einer Raute anordnet, während Sean dabei zuschaut. Damit wäre es entschieden. Ich lasse mein Bier stehen und mache mich auf den Weg zu Delia.

Sie vernichtet ihren Gegner innerhalb kürzester Zeit, und als sie mich danach unter den Zuschauern entdeckt, löst sie sich aus ihrer Gruppe. »Nicht gerade ein typischer Dozententreff«, begrüßt sie mich.

»Genau das gefällt mir so. Ich komme manchmal mit einem Kollegen hierher.« Mit dem Kopf deute ich in Brads Richtung. »Aber jetzt wollte ich dem Studenten aus dem Weg gehen, gegen den er gerade spielt.«

»Kann ich nachvollziehen«, antwortet sie nach einem kurzen Blick zu Sean. Ich bin froh, dass sie so schnell gemerkt hat, dass etwas an ihm komisch ist, dass irgendetwas mit ihm nicht stimmt. Es tut mir gut, mich bestätigt zu fühlen. Dann wandert ihr Blick erneut in seine Richtung, verweilt kurz auf ihm, und ihre Augen werden schmal. Sie hat ihn von irgendwoher wiedererkannt, und die Erinnerungen, die sie mit ihm verbindet, sind keine angenehmen. Wenn man bedenkt, in welchem Berufsfeld sie arbeitet, scheint mir das Anlass zur Sorge zu sein.

»Kennen Sie ihn?«, will ich von ihr wissen. »Woher kennen Sie ihn? Ich habe nämlich so ein schlechtes Gefühl, was ihn angeht …«

Sie unterbricht mich. »Ach, nein«, sagt sie. »Vergessen Sie es einfach. Ich hätte gar nichts sagen sollen.«

Das beruhigt mich natürlich kein bisschen. Ich glaube nicht, dass sie deshalb schweigt, weil sie fürchtet, ihre Erinnerung könnte sie trügen; eher hat sie Skrupel, mir zu sagen, was sie weiß. Eine Vertraulichkeitsvereinbarung? Mein Verstand beginnt diverse Szenarien zu entwerfen, wie Delia mit Sean in Berührung gekommen sein könnte. Das Ergebnis ist eine Reihe kurzer Horrorfilme. »Wenn Sie etwas wissen, wäre ich Ihnen wirklich sehr dankbar, wenn Sie es mir sagen würden.«

Delia macht ihren Freundinnen ein Zeichen: ein erhobener Zeigefinger, um ihnen zu signalisieren, dass sie in einer Minute wieder bei ihnen sein wird. Die Geste ist nicht direkt unhöflich, aber ich komme mir abgewimmelt vor.

»Nein«, sagt sie. »Da gibt es wirklich nichts.«

Ihre Freundinnen beäugen mich von der Seite. Sie sehen aus

wie Frauen vom Notdienst – ob ehrenamtliche Helferinnen oder Opfer, ist schwer zu sagen. Definitiv keine Mädchen aus der Studentinnenvereinigung. Wie ich wohl auf sie wirke? Mir kommen die unglückseligen, schäbig gekleideten Professoren in den Sinn, wie man sie oft in Filmen sieht. Die Popkultur ist grausam zu Akademikern.

Ich verstehe ihren Wink. »Na ja, ich wollte nur kurz rüberkommen und hallo sagen. Hätten Sie immer noch Lust auf einen Kaffee, mal irgendwann?« Ich höre den drängenden Unterton, der sich plötzlich in meine Stimme geschlichen hat. Sie weiß etwas über Sean. Vielleicht wäre sie sogar jemand, dem ich mich anvertrauen könnte, wenigstens teilweise und ganz inoffiziell – jemand, der möglicherweise den einen oder anderen nützlichen Ratschlag für mich hat.

»Sie haben ja meine Nummer. Wenn es Ihnen ernst ist, rufen Sie mich an.« Damit wendet sie sich ab, und ich kehre zu Brad zurück. Als Kind habe ich mir oft vorgestellt, es gäbe eine Art Kraftfeld um mich herum, an dem andere Menschen abprallen; dieses Gefühl habe ich jetzt wieder, während ich mir seltsam unbehelligt den Weg durch das volle Lokal bahne.

Bei Brad angekommen, hake ich mich bei ihm unter. »Komm, wir gehen«, sage ich.

Was ging Delia durch den Kopf, als sie Sean angesehen hat?

»Aber ich gewinne gerade.« Brad zeigt mit seinem Queue in Richtung Tisch.

»Was denn auch sonst.« Ich hole mein verlassenes Bier und kippe den letzten Schluck hinunter. »Ich lade dich auf eine Pizza ein.« Ich warte, während er sich bei Sean entschuldigt, und fange den finsteren Blick ein, den mein Student mir zuwirft. Brad ist immer noch dabei, sich die Handschuhe überzustreifen und den Reißverschluss seines Anoraks hochzuziehen, da schleife ich ihn schon zur Tür hinaus und lotse ihn nach links die verschneite Straße hinunter in Richtung Nicolletti's.

Plötzlich hält er mich an, und sein aufgeplusterter Ärmel

drückt sich für einen kurzen Moment gegen meinen. »Lois«, sagt er. »Was ist los?«

Es kommt mir so vor, als würde er mir an etwas die Schuld geben, für das ich nichts kann. Vielleicht ist das irrational, da es nur einen einzigen Grund gibt, weshalb Brad nicht die ganze Geschichte kennt, nämlich weil ich sie ihm vorenthalten habe. Trotzdem: Ich habe versucht, relevante Teile der Wahrheit zu erzählen, und niemand hat mich ernst genommen, nicht Kate, nicht Delia, ja nicht einmal Brad, der offensichtlich der Meinung ist, ich würde überreagieren. »Nichts«, sage ich. Ich schiebe seinen Arm beiseite und setze mich wieder in Bewegung, so dass er keine andere Wahl hat, als mir zu folgen.

Nicolletti's ist eine der Hauptattraktionen unserer kleinen Stadt. Es ist ein familiengeführtes italienisches Lokal von der Art, wie sie praktisch ausgestorben sind: gute Pizza, gute Spaghetti, preiswerter Wein, schummrige Atmosphäre und Kerzenlicht. Das wirkt sich fast immer positiv auf meine Stimmung aus.

Insofern ist es vielleicht der Einfluss der Umgebung, des vertrauten Kerzenscheins durch gewelltes rotes Glas, denn als Brad und ich uns hinsetzen, macht mein Ärger mit einem Mal einer eigenartigen Wärme Platz. Ich sehe Brad an, dass er aufrichtig um mich besorgt ist. Normalerweise macht mich die aufrichtige Sorge anderer nervös, aber in diesem Moment bin ich versucht, ihm alles zu sagen – nicht nur das mit Sean und Chloe, sondern alles; alles, was ich ihm bisher verschwiegen habe. Unter meinem Widerwillen, mich anderen zu öffnen, der mir im Laufe der Jahre in Fleisch und Blut übergegangen ist, spüre ich eine Ahnung der schwindlig machenden Erleichterung, die auf ein solches Geständnis folgen könnte. Ich muss es nur aussprechen, all die sperrigen Einzelteile in die richtige Ordnung bringen. Oder nicht einmal das. Noch eine Flasche Chianti, und die Worte würden ganz von selbst aus mir herauspurzeln.

Und dann? Was wäre danach noch von mir übrig? Welche Verbindung hätte ich dann noch zu meiner Vergangenheit?

Nein. Meine Geschichte ist nichts, was man einfach so wegschenkt oder gegen flüchtige emotionale Befriedigung eintauscht.

»Was sind deine Pläne für den Sommer?«, frage ich Brad – und über dieses Thema reden wir während des Essens. Er nimmt nicht meine Hand, wie er es sonst vielleicht getan hätte; ich muss sie nicht behutsam abschütteln. Heute kommen meine Geheimnisse nicht auf den Prüfstand. Heute werde ich sie nicht ans Licht zerren und schauen, wie ihnen das bekommt. Würden sie tief die frische Luft einatmen? Sich gierig der Sonne entgegenrecken? Oder würden sie zu einem Häufchen Staub zerfallen wie uralte Vampire, die jahrhundertelang in ihren Särgen gelegen haben?

Bestimmt ist es besser, das nicht herauszufinden.

Chloe

Ich glaube, meine Eltern hatten eine gute Ehe. Ich glaube, sie haben sich geliebt. Meine frühen Kindheitserinnerungen stützen diese Auffassung, und wenn Daddy über meine Mutter sprach, hatte ich denselben Eindruck. Auch auf den alten Fotos, die ich in einem Schuhkarton ganz hinten in Gails Kleiderschrank gefunden habe, sah man, dass sie glücklich waren. Aber aufgewachsen bin ich mit der Beziehung zwischen meinem Vater und Gail. Kein Wunder also, dass ich nicht an Romantik glaube. Ich habe nie erfahren, was sie eigentlich aneinander fanden, Daddy und Gail, aber gesund war ihr Verhältnis auf keinen Fall. Vielleicht wollte mein Vater unbewusst für den Tod meiner Mutter bestraft werden – obwohl es nicht seine Schuld war. Vielleicht hatte Gail auch den Plan, die Weltherrschaft zu erlangen oder wenigstens die Herrschaft über Arrow, und mein Vater war der erste Schritt auf dem Weg dorthin.

Vielleicht bin ich, als ich an diesem Abend ausgehe, auch deshalb unbelastet von der Hoffnung, mich zu verlieben und für immer glücklich zu werden oder wenigstens für eine Weile. Der Gedanke kommt mir gar nicht erst. Was ich mir erhoffe, ist einfach nur ein angenehmer Abend mit gutem Essen und guten Drinks und halbwegs interessanten Gesprächen. Wenn ich in L. A. oder New York bin, hoffe ich außerdem noch, dass ich vielleicht erkannt werde und mein Gegenüber mit meinem umwerfenden Aussehen und sprühenden Witz verzaubern kann, woraus sich dann möglicherweise etwas entwickeln könnte, man weiß ja nie. Bestenfalls hoffe ich auf einen Funken gegenseitiger Anziehung, der zu einer kleinen Affäre führt. Im Ernst, ich *wünsche* mir einen solchen Funken nicht mal, ich freue mich einfach nur, wenn er da ist.

Insofern erwarte ich nicht viel von meinem Date mit William, dem Schriftsteller. Mir gefällt, dass er kein Schauspieler ist, und mir gefällt, dass ich ihn im Supermarkt beim Spargel kennengelernt habe.

Wäre mein Leben eine romantische Komödie, würde der Zuschauer jetzt erwarten, dass William sich nach dem obligatorischen holprigen Start als mein Seelengefährte entpuppt. Aber wenn mein Leben eins nicht ist, dann eine romantische Komödie. Insofern ist es besser, wenn Sie sich keinen übersteigerten Erwartungen hingeben.

Was die Begegnung mit William in der Gemüseabteilung angeht – dafür gibt es eine Erklärung, und die hat nichts mit einer spontanen, herzerwärmenden Diskussion unter Fremden über die speziellen Eigenschaften von, keine Ahnung, Tangelo-Früchten oder was weiß ich zu tun. Es war so: Ich habe, halb unbewusst, meine Kräfte spielen lassen. Das ist, wie wenn man einen Muskel anspannt, nur dass es bei mir eben ein Augenaufschlag und der eine oder andere Seitenblick in Richtung des Fremden war, der gerade neben mir den weißen Spargel begutachtete, während ich mit dem grünen beschäftigt war. Soll man mir dafür ruhig ein paar Sympathiepunkte abziehen – Macht ist Macht, und wir alle nutzen das, was uns zur Verfügung steht. Wer es nicht tut, ist selbst schuld. Ich habe keine Ahnung, was Schönheit ist – ich meine damit, ich kann Schönheit nicht *definieren* –, aber ich weiß, dass sie Macht bedeutet. Solange ich denken kann, weiß ich schon, dass ich mit meinem Gesicht nicht nur Aufmerksamkeit erregen, sondern sie auch halten kann. Ich kann damit Neugier auslösen, Begehren, halb gestorbene Träume wieder zum Leben erwecken. Und ich bin der ehrlichen Ansicht, dass mein Bewusstsein darüber nichts mit Eitelkeit zu tun hat. Es ist ganz einfach Fakt, dass das, was wir als Schönheit bezeichnen, eine Form von Macht ist. Manchmal tritt diese Macht ungesteuert zutage, aber man kann lernen, sie zu beherrschen. Es ist, wie wenn man eine Superkraft hat, zum Beispiel Telekinese. Anfangs, wenn man diese Kraft zum ersten Mal in sich entdeckt, richtet man noch heilloses Chaos an, sobald man auch nur das kleinste bisschen erregt ist: Man zerbricht Gegenstände, verletzt Menschen – und dann lernt man Schritt für Schritt, die Kontrolle über diese Kraft zu erlangen und sie gezielt einzusetzen. Sie verstehen schon, was ich meine. Man kann diesen Vorgang in Filmen beobachten, sei es *Carrie* oder *Feuerkind* (danke, Stephen King) oder … keine Ahnung, *X-Men* beispielsweise. Oder *Star Wars*: Wenn du schön bist, dann ist die Macht mit dir. Natürlich kann man sie, wie jede andere halbwegs vernünftige Superkraft auch, zum Guten oder zum Bösen nutzen. (Und wenn man jung ist, fällt es einem schwer, den Unterschied zu erkennen. Folglich: Kollateralschäden.)

Kürzlich habe ich in einer Zeitschrift ein Interview mit einem Model gelesen. Ich sage nicht, welches Model, aber Sie kennen es. Sie behauptete, noch nie in ihrem Leben etwas getan zu haben, worauf sie nicht stolz sei. *Nie.* Nichts, was auch nur im Entferntesten moralisch fragwürdig oder ambivalent wäre. Sie habe ihre Maximen, und an die halte sie sich. Das wäre schon für normale Menschen eine ziemlich kühne Behauptung, aber aus dem Mund einer der schönsten Frauen der Welt war es geradezu schockierend. Konnte das wahr sein? Sie wurde im Alter von vierzehn Jahren »entdeckt«, wie man zu sagen pflegt. Also hat sie mit vierzehn erfahren, dass sie eine ganz besondere Faszination auf die Menschen ausübt und Männer mit einem Zwinkern ihrer Mandelaugen verrückt machen kann.

Welches vierzehnjährige Mädchen würde diese Tricks nicht wenigstens ein- oder zweimal anwenden, nur um zu sehen, was dann passiert?

Eine Heilige. Sonst niemand.

Wie dem auch sei … ich fand immer, Telekinese wäre eine ziemlich nützliche Superkraft, aber stattdessen bekam ich mein Gesicht. Kein Supermodelgesicht, aber ein passables Gesicht und dazu einen passablen Körper. Letzte Woche habe ich es im Supermarkt zum Einsatz gebracht und mir auf diese Weise ein Date gesichert. Es gibt weiß Gott Verwerflicheres.

Lois

Die Frühjahrsferien stehen vor der Tür. Sean hat seine Zwischenprüfung im Literaturseminar mit einem halbwegs respektablen »Befriedigend plus« bestanden, traktiert mich allerdings weiterhin mit alten Schlagzeilen. »Buchstabiermeisterin verschwindet spurlos«, »Keine neuen Hinweise bei Suche nach Einserschülerin«, »Verschwinden bleibt rätselhaft – Eltern geben Hoffnung nicht auf«. Selbst wenn die Ferien mir nichts weiter bringen als eine Auszeit von Sean, bin ich schon glücklich. Abgesehen von den Zeitungsausschnitten, lässt er mich neuerdings in Ruhe, aber diese Zurückhaltung ist nicht weniger beunruhigend. Worauf wartet er? Warum verfolgt er mich mit meiner eigenen Vergangenheit? Ich kann mir beim besten Willen nicht vorstellen, was er will. Ich habe schon überlegt, ob ich es einfach darauf ankommen lassen soll, dass er meine Geschichte öffentlich macht – wieso auch nicht? Schließlich gibt es nichts, weswegen ich mich schämen müsste. Doch ich gewinne zunehmend den Eindruck, als sei er nicht unbedingt auf Enthüllung aus.

Ich lege die Zeitungsausschnitte in die Mappe, die sich in derselben Schublade befindet wie meine Carly/Chloe-Akte, obwohl ich nicht weiß, wozu ich sie eigentlich aufbewahre.

In der Zwischenzeit haben Brad und ich uns jeden Film angesehen, in dem Chloe Savage jemals mitgespielt hat, sei die Rolle auch noch so klein; irgendwann habe ich, um meine kuriose Besessenheit zu erklären, Brad gegenüber behauptet, ich hätte sie als Mädchen im Ferienlager kennengelernt. Er hat eine leichte Schwärmerei für sie entwickelt – oder vielleicht auch bewusst kultiviert –, was mir durchaus gelegen kommt. Ich habe die vage Ahnung, dass er mich eifersüchtig machen will. Ich bin aber nicht eifersüchtig.

Die Arbeit an meiner Romanfortsetzung allerdings ist ins Stocken geraten. Ich habe keine Schreibblockade, nein, es liegt daran, dass meine Hauptfigur – der Sohn des Kidnappers – schlicht und einfach verstummt ist. Ich kann seine Gedanken nicht länger empfangen, falls er denn welche hat; ich höre seine Gespräche nicht mehr, so spärlich sie auch sein mögen. Es gelingt mir nicht, ihn dazu zu bringen, etwas Interessanteres zu tun, als in seinem Pick-up zur Kneipe zu fahren und dort Bier zu trinken oder zum Holzhacken auf den Hof zu gehen. Folglich tut er kaum etwas anderes. Ich fabriziere wunderbare Schilderungen der trostlosen verschneiten Landschaft, in der er zu Hause ist, und beginne mich zu fragen, was für einen Roman ich da eigentlich schreibe. Aber der Sohn selbst sperrt sich beharrlich gegen mich. Ich habe ihn Gary genannt. Gary will nicht handeln, er weigert sich, diabolisch zu sein.

Überraschung, Überraschung, höre ich jemanden spotten. Es nennt sich *Fiktion*, Lucy Ledger. Anders als bei einer oberflächlich getarnten Autobiographie muss man sich dabei tatsächlich Dinge *ausdenken*. Gib Gary die Schuld, so viel du willst, aber vergiss nicht – *Gary ist nicht real.*

Der Schnee schmilzt. Ströme schmutzig braunen Wassers fließen über Straßen und Gehsteige, bahnen sich einen Weg durch jede

Rinne und funkeln im immer noch kalten Sonnenschein. Die Studenten sind für eine Woche nach Hause gefahren, nach Cancún geflogen oder haben sich an einen anderen Ort tropischer Ausschweifung zurückgezogen; von dort werden sie mit sich schälender Sonnenbräune, pseudofolkloristischen Zöpfchen im Haar und heftigen Brummschädeln zurückkehren, ohne rechte Lust auf die Uni und in sehnsüchtiger Erwartung der Sommerferien. Brad und ich schlendern im Matsch durch die Stadt, es ist schön, nach einem langen Winter wieder draußen zu sein. Wir spielen Pool (ohne dabei Sean oder auch nur Delia zu begegnen); wir essen billig im Nicolletti's zu Abend; wir schauen Filme. Der Rest der Fakultät hält uns natürlich für – nun ja, für ein Paar. Sie sprechen uns nicht offen darauf an, dazu sind sie zu höflich. Aber ihnen ist anzusehen, dass sie es denken. Diese irrige Vermutung richtigzustellen wäre der Mühe nicht wert.

Wir hingegen sind zufrieden mit dem Status quo. Ich jedenfalls, und das scheint das Ausschlaggebende zu sein. Es gab Jungs auf dem College, die mir schworen, sie hätten kein Problem damit, bloß mit mir befreundet zu sein, doch gleichzeitig wanderten ihre Hände ständig dorthin, wo sie nichts zu suchen hatten, ihre Gesichter berührten meins in versehentlichen Küssen, und schließlich flehten sie mich an, ich möge ihnen sagen, was mit ihnen nicht stimme, warum ich sie nicht auf *diese* Weise mochte. Oder sie wandten sich letztendlich gegen mich. Ich bin wirklich dankbar, jemanden wie Brad zu haben.

Ursprünglich hatte ich überlegt, in den Ferien meine Eltern zu besuchen; ich war schon über Weihnachten nicht bei ihnen, und es wird mal wieder Zeit. Die Fahrt wäre gar nicht so lang: ein Vormittag im Auto. Aber dann behauptete ich meiner Mutter gegenüber am Telefon, ich müsse noch die Korrekturen von *Menschenraub – Entführung im englischen Roman des achtzehnten und neunzehnten Jahrhunderts* rechtzeitig zum Abgabetermin fertigstellen. Das stimmte gar nicht: Ich habe meine Korrekturen längst eingereicht, das Buch ist in der Herstellung oder wird jedenfalls bald in die Herstellung gehen. Ich bin nicht zu ihnen gefahren, weil ich es nicht wollte.

»Du wirst uns fehlen«, sagte meine Mutter am Telefon, aber ich glaubte ihr nicht. In solchen Momenten habe ich immer den Eindruck, sie liest aus einem Drehbuch für Mütter ab und sagt lediglich das, was sie denkt, sagen zu müssen.

Kurz bevor ich auflegte, meinte ich am anderen Ende etwas zu hören – ein kleines Stocken, vielleicht ein Atemholen, vielleicht etwas noch weniger Greifbares. Eine Sekunde lang erwog ich die Möglichkeit, dass meine Mutter im Begriff gewesen sein könnte, noch etwas hinzuzufügen, etwas, das vom Drehbuch abwich.

Aber da war die Verbindung bereits getrennt, und bei genauerem Nachdenken kam es mir auch unwahrscheinlich vor.

Nachdem sie mich wiederhatten, gingen meine Eltern sogar noch mehr auf Distanz zu mir als vorher. Eigentlich hätte man doch vom Gegenteil ausgehen müssen: dass ihnen plötzlich vor Augen geführt wurde, dass sie mich jahrelang – wenngleich nicht aus böser Absicht – vernachlässigt hatten, und sie nun erst ihre wahre Freude an mir entdeckten. Aber weit gefehlt. Sie schienen sich ein wenig vor mir zu fürchten. Ich konnte das damals nicht begreifen, und selbst heute noch ringe ich damit, ihnen dafür zu vergeben. Wann immer ich merke, dass ich mich vor einem Besuch bei ihnen drücke, rufe ich mir das ins Gedächtnis.

Meine Eltern und die von Carly May hatten wenig gemeinsam, doch in einer Sache herrschte Einigkeit: Wir sollten künftig so wenig Kontakt wie möglich zueinander haben. Wir würden uns nur immer wieder gegenseitig an das Erlebte erinnern, fanden sie, und einander so daran hindern, von der Vergangenheit loszukommen. Welchen Schaden wir auch immer davongetragen hatten, er würde bedeutend schlimmer werden, wenn sie uns erlaubten, in Verbindung zu bleiben. Meine Mutter war in diesem Punkt besonders unnachgiebig, und Gail und die Väter ließen sich ohne Mühe von ihrem Standpunkt überzeugen.

Meine erste Therapeutin unterbreitete meiner Mutter zaghaft den Vorschlag, dass eine behutsam geregelte Korrespondenz uns durchaus dabei helfen könne, das, was sie als unser »Trauma« bezeichnete, zu verarbeiten, doch Miranda Sheridan Lonsdale wies diesen Ratschlag kategorisch zurück. »Lois muss nach vorne schauen«, sagte sie bestimmt, als wäre es so einfach. Ich denke, sie meinte damit, sie *selbst* müsse nach vorne schauen. Der bloße Gedanke an Carly May regte sie auf; ich glaube, meine Mutter gab ihr sogar teilweise die Schuld an der Sache. Vielleicht dachten Carly Mays Eltern dasselbe über mich. Ich kann mir gut vorstellen, wie verlockend es sein muss, ein anderes Mädchen als die Komplizin hinzustellen, als diejenige, die sich gegen eine Flucht stellte, die sich vom Entführer einwickeln ließ. Nun, geographisch war das Kontaktverbot problemlos durchzusetzen; wir konnten uns nicht einfach zur Hintertür hinausschleichen, um uns heimlich im Wald zu treffen, und damals gab es noch keine Handys, die die Distanz zwischen uns irrelevant gemacht hätten.

Aber die Vergangenheit lässt man nicht einfach zurück, so wie man etwas in die hinterste Ecke einer Schublade stopft oder einen losen Faden abschneidet. Die Vergangenheit führt ein Eigenleben. Ich glaube, wenn es ihnen gelungen wäre, uns vollständig von ihr zu trennen, hätten wir nicht überlebt. Das klingt ein wenig dramatisch, ich weiß, aber ich glaube fest daran. Was wir erlebt hatten, war ein Teil von uns. Wir konnten es nicht einfach abhacken wie ein brandiges Glied. Wir mussten es annehmen, es untersuchen, es aus immer neuen Blickwinkeln betrachten. Wir hatten keine Ahnung, was es bedeutete – und doch schienen wir, genau wie alle anderen, ganz selbstverständlich davon auszugehen, *dass* es etwas bedeutete. Es wollte nur niemand darüber reden, was.

Anfangs schickten wir uns heimlich ein paar hölzern formulierte Briefe, und es gab das eine oder andere verstohlene Telefonat. Wir bemühten uns, einander etwas Wahres über diese seltsamen Wochen mitzuteilen, nach deren Ablauf wir nicht mehr ganz die waren, die wir vorher gewesen waren oder die wir sonst geworden wären. Ich bin immer noch nicht die, die ich sonst geworden wäre, auch wenn ich diese andere Person wie einen Schatten spüre. Ich bin mir nicht sicher, was für ein Mensch sie gewesen wäre. So etwas kann man schließlich nicht wissen.

Es ist gut möglich, dass Carly mehr Briefe schrieb, als ich tatsächlich bekam, und andersherum genauso; für wachsame Eltern wäre es ein Leichtes gewesen, Briefe mit verdächtigem Poststempel abzufangen. Telefongespräche tauchten auf Rechnungen auf und führten zu Vorwürfen. Die wenigen unbeholfenen Worte, die wir austauschten, waren lange nicht genug. Wir hätten mehr Raum und Zeit gebraucht, um auch nur ansatzweise ein Gespür dafür zu entwickeln, was wir einander sagen wollten – was gesagt werden konnte, und was gesagt werden *musste*. Hätten wir uns persönlich treffen können, wäre es womöglich anders gewesen, dann hätten wir unsere Beziehung vielleicht fortführen und unsere Hütte im Wald wenigstens in Teilen lebendig erhalten können. Aber körperlose Worte reichten nicht aus, vielleicht waren sie sogar noch schlimmer als gar nichts. Nach einer Weile jedenfalls herrschte Schweigen zwischen uns, und ich sprach nur noch in Gedanken mit Carly May.

Als meine Eltern mich abholen kamen, wurde mir mit drastischer Klarheit vor Augen geführt, wie unwiderruflich ich mich verändert hatte. Carly und ich waren von der Hütte – dem Tatort – weggebracht und in einem winzigen Gefängnis abgesetzt worden, wo niemand so recht zu wissen schien, was man mit uns machen sollte. Also brachten sie uns einfach nur etwas zu essen und versicherten uns, dass unsere Eltern auf dem Weg seien. Carly May hatte Blut auf dem Kleid, und ein junger Polizist, der in unserer Gegenwart sehr gehemmt war, brachte ihr eine Jeans und ein T-Shirt in Erwachsenengröße – Kleider, in denen sie wie eine Vogelscheuche aussah. (Später beschlagnahmte die Polizei auch mein Kleid. Es sei ein Beweisstück, sagten sie.) Mir fiel auf, wie blass wir im Vergleich zu den anderen aussahen. Wir waren seit Wochen nicht in der Sonne gewesen. Wir sahen aus wie eine fremde Spezies – eine, die zwar mit dem Menschen verwandt, aber doch anders war. Ein Mann, der uns sagte, er sei Detective, stellte uns einige Fragen – Wie heißt ihr? Seid ihr verletzt? –, allerdings hatte mein Vater am Telefon gegenüber der Polizei darauf bestanden, dass ich nicht befragt wurde, bis er kam, und sich sogar von einem Anwalt bezüglich meiner Rechte beraten lassen.

Aber wir waren ohnehin wie taub und hatten nicht viel zu sagen. Wir wurden ins nächstgelegene Krankenhaus gebracht, wo man uns sehr gründlich untersuchte – als wäre die Wahrheit in unseren Körpern versteckt, als enthielten sie Beweise, die es auszugraben galt, als würden wir in unserem Innern etwas Entscheidendes verbergen. Über diese Erfahrung kann ich bis heute nicht sprechen. Irgendwann brachte uns dann die Polizistin, die uns zu den Untersuchungen begleitet hatte, in ihre Wohnung, wo wir auf ihrem Sofa saßen und fernsahen. Wir hatten ja seit anderthalb Monaten nicht mehr ferngesehen, doch die vertraute Banalität beruhigte uns wie eine Droge. Wir starrten auf die merkwürdigen Gestalten, die über den Bildschirm flackerten, bis wir irgendwann gegeneinander sanken und einschliefen.

Die freundliche Polizistin weckte mich, als meine Eltern kamen, und ich erinnere mich noch an diese wundervollen Sekunden der Leere, bevor erneut der Schuss in meinem Kopf widerhallte und ich begriff, wo ich war und wo ich nicht war; die Wirklichkeit brach mit voller Wucht über mich herein. Die Gesichter meiner Eltern schwebten über mir – Moms wirkte irgendwie diffus, als wäre es auseinandergenommen und dann auf gut Glück wieder zusammengesetzt worden; Dads war wütend und hart, aber dahinter schimmerte die Furcht. Sie konnten sich nicht auf die Couch setzen, weil Carly langgestreckt neben mir lag, also hielten sie mir unbeholfen ihre dünnen, gebräunten Arme entgegen, damit ich aufstand und mich von ihnen umarmen ließ. Was ich auch tat, aber es war ein reiner Automatismus, Trost fand ich darin keinen. Ihre Arme fühlten sich so substanzlos an, und in ihren Augen standen zu viele Fragen, von denen ich wusste, dass sie sie niemals würden stellen können. Ihre Angst machte sie sprachlos und steif.

»Mir geht's gut«, hörte ich mich ihnen versichern. »Mir geht's gut, wirklich, mir geht's gut.« Ein dunkler Graben tat sich zwischen uns auf, während sie mich mit flehenden Mienen forschend musterten und ich nichts tun konnte, als unerbittlich und undurchdringlich zurückzustarren.

»Ach, Lois«, sagten sie immer wieder. »Kleine Lois.«

Irgendwann wisperte meine Mutter sogar gefühlvoll: »Mein Baby«, was vollkommen untypisch für sie war. Ich glaube, sie hatte mich noch nie zuvor »Baby« genannt, außer vielleicht, als ich wirklich noch ein Baby gewesen war. Aber ich *war* nicht ihr Baby. Ich war nicht einmal mehr Lois, jedenfalls nicht richtig. Meine Eltern wirkten auf mich wie nette, hilflose Fremde. Ich weiß nicht, wie ich auf sie wirkte, aber ihre Gesichter sahen aus, als würden sie mich gar nicht wiedererkennten.

Danach fuhren sie mit mir in ein Motel. Ich blieb mit meiner Mutter dort, während mein Vater mit der Polizei sprach. Ich sagte meiner Mutter, ich sei zu müde zum Reden, und erreichte, dass ich mich auf eins der Doppelbetten legen und weiter fernsehen durfte. Ich bat sie, die Vorhänge zu schließen, damit ich nicht die zerklüfteten Berge sehen musste. Sie saß in einem prall gepolsterten orangefarbenen Vinylsessel am Fenster und beobachtete mich. Ich döste abermals ein, während im Hintergrund die Fernsehstimmen schnatterten. Schlaf schien die einzig verfügbare Zuflucht. Ich versuchte mich zu zwingen, von den Nächten in der Hütte zu träumen, in denen wir, umgeben von Glühwürmchen und Sternen, im taufeuchten Gras Verstecken gespielt hatten, aber ich träumte gar nichts.

Was für eine merkwürdige Situation, obwohl sie sicher nicht ungewöhnlich ist: Ein schweres Verbrechen war begangen worden, eventuell sogar mehrere, doch der Täter war nicht länger Teil der Gleichung. Es gab niemanden, den man vor Gericht stellen, verurteilen und bestrafen konnte. Meine Eltern wären am liebsten sofort mit mir nach Hause gefahren, aber anscheinend gab es gewisse Vorschriften, die befolgt werden mussten, gewisse Abläufe, die unsere Anwesenheit erforderlich machten. Schließlich waren wir die Beweisstücke. Wir waren das, was übrig blieb. Überdies war ich noch nicht bereit, mich von Carly zu trennen, obwohl ihr Vater und Gail es ebenfalls kaum erwarten konnten, sie mit nach Hause zu nehmen. Reporter drängten sich vor dem Polizeirevier und riefen uns Fragen entgegen, wenn wir von den Mietwagen unserer Eltern zum Eingang oder vom Eingang zu den Mietwagen eilten; sie belagerten unsere Motelzimmer, weil sie unbedingt einen Blick auf unsere berühmten Gesichter erhaschen oder ein paar O-Töne aufschnappen wollten, die ihren Meldungen mehr Würze verliehen. Gail und Carly traten in einer lokalen Talkshow auf, zur großen Empörung meiner Eltern; sie verboten mir, die Sendung anzusehen. Danach schob ihr Vater dem Ganzen einen Riegel vor, und Gail schmollte. Das Argument, das sie zu ihrer Verteidigung vorbrachte, war, dass mehr Mädchen über unsere Geschichte aufgeklärt werden müssten, um sich selbst besser vor Gefahren schützen zu können.

»Ich lasse nicht zu, dass meine Tochter von diesen Aasgeiern ausgenutzt wird«, sagte Carly Mays Vater und sprach damit ein Machtwort – etwas, das, wie Carly May mir versicherte, nur sehr selten vorkam.

Danach war das Thema jedenfalls vom Tisch. Meine Eltern müssen ähnliche Angebote für mich erhalten haben, aber sie erwähnten sie nie. »Diese Frau ist unmöglich«, sagte meine Mutter über Gail, und mein Vater tätschelte ihr in stummer Übereinstimmung das Knie. Am liebsten hätten sie nichts mit Gail zu schaffen gehabt, aber ihr vollständig aus dem Weg zu gehen war nicht möglich. Wir trafen die Smiths oft genug auf dem Polizeirevier – wenigstens im Vorübergehen; normalerweise wurden Carly und ich getrennt voneinander befragt.

Sie und ich versuchten scheinbar zufällige Begegnungen

herbeizuführen. Einmal gelang es uns sogar, unsere Eltern zu überreden, gemeinsam zu Abend zu essen; wir gingen zu einem Hotdog-Stand, der angeblich berühmt war und wo meine Mutter vor den Touristenscharen zurückschreckte, als hätte sie eine Phobie vor Fremden entwickelt. Unsere Eltern ließen sich an einem Picknicktisch nieder. Ich kann immer noch das heiße, raue Holz an der Unterseite meiner Schenkel spüren; ich sehe noch die Wespe vor mir, die in meine Limonade gefallen war. Carly saß mir gegenüber, sie trug ein enges Whiteface-Mountain-T-Shirt, das am Bauch einen Streifen bleicher Haut frei ließ. Sie hatte die Haare zu einem Pferdeschwanz gebunden, und der Hauch Lipgloss, der auf ihren Lippen glänzte, ließ sie ein wenig distanziert wirken. Die Welt machte bereits wieder ihre Ansprüche auf sie geltend, wurde mir da voller Panik bewusst. Ich hatte Angst, alleingelassen zu werden.

Doch dann machte Gail eine dumme Bemerkung über Officer Hilton, die Frau, die uns am ersten Tag mit zu sich nach Hause genommen hatte. »Es sind ja nicht nur die kurzen Haare«, meinte sie. »Sie hat einfach irgendwas an sich, wissen Sie, was ich meine? Ich persönlich finde, man sieht es ihr an. Ehrlich gesagt bin ich ein bisschen überrascht, dass sie ihr die Mädchen einfach so anvertraut haben.«

Meine Mutter starrte Gail mit versteinerter Miene an, während unsere Väter peinlich berührt zu den schroffen Berggipfeln blickten. Unter dem Tisch versetzte Carly mir mit ihrem nackten Fuß einen heftigen Tritt gegen das Schienbein. Es war eine typische Carly-Botschaft, wie ich sie aus der Hütte kannte, und da wusste ich, dass ich sie doch noch nicht verloren hatte.

Aber das gemeinsame Essen half nicht, die Beziehungen zwischen unseren Familien zu verbessern. Unsere Väter allein wären vielleicht ganz gut miteinander ausgekommen, aber Gail war zu laut, zu sehr darauf bedacht, die Kontrolle zu übernehmen und allem, was sie nicht verstand, einen Stempel aufzudrücken, damit es keine Macht mehr über sie hatte. Doch hinter ihrem pausenlosen Gerede bemerkte ich etwas Hartes, wie ein scharfes Messer, das sie jederzeit ziehen konnte, und ich erkannte – mit der eigentümlichen Hellsicht, die ich seit unserer Befreiung zu haben schien –, dass es ein Fehler wäre, sie zu unterschätzen. Die Reaktion meiner Mutter auf Gail bestand darin, dass sie sich ganz auf ihre vornehme neuenglische Arroganz zurückzog – ein Geburtsrecht, das sie davor praktisch schon aufgegeben hatte. Sie rümpfte ihre lange, schmale, ungeschminkte Nase, schaute auf die ordinäre, in einem fort plappernde Gail herab und sorgte bei allen für frostige Stimmung. Unsere Väter aßen ziemlich viele Hotdogs und machten gelegentlich eine Bemerkung über das Wetter oder die Schönheit der Berge. Carlys Vater zog immer wieder an ihrem Pferdeschwanz – aber ganz sacht, als könnte er sonst abfallen. Hin und wieder schenkte sie ihm ein halbes Lächeln, bei dem eine Seite ihres Mundes kurz nach oben zuckte, und er entspannte sich merklich.

Ich ignorierte meine Eltern nicht direkt; das hätte ja bedeutet, dass ich mir ihrer Anwesenheit bewusst gewesen wäre und ihnen absichtlich die kalte Schulter zeigte. Dabei war es genau andersherum: Ich versuchte, in irgendeiner emotional angemessenen Weise auf ihre Gegenwart zu reagieren, aber ich spürte einfach nicht, dass sie wahrhaftig da waren.

Irgendwann wurde zu jedermanns Zufriedenheit festgestellt, dass Carly May und ich alles gesagt hatten, was wir zu sagen hatten. Es gab keine Komplizen bei unserer Entführung und keine weiteren Opfer. Das hatten wir von Anfang an betont, und endlich glaubte man uns. Fernsehberichten zufolge waren wir »in letzter Minute« gerettet worden – als hätte unser Entführer, als die Streifenwagen kamen, wild mit der Waffe herumgefuchtelt.

Endlich ließ die Polizei uns gehen. Carly und ich bestanden darauf, uns noch voneinander zu verabschieden, auch wenn unsere Eltern uns dabei nicht allein ließen. Wir drückten uns etwas unbeholfen, keine von uns war wirklich der Typ für Umarmungen, und überlegten, was wir im Beisein unserer Eltern sagen konnten, das nicht vollkommen bedeutungslos war. Wir sahen uns an, die Augen voller Geheimnisse und Versprechen.

Und so kehrte sie zurück auf ihre Farm und zu ihren Schönheitswettbewerben, und ich kehrte zurück in unser Hotel. In das von einer Tragödie überschattete Hotel. Ein Hotel voller Fremder. Mein Zuhause.

Natürlich schickten meine Eltern mich zu einer Psychologin. Das gab ihnen das Gefühl, etwas zu tun, und es ließ sie hoffen, dass ich bald wiederhergestellt sein würde. Wenigstens nahm ich an, dass sie so dachten: Natürlich sprachen wir nie darüber, jedenfalls nicht offen. Sie stellten mir vorsichtige Fragen zu meinen Sitzungen, ob ich das Gefühl hätte, dass es vorwärtsgehe. In der Regel gab ich ihnen die Antwort, von der ich glaubte, dass sie sie hören wollten. Bisweilen wünschte ich mir, ich könnte mehr wie Carly sein, die keine Angst gehabt hätte, knallhart die Wahrheit zu sagen, um sich zu schlagen, Ansprüche anzumelden. Jedenfalls stellte ich es mir so vor.

Ich wünschte mir andauernd, mehr so zu sein wie Carly May.

Chloe

Nach meiner Rückkehr musste ich nicht mehr so viel auf der Farm arbeiten. Mir war klar, dass ich höchstwahrscheinlich nur ein sehr kurzes Zeitfenster für Verhandlungen zur Verfügung hatte, und so holte ich alles raus, was ging. Manchmal fuhr ich mit Daddy im Truck los, um die Rinder zusammenzutreiben oder dergleichen, aber meine täglichen Pflichten wurden ausgesetzt und an meine kleinen Halbbrüder weitergereicht. Ich verbrachte viel Zeit in meinem Zimmer. Hin und wieder trainierte ich Ballett. Nach einem ganzen Sommer ohne Training war ich total aus der Form, und ich musste meine Beine erst fit machen, bevor ich sie wieder richtig ausdrehen konnte. Daddy hatte an einer Wand meines Zimmers eine Ballettstange und an der anderen einen großen Spiegel angebracht, und ich machte ein Plié nach dem anderen, bis meine Muskeln wieder kräftig waren. Ich erledigte sogar sporadisch meine Hausaufgaben. Ansonsten las ich billige Romane oder kritzelte dummes Zeug in mein Tagebuch – größtenteils darüber, was ich alles tun würde, wenn ich endlich hier wegkäme. Das Tagebuch erinnerte mich irgendwie an Lois, obwohl sie meines Wissens gar kein Tagebuch führte. Aber sie war ein Mädchen der Worte. Wenn ich meine widerlichen, gemeinen Gedanken auf eine leere Seite schmierte, hatte ich das Gefühl, Lois' Ansichten und Leben ein bisschen näher zu sein.

Und wie immer waren da die Schönheitswettbewerbe, eine endlose Reihe von Freakshows. Oft fuhr ich mit Gail allein hin. Jetzt war ich nicht mehr nur Carly May Smith aus Arrow – ich war Carly May Smith, das entführte Mädchen, das wie durch ein Wunder gerettet worden war. Scheiße, ich war eine Sensation. Reporter rissen sich darum, einen Kommentar von mir zu bekommen. Den Preisrichtern war ich natürlich auch bekannt. Die Eltern der anderen Teilnehmerinnen machten einen Bogen um mich, und die Mädchen waren mir gegenüber scheu.

Natürlich hätte ich damit aufhören können. Ich hatte Zed gesagt, dass ich aufhören würde. Er hatte meine Schönheitswettbewerbe gehasst. Ich glaube, anfangs hatte ich auch wirklich vor aufzuhören, aber dann kam es mir irgendwie rebellischer vor weiterzumachen. Und außerdem: Wer war er, mir vorzuschreiben, wie ich mein Leben zu leben hatte? Ein Krimineller. Ein Versager. Ein Toter. Jemand, der mir jetzt nicht mehr helfen konnte, so viel stand fest. Es war nur folgerichtig, dass die Welt mich anders behandelte, da ich mich definitiv anders *fühlte*. Außerdem kam ich durch die Schönheitswettbewerbe wenigstens mal raus. Allein dafür lohnte sich der ganze Aufwand – die Proben, die langen Stunden, die ich in Gails Gesellschaft verbringen musste. Und dafür lohnten sich auch die Schuldgefühle, weil ich Zed gegenüber mein Wort gebrochen hatte – zumal mein schlechtes Gewissen mit jedem Tag ein bisschen abnahm.

Gail war fast nie zufrieden. Ich hätte mich verändert, behauptete sie, als wäre das ein Verbrechen. Früher hast du liebenswerter ausgesehen. Das stimmte sicherlich, ich war früher auch ein liebenswerter Mensch gewesen, aber das ging Gail natürlich am Arsch vorbei. Trotzdem hatte sie recht: dass man eine gewisse Liebenswürdigkeit ausstrahlte, war elementar, jedenfalls für die Juroren. Ich stand überall im Mittleren Westen auf unzähligen Bühnen, Schulter an Schulter mit den anderen Mädchen. Wir waren fast alle gleich groß, obwohl bei den unwichtigen Provinzwettbewerben auch hin und wieder ein paar kleinere – und dickere – Teilnehmerinnen dabei waren. Aber normalerweise stand ich zwischen zwei Mädchen, die genau dieselbe Schulterhöhe hatten wie ich, deren Arme und Beine ich glatt mit meinen hätte verwechseln können. Ich bin mir sicher, bei einer polizeilichen Gegenüberstellung hätte niemand außer unseren Müttern (oder in meinem Fall: unseren Coaches – es war mir immer sehr wichtig klarzustellen, dass Gail nicht meine Mutter war) uns auseinanderhalten können. Wir standen etwas nach rechts gedreht, das linke Knie leicht angewinkelt vor dem rechten. Durch diese Haltung sollte man angeblich schlanker wirken. Außerdem sahen wir aus wie eine dieser Papiergirlanden, an die ich mich noch aus meiner Kindheit erinnerte. Ein Mädchen neben dem anderen, an den Ellbogen miteinander verbunden, jedes eine exakte Kopie des nächsten.

Wenn man dann an die Reihe kam und nach vorn treten musste, sollte man plötzlich aus der Masse herausstechen, sich nicht länger harmonisch einfügen, sondern zeigen, wie individuell man war. Von jetzt auf gleich musste man diejenige mit dem strahlendsten Lächeln, dem grazilsten Gang, dem einnehmendsten Wesen sein. Mit anderen Worten: die Liebenswerteste. Aber genau das war das Knifflige an der Sache: Liebenswert allein war nicht genug. Man musste gleichzeitig das Mädchen von nebenan *und* das Pin-up-Girl in spe sein. Im Ernst, es ist völlig egal, was andere behaupten, man musste beides können, jedenfalls sobald man über die lokalen Milchköniginnen-Wettbewerbe hinaus war. Manchmal sogar schon dort.

Ich gewann nicht mehr so mühelos wie am Anfang – so mühelos wie vor der Entführung, könnte man auch sagen. Gail zählte zwei und zwei zusammen und machte mir in ihrer verkorksten Gail-Logik einen Vorwurf daraus. Beim Midwestern-Cornhusker-Teen-Queen-Wettbewerb schaffte ich es nicht mal unter die ersten drei, und ich dachte allen Ernstes, Gail würde mir hinterher eine scheuern, so sauer war sie. Ich war fast ein bisschen enttäuscht, als sie es nicht tat – ich suchte immer nach etwas, das ich gegen sie verwenden konnte. Ein Reporter wandte sich an sie, weil er eine Story über mein Martyrium schreiben wollte – »Junge Schönheitskönigin kämpft mit Folgen ihrer Entführung« oder so etwas in der Art. Doch Gail sagte tatsächlich nein und ließ damit zum allerersten Mal eine Chance auf Publicity sausen. Aber es gab auch Erfolge: Als ich fünfzehn war, wurde ich zur Miss Nebraska Teen USA gekürt. Und ich kam hinter Gails schmutziges Geheimnis. Dieses Wochenende war ein Wendepunkt, und zwar in mehr als einer Hinsicht.

Genau wie die anderen Teilnehmerfamilien übernachteten auch wir in einem Hotel in der Innenstadt von Omaha. Nur Gail und ich. Daddy würde zum eigentlichen Wettbewerb nachkommen, das hatte er versprochen, obwohl er deutlich gemacht hatte, dass er sein Wochenende lieber mit anderen Dingen verbringen würde – mit der Reparatur der Zäune auf der Westweide zum Beispiel. Mir hätte es nichts ausgemacht, wenn er weggeblieben wäre. Wenn er da war, fielen mir meine Auftritte immer schwerer. Wenn ich ihn im Publikum sitzen sah, spaltete sich mein Geist in zwei Teile auf: Die eine Hälfte sah den Wettbewerb so, wie ich ihn sehen wollte – als absolut legitime Art, Preise, Lob und Aufmerksamkeit zu bekommen. Aber die andere Hälfte sah den Wettbewerb durch Daddys Augen, und dann wurde er auf einmal zu etwas Widerlichem, Schmierigem. Ausbeuterisch und erniedrigend – gewiss nichts, worauf man mit Recht stolz hätte sein dürfen. Dann musste ich daran denken, wie sehr er, Zed, meine Schönheitswettbewerbe gehasst hatte, und seine Missbilligung vermischte sich mit Daddys, und ihre gemeinsame Abscheu wurde irgendwie zu meiner eigenen, und ehe ich wusste, wie mir geschah, kam mir die ganze Veranstaltung nur noch billig und ekelhaft vor. Ich schämte mich und war wütend auf mich für diese Scham. Daddys Abwesenheit machte alles einfacher.

Bis Daddy nachkam, war ich also mit Gail allein. Wir konnten uns nicht besser leiden als früher, aber im Laufe der letzten Jahre hatten wir einen Weg gefunden, miteinander auszukommen. Dass wir dasselbe Ziel verfolgten, wenngleich aus unterschiedlichen Gründen, half dabei. Ehrlich gesagt begriff ich nicht ganz, wieso Gail mein Erfolg so wichtig war. Wenn sie eine eigene Tochter gehabt hätte, hätte sie mich vielleicht in Ruhe gelassen. Sie legte immer unglaublich viel Wert auf die Feinheiten: die Kleider, die Haare, das Make-up, das Lächeln, die Ausstrahlung. Sie war eine Expertin für Mascara. Was zählt, sind die Wimpern, war eine ihrer Lieblingstheorien. Wie für meine Lehrer in der Schule – und später natürlich Martin – war meine Einstellung in ihren Augen das größte Problem.

»Du darfst nicht so lächeln, als hättest du bereits gewonnen«, erklärte sie mir. »Und grins nicht, als würdest du dich über einen Witz amüsieren. Du musst liebreizend aussehen. Nett. Du willst doch Schauspielerin werden, oder? Dann spiel.«

Es war das zweite Jahr, in dem ich nach der Krone der Miss Nebraska Teen griff, und das erste Jahr, in dem ich wirklich eine reelle Chance hatte, obwohl ich mit fünfzehn immer noch ein bisschen jung war. Und ein bisschen flachbrüstig. Das Höchstalter für den Wettbewerb war achtzehn, und die Vorteile der Siebzehn- und Achtzehnjährigen gegenüber den jüngeren Teilnehmerinnen lagen auf der Hand. So gut ich auch mit Gails ausladendem, weichem, sommersprossigem Busen vertraut war, ich hatte absolut keine Eile, dass mir selbst solche Fleischberge auf der Brust wuchsen. Nichtsdestoweniger sorgte ich mich, dass ihr Fehlen auf dem Weg zum Sieg ein Hindernis darstellen könnte. Sicher, mit doppelseitigem Klebeband und clever geschnittenen Bustiers konnte man einiges ausgleichen, aber es gab Grenzen.

Aber zurück zu Gails dunklem Geheimnis. Ich kam am späten Vormittag von der Probe für unsere gemeinsame Eröffnungsnummer. In der Regel führte immer jemand Aufsicht, aber an diesem Vormittag hatte unsere Begleiterin entschieden, dass sie uns guten Gewissens in unserem jeweiligen Stockwerk aus dem Aufzug steigen lassen konnte, ohne bis zum Zimmer mitzukommen. Die meisten Mädchen waren sowieso mit ihren Müttern zur Probe erschienen. Nur Gail war auf dem Zimmer geblieben, zu meiner großen Erleichterung. Sie hatte über Kopfschmerzen geklagt.

Ich stieg im neunten Stock des Sheraton aus dem Fahrstuhl und schlenderte gemächlich durch den Flur zu unserem Zimmer. Normalerweise mochte ich Hotels, weil mir das Leben darin sauber und geregelt und unkompliziert erschien – als könnte man einfach eine Tür aufmachen, ein Zimmer betreten, die Jacke aufhängen und ganz neu anfangen. Nur dass unser Zimmer stickig und überheizt sein würde, und im Hintergrund würde irgendeine dämliche Seifenoper im Fernsehen laufen. Das war Gails Anti-Kopfschmerz-Programm. Ich kramte in meiner Hosentasche nach Kleingeld und hielt vor einem Getränkeautomaten an, der in einer Nische im Flur stand. Ich zog mir eine Cola, die ich eigentlich nicht trinken durfte. (Schlecht für die Haut *und* für die Figur, meinte Gail, die Fachfrau.)

Als ich mich vom Automaten abwandte und meine Dose öffnete, kam plötzlich ein Mann um die Ecke. Fast wäre ich mit ihm zusammengestoßen. Die meisten Wettbewerbsteilnehmerinnen waren ziemlich paranoid, andauernd mussten wir uns Vorträge darüber anhören, welche Gefahren von fremden Männern ausgingen. Was das betraf, fühlte ich mich den anderen Mädchen auf seltsame Weise überlegen: Ich hatte die Begegnung mit einem fremden Mann bereits hinter mir. Man sagt ja auch, dass man nicht zweimal vom Blitz getroffen wird, ich war also gewissermaßen immun. Was mich an diesem Mann am meisten verstörte, war, dass er kein bisschen überrascht zu sein schien, mich zu sehen, was in mir den Verdacht weckte, dass er mich beobachtet und unsere Beinahekollision mit Absicht herbeigeführt hatte. Er hatte die Art von Gesicht, vor der ich mich immer schon geekelt hatte: wulstige, feuchte Lippen und ein widerlicher Schnurrbart, blasse schmale Augen, rote Backen. Er sah irgendwie heiß und *feucht* aus, als käme er gerade aus der Dusche, nur dass er nicht so sauber war.

»Du bist doch bestimmt eins von den Mädchen vom Schönheitswettbewerb«, sagte er. Das war harmlos, zumal es stimmte und nicht zu übersehen war. Wir hatten fast das gesamte Hotel in Beschlag genommen, und ich trug ein Tanzkostüm über dem Arm. Aber vielleicht war mir die Bemerkung gerade deshalb nicht geheuer. *Sei ganz normal*, dachte ich und trank einen Schluck von meiner Cola.

»Glaubst du, du hast eine Chance auf den Sieg?«

Ich zuckte mit den Achseln. »Schwer zu sagen.« Das stimmte, man wusste nie. Die Juroren hatten alle ihr eigenes Ding am Laufen.

»Bescheiden auch noch!«, sagte er anzüglich und tat, als wäre er beeindruckt. Wobei er genau wusste, dass ich wusste, dass er nur so *tat*, was wiederum bedeutete, dass er auch wusste, dass ich wusste, dass an dieser Begegnung absolut nichts normal war. Was alles nur noch abartiger machte.

Der Mann stand zwischen mir und dem Flur, ich war in der Nische mit dem Getränkeautomaten gefangen. »Na, dann drücken Sie mir mal die Daumen«, sagte ich so selbstsicher, wie ich konnte. Schließlich war ich gut trainiert. »Ich muss jetzt zurück zu meiner Mom.« *Du hast ja keine Ahnung, mit wem du dich hier anlegst*, dachte ich. Im Kopf ging ich Selbstverteidigungsstrategien durch: Knie in den Schritt. Finger in die Augen. Ich beobachtete ihn abwartend.

Er rührte sich nicht vom Fleck. Ich konnte es nicht erklären, aber irgendwie schien er breiter zu werden, den Raum immer mehr auszufüllen. Wenn ich versuchte, mich an ihm vorbeizuschlängeln, würde ich damit nur eingestehen, dass ich wusste, dass ich in der Falle saß.

»Ich sag dir was«, meinte er. »Gib mir einen Schluck von deiner Cola ab, dann wünsche ich dir Glück.«

Damit hatte ich nicht gerechnet. Entsetzt starrte ich ihn an – etwa eine Sekunde zu lang. Das war ja, als würde er mich um einen Kuss bitten. Seine Lippen würden da sein, wo vorher meine gewesen waren. Ich konnte mir nichts Ekligeres vorstellen. »Hast du Angst, ich habe Herpes?« Hinter seinem feuchten Lächeln schien er mich zu verspotten.

»Nein, hier«, sagte ich, nachdem ich wieder zur Besinnung gekommen war, und hielt ihm die Dose hin. Er ließ meinen Blick nicht los, während er sie an die Lippen hob. Während er schluckte, drückte ich mich an ihm vorbei, konnte dabei allerdings nicht vermeiden, seinen Körper zu streifen.

»Behalt sie, du Arschloch!«, rief ich ihm über die Schulter zu. Er hob die Dose in einem spöttischen Toast, bevor ich herumwirbelte und wegrannte.

Als ich bei Zimmer 914 ankam, hämmerte ich gegen die Tür. Ich wollte keine Zeit damit verschwenden, in meiner Tasche nach dem Schlüssel zu suchen. Gail öffnete nicht gleich. Als sie endlich an die Tür kam, wirkte sie verärgert. Sie war noch im Bademantel. »Du bist früher zurück, als ich dachte«, sagte sie. Als hätte ich irgendeinen Einfluss auf den Probenplan.

»Tut mir leid«, sagte ich mit einem Hauch Sarkasmus. Ich wollte mich an ihr vorbeischieben. Ich wollte eine geschlossene Tür zwischen mir und Mr Spuckemund haben.

»Was guckst du so?«, fragte Gail. Sie klang sonderbar misstrauisch, und ich war scharfsinnig genug zu erkennen, dass dieses Misstrauen seine Ursache in Angst hatte – die wiederum ein Zeichen von Schuld war. Ich sah an ihr vorbei, registrierte das zerwühlte Bett, den ausgeschalteten Fernseher, das Tablett vom Zimmerservice mit zwei Flaschen Bier und zwei leeren Tellern darauf. Gails wirre Haare, den verschmierten Lippenstift. Und den Geruch: wie Schweiß, nur schlimmer.

Das war er, dachte ich. Ich war so perplex, dass ich kein Wort herausbrachte. Der Mann mit dem feuchten Mund. Ich hatte das Gefühl, aus großer Höhe auf sie hinabzuschauen, wie wenn man vom Dach eines Silos auf ein hektisch pickendes Huhn am Boden blickt. Sie wirkte klein, jämmerlich, verloren.

Ich hatte sie in der Hand. Wir wussten es beide.

Am nächsten Tag sah ich ihn beim Wettbewerb wieder. Er war der Vater von Miss Teen Kearney, einem pummeligen, unfreundlichen Mädchen, das ich nicht zu meinen Konkurrentinnen zählte. Gail sah, wie ich zu ihm hinschaute, und warf mir einen wütenden Blick zu – unsinnigerweise, da sie ja gar nicht wissen konnte, dass ich in ihm ihren Besucher wiedererkannt hatte. Er bemerkte mich und schenkte mir ein feuchtes, verschwörerisches Lächeln.

Zwei Tage später holte ich den Titel. Die ganze Zeit über fühlte ich mich wie im Traum, ich durchlief jede Phase des Wettbewerbs mit einer fast schlafwandlerischen Ruhe und Selbstsicherheit. Ich war redegewandt in meinem Interview, schwebte durch mein Ballettstück und stolzierte über die Bühne, als wäre ich in Abendkleid und High Heels geboren worden. Ich war mir so sicher, dass ich gewinnen würde, dass ich mein Erstaunen und meine Freude spielen musste, als es dann tatsächlich passierte – als sie mir das Strassdiadem aufsetzten, alle mich umarmten und die Blitzlichter losgingen. Ich war eine gute Schauspielerin.

In Wahrheit dachte ich: *Was kommt als Nächstes?* Die Krone war seit langer, langer Zeit mein Ziel gewesen (und Gails natürlich auch), aber statt mich über meinen Triumph zu freuen, war ich angespannt, ungeduldig. *Was jetzt? Und was kommt jetzt?* Die logische Antwort lautete: der nationale Wettbewerb. Gail sprach bereits davon. Tüftelte an neuen Mascara-Strategien. Aber mir war auf einmal ein Sieg in einem noch größeren Schönheitswettbewerb nicht mehr genug, ich wollte nicht nur etwas Größeres, ich wollte etwas *anderes*.

Ich fuhr mit Daddy im Truck nach Hause, trotz Gails scheinheiliger – und zutiefst durchschaubarer – Bitte, ich möge ihr doch Gesellschaft leisten. Meine Klamotten und das ganze andere Zeug wurden in Gails Auto geladen, und sie stieg mit frostiger Miene ein. Der Truck roch nach Farm, und das Radio war kaputt. Daddy und ich fuhren die meiste Zeit schweigend. Er hielt den Blick auf den geraden, dunklen Highway gerichtet. Ich hatte meine Augen die meiste Zeit geschlossen und betrachtete die Lichter in meinem Kopf. Irgendwann allerdings änderte sich etwas in der Atmosphäre zwischen uns, und ich wusste, dass wir eine Art Waffenstillstand geschlossen hatten. Es spielte keine Rolle, ob wir die Entscheidungen des anderen verstanden oder ob wir sie für dumm hielten. Was wirklich zählte, lag tiefer, an einem Ort, der sicher war – sicher vor Gail, vor Schönheitskronen, vor allem, was die Welt vielleicht noch für uns bereithielt. Das dachte ich zumindest damals. In unserer Familie warf keiner mit dem Wort *Liebe* um sich, trotzdem wusste ich, dass es sie gab. An diesen Moment klammerte ich mich lange. Sehr lange.

Gail fuhr den ganzen Weg hinter uns her, als wollte sie uns um keinen Preis aus den Augen lassen, ihre Scheinwerfer flammten wütend im Rückspiegel auf. »Die Frau sollte es wirklich besser wissen. Klebt einem hundert Meilen lang an der Stoßstange«, brummte Daddy irgendwann – es war das erste Mal, dass ich so etwas wie Kritik an Gail aus seinem Mund hörte. Natürlich wusste ich genau, warum sie uns so im Nacken saß. Sie fragte sich, ob ich ihm von dem Bett und dem Mann und den vorgetäuschten Kopfschmerzen erzählen würde. Ob und was ich ihm verraten würde.

Es war unglaublich verlockend, das gebe ich zu. Aber ein Instinkt riet mir zu schweigen. *Warte erst mal ab*, sagte eine Stimme in meinem Kopf. Und weil »Erst mal abwarten« eher Daddys Maxime war als Gails, beschloss ich, genau das zu tun. Ich wusste, dass ich diesen Trumpf nicht vorschnell ausspielen durfte.

Lois

Als ich nach Hause kam, war es Anfang August, ein drückend heißer Spätsommer. Es kam mir vor wie eine andere Welt. Das Hotel selbst war klimatisiert, unsere Wohnung jedoch nicht. Ich suchte Zuflucht auf unserer schattigen Veranda; dort lag ich Tag um Tag in der Hängematte und las. Manchmal ging ich auch im Wald hinter dem Haus spazieren. Ich war es nicht mehr gewohnt, tagsüber ungehindert herumstreunen zu können, und empfand das dringende Bedürfnis, mich zu bewegen. Doch in die Stadt gehen wollte ich nicht, weil ich überzeugt war, dass mich dort alle anstarrten; ich war ein Kuriosum, eine Geschichte, über die jeder sprach, ein warnendes Beispiel für andere junge Mädchen. Hätten wir es zugelassen, wäre ich zu einer Art Fernsehheldin geworden, aber wir ließen es nicht zu. Wann immer Reporter beim Hotel auftauchten, wurden sie von meinen Eltern verjagt; sie überwachten das Telefon mit einer erbitterten Wachsamkeit, die mir verriet, wie tief die Angst und Wut in ihnen saßen. Ich wollte am liebsten allein gelassen werden, und meine Eltern wollten am liebsten so tun, als wäre das alles nie geschehen.

Wovor ich mich fürchtete, war, wieder in die Schule zu gehen: Klassenräume und Flure und eine Aula und Umkleiden voller Menschen, und alle wussten, was mir passiert war – oder glaubten es zu wissen – und würden nicht mit mir reden können (ja nicht einmal *nicht* mit mir reden können), ohne in irgendeiner Weise darauf anzuspielen. Menschen, die ich seit Jahren kannte und die nie auch nur einen Funken Interesse an mir gezeigt hatten, würden plötzlich eine unverhohlene, geradezu lüsterne Neugier an den Tag legen. Genauso gut hätte ich mir eine Schlagzeile auf die Stirn kleben können, und diese Vorstellung ließ mich verzweifeln.

Und dann stattete meine Mutter mir eines Nachmittags einen Besuch auf meiner Veranda ab. Das war ein seltenes Ereignis. Ich las gerade *Jane Eyre* und schwelgte träge in Macht- und Fluchtphantasien.

»Da bist du«, sagte sie überflüssigerweise, als hätte ich auch anderswo sein können. Sie ließ sich auf einen Stuhl nieder und wischte sich in einer zugleich eleganten und müden Geste den Schweiß von der Stirn. Uns war ein Zimmermädchen ausgefallen, und sie hatte den ganzen Tag geputzt. Ich schnupperte unauffällig, ob sich da ganz schwach das strenge Aroma von Gin erhaschen ließ, aber noch war nichts zu riechen. Ich zog in einer halbherzigen Begrüßung die Augenbrauen hoch und wartete, dass sie anfing zu reden. Ihr Besuch musste einen bestimmten Grund haben; sie hatte die Fähigkeit verloren, unbefangen mit mir umzugehen.

»Dein Vater und ich haben geredet«, begann sie endlich. Das hieß, dass sie geredet und mein Vater zugehört und ihr am Ende recht gegeben hatte. Ihr Blick schien auf einen weit entfernten Punkt auf dem Rasen fixiert, dort, wo die Bäume begannen – wo bisweilen Rehe aus dem Wald kamen und in wachsamer Vorsicht das Gelände sondierten.

»Wir haben an eine Privatschule gedacht«, fuhr sie fort. »Ein Internat mit einem ausgezeichneten Ruf. Aber vor allem könntest du … dort neu anfangen. Unter Menschen, die dich nicht kennen. Würde dir das gefallen?« Als Nachsatz fügte sie noch hinzu: »Du würdest uns fehlen«, obwohl es zu spät war, um mich davon zu überzeugen, dass das Teil ihrer Überlegungen gewesen war. Es spielte ohnehin keine Rolle.

Der Gedanke an eine Privatschule gefiel mir sehr. Er gefiel mir mehr, als ich höflicherweise hätte zugeben können. Vom Parkplatz her drang ein klimperndes Lachen und dann das gedämpfte Zufallen einer teuren Autotür zu uns. Wir hatten an dem Wochenende eine Hochzeitsgesellschaft.

»Ich muss wieder.« Meine Mutter stemmte sich aus dem Stuhl und strich sich den Rock glatt. Ein- oder zweimal hatte ihr Blick mich gestreift. Sie hatte mich nicht ein Mal direkt angesehen. Das tat sie kaum noch. »Denk darüber nach, Lois.«

Aber das war gar nicht nötig.

Drei Wochen später setzten meine Eltern mich, mein Fahrrad sowie ein paar Koffer vor einem Gebäude aus rotem Backstein mit weißen Säulen vor dem Eingangsportal ab; es sah aus wie ein Filmset. Das Internat lag nur zwei Stunden von uns entfernt, und doch kam es mir vor wie eine völlig andere Welt. »Reiche Kinder«, bemerkte mein Vater, während er meine zukünftigen Mitschüler beäugte. »Lass dich von denen nicht einschüchtern, Liebling.«

Meine Mutter warf ihm einen tadelnden Blick zu; sie hasste es, wenn er so tat, als wäre er in dieser – *ihrer* – Welt nicht zu Hause.

»Sei einfach du selbst. Und denk dran« – er senkte den Kopf und raunte es mir ins Ohr – »du kannst besser buchstabieren als sie alle zusammen.« Seine Stimme zitterte vor Gefühl, zumindest nahm ich an, dass es Gefühl war. Neugierig suchte ich in seinem Gesicht nach Hinweisen – was empfand er wirklich für mich? Doch wie so oft schien sein Körper nur ein unzulänglicher Platzhalter für einen Geist zu sein, der an einen anderen Ort abgedriftet war. Mein Vater war mir immer ein Rätsel gewesen; seit meiner Entführung kam er mir fast wie ein Fremder vor, freundlich, aber zerstreut.

Ich hatte meinen Eltern noch nicht mitgeteilt, dass ich das Buchstabieren aufgeben wollte. Oder weniger aufgeben als es hinter mir lassen. Es passte nicht mehr zu mir, so wie ich jetzt war. Ich hätte ihnen meine Entscheidung nicht erklären können, ohne wenigstens andeutungsweise Zed zu erwähnen, der mich gelehrt hatte, das wettbewerbsmäßige Buchstabieren als eine Zurschaustellung sinnleerer Fähigkeiten zu sehen. Ich wusste, das würden sie nicht hören wollen, und ich hatte auch nicht wirklich das Bedürfnis, einen Versuch zu unternehmen, es ihnen zu erklären.

Von meiner Mutter bekam ich eine spröde Miranda-Umarmung: Unsere knochigsten Körperstellen stießen dabei aneinander. Eine Haarsträhne von mir verfing sich an einem ihrer Ringe und riss. Sie trug ein schickes weiß-blaues Leinenkleid und passte perfekt in die Umgebung. Der makellos grüne, sanft abfallende Rasen, die geschmackvollen Blumenbeete, die gedeckten Töne der anderen Eltern – dies hier war ihre Welt, die gepflegte, konservative Welt Neuenglands, in die sie hineingeboren worden war. Sie bückte sich und strich mit ihren kühlen, trockenen Lippen über meine Stirn, dann legte sie mir ganz kurz eine Hand auf die Schulter. Zum ersten Mal fielen mir die dünnen Fältchen in ihren Augenwinkeln auf. Ich glaubte, sie waren im Frühjahr noch nicht da gewesen.

»Du kommst schon klar«, sagte sie beinahe brüsk, und ich wusste, dass sie recht hatte.

Ich hatte fertig ausgepackt, als meine Zimmergenossin ankam. Das freute mich: Ich hatte meine Anwesenheit im Zimmer bereits etabliert, hatte es mir zu eigen gemacht. Ich saß auf meinem Bett und las, als sie hereinkam. Sie war sehr groß und sehr blond. Sie ließ ihren Koffer fallen, kaum dass sie mich sah, und streckte mir die Hand hin, eine Geste, die auf mich sehr erwachsen, aber trotzdem nicht gezwungen oder albern wirkte. »Ich bin Jessica«, sagte sie mit einem Lächeln. »Freut mich total, dich kennenzulernen.«

Ich legte mein Buch weg und erwiderte ihre Begrüßung. Ich war erleichtert, dass sie nett, aber nicht überdreht zu sein schien.

»Du kommst mir irgendwie bekannt vor«, meinte sie eine Weile später, während sie ihre Kleider fein säuberlich in den

Kommodenschubladen unterbrachte. »Komisch. Als hätte ich dich neulich erst gesehen. Warst du diesen Sommer auf Martha's Vineyard?« Doch noch während sie dies sagte, legte sie zweifelnd die Stirn in Falten; sie wusste, dass das nicht die Lösung des Rätsels war.

Ich war auf diesen Augenblick gefasst gewesen und froh, dass er so früh kam. »Nein«, sagte ich langsam, als zögerte ich mit einer Antwort. »Vielleicht kennst du mein Gesicht von …« Ich ließ absichtlich einen Ausdruck des Schmerzes über mein Gesicht zucken. »Na ja, ist ja auch egal«, sagte ich munter und sprang vom Bett. »Reden wir nicht darüber. Hast du Hunger? Wollen wir uns was zu essen holen?« Ich sah, wie ihre Neugier noch größer wurde, doch ihre guten Manieren hinderten sie daran, weiter nachzuhaken. Nur dann und wann merkte ich, wie sie mich betrachtete und mich einzuordnen versuchte.

Es kann nicht lange gedauert haben, bis sie zwei und zwei zusammengezählt hatte. Schon am nächsten Tag war allgemein bekannt, dass ich Lois das entführte Mädchen war. Aber da ich es weder offen zugegeben noch geleugnet hatte, drehte mir niemand einen Strick daraus; ein mir bis dahin unbekannter Instinkt hatte mich erahnen lassen, dass es sich genau so verhalten würde. Ich hatte es zu einem gewissen Ruhm gebracht, ohne mich anstrengen oder gar in den Vordergrund drängen zu müssen. Zu Hause wäre das anders gewesen: Dort hätte ich keinerlei Kontrolle darüber gehabt, wie die Leute meine Geschichte sahen, mein Schicksal hätte mich in den Abgrund gerissen. Aber hier, unter Fremden, hatte ich einen neuen Rahmen, und der gab mir die Freiheit, eine Lois zu erschaffen, wie ich sie gerne sein wollte: eine Lois, die klug war, Bücher liebte und gut mit Worten umgehen konnte. Eine Lois, die weder schüchtern noch unbeholfen war, allenfalls ein bisschen mysteriös. Eine Lois, die etwas über das Leben wusste: etwas Finsteres, etwas, für das man ihr Respekt zollen musste. Eine Lois, die etwas hatte, was andere nicht hatten. Eine Lois, mit der man rechnen musste.

Chloe

Gott weiß, was passiert wäre, wenn ich in Nebraska geblieben wäre. Ich könnte inzwischen geschieden sein, mit ein paar Kindern, die die Wochenenden bei ihrem Nichtsnutz von Vater verbringen, während ich zu Hause auf meinem stetig breiter werdenden Arsch vor der Glotze sitze und billigen Wein aus dem Tetrapak trinke. Ich könnte die heißeste Mutter von ganz Arrow sein und Lippenstift auflegen und High Heels anziehen, nur um meine Blagen von der Schule abzuholen. Das sind die Geschichten mit Happy End. Ich könnte auch im Knast sitzen. Ich könnte tot sein. Sie halten das für melodramatisch? Hier sind nur einige der Möglichkeiten, wie ich hätte sterben können: Ich hätte bei einem Autounfall mit einem besoffenen Arschloch am Steuer draufgehen können. Oder bei einem Schneemobilunfall. Dito, was den Fahrer angeht. Oder ich hätte an einer Überdosis Drogen in irgendeinem versifften Trailer sterben können. Oder an Magersucht, weil ich mich so sehr nach dem Verschwinden sehnte. Ich kenne Leute, die an diesen Sachen gestorben sind. Ebenso gut hätte es mich treffen können, ich war genauso dumm und leichtsinnig wie alle anderen. Jeder, der die Kleinstädte Amerikas für einen sicheren, idyllischen Ort zum Großwerden hält, hat offenbar nicht viel Zeit dort verbracht.

Als ich in der Zehnten war – im selben Jahr wurde ich zur Miss Nebraska Teen gekrönt –, redete niemand mehr von der Entführung. Dem Kidnapping. Wie auch immer. Was nicht heißen soll, dass niemand mehr daran dachte, aber es gab einfach nichts mehr darüber zu sagen. Ich selbst erwähnte die Sache nur dann, wenn ich Gail ein schlechtes Gewissen machen wollte. (Dass sie sich die Augenbrauen hatte zupfen lassen, während ich zu einem Fremden ins Auto stieg, war in der Presse nicht gut aufgenommen worden, obwohl das eine der wenigen Sachen war, an denen ich ihr nicht die Schuld gab.) Aber auch wenn es für die anderen ein alter Hut war: Ich hatte nichts vergessen.

Daddy war die ganze Zeit draußen auf dem Feld. Auf mich machte es den Eindruck, als käme er immer später und später nach Hause. Ich konnte es ihm nicht verübeln. Gail und ihre Jungs hatten Stück für Stück das Haus erobert, und zu dem Zeitpunkt hatte sie praktisch die Alleinherrschaft inne. Es war ihr Reich – nicht meins, nicht Daddys. Sie hatte ziemlich kurz hintereinander zwei Söhne bekommen, zack, zack, gleich nachdem Daddy sie geheiratet hatte. Meine Halbbrüder, theoretisch. Aber ich hatte von Anfang an keine richtige Beziehung zu ihnen. Sie sahen mir und Daddy überhaupt nicht ähnlich. Der erste, Braden, war eine männliche Version von Gail, ein blasses, unförmiges kleines Ding. Jaden war anders – größer, dunkelhaarig, sogar hübsch –, aber selbst wenn er nicht wie ein kleiner Gail aussah, mit meinem Vater hatte er ganz bestimmt auch keine Ähnlichkeit. Was das anging, hatte ich, wie man sich vorstellen kann (erst recht nach dem Miss-Nebraska-Teen-Wettbewerb) eine klare Theorie. Trotzdem, hätten meine Halbbrüder mich einfach nur in Frieden gelassen, wäre alles in Ordnung gewesen. Ich hätte liebend gern so getan, als gäbe es sie nicht. Dummerweise machten sie mir das unmöglich.

Zum einen terrorisierten sich mich ständig.

Was keine Entschuldigung dafür ist, jemanden zu verstümmeln, das sehe ich ein, und doch wäre genau das um ein Haar passiert. Doch statt alles zu ruinieren, brachte mich mein Gewaltausbruch meinem Ziel, aus Arrow wegzukommen, sogar einen Schritt näher. Vielleicht hätte ich mehr erdulden sollen. Rückblickend fällt es einem leicht, Schuldgefühle zu haben. Wenn ich vollkommen ehrlich bin, muss ich allerdings eingestehen, dass ich auch damals schon Schuldgefühle hatte. Und verdammt große Angst. Es war ein ziemlicher Schock zu erkennen, wozu ich fähig war.

Es geschah eines Morgens am Wochenende, als die Jungs und

ich allein im Haus waren. Ich hatte mich wie immer in meinem kleinen Zimmer eingeschlossen. Wir lebten in einem alten Farmhaus mit winzigen, komisch geschnittenen Räumen, schrägen Decken und schmalen Fluren. Keine rechten Winkel. Es kam mir immer beengt vor, als würden die Wände zusammenrücken. Ich schrieb gerade in meinem Tagebuch, das ich seit meiner Rückkehr aus der Hütte führte, als einer von ihnen anfing, gegen meine Tür zu trommeln. »Carly May, schau mal, Carly May, das musst du dir anschauen!« Es war Jaden, der da brüllte.

Ich sprang vom Bett und riss die Tür auf, halb in der Hoffnung, er würde ins Zimmer fallen. Normalerweise ließ ich sie länger zappeln. Ich hatte keinerlei Interesse an dem, was er mir zeigen wollte. Ich wollte ihn bloß verscheuchen.

Jaden hatte ein dreckverschmiertes Gesicht. Er trug eins meiner Diademe auf dem Kopf und grinste wie ein Vollidiot. Damals muss er etwa sieben gewesen sein, schätze ich.

»Nimm das ab, du kleiner Scheißer«, sagte ich. »Du siehst aus wie ein Spast.«

»Wir sollen nicht *Spast* sagen, du Spast.«

»Nimm das Ding ab, sonst kriegst du einen Tritt in deinen widerlichen kleinen Arsch. Gail ist nicht hier, sie kann mich also nicht dran hindern. Du weißt, dass ich's machen würde.« So redete ich mit den beiden. Reizend, oder? Ich will mich nicht rechtfertigen. Wie auch immer, ich übertrieb allenfalls ein bisschen, denn ich war richtig geladen. Wohlgemerkt, ich hätte sie liebend gern ignoriert, wenn sie sich nur von mir hätten ignorieren *lassen*. Aber ich konnte es absolut nicht ertragen, wenn sie sich an meinen Sachen vergriffen. »Letzte Chance«, warnte ich. »Nimm es ab, oder ich mach dich fertig.«

Er wusste, dass ich es ernst meinte, es wäre nicht das erste Mal gewesen. Aber er war eine furchtlose kleine Rotznase. »Dann musst du mich erst mal kriegen, du Bratze«, rief er, wirbelte herum und rannte weg. Das Diadem saß schief auf seinem Kopf. Er sah vollkommen behämmert aus.

Ich setzte ihm nach, durch den mit braunem Teppich ausgelegten Flur, um die Ecke und die knarrenden Treppenstufen runter, während er wie ein Irrer lachte. Am Fuß der Treppe hatte ich ihn eingeholt. Ich hatte gerade ein Büschel seiner langen Haare gepackt, so dass ich daran ziehen konnte, als ich Braden vom oberen Treppenabsatz rufen hörte.

»Hey, Carly May«, sagte er. »Guck mal.« Er schwenkte mein Tagebuch in der Hand.

»Du dreckiges kleines Mistschwein«, sagte ich und riss heftig an Jadens Haaren. Ich schnappte mir mein Diadem und sah zu Braden hoch. »Gib mir das Buch«, fauchte ich. »Sonst steche ich deinem Bruder ein Auge aus.« Ich ging mit dem Diadem ganz nah an Jadens Gesicht heran und zielte mit einem der spitzen Enden auf sein linkes Auge. Ich *sah*, wie es passierte: In einem Moment war noch alles normal, und im nächsten – nicht mehr. Die Farbe seiner Augen veränderte sich, das Aussehen seiner Haut und schließlich der Rhythmus seines Atems. Immer wenn ich später Angst spielen musste, dachte ich an diesen Gesichtsausdruck – ich benutzte ihn als emotionale Abkürzung, als eine Möglichkeit, Zugang zu einem Gefühl zu finden, mit dem ich nicht besonders gut vertraut war. Aber in dem Moment war ich in erster Linie verblüfft, wie wenig es gebraucht hatte, um meinen kleinen Bruder in ein schlotterndes, winselndes Häufchen Elend zu verwandeln. *Er traut es mir echt zu*, dachte ich voller Staunen. Eine Sekunde lang fühlte ich mich wie das größte Arschloch der Welt. Fast hätte ich ihn laufen lassen – aber dann begann Braden vom oberen Treppenabsatz laut vorzulesen.

»Manchmal habe ich das Gefühl, er steht in der Tür und beobachtet mich beim Schlafen. Manchmal tue ich sogar absichtlich so. Ich kann nicht fassen, dass ich das aufschreibe.«

Er las stockend – Lesen war nicht gerade seine Stärke. Die ungelenken Sätze brannten sich in mein Gedächtnis, und ohne es überhaupt zu merken, brachte ich in einer schnellen Bewegung das Diadem noch näher an Jadens Auge heran. Ich würde ja zu gerne glauben, dass ich einfach nur den Abstand falsch einschätzte. Aber in Wahrheit spielte sich das Ganze ohne Nachdenken ab. Ich sah, wie ich ihm das Ding ins Auge stach. Er schrie. Ich ließ ihn los und stürzte hinter Braden her.

Wenn Sie jetzt versuchen, sich das Ganze vorzustellen, müssen Sie zugeben, dass es durchaus etwas Komisches hat. Wäre es eine Szene in einem Film, würden Sie am liebsten loslachen, selbst wenn Sie fänden, dass es eigentlich nicht lustig ist. Ich benutzte ein *Diadem* als Waffe. Aber Jaden brüllte nach Daddy, der zufälligerweise gerade aus dem Stall reinkam. Er tauchte auf, gerade als ich Braden am Wickel hatte. Ich versuchte ihn zu Boden zu ringen, und er trat mich gegen das Knie, gegen das Schienbein – überallhin, wo er mich mit seinen dicken Stummelbeinen erwischen konnte. Es gelang mir, ihm das Tagebuch aus der Hand zu reißen, und ich drosch ihm damit in die Magengrube, ehe er auf den Teppich fiel.

Das war es, was Daddy sah – das und Jadens rotes, geschwollenes Auge. Er fand die Szene jedenfalls kein bisschen komisch.

Natürlich fühlte ich mich schrecklich. Ich fühlte mich schrecklich, weil Daddy so enttäuscht aussah, und ich fühlte mich schrecklich, als ich das gerötete, kurzzeitig erblindete Auge des kleinen Jaden sah. Zugleich war ich erleichtert, dass ich mich schrecklich fühlte, weil das der Beweis dafür zu sein schien, dass ich kein komplett herzloser Mensch war, wie ich bisweilen befürchtete. Ich fand es vollkommen gerecht, wegen des Vorfalls bestraft zu werden, auch wenn ich die endlosen Diskussionen, worin genau meine Strafe bestehen sollte, mit einer eigenartigen Distanziertheit verfolgte. Ich hatte keine Angst, ich war eher neugierig. Was konnten sie mir schon antun?

Gail sprach sich dafür aus, mich in ein Heim für Problemkinder zu schicken. Dieser Vorschlag erschien mir ziemlich riskant, wenn man bedachte, was ich gegen sie in der Hand hatte. Ich weiß noch, wie ich dachte: *Gott, sie muss mich wirklich hassen.*

»Keine Reisen in andere Städte mehr, keine schicken Hotels, kein Zimmerservice?«, fragte ich gehässig.

Ich sah, wie sie rot wurde und ihr Blick zur Seite zuckte, weil sie sehen wollte, ob Daddy stutzig geworden war. War er aber nicht.

»Bestimmt ließe sich dafür eine Regelung finden«, gab sie zurück, weil sie natürlich nie vorgehabt hatte, ihren Anspruch auf mich aufzugeben. Sie hatte kein Problem mit der Vorstellung, mich aus einem Heim für schwererziehbare Kinder abzuholen, während meine schwererziehbaren Mitschüler mir zum Abschied winkten, ehe ich, beladen mit einem Haufen Glitzerkleider, zu ihr ins Auto stieg. Ha.

»Vergiss nicht, was sie durchgemacht hat«, sagte Daddy, auch wenn er nicht aussprach, was genau das war – niemand sprach es je aus.

»Sie kann das nicht ewig als Ausrede benutzen.« Gail drückte eine Riesenportion Ketchup in die Hackbratenmasse, die sie gerade knetete. Ich hörte ihr an, dass sie einlenken würde – ihr blieb gar keine andere Wahl. Schadenfroh machte ich eine Pirouette, die ich in einer grazilen Pose enden ließ. Ich betrachtete die langen dunklen Haare auf Gails knetendem Arm und fragte mich, weshalb sie sie nicht bleichen ließ. Das hätte zu ihr gepasst wie die Faust aufs Auge.

»Das tut sie ja auch gar nicht«, sagte Daddy. »*Ich* tue es.« Er sagte dies in seinem strengsten Tonfall, bei dem sogar Gail nachgab. Dann faltete er seine Zeitung zusammen, legte sie beiseite und stellte die Fäuste auf den Tisch, Knöchel an Knöchel, um der Frage nach meinem weiteren Schicksal seine volle Aufmerksamkeit zu widmen.

Erwartungsgemäß schlug Daddy vor, mir zur Strafe die Schönheitswettbewerbe zu verbieten. Dahinter steckte eine gewisse Logik, wie ich fand. Ich hätte mich ein wenig dagegen gesträubt, aber am Ende hätte ich meine Strafe hingenommen. Ich fand die ganze Lippenstift-und-Rüschen-Szene mittlerweile sowieso ziemlich öde, und es gab andere Möglichkeiten, die Ziele zu erreichen, die ich mir gesteckt hatte. Gail allerdings war strikt dagegen. Sie sagte, die Wettbewerbe seien das einzig Positive in meinem Leben. Sie würden mich erden, mir Selbstvertrauen geben. Ich sah ihr neugierig dabei zu, wie sie diesen Mist verzapfte. Schließlich redete sich Daddy gegen seine eigene Überzeugung ein, dass sie recht hatte. Auch das beobachtete ich, und mein Vertrauen in ihn schwand. Ich war enttäuscht, aber gleichzeitig nicht überrascht. Für mich war die eigentlich interessante Frage folgende: Wie zum Geier wollten sie es anstellen, mich künftig von meinen Brüdern fernzuhalten?

Am Ende beschlossen sie, dass ich eine Zeitlang bei Grandma Mabel wohnen sollte. Daddys Mutter. Sie war nach Grandpa Lukes Tod in ein Häuschen in der Stadt gezogen und lebte dort allein. Alle zwei Wochen kam sie zum Abendessen zu uns auf die Farm, aber wir besuchten sie fast nie. Wahrscheinlich war ihr Haus zu klein und zu sauber, als dass es einer solchen Invasion standgehalten hätte. Oder, wer weiß, vielleicht konnte sie Gail nicht besonders leiden. Mir gefiel es bei Grandma Mabel. Ihr Haus war ordentlich und ruhig, ein Ort, an dem es sich gut nachdenken ließ. Schon wahr, es roch ein bisschen nach alter Frau, und Grandma Mabel sah sich grauenhafte Sachen im Fernsehen an. Aber: keine Farm, keine kleinen Brüder, keine Gail. Von der Farm runterzukommen war der erste Schritt gewesen. Jetzt würde ich auch noch einen Weg finden, den Absprung aus Nebraska zu schaffen.

Natürlich bedeutete mein Umzug den Abschied von Daddy. Ich würde gerne behaupten, dass ich deswegen traurig war, damit würde ich mir den Anschein geben, ein besserer Mensch zu sein. Vielleicht war ich auch traurig und habe es bloß vergessen. Erinnern kann ich mich allerdings nur noch daran, wie riesengroß meine Freude war. Trotzdem schmollte ich, was das Zeug hielt, damit sie nichts merkten.

Lois

Ich komme nicht aus dem Bett. Ich habe mir meine schneeweiße Decke bis zum Kinn hochgezogen. Darunter halte ich mit einer Hand das Handy umklammert. Meine Vorhänge sind geschlossen, halten aber das Licht nicht vollständig ab; mir ist durchaus bewusst, dass es Tag ist. Die kalte, nackte Frühlingssonne wirft helle Streifen auf meine Wände.

Es ist Freitag. Heute habe ich weder Lehrveranstaltungen noch Termine. Keiner wird sich dafür interessieren, ob ich aufstehe oder nicht.

Ich liege hier schon seit einer Stunde oder länger. Meine Agentin hat mich geweckt. Sie rief aus New York an, weil sie Neuigkeiten für mich hatte: Die Hauptrollen für die Verfilmung von *Der Wald so still* seien endlich besetzt. Sie nannte mir die Namen der Schauspieler. Natürlich bin ich neugierig, habe aber versucht, mich weitestgehend aus dem Projekt herauszuhalten, um mich vor einer Enttäuschung zu bewahren – und vor Selbstvorwürfen; ich habe das Recht, mir über den Film Gedanken zu machen, schon vor langer Zeit abgegeben (die Leinwandadaption, wie meine Agentin Erin es hochtrabend nennt). Sollte Hollywood die Sache vermasseln – was, so wage ich zu vermuten, oft vorkommt, zumindest aus der Perspektive des jeweiligen Autors –, wäre es heuchlerisch, mich darüber zu beklagen. Mein schönes antikes Bett, mein teures Seidennachthemd, meine Bettwäsche mit der in die Millionen gehenden Fadenzahl, die wunderbare Espressomaschine, die in der kalten Küche meiner harrt – all diese Annehmlichkeiten erinnern mich daran, dass ich jedes Mitspracherecht am Film aufgegeben und dafür einen hübschen Scheck erhalten habe.

Ich erfuhr, dass die meisten Bücher, für die eine Filmoption erworben wird, nie wirklich verfilmt werden; jemand kauft die Rechte und bleibt dann eine Ewigkeit lang darauf sitzen. Bevor der Roman zu einem Erfolg wurde, hatte ich mich schon fast damit abgefunden, dass es *Der Wald so still* genauso ergehen würde – oder dass ich, selbst wenn es zu einer Verfilmung käme, meinen gemütlichen Kokon der Anonymität nicht würde verlassen müssen. Ich würde als Lucy Ledger auftreten, wann immer es mir passte, und Lois Lonsdale aus der Öffentlichkeit fernhalten.

Sobald ich der Lektorin meine Geschichte offenbart hatte, wurde mir allerdings klar, dass sich dies sehr viel schwieriger gestalten würde als gedacht, und als ich dann hörte, dass der Film allen Ernstes gedreht werden sollte – noch dazu bald –, kamen mir echte Skrupel. Erst jetzt dämmerte mir, dass ich womöglich eine jämmerlich verpfuschte Version meines Kindheitstraumas auf der Leinwand zu sehen bekommen würde und dass dies vielleicht eine etwas – nun ja – verstörende Erfahrung werden könnte, um es vorsichtig auszudrücken. Und dass ich niemandem daran die Schuld würde geben können als mir selbst.

Falls es Grund zur Sorge gab – wenn beispielsweise die ersten Kritiken negativ ausfielen –, würde ich ihn mir ganz einfach nicht ansehen, nahm ich mir vor. *Falls* er überhaupt einen Verleih fand, *falls* er irgendwo in einem Umkreis von hundert Meilen lief, *falls* er länger als eine Woche in den Kinos blieb und *falls* irgendetwas davon geschah, bevor ich alt und grau und gebeugt war.

Und wenn der Film ein Erfolg wurde? Wenn dieser Erfolg zu meiner Enttarnung führte? Eine heimliche, uneingestandene Hoffnung glomm in mir auf: Wenn es tatsächlich so kommen sollte, würde mich das vielleicht wieder mit Carly May zusammenführen, wo auch immer sie gerade sein mochte, was auch immer aus ihr geworden war.

In der Zwischenzeit lieferte meine Entdeckung des Pseudonyms Chloe Savage eine Erklärung dafür, weshalb meine Google-Suche keine Treffer zu Carly May Smith ausgespuckt hatte, die jünger waren als das Jahr 2000.

Und jetzt dies.

Ein Strahl Sonnenlicht trifft auf meinen leicht schräg stehenden mannshohen Spiegel, wird durch den Raum geworfen und scheint mir ins Gesicht. Zusammen mit ihm durchfährt mich ein Geistesblitz: *Sie muss Bescheid wissen.*

Chloe Savage hat das Drehbuch gelesen. Sie muss die Geschichte wiedererkannt haben. Sie weiß, dass niemand anders als ich sie geschrieben haben kann. Sie hat sich den Roman besorgt, auf dem das Drehbuch basiert. Ihre teuer manikürten Finger haben jede Seite umgeblättert. Sie müssen gezittert haben. Vor Wut? Oder einfach nur vor Emotionen? Bestimmt hat sie auf jede fehlerhafte Darstellung geachtet, auf jede Verzerrung, jede Form erzählerischer Irreführung oder Ungerechtigkeit. Bestimmt hat sie sie gefunden. Bestimmt hat sie versucht, sich in mich hineinzuversetzen, sich vorzustellen, was ich gedacht habe – genau wie ich jetzt versuche, mich in sie hineinzuversetzen. Wir sind in einer telepathischen Schleife gefangen. Ohne ihn sind wir verloren. Er, der unsere Gedanken lesen konnte, der half, uns die eigenen und die der anderen verständlich zu machen.

Sie hat die Rolle angenommen.

Das ist es, was mich schließlich doch aus dem Bett treibt.

Ich taumle durch den kalten Flur in die Küche, fest in meinen warmen Morgenmantel gewickelt, steif von zu viel Schlaf. Ich mache mir gerade einen Cappuccino, als das Telefon klingelt. Ich bin versucht, nicht ranzugehen; mein Leben ist schon kompliziert genug, und ich will Carly Mays Einfluss nicht durch andere Stimmen verwässern.

Aber ich hebe trotzdem ab, denn plötzlich ist mir die Frage gekommen, ob ich womöglich etwas aus dem Gleichgewicht geraten bin, und die Weigerung, ans Telefon zu gehen, würde diese Theorie nur bestätigen. Ich hänge an meinem Gleichgewicht.

»Hallo?«, sage ich betont sachlich und mit einer Spur Ungeduld – als wäre ich furchtbar beschäftigt und hätte nicht praktisch bis Mittag im Bett gelegen.

Niemand ist in der Leitung. Oder sollte ich vielleicht lieber sagen: Niemand antwortet? Die Stille hat eine eigenartige Note, die suggeriert, dass sehr wohl jemand in der Leitung ist und dass dieser Jemand absichtlich schweigt. Ich glaube, ich kann ganz schwach ein Atemgeräusch hören. Vielleicht ein Rascheln. Ich versuche herauszuhören, ob das Schweigen männlich oder weiblich ist, feindselig oder – oder was? Anders. Doch bevor ich zu einem Schluss komme, legt die Person auf.

Wer außer Sean sollte es gewesen sein? Wie ist er an meine Handynummer gekommen? Ich versuche zu überlegen, ob ich mich fürchten sollte, und wenn ja, wovor, aber dann wird mir klar, dass ich mich so oder so fürchte, ob ich nun einen Grund dazu habe oder nicht. *Furcht: Fauteuil, Filibuster, Faszie, flamboyant.*

Ich denke an Delias Visitenkarte in meiner Tasche und versuche mir vorzustellen, wie ich sie anrufe. Könnte ich ihr vertrauen? Könnte sie mir irgendetwas sagen, was ich nicht schon weiß? Ich schiebe den Gedanken eines Anrufs beiseite und Sean genauso. Ich stecke meine Furcht in eine kleine Kiste und verstaue diese Kiste im hintersten Winkel meines Bewusstseins. Es gibt wichtigere Dinge, über die ich jetzt nachdenken muss: die Romanfortsetzung, meinen Vertrag, meine Deadline. Die Nachricht gestern von Amelia, die wissen wollte, wie es vorangeht.

Eine Weile später setze ich mich an meinen Computer, um zu arbeiten. Eine heiße Tasse wärmt meine Hände. Gegenüber macht die graue Katze des Nachbarn Jagd auf Eichhörnchen. Die Wolken hängen tief. Alle Farbe wurde aus der Welt gewaschen. Ich richte den Blick auf den Monitor und fange an zu schreiben.

Nachdem ich ungefähr eine Stunde lang wie eine Besessene getippt habe, stehe ich auf, strecke mich und gehe in die Küche. Ich wasche meine Tasse in der Spüle aus und lege einen Beutel Popcorn in die Mikrowelle. (Schließlich muss man essen.) Während es poppt, hole ich von meinem Nachttisch die Mappe, in der ich alle Zeitungsausschnitte sammle, die Sean in meinem Postfach in der Fakultät hinterlassen hat. Ich blättere, bis ich den

Ausschnitt finde, nach dem ich suche. »Vergangenheit des Entführers wirft kein neues Licht auf Tat«:

Nachdem die zwei verschleppten Mädchen aus dem abgelegenen Versteck ihres Entführers John Whitlow in den Adirondacks befreit wurden, versuchen die zuständigen Ermittlungsbehörden seit Wochen, Informationen über das Leben des Mannes zusammenzutragen. Bislang ergibt sich das Bild eines krankhaft schüchternen jungen Mannes mit guten Zukunftsaussichten, der mit Mitte zwanzig plötzlich seinen Namen änderte, sich vor der Welt zurückzog und sämtliche Beziehungen zu Familie und Freunden abbrach. In den darauffolgenden Jahren hinterließ Whitlow nur wenig Spuren, bis er diesen Monat als Entführer in einem der aufsehenerregendsten Fälle von Menschenraub der letzten Jahre Schlagzeilen machte. Geboren am 3. Mai 1965 in Utica, New York, wurde er auf den Namen Randy McDougal getauft, änderte seinen Namen jedoch im Alter von 21 Jahren.

Whitlows Mutter Tina McDougal lebt zurzeit in Boonville, New York, einer kleinen Ortschaft nördlich von Utica, und behauptet, seit mehr als einem Jahr keinen Kontakt mehr zu ihrem einzigen Sohn zu haben. Bei ihr im Haushalt wohnt ein zweijähriger Junge, ein mageres, ernst wirkendes Kind mit strähnigem braunem Haar. Der Frau zufolge handelt es sich bei dem Kind um Whitlows Sohn, obwohl sie keinerlei Dokumente vorlegen kann, die diese Behauptung stützen. Zugleich gibt sie an, über den Aufenthaltsort der Kindsmutter nichts zu wissen. Nach dem Vater scheine er jedenfalls nicht zu kommen, fügt sie hinzu, während sie zusieht, wie der Junge für eine große Promenadenmischung ein Stöckchen wirft.

Der Text beginnt wie ein ganz normaler Artikel, doch mit jedem Absatz tritt die emotionale Komponente stärker zutage. Es ist das uralte Thema: Wie konnte aus *diesem* Menschen *jener* Mensch werden? Wie kann es sein, dass diese ganz normale Stadt, diese unauffällige Frau, diese Backsteinschule *diesen Mann* hervorgebracht hat? Dieses Monstrum? Gab es Anzeichen? Sein hoher IQ, seine Schüchternheit, seine Liebe zu Büchern? Dass er nicht zum Abschlussball ging?

Der Artikel muss mit wenigen Fakten auskommen. Die Nachbarn in Utica sind nicht besonders gesprächig. Das Gedächtnis der Mutter scheint lückenhaft. (Im Artikel wird angedeutet, dass sie trinkt, und es gibt sogar eine Anspielung auf Drogenkonsum, allerdings wird an keiner Stelle eine direkte Behauptung aufgestellt.) Sein Jahrbuchfoto ist noch weniger aussagekräftig, als Jahrbuchfotos für gewöhnlich sind. Ein Detail hat mich immer beschäftigt: Tina McDougal hatte auch eine Tochter, Zeds Schwester, drei Jahre jünger als er. Sie riss mit sechzehn von zu Hause aus und ging nach New York. »So ein hübsches Ding, das konnte nur Ärger geben«, wird Tina im Artikel zitiert. »Ich wusste von Anfang an, dass es mit ihr kein gutes Ende nehmen würde.« Die Schwester – Roxanne – tauchte nie wieder auf. Folgendes hatte ich ganz vergessen: *Mrs McDougal berichtet, ihr Sohn sei nach dem Verschwinden seiner Schwester am Boden zerstört gewesen. Sobald er die Schule abgeschlossen hatte, sei er in einen Bus nach New York gestiegen, um sie zu suchen. Bei seiner Rückkehr behauptete er, kein Glück gehabt zu haben, doch seine Mutter hegte Zweifel. »Nach der Reise hat er nicht mehr viel geredet«, sagt sie. »Aber wenn Sie mich fragen: Er hat sie gefunden, und was auch immer er gesehen hat, hat ihm so einen Schlag versetzt, dass er nie mehr darüber hinweggekommen ist. Das ist meine Meinung.« Sie zuckt mit den knochigen Schultern. »Aber was weiß ich schon?«*

Der Artikel erwähnt nicht explizit, dass Roxanne auf dem Strich endete, lässt es aber durchblicken. Carly May hat ihn einmal gefragt, ob er eine Schwester hätte. Daraufhin ist er sehr wütend geworden.

Zweifellos kommt Roxanne innerhalb der Geschichte eine wichtige Rolle zu. Doch im Moment verlangt ein anderes Detail meine Aufmerksamkeit, eins, über das ich bislang nie viel nachgedacht habe.

Der zweijährige Junge. Mager, ernst, mit strähnigem Haar. Er müsste jetzt – ich rechne schnell nach – um die zwanzig sein.

Ich habe ganz vergessen, auf das Popcorn zu achten. Als ich die Tür der Mikrowelle öffne, fällt die verkohlte Tüte in sich zusammen, und dunkler Rauch quillt ins Zimmer. Es stinkt bestialisch. Ich schmeiße den Popcornbeutel in den Müll und kehre zu meinem Computer zurück. Ich nehme mir vor, später auswärts essen zu gehen.

Es hat angefangen zu nieseln. Der Schnee ist fast weg, und jetzt regnet es nahezu ohne Unterlass. Das Wasser spült Streugut und Schneematsch fort und nimmt alles mit, was sonst noch herumliegt. Kleine harte Tropfen prasseln gegen meine Fensterscheibe. Ich habe mich schon daran gewöhnt, bei dem trommelnden *Ratatatat* zu arbeiten. Anfang der Woche ist es mir endlich gelungen, meinen missmutigen Protagonisten aus seinem Trailer hervorzulocken und dafür zu sorgen, dass er sich in die Welt hinausbegibt, doch sein Handeln wirkte nach wie vor unnatürlich und verkrampft. Tief im Innern wusste ich, dass ich Zwang auf ihn ausübe. Es ist, wie wenn man eine Puppe, deren Gliedmaßen über einen eingeschränkten Bewegungsradius verfügen, in eine ganz bestimmte Position bringen will; die Möglichkeiten sind begrenzt, es sei denn, man wendet Gewalt an – reißt an den Gummigliedern und verdreht sie gewaltsam in ihren anatomisch fehlerhaft konstruierten Gelenkpfannen.

Das ist dann meistens der Punkt, an dem sie kaputtgehen.

Aber nun scheint sich auch das ganz von selbst zu fügen. Der junge Mann bewegt sich frei und logisch nachvollziehbar durch seine Welt. Er hat seine Sprache wiedergefunden. Und er ist jünger, als ich dachte; viel von dem, was ich bereits geschrieben habe, werde ich ändern müssen. Er kehrt seinem Trailer und seiner liebevollen, aber weltfremden Großmutter den Rücken und besucht, unterstützt durch ein Studentendarlehen, die Universität. Er ist kein brillanter Kopf wie sein Vater, aber er hat Potential.

Darüber sinne ich gerade nach, als auf der anderen Straßenseite eine Gestalt auftaucht. Mein Kassettenfenster schneidet ihn in Stücke: ganz in Schwarz, leicht vornübergebeugt, ohne Regenschirm. Ich kann sein Gesicht nicht erkennen, weiß aber Bescheid. Das ist Seans Gang, Seans Mantel. Der Regen verwischt ihn, trotzdem sehe ich, wie er im Vorbeigehen den Kopf hebt und zu meinem Haus heraufschaut. Eine Sekunde lang scheint er mich geradewegs anzusehen. Rasch beschwichtige ich mich, dass das aufgrund der Entfernung, des Regens und des welligen alten Fensterglases gar nicht möglich ist. Trotzdem hebt er die Hand in einer Art Salut, als wollte er mich grüßen. Ich stehe auf, um Teewasser heiß zu machen; mir ist kalt bis auf die Knochen.

Als ich an meinen Schreibtisch zurückkehre, ist er verschwunden. Damit meine ich natürlich, dass er weitergegangen ist, und doch kommt es mir so vor, als hätte er sich regelrecht in Luft aufgelöst – als könnte er an jedem beliebigen Ort zu jeder beliebigen Zeit wieder auftauchen. Was will er?

Ich zerkaue das Ende eines Stifts und starre blicklos in den Regen. Die Handlung meines Romans entfaltet sich mit erstaunlicher Geschwindigkeit.

Chloe

Der Schriftsteller heißt William, und er geht mit mir ins RapScallion. Das bedeutet, er will mit mir gesehen werden, was mir schmeichelt. (Es sei denn, er möchte, dass ich bloß *denke*, er will mit mir gesehen werden, das wäre aus naheliegenden Gründen nicht ganz so schmeichelhaft.) Er ist durchaus attraktiv: Er ist ein bisschen kleiner als ich und sieht aus, als würde er regelmäßig, aber nicht zwanghaft ins Fitnessstudio gehen, außerdem hat er eine gute (aber nicht zu gute) Frisur. Bei Schriftstellern weiß man nie. Mir graust vor den Untersetzten, den Ungewaschenen. Ja, ich bin oberflächlich. Und wenn schon.

Andererseits war er in Harvard und erwähnt dies auch prompt

innerhalb der ersten zehn Minuten. Das könnte möglicherweise ein Minuspunkt sein.

Wir beschließen ohne bestimmten Grund, vorweg einen Champagner zu trinken, und ich komme allmählich in Feierlaune. Ich trage ein tolles Kleid und habe den Tag über nicht viel gegessen, insofern bin ich mit meinem Äußeren zufrieden. Ich sehe, wie die Leute sich nach mir umdrehen und sich fragen, ob sie mich kennen sollten. Auch William merkt es, und man sieht sofort, dass es ihm gefällt.

Er hebt sein Glas, um auf den Erfolg unserer nächsten Projekte zu trinken. Wir stoßen mit etwas zu viel Schwung an und müssen lachen.

Das Essen ist köstlich. Ich bestelle querbeet und bin mit allem zufrieden. Wir lassen mehr Champagner kommen. Unter dem Tisch berühren sich unsere Knie. Ich will auf einer Champagnerwoge hinaus in die sternenübersäte Nacht und in Williams Bett geschwemmt werden, wo auch immer es stehen mag. Ich lächle ihn auffordernd an.

Und dann, als der Kellner unsere Teller abräumt und diskret die Krümel von der Tischdecke wischt, beginnt William, mir Fragen über den Film zu stellen. Über die Handlung, den Cast, das Ende. »Ich darf nicht allzu viel verraten«, ziere ich mich, aber das ist die Wahrheit. »Du musst einfach abwarten, bis er in die Kinos kommt.«

»Komm. Ein bisschen kannst du mir doch erzählen«, sagt er mit einem breiten, gewinnenden Lächeln. Die Haut um seine Augen legt sich in winzige Fältchen, wenn er lächelt, was ihn ein bisschen älter, ein bisschen welterfahrener, noch ein bisschen hinreißender aussehen lässt – jedenfalls wenn man eine halbe Flasche Champagner getrunken hat und vor dem Date noch einen Cocktail (oder auch zwei). Ich meine sogar einen Hauch von Zed in seinem Gesicht wahrzunehmen und verbiete mir diesen Gedanken nicht. Seine braungebrannte Hand berührt meine. Ich bin wie gebannt von dem Anblick unserer ineinander verschränkten, so malerisch von Kerzenlicht beschienenen Finger auf dem Tischtuch. »Na ja«, lenke ich ein. »Das eine oder andere kann ich dir vielleicht sagen.«

Ich skizziere in groben Zügen die Handlung. Nach wenigen Minuten sehe ich, wie er die Stirn runzelt, aber vielleicht macht er das immer, wenn er aufmerksam zuhört. Als ich fertig bin, ist seine Stirn allerdings immer noch gerunzelt. Unsere Knie berühren sich nicht mehr. Trotz meiner überschäumenden Champagnerfröhlichkeit erkenne ich, dass ich einen Fehler gemacht habe.

»Ich verstehe das nicht«, sagt er plötzlich. »Was ist denn die Motivation des Täters? Wenn es ihm nicht um etwas Sexuelles geht, worum dann? Und was ist mit den Mädchen? Warum haben die nicht schon viel früher versucht zu fliehen? Das hört sich doch an wie eine typische Männerphantasie, findest du nicht? Dass die beiden sich in ihren Kidnapper verlieben? Aber wenn das der Kern der Geschichte ist, warum passiert dann nichts zwischen ihnen? Nur wegen der Altersfreigabe? Und mit der Figur der Ermittlerin habe ich auch so meine Schwierigkeiten. Warum identifiziert sie sich mit den Mädchen? Warum sollen wir uns als Zuschauer überhaupt für ihre Geschichte interessieren? Das ergibt doch alles keinen Sinn. Für mich funktioniert der Plot vorne und hinten nicht.«

Ich sollte gar nicht weiter darauf eingehen. »Wart's einfach ab«, sollte ich mit einem unbekümmerten Lachen sagen. Ganz bestimmt sollte ich *nicht* beleidigt sein – schließlich greift er ja nicht mich an. Seine Tirade gegen den Film ist taktlos, sicher, aber mehr auch nicht. Trotzdem fühle ich mich persönlich attackiert. Wie vor den Kopf geschlagen.

»Ich glaube nicht, dass viele Männer zugeben würden, solche Phantasien zu haben«, sage ich giftig, noch immer lächelnd. »Vielleicht hast du ein paar Probleme, über die ich Bescheid wissen sollte?« Mir ist klar, dass diese Erwiderung nicht unbedingt viel Sinn ergibt, aber in dem Moment, in dem ich sie sage, kommt sie mir geistreich und beißend vor. Jetzt will ich nicht mehr in Williams Bett geschwemmt werden, ich will ihn in kleine Stücke schneiden. »Ich mag Autoren, die nicht immer alles bis ins Kleinste auserzählen und erklären müssen, sondern Raum für Interpretation lassen. Ich mag Filme, die einen zum Nachdenken anregen. Die einem zeigen, dass Menschen … na ja, eben mehr als nur eine Seite haben.«

»Also, *ich* mag Filme, die logisch stringent sind«, sagt er, und diesmal gibt es keine attraktiven Krähenfüße dazu. »Was ich *nicht* mag, sind Drehbücher, die einem Schlamperei als Vielschichtigkeit verkaufen wollen. Das zeugt von Faulheit und ist auf eine ganz schlimme Art prätentiös.«

Eine lange Zeit sehen wir uns einfach nur an. Ich fühle mich wesentlich nüchterner, als es eigentlich der Fall sein dürfte, und habe das Gefühl, dass es ihm ähnlich geht. Ich sehe Dinge in seinen Augen, die mir zuvor gar nicht aufgefallen sind: Dinge, die in mir die Frage aufkommen lassen, wieso ich überhaupt hier sitze. Der Hauch von Zed, den ich zuvor in seinem Gesicht wahrgenommen habe, löst sich in Luft auf. (Oder vielleicht nicht – Zed hat mich schließlich auch oft kritisiert.)

Und dann, vielleicht weil mein alkoholvernebelter Verstand bereits leichtsinnig genug gewesen ist, den Gedanken an Zed zuzulassen, begehe ich meinen bisher größten und dümmsten Fehler. Eine kluge Reaktion wäre, auf die Toilette zu flüchten und unterwegs dem Kellner ein Zeichen zu geben, damit er in meiner Abwesenheit die Rechnung bringt. Stattdessen öffne ich den Mund.

»Manchmal ist eben nicht alles logisch stringent.« Selbst ich muss gestehen, dass ich ein wenig aggressiv klinge. »Schließlich basiert die Handlung auf einer wahren Begebenheit. Ob du sie also als logisch empfindest, ist überhaupt nicht entscheidend. Das Entscheidende ist, dass es sich wirklich so zugetragen hat. Das Entscheidende ist, dass sich das *Leben* eben nicht an irgendwelche verschissenen Regeln hält.«

»Hast du nicht gesagt, es ist die Verfilmung eines Romans?«

»Ja, das stimmt. Aber zufällig weiß ich, dass der Roman teilweise an eine wahre Geschichte angelehnt ist.« Warum zum Teufel mache ich das?

Er verdreht die Augen und winkt – ziemlich unwirsch, wie ich finde – nach der Rechnung. »Ehrlich gesagt überrascht mich das kein bisschen«, sagt er. Auf einmal schwingt ein arroganter Unterton in seiner Stimme mit. Harvard ist also tatsächlich ein Minuspunkt. *Wichser.* »Leute, die mit dokumentarischem Material arbeiten, sind manchmal die Allerfaulsten. Sie glauben, es reicht zu sagen: ›Diese unglaubliche Geschichte ist wirklich passiert‹, ohne irgendwelche Motive, Gründe oder Erklärungen anzubieten. Sie setzen ganz auf den Schockfaktor Wahrheit und hoffen, dass der Zuschauer nicht merkt, was alles fehlt. Im Kern sind das genau die Probleme, die ich mit deinem Film habe. Nichts für ungut.« Jetzt lächelt er wieder, aber es zieht bei mir nicht mehr. »Damit wollte ich nicht sagen, dass er für dich nicht trotzdem eine gute Gelegenheit für ein Comeback sein kann.«

Comeback? *Gelegenheit*? Ganz offensichtlich hat der Kerl ein massives Unsicherheitsproblem. Mir fällt auf, dass er praktisch nichts über seine eigene Arbeit erzählt hat. Und ich werde auch nie etwas darüber erfahren, denn fragen werde ich ihn ganz sicher nicht danach.

Wir sind inzwischen aufgestanden, und als wir in Richtung Tür gehen, legt er mir doch allen Ernstes die Hand ins Kreuz. Ich mache (recht geschmeidig, wie ich finde) einen kleinen Schritt zur Seite, damit ich außerhalb seiner Reichweite bin, und er lässt den Arm sinken. Draußen reicht er dem Mann vom Parkservice sein Ticket.

»Und wohin jetzt?«, fragt er, als hinge das Gespräch von eben nicht immer noch wie eine Schlechtwetterwolke über uns. »Sollen wir noch weiterziehen? Ich kenne jemanden im Plafond. Oder … wollen wir auf einen Drink zu mir?« Er kommt mir wieder näher, und mir wird klar, dass er drauf und dran ist, an meinem Ohr zu knabbern.

Ohrenknabbern geht definitiv zu weit. »Geh du ruhig allein«, sage ich. »Ich nehme mir ein Taxi.«

Ich hebe den Arm, und schon im nächsten Moment taucht – zum allerersten Mal in meinem Leben in L. A., Gott sei gepriesen – tatsächlich eins auf. Ich wette, einer der Männer vom Parkdienst hat es herbeigewinkt, und wahrscheinlich ist es für jemand ganz anderen bestimmt, und der Himmel weiß, was mich die Fahrt kosten wird, aber es kommt wie gerufen. Das Universum spielt bereitwillig in meinem Drama mit. Ich lasse William mit verdatterter Miene stehen.

»Danke für das Abendessen«, sage ich lebhaft. »Ich hoffe, der Film gefällt dir!« Dann werfe ich ihm noch eine Kusshand zu, was vielleicht ein bisschen zu dick aufgetragen ist.

Im Taxi allerdings fange ich an zu weinen. Ich weine und weine und lache, und mir wird klar, dass ich scheißeinsam bin. Der Fahrer ignoriert mich. Er sieht so etwas nicht zum ersten Mal.

Lois

Sean macht es sich auf dem Stuhl vor meinem Schreibtisch bequem. Wie üblich bringt er eine Dunstwolke aus Qualm und Feuchtigkeit mit, obwohl es ausnahmsweise einmal nicht regnet. In die immer gleichen muffigen schwarzen Sachen gekleidet, scheint er seine ganz eigene Klimazone mit sich herumzutragen.

Ich bitte ihn, die Ohrstöpsel seines iPods herauszunehmen. »Ich hör doch gar keine Musik«, protestiert er.

»Das ist meine Regel. Ich unterhalte mich nicht mit Leuten, die verkabelt sind.«

Er reißt sich die Stöpsel aus den Ohren.

Seans Verhalten im Seminar heute war sehr störend – er hat immer wieder theatralisch geseufzt, ist wie unter Schmerzen auf seinem Stuhl zusammengesunken oder hat laut mit einer Tüte geknistert, aus der er irgendein ekelhaftes Knabberzeug aß. Ich hatte den Eindruck, dass er den Text, den ich als Hausaufgabe gestellt hatte, nicht gelesen hatte. Und *jetzt* habe ich den Eindruck, dass er nicht zu mir ins Büro gekommen ist, um über *Tristram Shandy* zu diskutieren.

Vor den Ferien habe ich mir Woche für Woche vorgenommen, Sean aus meinem Seminar zu werfen, sollte er mir weiterhin Probleme machen. Ich habe sogar mit dem Gedanken gespielt, ihn zu melden. Ich habe hin und her überlegt, ob es mehr Vorteile oder Nachteile für mich hätte, wenn ich meine Vergangenheit selbst offenlegen würde, um mir Sean vom Hals zu schaffen. Die Antwort darauf war eigentlich klar, trotzdem wollte ich das Geheimnis meiner persönlichen Geschichte nicht preisgeben. Aber jüngste Entwicklungen haben mich jetzt dazu bewogen, einen anderen Kurs einzuschlagen.

Wie immer kämpfe ich in seiner Gegenwart gegen ein Gefühl des Ekels an. Seine Haare müssten dringend gewaschen werden. Hinter den fettigen Fransen, die ihm tief in die Stirn hängen, sprießen die Pickel besonders üppig. Ich achte darauf, mich aufrecht hinzusetzen, gerade weil ich am liebsten so tief wie möglich hinter der Festung meines gemaserten Schreibtischs in Deckung gehen würde. Gleichzeitig empfinde ich auch eine ungewohnte Erregung: Nun, da ich weiß, was ich zu wissen glaube, eröffnen sich mir durch Sean ganz neue Möglichkeiten. Ich kann einiges von ihm erfahren. Unter dem Schreibtisch klopft mein linker Fuß in einem frenetischen Rhythmus auf den Boden.

»Also?«, sage ich irgendwann. Schließlich ist er zu mir gekommen; ich habe ihn nicht hergebeten. Auf keinen Fall darf ich zu erkennen geben, dass ich ausnahmsweise einmal froh bin, ihn zu sehen.

»Ich will wissen, wie das war«, sagt er. Er pult in einem Loch in seiner Jeans. Ernst, dunkle strähnige Haare? Zutreffend. Wie so manches andere.

»Wie was war?« Ich glaube zu wissen, worauf er anspielt, will aber ganz sichergehen. Legt er jetzt endlich die Karten auf den Tisch? Mein Herzschlag wird unruhig, droht mit mir durchzugehen. Ich atme langsam. Ich gebe nichts preis.

»Entführt zu werden. Gefangen gehalten zu werden und das alles. Es war ja eine ziemlich lange Zeit, oder? Alle haben sich gefragt, warum Sie nicht geflohen sind oder es wenigstens versucht haben. Meine Theorie ist, dass Sie es gar nicht wollten. Darüber würde ich gerne was hören.«

»Ihr Interesse an meiner Vergangenheit ist, gelinde gesagt, unangebracht«, gebe ich förmlich zurück. Erkenne ich da etwas Vertrautes im Schwung seiner Nasenlöcher? Ich versuche mir sein Gesicht ohne Akne vorzustellen, belebt von Charme, durch Sonne und Zeit gealtert. »Ich verstehe nicht, warum Sie das wissen wollen.«

»Sie sagen uns doch andauernd, wir sollen intellektuelle Neugier zeigen. Vielleicht mache ich das ja gerade.«

»Ich vermisse die intellektuelle Komponente.« Ich studiere ihn, während ich darauf warte, dass er endlich aufhört, um den heißen Brei herumzureden, und etwas Interessantes von sich gibt. Ich komme zu dem Schluss, dass er seine Kleider gebraucht gekauft hat. Er pflegt diesen Lumpenschick ganz bewusst, um seine Armut zu verbergen, aber man sieht gleich, dass er jemand ist, der nur Geld für das Nötigste hat. Ich weiß, dass er in einem heruntergekommenen Wohnblock außerhalb des Campus lebt, billiger als das Wohnheim, aber auch schmieriger: Dort gibt es Drogenrazzien, mitternächtlichen Feueralarm und vermutlich nur wenig Schlaf. Mir kommt der Gedanke, dass er kein leichtes Leben gehabt hat.

Er rutscht auf seinem Stuhl hin und her; schon diese kleine Bewegung setzt eine weitere Geruchswolke nach schalem Aschenbecher und muffigem Kleiderschrank frei. »Ist ja auch nicht so wichtig«, sagt er. »Ich hab gründlich nachgeforscht. Müsste so ziemlich alles zusammenhaben, was ich brauche. Und was ich nicht weiß, kann ich ja einfach erfinden, oder? Trotzdem wäre es auf jeden Fall besser, wenn ich Ihre Version der Geschichte hören könnte.«

Seit Monaten warte ich darauf, dass er mir etwas über seine Beweggründe verrät, noch nie hat er mehr durchblicken lassen als eben. Ich umklammere meinen Stift zu fest; ehe ich antworte, entspanne ich ganz bewusst jeden einzelnen Finger. »Wieso? Zu welchem Zweck? Ich muss Ihnen ganz ehrlich sagen, ich stehe vor einem absoluten Rätsel.«

»Ich brauche Material.« Er greift nach seinem Rucksack, so wie immer, wenn er im Begriff ist zu gehen. »Für das Buch, das ich schreibe.«

Sean? Ein Buch? Ich weiß nicht, ob es etwas gibt, das mich mehr hätte überraschen können. Ich setze eine neutrale Miene auf. »Ein Buch? Sie schreiben ein Buch? Also gut, wenn Sie meinen – aber was hat das mit mir zu tun?« *Ein Buch über seinen Vater? Das zum Teil auch von Carly May und mir handeln würde?* Das würde einiges erklären.

»Finden Sie's selbst raus«, sagt er und schlurft Richtung Tür. »Wenn Sie meine Fragen nicht beantworten wollen, sehe ich nicht ein, weshalb ich Ihre beantworten sollte.«

Weil ich Ihre Dozentin bin, will ich sagen, aber ich tue es nicht. Stattdessen lasse ich ihn ziehen. Selten habe ich mich weniger wie eine Dozentin gefühlt; in jedem Fall ist Sean nicht mehr nur ein Student.

Chloe

Im Kopf führe ich andauernd Streitgespräche mit diesem blöden Schriftsteller. Er ist schuld daran, dass ich mich total in die Frage nach der Motivation verbissen habe: Warum hat er es getan? Lois und ich sind nie dahintergekommen. In jenem Sommer haben wir uns oft darüber unterhalten, wann immer sich die Gelegenheit bot. Wir hatten einige Theorien, aber mit

Gewissheit wussten wir nichts, und auch die Polizei fand es nicht heraus. Das Ende gab uns jedenfalls keine klare Antwort. Insofern – und glauben Sie mir, ich hasse es, das sagen zu müssen – hat William-das-Schriftsteller-Arschloch zumindest in Teilen recht: Der Film befasst sich nicht mit der Frage nach dem Warum. Das Buch auch nicht, um die Wahrheit zu sagen. Man bekommt zwar eine Erklärung, aber die ist recht oberflächlich. Ich scheue sein Wort, *Schlamperei*, aber seit neuestem habe ich ständig diese verdammte Stimme im Kopf, die sagt: *Ist es nicht wirklich ein bisschen dürftig, einfach nur zu behaupten, er sei verrückt? Der ganz normale Psycho von nebenan?* Plötzlich kommt mir der Gedanke, dass Filmlogik normalerweise rückwärts funktioniert: Man macht den Bösewicht zu einem Verrückten, weil man verrückt sein muss, um das Verbrechen zu begehen, um das es sich dreht, denn ohne Verbrechen gibt es verdammt noch mal keine Story. Das Verbrechen *ist* die Story, und was den Zuschauer wirklich interessiert, ist nicht, warum der Täter es tut, sondern *was* er tut und wie. Vielleicht bekommt man einen billigen kleinen psychologischen Hinweis – sagen wir, er ist nicht einfach grundlos verrückt, sondern weil er als Kind arm war und von seiner Mutter schlecht behandelt wurde. Die Ursachen ähneln sich immer. Oder vielleicht war er auch reich, und sein Vater hat ihn schlecht behandelt. An der Logik ändert das nichts: Der Bösewicht war arm, und seine Mutter hat ihn schlecht behandelt, *damit* er verrückt wird, *damit* er das Verbrechen begeht, und schon wären wir wieder bei der Story, denn genau da wollten wir hin. Das Verbrechen kommt als Erstes; das Motiv ist Nebensache.

Im wahren Leben hingegen muss logischerweise das Motiv an erster Stelle kommen. Die Standardgeschichte ist keine richtige Geschichte, stimmt's? Die meisten Menschen werden nicht verrückt – jedenfalls nicht *so* verrückt –, und deswegen begehen sie auch keine schrecklichen Verbrechen. Folglich gibt es keine Geschichte, und wir erfahren nie etwas über sie. Sie gehen einfach ihrem Beruf nach, haben vielleicht eine Familie, spielen in ihrer Freizeit Golf oder was weiß ich, und irgendwann sterben sie. *Das Leben der meisten Menschen ist keine Geschichte.* Das hätte mir eigentlich schon viel früher klarwerden müssen, in meinem gegenwärtigen Geisteszustand allerdings kommt das als ein ziemlich harter Schlag. Mein Leben wurde zu einer Geschichte, aber nicht etwa deshalb, weil ich irgendetwas Bemerkenswertes geleistet hätte, sondern weil ein Verbrechen an mir begangen wurde. Alles, was ich tue – alles, was ich jemals tun werde –, weist in der einen oder anderen Form auf dieses Ereignis zurück. Es ist meine Geschichte. Ich kann ihr nicht entkommen. Insgeheim habe ich das wohl schon immer gewusst, nur habe ich es mir noch nie so klar vor Augen geführt.

Aber ich schweife von der Frage nach dem Motiv ab, die ich nach wie vor nicht beantworten kann und die nach einem Martini schreit. William kann mich mal. Er kennt die Wahrheit nicht: Als ich zwölf war, wurde ich sechs Wochen lang von einem liebenswerten Irren gefangen gehalten. *Das* ist meine Geschichte. Kein Wunder, dass ich trinke.

Nach dem Diademzwischenfall sah es eine Zeitlang fast so aus, als würde sich mein Leben zu einer anderen Art von Geschichte entwickeln, einer langweiligen und potentiell deprimierenden. Was ich meine, ist, dass es für andere möglicherweise so aussah. *Ich* hingegen zweifelte nie. Kurz nachdem ich bei Grandma Mabel eingezogen war, rief ich Gail an und verabredete mich mit ihr an einem Samstagvormittag im Diner von Arrow. Ich wollte, dass unser Gespräch an einem öffentlichen Ort stattfand, damit sie sich halbwegs zivil benahm, und ohne meinen Vater. Es war Zahltag.

»Ich muss Fotos machen lassen«, sagte ich. »Gute Fotos. Ich brauche eine Modelmappe.«

»Du hast –«

»Die Fotos von den Wettbewerben taugen dafür nicht.« Ich

blickte an Gail vorbei zu dem billigen Ölgemälde an der Wand hinter ihr – ein merkwürdiges Stillleben mit Bananen, Trauben und etwas, das aussah wie ein Donut. Diner-Kunst. Daneben hing ein Schwarzweißdruck des Eiffelturms. »Ich rede nicht von Porträts für Misswahlen in irgendwelchen Kuhkäffern. Ich will mir einen Agenten besorgen.«

Gail wirkte ziemlich baff, womit ich nicht gerechnet hatte, ich hatte sie also überrumpelt. *Gut*, dachte ich.

Zu der Zeit wuchs ich ziemlich schnell und war bereits einen halben Kopf größer als Gail. Und ich war dünn. Ich empfand ein regelrecht hinterhältiges Vergnügen dabei, ihr auf der roten, sorgsam geflickten Vinylbank gegenüberzusitzen und zu beobachten, wie sehr sie unter dem offensichtlichen Gegensatz zwischen uns litt. Ich trug enge Jeans und ein dunkles Flanellhemd – das war damals praktisch meine Uniform. Ich hatte nur einen Hauch von Make-up aufgelegt, meine Nägel waren nicht lackiert, meine Haare locker (aber sorgfältig) zurückgebunden, so dass mir ein paar Locken ins Gesicht fielen. Neben mir war Gail nichts als ein wogender, in wallende Stoffe und grelle Farben gehüllter Fleischberg. Mit grausamer jugendlicher Scharfsicht erkannte ich, dass sie sich dessen sehr wohl bewusst war. Natürlich hatte sie gemerkt, wie bei unserem Eintreten die Blicke der alten Männer am Tresen allesamt zu mir gewandert waren und kein einziger zu ihr. Ich gab einen Scheiß auf die tratschenden alten Farmer mit ihren Ledergesichtern, die Kaffee schlürften und das austauschten, was sie für Neuigkeiten hielten, aber ich wusste, dass Gail erwartete, beachtet zu werden.

Noch schlimmer war, dass ich ihr beim Bestellen den Vortritt gelassen hatte. Jetzt stand eine Riesenportion Eier mit Speck vor ihr, während ich bloß schwarzen Kaffee und Toast bestellt hatte. Ich wusste, sie würde sich wie eine gefräßige Sau vorkommen, was sie ja auch war.

Ich redete weiter, während sie aß. »Die Fotografen aus dem Ort kann ich logischerweise nicht nehmen. Die kriegen das nicht so hin, wie ich es brauche. Wir müssen nach Omaha fahren. Eigentlich ist das auch noch nicht gut genug, aber es muss halt reichen. Du musst Daddy irgendwas erzählen, damit er nichts merkt. Er soll sich nicht den Kopf darüber zerbrechen, bevor überhaupt was passiert ist.«

Sie zog ihre zu dünn gezupften Augenbrauen hoch und unternahm einen verzweifelten Versuch, wieder die Oberhand zu gewinnen. »Ich soll deinen Vater für dich anlügen? Und du meinst, ich habe nichts Besseres zu tun, als dich nach Omaha zu kutschieren, Fräulein? Sonst noch Wünsche?«

»Das wär's fürs Erste«, sagte ich und trank einen kleinen Schluck von meinem Kaffee. Ich mochte damals eigentlich gar keinen Kaffee, ich mochte bloß die *Idee* von Kaffee. Ich sah Gail beim Nachdenken zu. Im Ernst, man konnte fast sehen, wie sich die Zahnräder in ihrem Kopf drehten. »Wir können zwei getrennte Zimmer nehmen, falls wir über Nacht bleiben müssen«, fügte ich liebenswürdig hinzu.

Sie legte ihre Gabel hin und warf die zerknüllte Serviette auf den Tisch. Dann zwang sie sich zu einem falschen Lächeln und sagte leise: »Du kleines Luder.«

Ich lächelte zurück. Sie schnappte sich ihre große Handtasche und kramte nach ihrem Portemonnaie.

»Ach, lass mal«, sagte ich. »Das geht auf mich.« Das hatte ich ziemlich schlau eingefädelt, fand ich. Auf dem Weg zu unserem Tisch hatte ich Ada Watson einen Zehner zugesteckt, damit sie glaubte, ich würde meine Stiefmutter zum Essen einladen. *Klar.* So weit kam es noch.

»Ich mache ein paar Termine aus und geb dir dann Bescheid, an welchem Wochenende wir fahren«, sagte ich noch, als Gail unbeholfen von der Sitzbank rutschte, wobei sie ihre Serviette zu Boden fegte und mit der armen Ada zusammenstieß, die gerade mit meinem Wechselgeld zurückkam.

Da verlor Gail endgültig die Fassung und stürmte, laut vor sich hin schimpfend, nach draußen. Mehrere Köpfe drehten sich zu ihr um, wenn auch nur für eine Sekunde – *jetzt* bekam sie Aufmerksamkeit.

Ich aß meinen Toast auf und trank meinen Kaffee leer, für den Fall, dass mich jemand beobachtete, und ließ Ada ein dickes Trinkgeld da.

Ich hatte also den Stein ins Rollen gebracht, und es dauerte nicht lange, bis Gail und ich unseren Ausflug nach Omaha machten. Danach war es nur noch eine Frage des Wartens.

Sie müssen verstehen, wie klein Arrow ist: Wenn ich *Stadt* sage, müssen Sie sich einfach nur eine breite Hauptstraße vorstellen, die einige Blocks lang ist und von drei Straßen gekreuzt wird, die jeweils in einer Sackgasse enden. Selbst mitten im Ort standen die Häuser nicht sehr dicht. Wenn es hier irgendetwas im Überfluss gab, dann Platz. Die Geschäfte an der Hauptstraße waren in niedrigen, nichtssagend modernen Gebäuden untergebracht: schmutzig weiße und graue und beige Klötze. Vor Jahren war mal ein Tornado durch die Stadt gefegt, und beim Wiederaufbau hatte man dem Rechnung getragen: Die Häuser duckten sich vor den Elementen. Selbst die Kirchen kauerten dicht am Boden. In der größten, staubigsten Sommerhitze war der Ort genauso trostlos wie unter Schnee begraben im Winter. Wir hatten eine winzige Bank, eine Handvoll Läden, eine Kneipe, ein Diner. Eine Schule. Football spielten wir sechs gegen sechs, weil wir nicht genügend Schüler für eine komplette Mannschaft zusammenbekamen. (Ganz ohne Football ging es natürlich trotzdem nicht. Nicht in Nebraska.) Wollte man tanken, musste man eine lange Fahrt bis zum Highway auf sich nehmen. Ein Stück jenseits des Ortszentrums befand sich der Getreideheber. Er war noch aus vielen Meilen Entfernung zu sehen, genau wie wir den Getreideheber des Nachbarortes sehen konnten.

Trotzdem bedeutete mein Umzug von der Farm in die Stadt eine ziemlich drastische Veränderung. Die Stadtkinder – insgesamt vielleicht ein paar Dutzend, angefangen bei Kleinkindern bis hin zu älteren Teenagern – hingen am liebsten einfach nur so rum. Fast alle, mit denen ich mich anfreundete, waren ein oder zwei Jahre älter als ich. Nach Einbruch der Dunkelheit gab es in Arrow nicht mehr viel zu tun, aber sie gaben ihr Bestes: Sie kifften auf dem Schulhof, kletterten auf den Wasserturm oder lungerten vor den geschlossenen Läden auf dem Gehsteig herum, als wären sie Darsteller in einem sozialkritischen Jugendfilm. Es dauerte nicht lange, da hatte ich mir einen Typen namens Scott geangelt, der mehr oder weniger der Anführer dieser kleinen Gruppe war. Ich wusste nicht, wie offiziell unsere Beziehung war, bis mich eines Abends ein anderer Junge blöd anmachte und mich eine »Jungfrau« nannte. (Das galt als übelste aller Beschimpfungen.) Scott, wie ich und alle anderen nur eine dunkle Silhouette im Schein der weit auseinanderstehenden Straßenlaternen, packte mich, zog mich an sich und sagte: »Halt's Maul, du Penner, du redest mit meiner Freundin.« Der andere zog sich zurück, und ich sagte nichts. Das schien auch gar nicht notwendig. Es war nicht gerade romantisch, aber mir war bereits aufgefallen, dass es Vorteile hatte, wenn man innerhalb der Gruppe zu jemandem gehörte, sonst wollten sie alle was von einem. Wenn man ein Mädchen war, meine ich. Die Stadtkids galten als cooler und härter als die Kinder von den Farmen: Sie blieben abends länger auf. Sie mussten nicht morgens oder nach der Schule im Stall mithelfen. Sie hatten mehr Freizeit. Sie rauchten Zigaretten und trugen Schwarz und hörten Punk oder Heavy Metal statt Country oder Classic Rock. Die Mädchen umrandeten ihre Augen dick mit schwarzem Kajal, und ein oder zwei von den Jungs hatten sogar Ohrlöcher. Die Erwachsenen waren der Ansicht, dass all dies nichts Gutes für ihre Zukunft verhieß. Für *unsere* Zukunft, denn bald galt ich praktisch als eine von ihnen.

Ich wusste genau, dass es für mich nur eine Art Warteschleife war, aber ich wollte beim Warten so viel Spaß wie möglich haben.

Ja, ich nutzte Grandma Mabel aus. Aber ich war nett zu ihr. Glauben Sie bloß nicht, dass ich alle Menschen so behandelte wie

Gail. Nur sie brachte mein inneres Monster zum Vorschein. Um die Wahrheit zu sagen, machte mir dieses innere Monster ziemliche Angst. An dem Tag, als ich mit Gail den Deal aushandelte, war mir schlecht – richtiggehend schlecht. Ich betrachtete die anderen Gäste im Diner und fragte mich, ob die wohl auch ein inneres Monster hatten oder ob ich anders war als alle anderen. Selbst heute kann ich die Frage nicht beantworten. Trotzdem glaube ich, Grandma Mabel freute sich über meine Anwesenheit, meistens jedenfalls, und obwohl ich ihr längst nicht alles sagte, was ich so trieb, könnte man argumentieren, dass ich das nur tat, um sie zu schützen. Hätte sie Bescheid gewusst, hätte sie sich bloß aufgeregt.

Ich erzählte Grandma Mabel auch nichts von Scott – das schien mir eine von den Sachen zu sein, mit denen man sie besser nicht behelligte –, allerdings sah sie uns eines Tages zusammen. Es war Samstag, und wir hingen mit ein paar anderen in der Stadt ab. Wir trugen Jeansjacken, obwohl es arschkalt war, und versuchten, genügend Schnee für Schneebälle vom Boden aufzukratzen. Grandma hielt in ihrer uralten Limousine vor dem House of Beauty – sie fuhr überallhin mit dem Auto, auch wenn es nur zwei Blocks waren –, und ich bemerkte sie zu spät, als dass ich noch einen auf unschuldig hätte machen können. Sie sagte nichts, sondern sah mich bloß an, aber als ich später nach Hause kam, wartete sie in ihrem Schaukelstuhl auf mich. Sie hatte ihre alte Häkeldecke um die Schultern, und ihre stahlgrauen Haare waren frisch gelegt, die kleinen Löckchen zu schnurgeraden Reihen angeordnet.

»Der Bursche ist zu alt für dich, Carly May«, sagte sie – damit wollte sie ihn nicht verurteilen, es war lediglich eine Feststellung. »Diese Bande wird dir nur Ärger machen.« Sie sagte dies, als wäre es eine ausgemachte Sache – als würde der Ärger kommen, so oder so, und niemand könnte ihn aufhalten. Und dann, während sie ihre Decke ordentlich zusammenfaltete und über die Rückenlehne des Stuhls legte, um in die Küche zu gehen, fügte sie sicherheitshalber noch ihre Lieblingsermahnung hinzu: »Auf die Schönheit des Charakters kommt es an, nicht auf die des Körpers, vergiss das nicht, Carly May.«

Ich dachte immer, Grandma Mabel wäre einfach nur verbittert. Denn egal, wie man Schönheit definiert, nach jahrzehntelanger Arbeit auf der Farm war bei ihr davon nichts mehr zu sehen. Außerdem fragte ich mich, was dieser blöde Spruch eigentlich bedeuten sollte. Was genau macht denn einen Charakter schön?

»Hässliche Taten jedenfalls nicht«, sagte Grandma Mabel düster.

Ich sagte ihr, sie brauche sich keine Sorgen zu machen.

Noch während des Winters bekam ich einen Anruf von einer Agentin aus Chicago – Shelley Silver, Martins Vorgängerin. So fing alles an. Arrow und all die schrecklichen Schicksale, die mich hier vielleicht erwartet hätten, gerieten in den Hintergrund und verblassten schließlich.

Lois

Ich bin auf eine Chloe-Savage-Fansite gestoßen und habe mir angewöhnt, sie regelmäßig zu besuchen. Sie wird erstaunlich oft aktualisiert. Eigentlich ist sie ziemlich traurig. Gepflegt wird sie von jemandem, der sich als Chloes größter Fan bezeichnet und eine Vorliebe für Fotos zu haben scheint, auf denen sie halbnackt zu sehen ist, mit überschminkten Lippen einen Schmollmund macht oder sich mit einem männlichen Schauspielkollegen überzeugend im Bett rekelt. Mit anderen Worten: Er ist nicht unbedingt ein Fan ihres schauspielerischen Talents.

Ich studiere diese Fotos ebenso gründlich wie die anderen Chloe-Bilder, die ich im Netz aufgetan habe. Vermutlich suche ich darauf nach Spuren unserer gemeinsamen Vergangenheit. Wie gerne würde ich behaupten, dass ich ein winziges, aber zutiefst aufschlussreiches Detail entdeckt habe, einen kaum wahrnehmbaren Hinweis, den niemand außer mir zu lesen versteht. Aber ihre Augen wirken kalt – beinahe berechnend –, ihr Körper makellos und abweisend. Sie könnte genauso gut eine Fremde sein. Ich frage mich, was sie wohl für ein Leben hat, doch dabei merke ich schnell, dass meine Vorstellungskraft ihrer – wie ich annehme – glamourösen Welt nicht gewachsen ist. Die Bilder in meinem Kopf stammen allesamt aus Filmen und Zeitschriften: Ich sehe eine Reihe übellauniger, attraktiver Schauspielerfreunde; Partys, auf denen die Gäste teure Modedrogen einwerfen; gelegentliche Aufenthalte in Entzugskliniken, Tausend-Dollar-Schuhe, exotische Gesichtsbehandlungen. Einiges davon trifft vielleicht zu, aber vielleicht liege ich auch völlig daneben. Das Einzige, was ich auf den Fotos erkennen kann, ist, dass sie traurig aussieht. Aber ich traue diesem Eindruck nicht, schließlich ist sie Schauspielerin. Publicity-Fotos sind nicht gerade Fenster zur Seele.

Vielleicht – kaum zwinge ich mich, diese Möglichkeit in Betracht zu ziehen, da hat sie sich auch schon wieder verflüchtigt –, vielleicht *wünsche* ich mir, dass sie traurig ist.

Ich kann mich noch an einen Winter erinnern. Ich war über Weihnachten aus dem Internat nach Hause gekommen und mitten in der Nacht ins große Wohnzimmer geschlichen, um mich dort unter den Christbaum zu setzen. Es war nicht das bescheidene kleine Bäumchen unserer Familie, sondern der große, prächtige Baum für die Gäste, geschmackvoll und elegant dekoriert, aber zugleich auch so wunderschön in der Dunkelheit, dass es weh tat, ihn anzusehen. Und aus genau dem Grund hatte ich mich um zwei Uhr früh im Nachthemd aus meinem Zimmer gewagt, zu einer Zeit, da ganz bestimmt kein Gast mehr wach war: weil ich wollte, dass der Baum in dem Teil von mir, den man gemeinhin als Herz bezeichnet, diesen ganz besonderen Schmerz auslöste. Was ist dieser Schmerz eigentlich?, frage ich mich. Eine Mischung aus Magie und Melancholie, Hoffnung und Enttäuschung. Oder vielleicht verallgemeinere ich damit auch nur meine persönlichen Erfahrungen und nehme fälschlicherweise an, dass das, was auf mich zutrifft, auch auf andere zutreffen muss. Wer weiß schon, was andere Menschen empfinden? Wie dem auch sei, ich ging wohl deshalb zum Baum und setzte mich darunter, weil ich weinen wollte. Es funktionierte; ich weinte tatsächlich. Doch gleichzeitig hatte ich das Gefühl, dass ein Teil von mir dabei nicht mitweinte, sondern am Rand stand und zusah, wie man einem Theaterstück zusieht. Ich sah mich selbst in meinem roten Flanellnachthemd, das Gesicht vom sanften Lichtschein erleuchtet, sah den Kontrast zwischen meinen dunklen, zerzausten Haaren und meiner blassen, traurigen Haut – ein trauriges, ja tragisches Mädchen vor einer wunderschönen Kulisse. Doch selbst während ich hemmungslos in meinen heißen Tränen schwelgte, bemerkte dieser am Rand stehende Teil von mir voller Hohn, dass meine Tränen gar nicht echt waren, weil ich für ein Publikum weinte, selbst wenn dieses Publikum nur aus mir selbst bestand. Folglich waren meine Gefühle auch nicht echt. Dadurch musste ich nur noch heftiger weinen und war so erschrocken, dass ich für einen flüchtigen Augenblick eine ganz echte, unverstellte Empfindung hatte: den glühenden Wunsch, jemand zu sein, der seine Gefühle unmittelbar zum Ausdruck bringen kann; jemand, dessen Emotionen frei und ungebremst direkt aus seinem Innern kommen; jemand wie Carly May.

Ich hörte gar nicht, wie meine Mutter leise hereinkam und hinter mich trat. Ich bemerkte sie erst, als sie eine Hand auf mein zitterndes Knie legte und mir dann in einer seltenen Geste des mütterlichen Trostes über die Haare strich. Auch sie trug ein langes Flanellnachthemd, ihres in weihnachtlichem Karomuster; auch ihr fielen die Haare offen den Rücken hinab. Ich bemerkte einen Hauch von Gin, allerdings nicht so stark, dass ich mir hätte Sorgen machen müssen; an ihren Fingern sah ich Farbreste. Sie war in ihrem Atelier gewesen. Ich fragte mich, ob es oft vorkam, dass sie mitten in der Nacht malte. Schon in wenigen Stunden musste sie aufstehen und ein üppiges Frühstück für die Gäste herrichten. Plötzlich befand ich mich in der unangenehmen Situation, mir, wenn auch nur einen Moment lang, vorzustellen, wie es wohl war, meine Mutter zu sein – bis die ungewohnte Berührung ihrer Hand auf meinem Haar mich zurück in die Gegenwart holte.

»Was ist denn los, kleine Lois?«, fragte sie so leise, dass ihre Stimme kaum die Oberfläche der dichten, angespannten Stille im Raum streifte.

Ich wusste nicht, wie ich ihr die Wahrheit sagen sollte, selbst wenn ich mir sicher gewesen wäre, dass ich es wollte. Was war los? *Alles* war los – die Welt – Magie, Melancholie, der wunderschöne Baum – Hoffnung und zu wenig Hoffnung. Es gab keine Worte für das, was mit mir los war; ich habe dieses Gefühl seitdem noch hin und wieder gehabt, allerdings nicht mehr so stark wie damals mit sechzehn, ein Alter, in dem einem alles so groß und überwältigend erscheint.

»Ich bin einfach nur traurig«, sagte ich schließlich, wobei ich nicht meine Mutter, sondern den Baum ansah und mir mit einem Mal darunter sehr klein vorkam. Ich weinte noch heftiger um das traurige Mädchen und seine kalte, rätselhafte Mutter, als wären sie Figuren in einer Weihnachtsgeschichte, die ich gerade las.

»Ich weiß«, sagte meine Mutter, und auch sie wandte den Blick ihrer grüngrauen Augen, in denen sich die Lichterkette spiegelte, zum Baum. Ihre Hand streichelte zart meinen Kopf. »Du bist mir ähnlich. Wir sind Einzelgänger, du und ich.«

Die vertraute Einrichtung des Zimmers verschwamm mit der Dunkelheit: geschwungene antike Sofas, Beistelltische mit filigranen Beinchen, samtgepolsterte Fußschemel. Ein goldgerahmter Spiegel auf der anderen Seite des Zimmers fing das Licht Tausender winziger Glühbirnen ein, warf es zurück und ließ alles fremd und verwirrend erscheinen. Ich versuchte, die Äußerung meiner Mutter zu verstehen; abzuwägen, ob sie etwas Wahres enthielt.

»Aber das muss nichts Trauriges sein.« Sie beugte sich vor, um mir einen sanften Kuss aufs Haar zu geben. Im Aufstehen sagte sie noch: »Ich glaube, du musst dir keine Sorgen machen.« Damit ging sie genauso lautlos, wie sie gekommen war. Sie ließ eine Spur Alkoholduft und eine eigenartige Kälte zurück.

Wir sind Einzelgänger, du und ich. Stimmte das? Aussagen wie diese besitzen große Kraft. Es war, als hätte meine Mutter die Tür zu einem sauberen, aufgeräumten, schönen Raum aufgestoßen, in dem das Sonnenlicht durch hübsche Gardinen fiel und die Regale voller Bücher waren. Klein und schlicht, aber gemütlich. Sie hatte mir eine verlockende Idee präsentiert, eine Idee mit einer konkreten Form und exakten Dimensionen. Eine Definition.

Der Baum mit seinen so erbarmungslos schön funkelnden Lichtern gab mir keine Antworten.

Falls ich zu einer Einzelgängerin geworden bin, liegt das womöglich an meiner Mutter. Ihre Magie: Sie gab mir das Wort, und es wurde wahr.

Chloe

Aus dem Drehbuch von *Der Wald so still*:

```
INNEN
Ein parkendes Auto. Innen sehr sauber und
unpersönlich, dunkle Sitze, beschlagene
Scheiben. Ein Becher Kaffee im Becherhalter.
Die Frau am Steuer trägt helle Khakihosen,
eine weiße Bluse, praktische Schuhe. Sie
hat einen Feldstecher um den Hals. Sie sieht
unscheinbar, aber sympathisch aus und könnte
- unter anderen Voraussetzungen - durchaus
attraktiv sein.
```

Der Teil fasziniert mich. Ich habe noch nie ein Mauerblümchen gespielt – aber vielleicht ist sie auch nicht direkt ein Mauerblümchen, sondern einfach eine zugeknöpfte Polizistin, in der das Potential schlummert, sexy zu sein. Sozusagen die moderne Interpretation der verführerischen Bibliothekarin. Später im Film tritt an mir eine zarte Schönheit zutage, und ich bin sexy genug, um einem neugierigen, mir gegenüber zunächst feindselig gesinnten Reporter den Kopf zu verdrehen. Laut Drehbuch erobert er mein Herz – und heilt mich von meiner ungesunden Obsession für den Kidnapper –, und am Ende lasse ich mich von ihm küssen. Es ist nur ein einziger Kuss, aber einer, in dem eine ganze Zukunft mitschwingt. Eine Art von Kuss, die es meines Wissens im echten Leben gar nicht gibt. Wie auch immer, mein Aussehen wird jedenfalls nie zum Thema gemacht.

Für mich liegt der Schlüssel zum Verständnis meiner Figur in der Tatsache, dass sie von dem Entführer besessen ist. Durch Zufall begegnet sie ihm einmal, als sie noch gar nicht weiß, wer er ist. Er kauft in einem nahe gelegenen Ort ein und sticht ihr sofort ins Auge: sein attraktives Äußeres, seine Ernsthaftigkeit, die Intelligenz in seinen Augen, diese seltsame Ahnung, dass er anders ist, sich von der Masse der Menschen abhebt. Dieser Eindruck, dass er da ist und gleichzeitig auch nicht. Erst später wird ihr bewusst, wer der Mann war und wie nah sie ihm gekommen ist. Sie behält den Vorfall für sich – die Sache zu melden würde die Ermittlungen nicht voranbringen, sagt sie sich. Noch interessanter aber ist, dass sie das Gefühl hat, es käme einem Verrat gleich, ihre Begegnung preiszugeben. Sie hat ihm an jenem Tag zugelächelt, hat versucht, seine Aufmerksamkeit zu erregen. Jetzt trägt sie alte Fotos von ihm mit sich herum (im Film ist die Identität des Kidnappers der Polizei schon bekannt, bevor sie seinen Aufenthaltsort ermittelt), schaut sie sich immer wieder an, versucht, sich Zugang zu seiner Gedankenwelt zu verschaffen. Sie ist dankbar, als der Zeitungsreporter Informationen über die Kindheit des Mannes ausgräbt – gelegentliche Vernachlässigung, eine von zu Hause ausgerissene Schwester. Diese persönlichen Details machen ihn gerade so menschlich, dass wir ein wenig um ihn trauern, wenn er stirbt. Ihre Gefühle für ihn allerdings erscheinen mir düsterer und intensiver als bloßes Mitgefühl.

```
AUSSEN
Ein Waldweg, schroffe Berge zur einen Seite,
eine tiefe Schlucht zur anderen. Man sieht
keine Häuser, keine Autos fahren vorbei.
Der Wald ist dicht, die Straße liegt im
Schatten. Die Sonne scheint. Es ist sehr
still. Der Wagen steht in der Mitte einer
kleinen Parkbucht, wie man sie am Beginn
eines Wanderweges findet, obwohl nirgends
Wegmarkierungen zu sehen sind.
```

Ich sehe es so deutlich vor mir! Ich sage mir immer wieder, dass wir in Kanada drehen, dass es zwar ähnlich aussehen wird, aber nicht genauso. Der Gedanke, die Geschichte nachzuspielen, macht mir nichts aus. Aus unerfindlichen Gründen freue ich mich sogar – wie über einen Insiderwitz, obwohl es ja in Wahrheit gar nicht komisch ist. Aber die Vorstellung, wieder an dem Ort zu sein, die Bergluft zu riechen, die Vögel zu hören, das unablässige Rollen des Donners in der Ferne – das ist es, wovor ich eine Wahnsinnsangst habe. Ich will nicht, dass meine Erinnerungen zu stark aufgerüttelt werden, vielen Dank auch. Gepäckstücke können während des Fluges verrutschen? Genau.

Ich habe das Drehbuch unzählige Male durchgelesen. Das mache ich immer bei einem neuen Projekt, allerdings nur bis zu einem gewissen Punkt. Diesmal hat es etwas Manisches, und eigentlich müssten bei mir längst die Warnsignale aufleuchten, weil das nicht mehr normal ist. Es ist, als würde ich nach etwas suchen, das ich verloren habe – etwas, das da sein *muss*, aber bislang sehr gut versteckt ist.

Ich habe nicht versucht, mit Lois Kontakt aufzunehmen. Ich glaube, so weit bin ich noch nicht – ich wüsste gar nicht, was ich ihr sagen soll. Ehrlich, ich weiß ja nicht einmal, ob ich mich über die Sache freue oder ob ich unglaublich wütend bin. Vielleicht eine Mischung aus beidem? Auf jeden Fall muss ich mir darüber erst klarwerden, bevor ich mich bei ihr melde. Ansonsten hat sie die totale Kontrolle über die Situation. Lois mag es, die Kontrolle zu haben.

Mochte es.

Vielleicht ist das ja auch der Grund, weshalb sie dieses beschissene Buch geschrieben hat: Kontrolle. Weil es ihr eine Möglichkeit bot festzulegen, wer wir waren und was das Geschehene zu bedeuten hatte. Ich kann mir gut vorstellen, dass sie das verlockend fand.

Sie ist Anglistikprofessorin an einem College irgendwo in New York, das ließ sich leicht übers Internet herausfinden. Das Foto von ihr auf der Fakultätswebsite sagt nicht viel über sie aus: Sie schaut streng und lächelt nicht und wirkt sehr akademisch – nicht unbedingt jemand, mit dem man gerne mal einen trinken gehen würde. Aber sie hat etwas Apartes mit ihrem streng gescheitelten, schräg geschnittenen schwarzen Haar und den großen grünen Augen. Im Gegensatz zu mir hat sie ihren Namen behalten. Lucy Ledger taucht in Dr. Lois Lonsdales Online-Unterlagen nirgendwo auf – keine Zeile in ihrem Lebenslauf, kein Link zu einer Autorenwebsite, keine Rezensionen, nichts.

Sie hält ihre Schriftstellerinnenkarriere also geheim. Sie führt ein Doppelleben. Warum?

Ich habe im Moment viel zu viel Zeit, mir über alles Mögliche den Kopf zu zerbrechen.

Während dieser Phase des Nichtstuns erhalte ich einen Anruf von einer alten Freundin aus meinen Modeltagen. Erica war eins der meistgebuchten schwarzen Models in der Branche. Ich war nur ein Kleiderständer, wie man so schön sagt, aber sie hatte Klasse. Sie trug Kleider, wie andere Menschen schnelle

Autos fahren: draufgängerisch, sogar ein bisschen aggressiv. Es ist schwer in Worte zu fassen, aber sie hatte Erfolg damit. Erica modelt immer noch, wenn auch nicht mehr so viel wie früher – sie muss inzwischen mindestens dreißig sein, wenn ich richtig gerechnet habe. Sie ist für ein paar Tage in der Stadt und schlägt mir vor, gemeinsam wegzugehen – »weggehen« wie in der guten alten Zeit. Ich sage ja, obwohl ich gewisse Zweifel habe: »Weggehen« ist nicht mehr wirklich mein Ding. Andererseits fühle ich mich allmählich isoliert – gefährlich isoliert sogar. Ich habe bereits früher festgestellt, dass man sich, wenn man zu lange keinen Kontakt mit Menschen hat, irgendwann zu fragen beginnt, ob man wirklich existiert. Wie kommt es, dass ich mich von allem so abgeschnitten fühle?

Andererseits ist ein Clubbesuch vielleicht nicht gerade der beste Weg, sich der eigenen Existenz zu versichern, sofern man denn an ihr zweifelt. Als ich am Morgen danach aufwache, liege ich quer auf meinem Bett. Ich trage immer noch das Kleid und die kniehohen Stiefel vom Abend zuvor, meine Haare sind eine einzige Katastrophe, das Bettlaken voller Make-up-Flecken. Mein Kopf tut so weh, dass ich ihn nicht bewegen kann. Die ersten Sekunden nach dem Aufwachen kann ich mich an nichts erinnern – aber dann verlässt mich mein Glück, und mein Gedächtnis präsentiert mir scheibchenweise die Ereignisse der zurückliegenden Nacht: im Wesentlichen eine Abfolge deprimierender kleiner Kurzfilme mit großen chronologischen Lücken dazwischen. In einem dieser Filme kippe ich mit Erica und ihren Freunden Shots in einer überfüllten Bar. In den späteren Filmen bin ich schon ziemlich betrunken. Ich tanze, ich stolpere, ich blamiere mich. Ich treffe zufällig auf William-das-Schriftsteller-Arschloch und werfe ihm Beleidigungen an den Kopf. Die Frau in diesem Kurzfilm hält sich offenbar für sehr geistreich, der Zuschauer allerdings merkt, dass sie nur wirres Zeug von sich gibt. Ihre Freunde, wenn es sich denn um ihre Freunde handelt, lotsen sie weg. Sie taumelt und fällt hin. Später ist sie dann wieder auf der Tanzfläche und tanzt, als wäre sie wunderschön, obwohl sie in Wirklichkeit zum Gotterbarmen aussieht. Jemand schleift sie auf die Toilette. Eine der bedrückendsten Szenen spielt sich in einer Toilettenkabine ab, wo sie einen Tobsuchtsanfall bekommt und mehrere jämmerliche Versuche unternimmt, ihren Lippenstift nachzuziehen. Dieses Vorhaben scheitert gründlich. Sehr viel später verfrachtet jemand sie in ein Taxi – ein verschwommener Freund oder vielleicht auch ein Unbekannter, schwer zu sagen –, und das Taxi fährt sie nach Hause, wo sie erst noch eine Weile vor ihrer Tür hockt, ehe sie die Kraft aufbringt, nach ihrem Schlüssel zu suchen, ihn ins Schloss zu stecken und ihren bedauernswerten, hässlichen Körper ins Bett zu schleppen.

Ein paarmal klingelt das Telefon. Ich gehe nicht ran. Ich glaube, ich habe einen Plan gefasst. Einen Plan, der meine Rettung sein könnte, obwohl mein Kopf noch zu sehr brummt, deswegen bin ich mir nicht ganz sicher. Dieser Plan sieht vor, dass ich von hier verschwinde, und zwar schnellstmöglich.

Ich fahre gern Auto. In L. A. weniger, da ist es die reinste Hölle, aber über Land schon. Wenn der Highway leer und die Landschaft ausgestorben genug ist, fühle ich mich fast wieder wie das kleine Mädchen mit der hässlichen Perücke, das keine Ahnung hatte, wohin die Reise ging, und so froh war, einfach nur unterwegs zu sein. Meine geniale Idee ist folgende: Ich könnte nach Norden *fahren*, statt den Flieger zu nehmen. Ich könnte mir so viel Zeit lassen, wie ich will, und mich ganz gemächlich in Richtung Kanada bewegen. Ich könnte in billigen Motels übernachten, Abenteuer erleben, der Star meines eigenen Roadmovies sein. Die ganze Zeit denke ich, dass es doch irgendeinen guten Grund geben müsste, warum ich das lieber nicht tun sollte, aber mir fällt keiner ein.

Ich torkle in die Küche, mache mir eine Bloody Mary – das klingt ekelhaft, aber vielleicht hilft es – und lasse mich mit einem alten Atlas auf meine weiche graue Couch fallen. Mit zittrigem Finger fahre ich eine grobe Route nach Norden nach.

Nach Norden. Immer an der Küste entlang. Warum nicht?

Bis es so weit ist, nehme ich mir Lois' beschissenes Buch vor. Schon wieder. Und es sind nicht die Passagen über die Polizistin, die mich am meisten interessieren, sondern die, in denen es um uns geht. Wenn ich die Kapitel lese, die aus der Perspektive der entführten Mädchen geschrieben sind, höre ich automatisch Lois' Stimme. Es ist, als wäre sie mit mir im Zimmer. Diese Stellen lese ich wieder und wieder, als suchte ich nach Hinweisen. Weiß der Teufel, vielleicht tue ich das ja. Ich finde sogar den einen oder anderen – größtenteils über Lois. Offenbar weiß sie etwas, von dem ich wünschte, sie wüsste es nicht – etwas, das mit einem gebrochenen Versprechen zu tun hat. Ein Geheimnis, von dem ich dachte, ich würde es eines Tages mit ins Grab nehmen. Irgendwann fange ich an, eine Tabelle zu schreiben. Ich versuche, das Buch – den Plot, die Figuren, alles – in drei Kategorien einzuteilen: wahr, falsch und dazwischen.

In langen, krummen Spalten geschrieben, sieht sie ungefähr so aus:

WAHR:	*FALSCH:*	*?????*
Er mochte mich (Callie) lieber.	*Hannah (Lois) hat mehr mitbekommen als Callie.*	*Er hat uns geliebt.*
Er war einmal mit uns schwimmen.	*Wir haben aus Bettlaken ein Seil geknüpft, um zu fliehen.*	*Wir waren glücklich.*

Das ist schwieriger, als man denkt. Der kniffligste Teil ist der Schluss. Die grundlegenden Fakten hat sie nicht verändert, das gebe ich zu. Trotzdem: Die ganze Wahrheit und nichts als die Wahrheit sieht verdammt noch mal anders aus.

ZWEITER TEIL

Aus dem Buch:

Der Wald so still

von Lucy Ledger

»Da sind wir«, sagte der Entführer in einer sanften, klangvollen Stimme, die die Mädchen schläfrig machte und ihnen ein Gefühl von Geborgenheit gab. Vielleicht war das falsch, aber so war es nun mal. Etwa eine Stunde zuvor hatten sie die Hauptstraße verlassen. Seitdem schlängelten sie sich durchs Gebirge, und nun, während sie einen langen, unbefestigten Zufahrtsweg entlangholperten, tauchte im Licht der Scheinwerfer eine gepflegte Blockhütte aus der Dunkelheit auf. Eine Hütte, die aussah wie im Märchen. Laut der Uhr am Armaturenbrett war es Punkt Mitternacht: Geisterstunde, Hexenstunde. Er stellte den Motor ab, und alles wurde finster – Auto, Hütte, Wald, Berge. Trotzdem fürchteten sie sich nicht. Sie rutschten über das Vinyl der Rückbank, kletterten steifbeinig aus dem Wagen und gingen über weiche Kiefernnadeln auf das Häuschen zu, das sie nun nicht mehr sehen konnten. Der Himmel war sternenlos. Vielleicht hätten sie weglaufen können, aber sie dachten nicht ans Weglaufen.

Die zwei Mädchen, hübsch wie Prinzessinnen – eine dunkel, eine blond –, mussten weder hungern, noch wurden sie in ein Verlies gesperrt. Der Entführer kochte ihnen Kakao auf dem alten Herd, während sie am langen hölzernen Küchentisch auf den Kanten ihrer Stühle saßen und mit den Beinen schlenkerten. Er servierte den Kakao in angeschlagenen Tonbechern zusammen mit Chocolate Chip Cookies direkt aus der Packung. Sie aßen und tranken wie ausgehungert. Hannah ließ ihre kinnlangen Haare nach vorne fallen, damit die anderen ihr Gesicht nicht sehen konnten. Sie hatte keine Ahnung, was es ihnen verraten würde: Ihre Gefühle waren ihr selbst ein Rätsel, als wären es gar nicht ihre, sondern die von jemand anderem. Sie hielt den Blick auf Callie gerichtet, die alles mit großer Selbstverständlichkeit anzunehmen schien. Es war sinnvoll, fand Hannah, ihr Verhalten an dem eines Mädchens auszurichten, das schon zwei Tage länger mit dem Mann zusammen war als sie und diese zwei Tage unbeschadet überstanden zu haben schien. Kaum hatten sie die leicht stockig riechende Hütte mit der niedrigen Decke betreten, hatte Callie sich die steife dunkle Perücke vom Kopf gezogen. Darunter kamen die schönsten, vollkommensten blonden Locken zum Vorschein, die Hannah je gesehen hatte.

Gleich fühlte Callie sich leichter, freier – die Perücke war mit der Zeit schwer und kratzig geworden. Sie hatte das Gefühl, sich immer weiter auszudehnen, bis sie den ganzen Raum ausfüllte. Es machte ihr nichts, dass der Entführer und das andere Mädchen, Hannah, sie anschauten. Callie hatte noch nie ein Problem damit gehabt, angeschaut zu werden.

Hannah wischte sich einen Kekskrümel von der Lippe und dachte darüber nach. Fragte sich, was es bedeutete, dass sie und Callie so unterschiedlich waren. Hatte es überhaupt etwas zu bedeuten?

Der Mann begegnete nur selten ihren Blicken, aber Hannah spürte, wie er sie beobachtete, wenn er sich unbemerkt wähnte. Sie versuchte seine Miene zu deuten und kam zu dem Schluss, dass er glücklich aussah. Erfüllt. Zufrieden mit sich, zufrieden mit ihnen. Sie fand nicht, dass er einen gefährlichen Eindruck machte – aber wie hätte sie das schon beurteilen sollen?

Was wollte er mit ihnen?

Der Entführer sprach nur wenig. Er ging in dem langen Hauptraum der Hütte auf und ab, rückte an den Fensterläden, spähte in die Dunkelheit hinaus, warf prüfende Blicke in die Schränke. Als die Mädchen mit ihrem Imbiss fertig waren, räumte er den Tisch ab und führte sie nach oben in ein kleines Zimmer unter dem Giebel. Dort gab es zwei Betten, und auf jedem Bett lag ein sauber gefaltetes weißes Nachthemd. Er zeigte ihnen auch das Badezimmer, wo zwei identische Kulturbeutel für sie bereitstanden. Nachdem sie sich bettfertig gemacht hatten – sie standen beim Zähneputzen nebeneinander am Waschbecken wie kleine Kinder: eine Nähe, die zwar erzwungen, aber zugleich willkommen war –, kam er zu ihnen und nahm ihre alten Kleider mit. Sie fragten nicht, warum. Sie waren noch nicht so weit, Fragen zu stellen, obwohl sie viele Fragen hatten. Sie sahen ihre Shorts und T-Shirts nie wieder. Er schaute zu, während sie die Decken zurückschlugen und in ihre Betten schlüpften, dann schloss er geräuschlos die Tür hinter sich. »Ihr könnt das Licht anlassen oder ausmachen«, sagte er vorher noch mit seiner leisen, angenehmen Stimme. »Das bleibt euch überlassen.«

Hannah hätte sich für das Licht entschieden, aber Callie knipste die staubige Lampe, die zwischen ihnen auf dem Nachttisch stand, sofort aus, und Hannah erhob keine Einwände. Sie wollte nicht, dass Callie dachte, sie hätte Angst.

Nachdem er das Zimmer verlassen hatte, hörten sie, wie ein Schlüssel im Schloss herumgedreht wurde und ein Riegel sauber an seinen Platz glitt.

Callie sprang auf, flog ans Fenster, schob die schlichten weißen Vorhänge zur Seite und stand wie gebannt im fahlen Mondlicht, das durch einen schmalen Spalt zwischen den Wolken schimmerte. Nach einer Minute gesellte Hannah sich zu ihr. So standen sie beisammen, und ihre Nachthemden verschmolzen zu einem einzigen weißen Fleck. Die Dunkelheit machte aus der ihnen unbekannten Landschaft eine fremde Welt; ihre Umgebung war ein Geheimnis. (Erst am darauffolgenden Tag sollten sie einen Blick auf die dichten Wälder und die zerklüfteten Berge erhaschen.)

Callie schob das Fenster auf und lehnte sich hinaus in die Nacht.

Sie atmete gierig die kalte Bergluft ein, und ihre langen goldenen Schönheitswettbewerbslocken fielen nach vorn. »Rapunzel, Rapunzel!«, flüsterte Hannah lachend, weil sie seit ihrer Ankunft bei der abgeschiedenen Hütte die ganze Zeit an Märchen denken musste und weil es eine Erleichterung war zu lachen, eine intensive, unerwartete Lust. Doch Callie runzelte verärgert die Stirn. »Verschon mich«, sagte sie voller Spott – Spott wofür? Alles, was kindisch oder irgendwie skurril war, vermutete Hannah. Und Hannah war *wirklich* kindisch, dachte Callie mit einem Gefühl der Überlegenheit. Eingerahmt vom geöffneten Fenster, wisperten sie miteinander in der Dunkelheit, erzählten sich Kleinigkeiten aus ihrem Leben daheim und teilten ihre Eindrücke. Ihre Ängste hingegen behielten sie für sich.

Unten ging der Entführer ruhelos auf und ab. Er sah nichts. Lauschte auf ihren Atem, glaubte ihn spüren zu können wie Wellen, die an eine felsige Küste spülten.

Die Mädchen schliefen besser, als zu vermuten gewesen wäre, und am nächsten Morgen stellten sie fest, dass der Entführer sie unbemerkt befreit hatte: Die Tür war nicht mehr abgeschlossen. Ihre Füße machten auf den stabilen Holzstufen kein Geräusch, und der Mann schien sie nicht zu hören, bis sie den großen Raum durchquert hatten und in die spärlich, aber ordentlich eingerichtete Küche kamen. Dort blieben sie wenige Schritte hinter ihm stehen. In ihren langen weißen Nachthemden sahen sie aus wie Kinder aus einem Geschichtenbuch. Hannah stellte erneut fest, wie freundlich er aussah – und wie attraktiv, obwohl es komisch war, sich bei diesem Gedanken zu ertappen. Groß, mit dunklem, welligem Haar, das er sich sauber aus dem wohlgeformten Gesicht gekämmt hatte. Alt, sicher, jedenfalls aus Sicht der Mädchen – aber eher so wie ein Filmstar, bei dem das Alter keine Rolle spielte. In Hannahs Vorstellungswelt waren Entführer abgerissene, ungewaschene, verwahrloste Gestalten, die verblichene Flanellhemden trugen, grobschlächtige Gesichter und widerliche feuchte Lippen hatten. Wie die Männer, die sie an Truckstops gesehen hatte. Ihr Entführer hingegen sah aus wie der perfekte Englischlehrer aus einer Fernsehserie. Sie war verlegen, aber sie wusste, dass Verlegenheit nicht unbedingt die angemessene Reaktion auf ihre Lage war, und wie um diesen Fehler wiedergutzumachen, schaute sie sich rasch im Zimmer nach Waffen um. Er hatte keine Pistole im Hosenbund stecken so wie im Fernsehen; nirgendwo lagen gefährlich aussehende Messer herum; keine Ketten, keine Handschellen. Hannah errötete, als sie sah, dass er sie dabei ertappt hatte, wie sie den Raum nach Instrumenten der Gewalt absuchte. Die Belustigung, die über seine Züge huschte, schien darauf hinzudeuten, dass er ganz genau wusste, was sie dachte.

Aber falls es so war, sagte er nichts, und mit demselben Gefühl von Unangemessenheit stellte sie fest, dass sie ihm für seinen Takt dankbar war. Callie hingegen teilte Hannahs Wertschätzung nicht; sie hätte Ehrlichkeit vorgezogen, alle Karten auf den Tisch.

»Mädchen! Guten Morgen!«, sagte der Entführer munter und klang eher wie ein Vater als wie ein Verbrecher. »Nur zu, bedient euch.« Auf dem blankgescheuerten Holztisch standen eine Schachtel Rice Krispies, eine Milchtüte und eine Flasche Saft. Er hatte Schüsseln und Löffel und Gläser hingestellt, damit die Mädchen wussten, wo sie sitzen sollten. Sie setzten sich.

Die Sonne schien hell und klar. Die Luft, die durch die offenen Fenster hereinströmte, duftete süß und nach Moos. Hannah und Callie stellten keine Fragen, und der Mann bot ihnen nichts als leichte, unverfängliche Konversation; keine Erklärungen, keine Warnungen, keine Entschuldigungen.

»Ich hoffe, ihr hattet es gemütlich da oben«, bemerkte er recht förmlich und ohne jeden bedrohlichen Unterton. »Ich für meinen Teil liebe den Klang des Windes in den Bäumen und den Geruch des Waldes. Kämt ihr aus der Stadt, wäre es für euch sicher eine große Umstellung, aber ihr seid ja beide an Einsamkeit gewöhnt. Wenn ihr genau hinhört, könnt ihr ganz viele verschiedene Tiere im Wald hören – ihr solltet es heute Abend mal ausprobieren«, setzte er mit einem kurzen Grinsen hinzu. Seine Zähne waren weiß und gerade, seine Fingernägel kurz geschnitten und makellos sauber. Alles an ihm strahlte Harmlosigkeit aus. Die Mädchen hörten ihm zu und aßen ihre Rice Krispies. Wie leicht sie zu verführen waren, dachte der Entführer beinahe glücklich.

Wochen später, als sie nicht nur den Mut und die Geistesgegenwart, sondern auch drängende Gründe hatten, all die naheliegenden Fragen zu stellen (Was willst du von uns? Was hast du mit uns vor? Warum ausgerechnet wir?), war es irgendwie schon zu spät. Sehr viel später würde Hannah sich fragen, was vielleicht anders gekommen wäre, hätten sie an jenem ersten Morgen ihrer Neugier freien Lauf gelassen, hätten sie der Verführungskraft von sonnengewärmtem Kiefernholz und Frühstück widerstanden. Wäre womöglich *alles* anders gekommen? (Und wie anders hätten sie es sich überhaupt gewünscht? – Das war die uneingestandene Frage, die stets unter der Oberfläche lauerte.)

Doch im Augenblick schien es nicht wichtig, ihn nach solchen Dingen zu fragen. Nach dem Frühstück gab er ihnen neue Sachen zum Anziehen: schlichte Kleider aus elastischem Baumwollstoff, zwei dazu passende Kapuzenpullover, Packungen mit weißer Unterwäsche, weiße Segeltuchschuhe. (In den kommenden Wochen würden sie die meiste Zeit barfuß laufen; hinterher, als es vorbei war, sahen ihre Schuhe praktisch noch aus wie neu. Callie wollte ihre behalten, doch man nahm sie den Mädchen weg, weil es sich um Beweismittel handelte.) Die Kleider hatten kurze Ärmel und gingen ihnen bis knapp unter die Knie; Hannahs war dunkelgrün und Callies marineblau. Callie mochte Verkleidungen jeder Art und trug auch diese bereitwillig. Sie war sich vollauf bewusst, dass das recht züchtige Kleidungsstück das Blau ihrer Augen hervorhob und ihr mit ihrer großen, schlanken Figur gut stand. Hannah fiel auf, dass Callie sich bisweilen sogar auf eine andere Art bewegte, die besser zu ihrem neuen Äußeren passte – ein wenig schamhafter, fast schon trauervoll. Hannah inspizierte beide Kleider gründlich, um herauszufinden, ob Callies vielleicht in irgendeiner

Weise hübscher oder vorteilhafter wäre als ihres, doch am Ende musste sie feststellen, dass sie identisch waren; beide hatten die korrekte Größe, und beide Farben waren so ausgewählt, dass sie Haare und Hautton der Trägerin zur Geltung brachten. (Irgendwann tauschten sie einmal die Kleider, der Abwechslung wegen, aber er bestand darauf, dass sie sie wieder zurücktauschten.)

Als sie an diesem ersten Morgen in den neuen Kleidern nach unten gehüpft kamen, um sich ihm zu präsentieren, betrachtete er sie voller Genugtuung, als hätte er etwas Besonderes vollbracht, einen kleinen Sieg errungen.

Hannah war diejenige, die am ersten Tag fragte, was sie tun sollten. Was er von ihnen erwartete. Er saß auf dem rissigen braunen Ledersofa und las ein Buch. Callie funkelte Hannah an, als betrachtete sie eine solche Frage als unter ihrer Würde. Aber wenn es Regeln gab, dann wollte Hannah über sie Bescheid wissen; so ein Kind war sie eben.

Der Entführer sah auf. Die Frage überraschte ihn. Er deutete mit der Hand zu einem Regal auf der anderen Seite des Raums. »Spielt was«, sagte er. »Da drüben findet ihr jede Menge Bücher und Spiele und Puzzles und so weiter. Bestimmt gibt es etwas, womit ihr euch die Zeit vertreiben könnt.«

Spielt was. Später musste Hannah dabei an eine Szene aus Dickens' *Große Erwartungen* denken, in der Miss Havisham den armen verdatterten Pip auffordert, mit der hochnäsigen Estella zu spielen. In dem Augenblick kam ihr der Vorschlag einfach nur völlig absurd vor: Wie sollte man mit jemandem spielen, den man kaum kannte, noch dazu, wenn einem ein Dritter, den man ebenfalls kaum kannte, dabei zusah? *Wir brauchen was mit Regeln*, dachte Hannah. Gehorsam ging sie zum Regal und begann darin zu suchen. Als sie drei abgegriffene alte Kartenspiele gefunden hatte, setzte sie sich hin und begann sie durchzuzählen, um sich zu vergewissern, dass jedes Blatt vollständig war. Nach etwa einer Minute kam Callie wie zufällig herübergeschlendert und ließ sich betont vorläufig Hannah gegenüber auf dem geflochtenen Teppich nieder.

Callie kannte keine brauchbaren Kartenspiele, was Hannah insgeheim freute, also brachte sie ihr Mau-Mau und Rommé bei, beides Spiele, die sie an verregneten Samstagnachmittagen von ihrer Mutter gelernt hatte. Damit beschäftigten sie sich an ihrem ersten Tag: Sie spielten Karten. Der Mann las weiter in seinem Buch, doch sie spürten, dass er ihnen gleichzeitig zuhörte. Nach einer Weile stand er auf und ging auf die Veranda, wo er sich in einen der Adirondack-Stühle setzte. Callie saß mit dem Gesicht zur Tür und konnte durch den Spalt zwischen Fensterläden und Fensterrahmen einen schmalen Streifen von ihm sehen. Sein süßlicher Pfeifenrauch kroch unter der Tür zu ihnen hindurch. Sie waren froh, nachdem er das Zimmer verlassen hatte, wenigstens glaubten sie das, aber gleichzeitig spürten sie seine Abwesenheit überdeutlich. Sie waren angespannt. Ihnen fehlte das Gefühl, jemanden zu haben, dessen Wohlwollen sie erringen konnten, der sie vielleicht loben würde. Als sie sich dessen bewusst wurden, wunderten sie sich über sich selbst. Mit Unbehagen fragten sie sich, ob sie ihm vielleicht zu langweilig gewesen waren.

Anfangs schlug Hannah Callie ohne Mühe, doch Callie lernte rasch. Das weckte Hannahs Neugier: Wenn man eine Schönheitskönigin und eine Buchstabierwettbewerbsgewinnerin entführte, dann lag es doch nahe, dass man ein hübsches und ein kluges Mädchen haben wollte. Aber man konnte Callie durchaus nicht nachsagen, dass es ihr an Intelligenz fehlte.

Sie waren außergewöhnlich: außergewöhnlich hübsch, außergewöhnlich klug. Sie beide. Und alt genug, um es zu wissen.

Nun, da er sie hatte, schien er nicht zu wissen, was er mit ihnen anfangen sollte. Sie zu finden, ihnen nachzustellen, sie anzulocken und mit ihnen ins Herz der Adirondacks zu fahren – all das hatte er bis ins letzte Detail geplant. So mutmaßte Hannah anfangs, und es wurde ihr noch in derselben Woche bestätigt, als sie die Akten fand, die er über sie beide angelegt hatte. Zwei staubfreie Pappumschläge, zwischen Edgar Allan Poe und einem illustrierten

Führer über Wildpflanzen des Nordostens ins Regal geklemmt. *Er muss gewollt haben, dass wir sie finden*, dachte sie bei sich – dass *sie* sie fand, da die Wahrscheinlichkeit, dass sie im Regal stöberte, wesentlich größer war als bei Callie. Dennoch war Hannah vorsichtig, sie wollte nicht erwischt werden. Wissen ist immer Macht, aber Wissen, von dem niemand weiß, dass man es besitzt, ist noch besser. Callie war oben; er saß draußen auf der Veranda. Durch eine Ritze in den Läden konnte sie ein Stück von seinem Hemd sehen. Sollte er unvermittelt aufstehen, bliebe ihr noch genug Zeit. Sie legte die Mappen auf den Boden und schlug sie auf.

Er hatte sämtliche Zeitungsartikel über sie gesammelt. Callies strahlendes Miss-Lächeln und daneben Fotos von Hannah, wie sie in einer eigenartigen Mischung aus Selbstgefälligkeit und Reserviertheit ihre Buchstabierpokale hochhielt. »Mädchen aus dem Ort heimst regionale Trophäen ein. Nächstes Ziel: Entscheid auf nationaler Ebene«, »*Vichyssoise* führt Sechstklässlerin zum Sieg«. Zitate von Eltern und Lehrern über ihre Zukunftsaussichten, ihr Talent, ihr ungewohnt selbstsicheres Auftreten: »Sie ist eine außergewöhnliche junge Dame«, hatte Hannahs Englischlehrerin in der sechsten Klasse gegenüber der Lokalzeitung geäußert. »Wir erwarten noch Großes von ihr.« »Wir sind sehr stolz auf Callie«, wurde Callies Schulleiter zitiert. »Sie bringt alles mit, was man braucht.« *Wer sind diese Mädchen?* Sie erschienen ihr unwirklich, weit weg: Callie- und Hannah-Puppen.

Beunruhigend war, dass es auch Schnappschüsse gab. Während Hannah sie durchsah und zu ergründen versuchte, was er an ihnen gefunden hatte, beschlich sie das Gefühl, beobachtet zu werden: Callie schmollend im dicken Wintermantel, wie sie mit einer missmutig dreinblickenden Frau (sicher die verhasste Stiefmutter) aus dem Supermarkt kam; Callie beim Einsteigen in den Schulbus, den Rücken zur Kamera, erkennbar an ihren langen blonden Locken, hinter denen sich ihr vollkommenes Profil erahnen ließ. Hannah auf den Stufen vor der Bibliothek, die Arme voller Bücher, das Gesicht seltsam verschlossen und halb von Haaren verdeckt;

Hannah auf dem Nachhauseweg, das linke Bein nach vorne ausgestreckt, als hätte sie eben einen Schneeball über den Gehweg gekickt; Hannah, wie sie mit ihrer Mutter ein Schuhgeschäft betrat und sich dabei umdrehte, als vermutete sie, beschattet zu werden.

Was ja auch gestimmt hatte. Wie lange? Wie oft? Das hier waren Winterbilder. Auf jedes hatte er seltsame Notizen geschrieben: »Geht um 8 zur Schule. Zu Fuß. Jeden Tag dieselbe Route, immer allein. Ankunft 8:15.« Und schlimmer: »Scheint keine Freunde zu haben.« Waren noch andere Mädchen im Rennen gewesen? Hatte er sie aus einer Vielzahl von Kandidatinnen ausgewählt? Sie versuchte sich vorzustellen, wie er durch Glastonbury, Connecticut, streifte und Fotos schoss, vollkommen unbehelligt, von niemandem bemerkt. Vielleicht hatte sie ihn sogar gesehen. Oder ihre Eltern.

Das hatte Callie gemeint, als sie Hannah während eines kurzen Stopps an der Tankstelle gesagt hatte, er hätte sie auserwählt. Wusste Callie von den Akten? Dass er sie ausgekundschaftet hatte?

Vor ihr fiel ein Schatten über die Bodendielen, und eine Hand streifte ihre Schulter. Sie erschrak, ließ die Fotos fallen und fuhr herum, während sie sich fragte, wie er hinter sie gelangt sein konnte, und gleichzeitig fieberhaft nach einer Erklärung oder einer Ausrede suchte. Aber es war bloß Callie, nicht der Mann.

»Die hab ich schon gesehen«, sagte Callie von oben herab und schob mit der großen Zehe die Akten auseinander. Sie hatte Hannah mit Absicht erschreckt; Callie beneidete die andere um ihre Gefasstheit und wollte beweisen, dass auch Hannah nicht unerschütterlich war. »Im Wagen, bevor wir dich abgeholt haben. Er hatte sie dabei.«

Callie fand oft Wege, Hannah daran zu erinnern, dass sie die Erste gewesen war. »Siehst du? Ich hab dir doch gesagt, er hat uns auserwählt. Er hat alles über uns recherchiert. Er wollte uns haben, sonst keine.« Hannah folgte Callies Blick zu dem Foto des blonden Mädchens, das gerade in den Bus stieg.

Im Grunde änderten die Akten nichts. Aber Hannah vergaß sie

trotzdem nicht. Der Gedanke an sie war immer bei ihr wie eine Hintergrundmusik, die manchmal unheilvoll, oft tröstend, mal laut, dann wieder leise, eine Grundstimmung vorgab.

Nach fünf Tagen sperrte er die Mädchen nicht länger in ihrem Zimmer ein, wenn sie schliefen oder er wegfuhr. Und er fuhr weg, in der Regel einmal am Tag. Sie wussten nicht immer, wohin. Manchmal einkaufen. Später auch in den Waschsalon, obwohl er aus naheliegenden Gründen immer nur seine eigenen Sachen mitnahm. (Sie wuschen ihre Kleider mit der Hand und spielten dabei *Unsere kleine Farm*, eine alte Fernsehserie, deren Wiederholungen sie als Kinder gesehen hatten. Sie taten so, als hätten sie Hauben, Schnürstiefel und ein Feuer, das es zu hüten galt.) Bestimmt suchte man nach ihnen, unternahm alles, um sie zu finden, aber genau wussten sie es nicht: Sie hatten weder Fernsehen noch Zeitungen. Sie wussten nicht, wie die nächste Stadt hieß oder wie weit sie entfernt lag. *Wie kann es hier überhaupt eine Stadt geben?*, fragte sich Hannah, als er eines Tages mit Lebensmitteln zurückkam. Ihre Welt war auf diese Hütte, diesen Wald zusammengeschrumpft.

Mit der Zeit fühlten sie sich in seiner Gegenwart sicherer und fragten ihn manchmal aus. »Warst du in einem Diner?«, wollte die eine wissen. »In einer Bar?«, fragte die andere. »Beim Zahnarzt?« »Beim Chiropraktiker?« »Beim Tierpräparator!« Bis er endlich »Nein, nein« sagte, und die Traurigkeit in seinen Augen einen Moment lang verflog. Wenn er glücklich war, war es unmöglich, sich zu fürchten.

»Wo würdet ihr denn hingehen«, fragte er sie einmal, »wenn ihr in die Stadt fahren könntet?« Er sah sie forschend an, und sie wussten, ihre Antworten waren ihm wichtig.

»Ins Kino«, sagte Callie.

»Natürlich!«, rief er. »Natürlich will die angehende Schauspielerin ins Kino gehen. Aber glaub mir, Callie, im Moment läuft nichts Sehenswertes, insofern verpasst du nichts. Und du?«, wandte er sich an Hannah, die auf die Frage gewartet und sich davor gefürchtet hatte. Sie hatte versucht, sich eine Antwort auszudenken. Keine *wahre* Antwort – die Wahrheit war nämlich, dass ihr kein Ort innerhalb dieser hypothetischen Stadt einfiel, der sie gereizt hätte. Wonach sie wie üblich suchte, war die *perfekte* Antwort, die Antwort, die gefiel. Aber ihr Kopf war wie leergefegt.

»Na?«, hakte er nach, und sie wusste, er sah zu viel, er kannte sie zu gut, er wusste, dass sie nirgendwohin gehen wollte.

»Eis essen«, sagte sie lahm. »Ich würde Eis essen gehen.«

Er warf seine Schlüssel in die Luft, fing sie geschickt wieder auf und steckte sie dann in seine Tasche. »Wirklich?« Er glaubte ihr nicht, sie sah es ihm an. Sie wollte auch gar nicht, dass er ihr glaubte. Es war eine kindische, eine gewöhnliche Antwort. Sie hatte ihn enttäuscht.

»Schon gut«, sagte er, weil es ihm leidtat, sie in Verlegenheit gebracht zu haben. Es war so unkompliziert mit Hannah. »Du hast hier ja alles, was du brauchst.« Einen Augenblick lang dachte sie schon, er wolle ihr übers Haar streichen, ihr die Hand in den Nacken legen, ihre Schulter tätscheln. Ihr Körper spannte sich vor Erwartung an. Nichts.

Trotzdem: Als er das nächste Mal wegfuhr, brachte er bei seiner Rückkehr Eis mit. Ein Geschenk. »Was ist mit meinem Film?«, wollte Callie wissen, dann lachte sie und drehte Pirouetten quer durchs Zimmer, um ihre Eifersucht zu überspielen.

Sie sprachen nicht von Flucht. Nicht in diesen frühen Tagen. Als er das erste Mal abends ihre Zimmertür unverschlossen ließ, hatte Callie sich zwischen Hannahs Bett und die Tür gestellt, die Arme ausgebreitet und herausfordernd gesagt: »Du würdest es doch nicht machen, oder.« Es war nicht als Frage gemeint.

»Was machen?«, hatte Hannah zu Callies Ärger ausweichend entgegnet. *Natürlich* hatte Hannah sich schon vorgestellt, wie es wäre wegzulaufen; es war unmöglich, das nicht zu tun. Woran sonst sollte sie denken, wenn sie abends einzuschlafen versuchte, wenn sie stundenlang wach lag und auf das dunkle Rechteck starrte, von dem sie wusste, dass es das Fenster war? Sie hatte gesehen, wie er sie beobachtete, sie wusste, dass er ihre Gedanken spüren konnte, aber ihr daraus keinen Vorwurf machte. Sie hatte sich ausgemalt, wie sie die Treppe hinunterschlich, durch die Tür in die Finsternis hinaus und in die Wälder. Wie sie sich auf die Suche nach einer befahrenen Straße machte. Wie sie in ihren Segeltuchschuhen immer weiterstapfte und in ihrem Nachthemd vor Kälte schlotterte. (Sie hatte sich nur hastig den Pulli übergezogen, während Callie sich unruhig im Schlaf wälzte und vor sich hin murmelte.) Wie sie auf ein vorbeifahrendes Auto wartete, nicht wissend, wem sie vertrauen konnte. Ob der herannahende Wagen womöglich seiner war. Wie sie vielleicht meilenweit würde laufen müssen, ehe sie einer Menschenseele begegnete. Oder wie jemand sie fand, der noch schlimmer war – ein gewalttätiger Kerl mit Bart und seine pickligen Söhne zum Beispiel. Wie sie in ihren stinkenden Pick-up gezerrt wurde, während im Radio Countrymusic plärrte. Sie stellte sich vor, wie der Entführer ihnen folgte, sie vor den ungehobelten Kerlen rettete und mit ihr in sanftem, nachsichtigem Schweigen zurück zur Hütte fuhr.

Aber sie wusste, sie würde nicht weglaufen. Sie wartete darauf zu erfahren, wofür er sie ausgewählt hatte.

Sie hatten beide die Berichte in den Nachrichten gesehen: junge Mädchen, die verschwanden und nie wieder auftauchten, wenigstens nicht in einem Stück. Sie achteten genau auf seine Stimmung und lernten, ihm zu gefallen. Er mochte es, wenn sie die Haare offen trugen, obwohl sie sie zeitweise, wenn es allzu heiß war, trotzdem zusammenbanden. Er hasste Schminke und hatte Callies Make-up beschlagnahmt. Er lehnte alles ab, was den Anschein von Oberflächlichkeit hatte. Nachts im Dunkeln unterhielten sie sich manchmal über ihr wahres Leben: in wen sie verliebt waren, was sie einmal werden wollten, ihre kleinen Gesten der Auflehnung – jedoch niemals, wenn er dabei war.

Er wollte, dass sie rein blieben, das war Hannahs Vermutung. Er hatte diese verrückte Idee, dass Reinheit möglich war. Er wollte, dass sie waren wie die Mädchen aus den Geschichtenbüchern, an die sie am ersten Morgen hatte denken müssen – zart und unschuldig, voller Liebe zu Wildblumen und dem Mond. Selbst wenn er von ihrer fernen Zukunft sprach, ermunterte er sie stets zu hochfliegenden, ja unrealistischen Träumen: Callie würde eine legendäre Broadway-Schauspielerin werden; Hannah eine hochgelobte, aber geheimnisumwitterte Schriftstellerin; doch ihr Ruhm würde sie nicht verderben, ihr Erfolg sie nicht beflecken.

Wie passte die Waffe ins Bild?

Sie diente zu ihrem Schutz. Sie machte ihre Gemeinschaft überhaupt erst möglich.

Eines Abends, nachdem sie den Abwasch erledigt hatten, öffnete er die Tür und trat, während er sich gleichzeitig die Pfeife aus der Tasche zog, auf die Veranda. Die Tür ließ er hinter sich weit offen stehen. Die Abendluft wehte ins Innere, umschmeichelte die nackten Beine der Mädchen, spielte mit ihren Haaren und erinnerte sie an ihre Gefangenschaft. Zwei riesige Motten flatterten taumelnd durchs Zimmer und warfen sich gegen die Laterne.

»Na, was ist?«, sagte er mit dem Rücken zu ihnen. »Kommt ihr? Macht schnell, sonst kommen Insekten ins Haus.«

Als stünden sie unter einem Zauberbann, gingen sie langsam vorwärts. Ihre Schultern berührten sich, sie hatten nur einen gemeinsamen Willen, einen Geist. Sie traten auf die Veranda – vorsichtig, als gäbe es dort Treibsand. Doch der Boden war fest und fühlte sich angenehm vertraut unter ihren Füßen an. Callie griff nach dem Türknauf, zog die schwere Tür zu und stellte sich flüchtig vor, wie sie sich hinter ihnen von selbst verschloss und sie aussperrte. Sie spürte einen Anflug von Furcht, schob ihn aber beiseite. Dann lief sie die Stufen hinab und setzte die nackten Füße ins kühle Gras. Hannah folgte ein wenig zaghafter.

Er blieb derweil auf der Veranda und paffte seine Pfeife.

Hannah und Callie wandten sich nach rechts, weg von der Einfahrt, hin zu der kleinen Lichtung, die sie von ihrem Schlafzimmerfenster aus überblicken konnten. Dort war das Gras dichter und höher und kitzelte an ihren Knöcheln. Ein Streifen Mondlicht offenbarte ihnen den Waldrand, undurchdringlich, schwarz und abweisend. Nach einigen zögernden Schritten begannen sie zu rennen, mit fliegenden Beinen, so dass ihnen die Kleider hochrutschten, und weit ausgestreckten Armen. Als sie die Bäume erreichten, blieben sie stehen. Spähten zwischen die Stämme, sahen jedoch nichts. *Wir könnten einfach weiterlaufen*, dachte Hannah. *Und erst wieder anhalten, wenn wir irgendwo ankommen*. An einer Straße, einem Haus. *Wir könnten mitten durch die Bäume preschen*, echote Callie in Gedanken. *Immer weiterrennen. Er würde uns niemals einholen*. Sie blieben stehen, lauschten auf den Atem der anderen. Tief im Wald ertönte ein Schrei – erst einmal, dann ein zweites Mal. Jäger oder Beute? Sie nahmen einander an der Hand, machten kehrt und rannten zurück zur Frontseite der Hütte, das Gras feucht und glatt unter ihren Füßen.

Da war er. Aus dem Kopf seiner Pfeife glomm es rötlich, Rauch kringelte sich nach oben und schwebte himmelwärts.

Es war noch alles so wie vorher.

Danach erlaubte er ihnen oft, abends aus dem Haus zu gehen, sobald das letzte Glühen des Sonnenuntergangs hinter den Bergen verloschen war. Ihre Tage nahmen eine neue Gestalt an, gewannen eine sehr willkommene Note der Vorfreude hinzu. Während der sonnengesprenkelten Nachmittage fanden sie Wege, sich zu beschäftigen, und doch überlegten sie von nun an die ganze Zeit, was ihnen der Abend bringen würde, dachten an den neuen, funkelnden Reiz von Pfeifenrauch und Dunkelheit.

Sie wussten nicht, wie sie den Entführer nennen sollten. Er weigerte sich standhaft, ihnen seinen Namen zu sagen. Sie wussten nicht, warum, schließlich konnten sie ihn ja nicht bei der Polizei anzeigen. Als sie ihm vorschlugen, er solle sich doch einfach einen Namen ausdenken, wollte er auch das nicht. »Irgendwie *müssen* wir dich doch nennen«, beharrten sie, doch er war nicht umzustimmen.

»Wieso denn?«, fragte er müde, als wäre er von dem Thema gelangweilt. »Wieso muss man den Leuten unbedingt einen Namen geben? Wir sind nur zu dritt. Wenn ihr nicht miteinander redet, müsst ihr ja zwangsläufig mit mir reden, oder?«

Doch sie brauchten eine Anrede, auch für ihre Gedanken. Sie konnten ihn nicht weiterhin »er« oder »der Mann« nennen, das war zu umständlich, zu unpersönlich. Also fingen sie an, ihn jeden Tag bei einem anderen Namen zu rufen. Allmorgendlich verpassten sie ihm einen neuen – und es waren allesamt Namen, die sie albern fanden, scheußliche Namen, die ihm unmöglich gefallen konnten: *Harry, Doug, Mort*. Sie hofften, ihn damit so sehr zu provozieren, dass er ihnen schließlich doch einen Namen nannte. *Martin*.

Es war der Tag, an dem ihre Wahl auf *Eugene* fiel, als er endlich einlenkte. »Nein«, sagte er und knallte seinen Cornflakeslöffel auf den Tisch. »Das nicht. Ihr wollt mir einen Namen geben? Dann nennt mich … nennt mich *Zed*, wenn es unbedingt sein muss. Und jetzt ist Schluss damit.« Er trug seine Schüssel zur Spüle. Er räumte immer seine Sachen weg.

»Das ist doch kein Name«, protestierte Callie.

»So nennen die Engländer den Buchstaben Z. Mir gefällt der Name. Er hat keine Bedeutung, aber man kann jede Menge hineininterpretieren. Das sollte euch für eine Weile beschäftigen.«

Zed. Irgendwie funktionierte es. Denn er hatte recht: Sie versuchten tatsächlich, eine Bedeutung in den Namen hineinzulesen. *Das Ende. Das letzte Wort*. Nichts besonders Fröhliches.

Eines Tages, während er wieder einmal unterwegs war, machten sie eine Inventur der Lebensmittel in den Schränken. Sie kamen auf zweiundfünfzig Dosen Suppe, dreißig Dosen Thunfisch, achtzehn Dosen Bohnen, fünfzehn Gläser Spaghettisauce, sechsunddreißig Packungen Nudeln, zehn Packungen schnellkochender Reis, zweiunddreißig Schachteln Frühstücksflocken. Ganz zu schweigen von Säcken mit Kartoffeln und Zwiebeln, einer Tiefkühltruhe voll mit Brot, flaschenweise Saft. Nichts Außergewöhnliches. Nur ein Langzeitvorrat an preiswerten, leicht zuzubereitenden Grundnahrungsmitteln.

»Wie's aussieht, bleiben wir wohl eine Weile hier«, meinte Callie. Es waren die ersten konkreten Beweise dafür, dass sie sich nicht zu fürchten brauchten. Was auch immer er mit ihnen vorhatte, Mord schien nicht ganz oben auf seiner Liste zu stehen. Jedenfalls nicht auf absehbare Zeit. Es sei denn, er wollte einen langen Winter ganz allein bei Hühnernudelsuppe und Dosenthunfisch verbringen.

Denn selbstverständlich wussten sie, was Männer wie Zed mit kleinen Mädchen machten: Sie ermordeten sie. Sie waren in den Achtzigern groß geworden und an die reißerischen Schlagzeilen gewöhnt. Kinder entführt, verprügelt, gequält, missbraucht, im Wald gefunden, erdrosselt, verstümmelt oder – wie meistens – einfach vom Erdboden verschluckt.

Tage-, ja wochenlang warteten sie auf die eine Berührung, durch die sich alles ändern würde. Sie wussten, was Männer wie er von Mädchen wollten. Mord war dabei eher ein Nachsatz. Eine notwendige Maßnahme, um Zeugen zu beseitigen.

Doch er fasste sie nicht an.

Nicht ein einziges Mal fasste er sie an.

Und mit jedem Tag, der verstrich, wuchs ihre Neugier. Neugier darauf, was er ihnen *nicht* antat. Nicht, dass sie es gewollt hätten. Aber nach einer Weile konnten sie an fast nichts anderes mehr denken als daran, was er *nicht* mit ihnen machte.

Die Hütte war einst eine Jagdhütte gewesen und hatte hier und da noch Spuren ihres ursprünglichen grausigen Zwecks bewahrt. Neben dem, was Zed als Schmutzschleuse bezeichnete, gab es im Erdgeschoss lediglich einen großen, langgestreckten Raum mit einer Küche an einem Ende. Man konnte die Stellen, wo Jagdtrophäen gehangen haben mussten, noch als helle Flecken an den Wänden sehen; dort hatten die Werke der Tierpräparatoren das

Holz vor dem Rauch geschützt, der den Rest der Hütte im Laufe der Jahre hatte dunkel werden lassen.

Oben gab es drei kleine Zimmer, die durch die schrägen Decken noch beengter wirkten. Eins davon war Callies und Hannahs Schlafzimmer. Das zweite gehörte ihm, obwohl er normalerweise in einer Hängematte auf der Veranda oder unten auf dem Sofa schlief. Das dritte Zimmer war zunächst verschlossen, genau wie sein Schlafzimmer. Ein Mysterium. »Was ist da drin?«, hatte Callie einmal gefragt. »Nichts, worüber ihr euch Gedanken machen müsstet«, hatte seine Antwort gelautet.

Es war zu Beginn der zweiten Woche, als er sie das erste Mal allein ließ. Sie kamen am Morgen aus ihrem Zimmer, und er wartete bereits im Flur auf sie. Er stand zu nah an der Tür: Wäre sie nach außen aufgegangen, hätte er sie abbekommen.

»Kann ich euch vertrauen?«, fragte er und sah von einer zur anderen. »Ihr seid doch artige Mädchen, oder? Ich kann mich auf euch verlassen.«

Hannah blickte zu Boden und ließ sich von seinen Füßen ablenken. Stiefel mit kurzem Schaft, braunes Leder, abgetragen. Ihr Vater besaß ein ähnliches Paar.

»Natürlich«, sagte Callie mit der ihr eigenen Verachtung. Hannah fragte sich, wieso das *natürlich* war. Weil sie bisher nicht geflohen waren?

»Hannah?« An diesem Morgen war er anders, selbst seine Bewegungen hatten einen anderen Rhythmus: Stakkato. Abgehackt. Hannah konnte sein Shampoo und seine Zahnpasta riechen. Sie machte einen Schritt zurück, ohne vorher gewusst zu haben, dass sie es tun würde. Seine nachtblauen Augen wurden schmal. Er sah sie scharf an. »Hannah? Ich will, dass du liest, während ich weg bin. Wenn ich wiederkomme, frage ich dich ab.«

Zu Callies Ärger hatte sie ihre Leihbücher aus Connecticut noch nicht ausgelesen. Callie hasste es, von einer Sache ausgeschlossen zu sein. Er drehte sich um und ging mit überraschend federnden, beinahe schwungvollen Schritten die Treppe hinunter. Als er die

Hand schon am Türknauf hatte, blickte er sich noch ein letztes Mal um: »Öffnet keine verschlossenen Türen«, warf er ihnen über die Schulter zu. Und fragte sich, wie lange sie wohl abwarten würden.

Die Hütte schien kälter ohne ihn.

Schon wieder Märchen.

»Kennst du Blaubart?«, fragte Hannah Callie. Callie machte ein kleines Jeté über die Schwelle in den Flur. Sie konnte es nicht leiden, wenn sie etwas nicht wusste.

Hannah interpretierte dies als Nein. »Vergiss es einfach«, sagte sie, als wäre es viel zu kompliziert, alles zu erklären. In Wirklichkeit war ihr einfach nicht danach, die Geschichte zu erzählen: die toten Ehefrauen, die Folterinstrumente. Die Tür, die niemals geöffnet werden durfte. Sie wusste bereits, was sie und Callie tun würden. Sie konnten gar nicht anders.

Zunächst inspizierten sie sein Schlafzimmer. Sie schlichen hinein, als gäbe es eine Überwachungskamera oder als hätte er besondere Kräfte, die es ihm ermöglichten zu spüren, was sie gerade taten. Sie hätten nicht genau sagen können, was sie zu finden hofften. Wohl etwas, von dem er nicht wollte, dass sie es sahen. Familienfotos? Liebesbriefe? Zeitungsausschnitte über ein früheres Verbrechen? Ketten, Augenbinden? Gift? Was auch immer, sie fanden nichts. Ein hohes Doppelbett mit einem altmodischen eisernen Rahmen beherrschte das Zimmer. Es war sehr ordentlich gemacht, darauf lag ein verblichener Quilt. In den drei Schubladen der Kommode lagen Kleider, fein säuberlich gefaltet: Jeans, T-Shirts, Boxershorts, Socken. Im Schrank hingen Oberhemden. Keine Uhr, keine Unterlagen, keine Quittungen, kein Kleingeld, keine Notizzettel oder Einkaufslisten. Nichts lag herum. Ein Zimmer, das seine Geheimnisse zu wahren wusste.

Das mysteriöse dritte Zimmer entpuppte sich als Lagerraum. Eine Enttäuschung und Erleichterung zugleich. Sie wussten, was immer sich darin befand, gehörte nicht ihm, es lagerte schon seit Ewigkeiten dort. Trotzdem hofften sie, es würde ihnen vielleicht etwas verraten. Womöglich befand sich die Jagdhütte schon seit Generationen im Besitz seiner Familie, vielleicht war er schon Hunderte Male hier gewesen.

»Geheimnisse seiner Vorfahren?«, flüsterte Hannah, als Callie angesichts des muffigen Geruchs die Nase rümpfte.

»*Schimmel* seiner Vorfahren wohl eher«, sagte Callie.

Der Großteil der Sachen bestand aus wild übereinandergestapelten Möbeln: kaputte Lampen, Stühle mit fehlenden Beinen, ein eingefallenes altes Sofa, abgestoßene Beistelltische voller Flecken. Ein großer zerborstener Spiegel in einem üppig verzierten Rahmen. (»Spieglein, Spieglein …«, flüsterte Hannah. »Hör schon auf mit dem Mist«, sagte Callie.) Es gab Kisten, die vollgestopft waren mit wetterfester Kleidung, wie man sie vermutlich in einer Jagdhütte brauchte: lange glatte Regenmäntel, wasserdichte Stiefel, Hüte, Handschuhe, Tarnwesten. Ein paar der leicht muffig riechenden alten Sachen konnte man möglicherweise noch zum Verkleiden gebrauchen, die meisten allerdings waren unrettbar hässlich und viel zu groß.

Aber es gab auch Bücher. Vier Kartons voller alter Taschenbücher mit fleckigen, abgegriffenen Umschlägen und herausfallenden Seiten. Kriminalromane, das erkannte Hannah auf den ersten Blick, weil ihre Mutter ganze Regale voll davon hatte. Sie schnappte sich eins von ganz oben. Das verblichene Cover zeigte eine Frau, die in einer grellroten Blutlache auf dem Boden eines elegant möblierten Zimmers lag. Ihre Fingernägel hatten dieselbe Farbe wie das Blut, sie waren lang und spitz. Sie hatte einen ihrer hochhackigen Schuhe verloren. Für jemanden, der ganz offensichtlich tot war, sah sie sehr hübsch aus. »Guck mal!«, sagte Hannah und drückte Callie das Buch in die Hand.

»Eklig.« Callie wich zurück. Sie weigerte sich, sich für etwas zu begeistern, das Hannah gefunden hatte. »Das sieht aus, als hätte jemand drauf rumgekaut.«

»Nein, echt«, beharrte Hannah. »Guck doch mal. Das ist ein guter Fund. Das sind Krimis. Der hier ist von Agatha Christie.«

Callie gab ihr das Buch zurück und wischte sich demonstrativ die Hand am Kleid ab.

Aber Hannah wusste, dass sie recht hatte, was den Wert ihrer Entdeckung anging. Sie suchte sich fünf Taschenbücher heraus, während Callie das letzte Bein von einem Stuhl entfernte, dem bereits drei fehlten. Ehe sie sich zurückzogen, warfen sie noch einen prüfenden Blick in den Raum und sahen nichts, was Verdacht erregt hätte. Der Spiegel brach ihre Gesichter in Stücke und zeigte ihnen unbekannte neue Versionen ihrer selbst. Wie seltsam, dachten sie, dass sie seit über einer Woche nicht mehr ihr eigenes Spiegelbild gesehen hatten. Gerne hätten sie den Spiegel aus der Kammer gewuchtet, aber ihnen fiel kein Ort ein, an dem sie ihn hätten verstecken können. Sie knipsten das Licht aus und zogen die Tür hinter sich zu. Der Staub legte sich, und die Spinnweben, hauchfeine Fäden gestörter Zeit, wurden wieder still.

Hannah stopfte die Bücher unter ihre Matratze. »Als würde er da nicht nachschauen«, höhnte Callie. Aber er musste gar nicht nachschauen. Sie saßen am Küchentisch und spielten Rommé, als er zurückkam. »Habt ihr was Interessantes gefunden?« Das Harte, die Anspannung, die ihnen am Morgen bei ihm aufgefallen war, schien etwas nachgelassen zu haben. Er war jetzt wieder er selbst. »Ich bin seit Ewigkeiten nicht mehr in dem Zimmer gewesen. Der Speicher, so haben wir früher immer dazu gesagt.«

Wir? Die Jagdhütte gehörte also tatsächlich seiner Familie. Ein Hinweis.

»Ich dachte mir, ihr könntet wenigstens einen neuen Büchervorrat gebrauchen.« Er öffnete einen Küchenschrank und suchte etwas darin; er war, unmarkierten Pfaden folgend, auf einen kleinen Gipfel gestiegen, und eine leichte, beschwingte Ruhe hatte seine Glieder und seinen Geist erfüllt.

Callie und Hannah suchten bei ihm nach Anzeichen von Enttäuschung, wenn nicht gar Wut. Aber nein, wie es schien, hatten sie genau das getan, was er von ihnen erwartet hatte. Ihre Erleichterung jedoch wurde von einem anderen Gefühl überschattet:

vielleicht von einer Art Ernüchterung. Callie zog eine Kreuz-Fünf vom Stapel, steckte sie zu der Reihe, die sie gerade auf der Hand aufbaute, und legte einen Karo-Buben ab. Hannah nahm sich ein Beispiel an ihr und widmete sich ebenfalls wieder den Karten, während sie begierig an die Bücher dachte, die sie nun doch nicht würde verstecken müssen.

Den ganzen Tag mit einem Buch in der Ecke zu hocken war nichts Neues für Hannah, genau dasselbe hätte sie auch zu Hause getan, um sich an den langen schulfreien Sommertagen die Zeit zu vertreiben. Niemand hatte je etwas daran auszusetzen gehabt, dass sie stundenlang las. Aber Callie wurde eifersüchtig, sobald Hannah versuchte, sich zwischen den stockigen Seiten der Bücher vom Speicher zu vergraben. Sie seufzte dann, schmollte und stellte mit übertriebener Dramatik ihre Langeweile zur Schau. Hannah bot ihr ein anderes Buch aus dem Vorrat an, aber Callie wandte ein, dass es doch sinnvoller wäre, wenn sie beide dasselbe läsen, und das sah Hannah ein. Also schlug sie vor, dass Callie immer dann lesen könne, wenn sie selbst gerade nicht las, aber das war unpraktisch: Sie wollten beide zur selben Zeit lesen, nämlich während der langen Tage, an denen sie nicht ins Freie durften, damit nicht ein zufällig vorbeikommender Wanderer einen Blick auf ihre (zweifellos?) allseits bekannten Gesichter erhaschte. Die kühle Brise aus den Bergen wehte zum Fenster herein, die Kiefern wiegten sich über der Hütte wie hagere Riesen und sorgten dafür, dass es im Innern kühl und schattig blieb. Zed saß meistens auf der Veranda, manchmal las er, manchmal starrte er in den Wald oder hinauf zu den Gipfeln, die in der Ferne gerade eben sichtbar waren. Selbst wenn er las, hatte er immer ein langes glänzendes Gewehr auf dem Schoß liegen. Eine andere Waffe als die, von der Callie Hannah erzählt hatte und die er im Handschuhfach seines Autos aufbewahrte. Wenn das Gewehr nicht auf seinem Schoß lag, lehnte es neben ihm. Es war immer in Reichweite. Sie vermuteten, dass er sogar damit schlief.

»Jagst du auch?«, fragte Hannah ihn eines Nachmittags. An dem Tag las er drinnen auf dem Sofa und hatte das Gewehr gegen sein Bein gelehnt. Hannah fand, dass es wie ein Jagdgewehr aussah, obwohl ihr Wissen über diese Dinge begrenzt war.

Geistesabwesend strich er mit dem Finger über den Lauf. »Warum fragst du?« So war er manchmal: leer, distanziert. Fast, als befände er sich an einem ganz anderen Ort.

Da er ständig ein Gewehr mit sich herumtrug, kam Hannah die Frage eigentlich naheliegend vor.

»Ah«, sagte er, als hätte das Berühren der Waffe ihn zu sich selbst zurückgeholt. »Nein, ich mache mir nichts aus der Jagd.«

»Warum nicht?«, hakte Callie nach, die sich neben Hannah gestellt hatte. »Was gefällt dir daran nicht?«

»Das Schießen, unter anderem«, sagte er und erhob sich von der Couch. »Habt ihr zwei nichts Besseres zu tun?« Seine Miene hatte sich verfinstert. Er nahm seine Schlüssel und ging, einen Augenblick später hörten sie die Reifen in der Zufahrt knirschen.

Sobald sie den Wagen nicht mehr hören konnten, wagten sie sich auf die Veranda hinaus. Kühn setzten sie sich auf die Adirondack-Stühle und blinzelten ins Sonnenlicht. Durch die Bäume konnten sie ein Stück der Straße am Ende der langen Zufahrt erkennen. Es war unwahrscheinlich, dass jemand sie sah, selbst wenn dort ein Auto vorbeifahren sollte. Trotzdem: Sie unternahmen keinen Versuch, sich zu verstecken. Sie forderten das Schicksal heraus; warum, das wussten sie nicht genau. Aber ihre Herzen schlugen schneller. »Was würdest du machen, wenn jemand die Einfahrt langkommt?«, fragte Hannah, als unterhielten sie sich über Belanglosigkeiten.

»Warum zum Teufel sollte jemand die Einfahrt langkommen?« Callie hatte sich angewöhnt, ihre Sätze mit gemäßigten Flüchen zu spicken, wenn sie und Hannah allein waren, im Gegensatz zu der unterwürfigen Rolle, die sie sich in den ersten Tagen ausgedacht hatte und immer noch hin und wieder spielte. Zu anderen Zeiten wiederum schien sie sich in der Rolle einer welterfahrenen Frau zu gefallen, die doppelt so alt war wie Callie in Wirklichkeit, eine imaginäre Zigarette zwischen den geschminkten Lippen hatte und einen Ausschnitt, der ein bisschen zu viel Dekolleté frei ließ, um noch als geschmackvoll bezeichnet zu werden. Als wäre sie den Seiten eines der heißeren Krimis vom Speicher entstiegen.

»Vielleicht, um nach dem Weg zu fragen.«

Callie spähte mit zusammengekniffenen Augen die Einfahrt entlang. »Na ja, wir könnten ihm den Weg aber nicht erklären, oder? Weil wir keine Ahnung haben, wo wir hier sind. Insofern hätten wir ihm wohl kaum viel zu sagen, stimmt's?«

»Aber würde das nicht Verdacht erregen? Außerdem könnte es doch sein, dass er uns erkennt, meinst du nicht?«

»Stimmt«, sagte Callie nachdenklich. »Unsere Bilder sind garantiert überall. Ich wette, er liest Zeitung, wenn er in die Stadt fährt.« Sie stellte ihre Füße fest auf die verwitterten Bodenbretter. »Wir sollten echt nicht hier draußen sein«, sagte sie und stand auf, um wieder ins Haus zu gehen. Hannah folgte ihr widerspruchslos.

Danach wagten sie sich tagsüber nicht mehr ins Freie. An einem dunklen, fast regnerischen Nachmittag, der kaum genug Licht zum Lesen bot, suchten sie sich aus dem Vorrat muffiger Romane im Speicher ein zerfleddertes Exemplar aus und setzten sich auf das lange harte Sofa unten im Hauptraum, die nackten Füße untergeschlagen. (Ihre Zehennägel mussten bald geschnitten werden. An gewisse Dinge hatte Zed nicht gedacht.) Hannah fing an, in ihrer besten Englischunterrichtsstimme vorzulesen.

Es war soeben eine Leiche entdeckt worden, als Callie die Hand ausstreckte und ihr das Buch wegnahm. »Jetzt ich«, sagte sie und machte weiter. Sie las mit viel Dramatik, bei den Dialogen gab sie alles. »In der Schule musste ich immer vorlesen«, sagte sie selbstgefällig, als sie beim Kapitelende angelangt war und das Buch an Hannah zurückgab.

Die Handlung schritt rasch voran, und schrullige Dorfbewohner sowie Schilderungen kurioser häuslicher Szenen sorgten zusätzlich für Abwechslung. Hannah hatte halb damit gerechnet, Callie würde das Buch nach einer Weile verächtlich und gelangweilt in die Ecke werfen, doch sie war erstaunlich intensiv bei der Sache. Nach einigen Kapiteln merkte Hannah, dass er sie beobachtete. Zed. Er stand mit unergründlicher Miene in der Tür, und es machte den Eindruck, als wäre er schon sehr lange dort. Sie konnte sich nicht erklären, wie er in den Raum gelangt war, ohne dass sie etwas mitbekommen hatten; ihre Haut kribbelte bei dem Gedanken, unbemerkt beobachtet worden zu sein. Als Callie das nächste Mal aufsah – nachdem sie einen großartigen Satz vorgelesen hatte, in dem jemand eine Bemerkung darüber machte, wie unangenehm es doch sei, eine Leiche im Haus zu haben –, stieß Hannah ihr mit dem Knie gegen das Schienbein und neigte den Kopf fast unmerklich in Richtung Tür; Callie folgte der Geste mit ihrem Blick und sah ihn ebenfalls.

Sie klappte das Buch zu. »Mach doch ein Foto«, sagte sie. »Das –«

»Hält länger«, sagte er. »Ich weiß.« Er winkte ab. »Wegen mir müsst ihr nicht aufhören. Der Roman ist natürlich Schund – aber akzeptabler Schund und allemal besser, als den ganzen Tag nur Karten zu spielen. Macht ruhig weiter. Aber gruselt euch nicht so sehr, dass ihr hinter jeder Ecke einen Bösewicht seht und Angst habt, abends nach oben zu gehen.« Er verschwand in der Küche und begann in den Schränken zu suchen.

Die Mädchen lasen weiter, doch jetzt waren sie gehemmt. Nach ein paar Minuten kehrte Zed mit einem Teller voller Cracker und Käse zurück: ein seltener Leckerbissen zwischendurch. Er zog sich einen Schaukelstuhl heran und stellte den Teller zwischen sie auf das Sofa. »Ich teile mit euch, wenn ihr mich mitspielen lasst.«

»Wir *spielen* nicht«, sagte Callie. »Wir lesen.« Sie hielt ihm das Buch hin und schnappte sich einen Cracker.

»Wo ist der Unterschied?« Sein Tonfall legte nahe, dass er die Frage halb im Scherz gestellt hatte, aber dass dieser Scherz nur für ihn selbst bestimmt war oder allenfalls für irgendwelche Leute in seinem Kopf – jedenfalls nicht für die Mädchen. Inzwischen kannten sie diese kleinen Anflüge von Belustigung bei ihm. Er blätterte die Seiten um, fand die Stelle, an der sie aufgehört hatten, und begann vorzulesen.

Er klang wie ein Synchronsprecher. Als hätte er das Buch selbst geschrieben oder wäre Teil seiner Welt. Er gab ihnen das Gefühl, als wären sie in dieser Welt, sie alle drei. *Die Leiche lag oben. Der Mörder lauerte in der Nähe. Sie alle waren verdächtig. Jeder hatte ein Motiv.* Sie hätten ihm bis in alle Ewigkeit zuhören können.

Unwetter waren selten in jenem Sommer. Die meiste Zeit schien das Wetter mit ihnen zu spielen. Der Donner rollte leise in der Entfernung, kam jedoch nie näher; Blitze zuckten über den Kämmen, lautlos, ohne dass auf sie ein Donnerschlag folgte. Manchmal lag Regen in der Luft, und es war selbst in der Hütte schwül und drückend, so dass sie alle angespannt auf die ersten Tropfen lauschten, die jeden Moment aufs Dach trommeln würden. Es *musste* regnen. Aber es regnete nicht.

Nicht nur sie, auch der Himmel schien in solchen Momenten zu warten. Sich nach etwas auszustrecken, das noch nicht in Reichweite war.

Callie war im Umgang mit Zed mutiger als Hannah. Hannah liebte es, ihm zuzuhören. Sie mochte seine tiefe Stimme, und seine stetigen, bedächtigen Bewegungen beruhigten sie oft wie der Wind in den Bäumen. Aber sie wartete stets ab, dass er zu ihnen kam: dass er eine Unterhaltung anfing, eine Aktivität vorschlug, eine Bitte an sie richtete. Callie hingegen stellte Fragen. Mitunter reizte sie ihn sogar ganz bewusst, als wollte sie herausfinden, was er dann tun würde; als wollte sie wissen, ob es Grenzen gab und was dahinter lag. Hannah konnte Callies Kühnheit nur aus sicherer Distanz bewundern, während sie selbst sich zurückhielt, immer auf der Hut blieb und sich wünschte, sie wäre furchtloser und draufgängerischer: So ein Mädchen wäre sie gerne gewesen.

Manchmal bekam Hannah Angst, Callie könnte zu weit gehen –

obwohl sie sich fragte, was »zu weit« war und was dann passieren würde. Eines Abends, als sie im Schein einer Öllaterne ihre Makkaroni mit Käse aßen und draußen die Glühwürmchen tanzten, trieb Callie es bis zum Äußersten.

»Und? Warst du mal verheiratet?«, fragte sie ohne Einleitung, nachdem sie ihren letzten Schluck Milch getrunken hatte.

»Nein«, sagte er knapp und stand vom Tisch auf.

»Warum nicht?«, bohrte sie nach.

»Räum den Tisch ab, wenn ihr fertig seid, Hannah. Du kannst den Abwasch machen, Callie.« Seine Stimme war fest und gelassen, doch die stets aufmerksame Hannah war sicher, sie hatte einen Schatten über sein Gesicht fliegen sehen.

»Okay«, sagte Callie bereitwillig, »aber warum gibst du mir keine Antwort? Ich bin ja nur neugierig. Ich meine, schließlich sind wir hier, und du weißt alles über uns. Da ist es doch nur fair, wenn wir auch ein bisschen über dich wissen, oder?«

Hannah stapelte die Teller übereinander, legte das Besteck zusammen, stellte die Gläser obendrauf und trug alles zur Spüle. Ihre Nerven summten, so angespannt war sie. *Pass auf, Callie.*

Sie sprachen nie über die seltsame Wahrheit, die alles beherrschte: dass sie drei eben keine normale, glückliche Familie waren, die in einer Hütte im Wald die Sommerferien verbrachte. Sondern dass er sie entführt hatte – und zwar nicht willkürlich und spontan, sondern wohlüberlegt, effizient, nach sorgfältiger Planung. Dass sie allesamt Mittäter eines unerklärlichen Verbrechens waren und dass sie eigentlich gar nicht hätten hier sein dürfen.

Zed knüllte seine Serviette zu einem winzigen Ball zusammen. »Vorsicht, meine kleine Freundin.« Sein Tonfall war nach wie vor ruhig, doch Hannah konnte spüren, dass sein Herzschlag sich beschleunigt hatte. Sie merkte, wie ihr eigenes Herz darauf reagierte, wie es mit seinem Schritt hielt. Ein Schweißtropfen rann ihr den Nacken hinab. *Jetzt*, dachte sie. *Jetzt ist der Augenblick, in dem etwas passiert.* Sie stellte das Geschirr neben der Spüle auf die Arbeitsfläche, drehte den Wasserhahn auf und hielt einen Finger unter den Strahl, um zu testen, wann es heiß wurde. Callie rührte sich nicht vom Fleck.

»Sind wir das? Sind wir deine kleinen Freundinnen? So was wie deine Haustiere oder so? Du sagst uns nie was. Vielleicht könnten wir dich besser verstehen, wenn wir mehr über dein Leben wüssten.« Callie stand auf, und die Laterne ließ ihre Haare in einem feurigen Heiligenschein erglühen. Sie sah unfassbar schön aus. Erfüllt von ehrfürchtigem Staunen und Neid, fragte sich Hannah, wie er Callie überhaupt etwas verweigern konnte.

Er schien sich wieder zu beruhigen. »Sagen wir einfach, dass mich Frauen auf die eine oder andere Art immer enttäuscht haben. Lass es gut sein.«

»Meinst du damit, dass Frauen enttäuschender sind als Männer?« Callie stand immer noch neben dem Tisch und machte keine Anstalten, sich dem schmutzigen Geschirr zu widmen. Hannah merkte, wie das Wasser ihre Hand verbrühte. Sie steckte den Stöpsel ins Becken, spritzte Spülmittel hinein und drehte das Wasser herunter, um seine Antwort besser hören zu können.

»Natürlich sind sie das«, sagte Zed, und seine Gefasstheit war beängstigender als unverhohlener Zorn. »Sie sind verdorbener.« Hannah drehte den Hahn wieder voll auf, in der Hoffnung, sie könnte Callie so davon abhalten, die Sache weiterzuverfolgen. Auf ihren schweißfeuchten Armen hatte sich eine Gänsehaut gebildet. Ihr schien es, als wäre die Gefahr im Raum mit Händen zu greifen.

»Was meinst du damit? Inwiefern verdorben?« Callie ging langsam auf Zed zu. Ihre Augen blitzten.

Zed wich nicht zurück. Schatten bewegten sich auf seinem Gesicht, als die Laterne flackerte. »Eines Tages wirst du vielleicht verstehen, was ich meine. Oder Hannah wird es dir erklären.« Normalerweise freute sich Hannah, wenn sie an Callies und Zeds Gesprächen teilhaben durfte, doch in diesem Fall ahnte sie hinter den Worten eine unverdiente Beleidigung. Wieso sollte sie, jetzt oder zu irgendeinem anderen Zeitpunkt, ein besseres Verständnis von Verdorbenheit haben als Callie? Von weiblicher Verdorbenheit noch dazu. *Wir sind ja nicht mal Frauen. Wir sind noch Mädchen.*

War sie bereits verdorben, oder war sie lediglich dazu vorherbestimmt, irgendwann einmal verdorben zu sein? Verschwieg er ihnen etwas? Wenn ja, was?

Hannah spülte die Teller nacheinander ab und ließ sie in das schaumige Wasser gleiten. Sie wollte die Stimmung irgendwie zum Kippen bringen, doch sie fühlte sich machtlos. Diesmal schien Callie wild entschlossen – fast besessen. Hannah wusste nicht genau, ob sie sie würde aufhalten können, selbst wenn sie es wollte.

»Was ist mit deiner Mutter? War die eine Enttäuschung? Ist sie verdorben?« Callie ließ nicht locker. Vor lauter Schreck über die Brutalität der Fragen ließ Hannah einen Teller fallen, der gegen die Kante des Keramikspülbeckens schlug. Das laute Geräusch ließ sie zusammenfahren, doch die anderen beiden schienen es gar nicht zu hören. Es war, als hätte Callie ein fühlbares Kraftfeld um sich herum geschaffen. Das Zimmer schien kaum groß genug für sie zu sein. Hannah drehte sich mit dem Rücken zur Spüle und wischte sich die nassen Hände am Kleid ab. Die Kante des Spülbeckens grub sich in ihr Kreuz. Sie wartete ab, was geschehen würde.

»Oder deine Schwester«, fügte Callie hinzu. »Du hast doch eine Schwester, oder?« Da endlich trat sein Zorn an die Oberfläche. Hannah sah eine Ader an seiner Stirn pochen. Beinahe wie ferngesteuert machte er einen Schritt nach vorn. Callie sah ihm dabei fest in die Augen, als zöge sie ihn mit Hilfe einer geheimnisvollen Kraft zu sich hin. Hannah kam gänzlich ungebeten der Gedanke, dass Callie auf irgendeine bizarre Weise versuchte, ihn zu verführen. Übelkeit stieg in ihr hoch. Die anderen zwei hatten sie ausgeschlossen, eine elektrische Verbindung zwischen sich aufgebaut, an die sie nicht angeschlossen war.

Doch dann wurde seine Miene undurchdringlich, und der Bann war gebrochen. »Meine Schwester geht dich nichts an, und ich habe nicht das geringste Interesse, mit dir über sie zu reden«, sagte er kalt und ließ sie stehen.

»Also hat er wirklich eine Schwester«, meinte Callie nachdenklich. Nach außen hin tat sie unbeeindruckt, doch die Röte auf ihren Wangen verriet sie.

Hannah war bereits derselbe Gedanke gekommen: Er hatte ihnen einen Hinweis gegeben, was sehr selten vorkam. Sie beschloss, ihn sich zu merken.

In solch düsteren, spannungsgeladenen Momenten kam es ihnen wieder in den Sinn, Angst zu haben. Es kam ihnen wieder in den Sinn, dass sie die willigen Gefangenen eines Mannes waren, über den sie nicht das Geringste wussten – eines Mannes, dessen Motive und Absichten für sie undurchschaubar waren. In solchen Augenblicken fragten sie sich, was aus ihnen werden würde. Doch das kam nur selten vor. Meistens lebten sie von einem Moment zum nächsten, wetteiferten um Zeds Aufmerksamkeit oder versuchten zu erraten, was der anderen durch den Kopf ging, tauchten in die unbekannten, faszinierenden Gefilde fremder Gedanken ein. Sie vermieden es, an ihre verzweifelten Eltern zu denken, an ihr Leben zu Hause und daran, was böse Männer mit jungen Mädchen taten. Es wurde ihnen zur Gewohnheit, sich gegenseitig Krimis vorzulesen, manchmal spielten sie sogar einige der Szenen nach. Sie aßen salzige, mit Konservierungsmitteln gesättigte Hausmannskost aus Dosen und Fertigpackungen. Jeder Abend kam ihnen seltsam festlich vor, wie eine Party. Sie saßen zusammen am Küchentisch, aßen fröhlich Kraft-Makkaroni und Hotdogs oder irgendein anderes fragwürdiges Gericht. Zu dieser Tageszeit ging es Zed fast immer am besten, er war gesprächig und wohlwollend. Die Mädchen warteten voller Ungeduld darauf, dass es dunkel wurde, damit sie die Kerzen und Laternen anzünden und – wenn sie Glück hatten und er guter Laune war – vielleicht nach draußen gehen durften. Die Welt, die sie immer nur bei Sternenlicht sahen, kam ihnen unwirklich vor wie ein

Zauberreich, zu dem sie durch pures Glück den Schlüssel gefunden hatten: Oz, Narnia, Alices Wunderland.

Am Waldrand hinter der Hütte standen einige Himbeersträucher, und sie lernten, im Dunkeln Beeren zu pflücken. Wenn sie dann wieder hineingingen, sahen sie den roten Beerensaft an ihren Fingern, vermischt mit Blut von den Dornen. In manchen Nächten tanzten Callie und Hannah auf dem Rasen zu Musik, die sie nur in ihren Köpfen hören konnten, und wirbelten im Kreis herum, bis sie zusammenbrachen.

Und immer war Zed da, kaum sichtbar in der Finsternis, und hatte ein Auge auf sie.

Hannah schlief sehr ordentlich: auf dem Rücken liegend, die Arme seitlich am Körper, wie eine Puppe. Oder eine Leiche. Ordentlich, aber nicht tief – schon der kleinste Laut, die geringste Bewegung ließ sie aufwachen, allerdings nicht abrupt, sondern langsam; sie glitt sacht von einer Welt in die andere hinüber. Aus diesem Grund erfuhr sie eher von Zeds nächtlichen Besuchen als Callie, die sich im Schlaf wie ein Fisch auf dem Trockenen hin und her warf und dabei stöhnte und murmelte. Als Hannah zum ersten Mal hörte, wie der Türknauf zu ihrem Zimmer herumgedreht wurde – oder spürte sie es nur? –, lag sie ganz still und öffnete die Augen nur einen winzigen Spaltbreit. Sie hatte vor langer Zeit gelernt, sich schlafend zu stellen; sie mochte es, wenn ihre Mutter sie morgens für die Schule weckte, auch wenn sie oft schon seit Stunden hellwach war. Miranda kam, sobald sie das Frühstück gemacht hatte, nach Kaffee und Speck duftend. Aus dieser kindlichen Angewohnheit heraus hatte sich bei Hannah die Idee entwickelt, dass die besten Seiten der Menschen sich womöglich in solchen Augenblicken offenbarten: wenn sie sich unbeobachtet wähnten.

Ein kühler Luftzug verriet ihr, dass die Tür geöffnet worden war. Im Flur dahinter brannte kein Licht, deshalb sah sie ihn nicht gleich; doch nach einer Weile wurde dort, wo sie ihn vermutete, eine dunkle Gestalt erkennbar – genau an der Stelle, wo, wie ihre allzu scharfen Sinne ihr verraten hatten, die Luft behutsam verdrängt worden war. Er kam nicht ins Zimmer, sondern blieb im Türrahmen stehen. Von dort aus blickte er zwischen Callies und Hannahs Bett hin und her. Das Mondlicht zauberte einen einzelnen Reflex in sein Auge. Hannah lag stocksteif vor Erwartung da, jeden Muskel schmerzhaft angespannt, und fragte sich, was gleich kommen würde. Vielleicht war dies der Moment, in dem das unausgesprochene *Etwas*, auf das sie die ganze Zeit gewartet hatten, passieren würde. Sie glaubte nicht daran, nicht wirklich, doch ihr Körper, der von primitiveren Instinkten gesteuert wurde, fürchtete sich trotzdem. Sie hörte fast nichts außer dem Blut, das in ihren Ohren pochte. Trotzdem hörte sie seinen Seufzer. Ein leiser Seufzer, kaum mehr als das sanfte Ausstoßen angehaltener Atemluft. Wie aus Mitgefühl bewegte ein leichter Wind die Vorhänge, kroch über ihre Haut, blies ihr ein Haar quer über die Nase. Es kitzelte. Sie glaubte zerspringen zu müssen.

Dann ging er. Ohne einen Laut zog er die Tür hinter sich zu.

Hannahs Muskeln entkrampften sich ganz allmählich, angefangen bei den Zehen und immer weiter hinauf bis zu ihrem Gesicht. Es dauerte lange, bis sie die Anspannung vollends abgeschüttelt hatte.

Danach kam Zed fast jede Nacht. Sein Vorgehen war immer dasselbe. Hannah erzählte Callie erst nach dem dritten Mal davon. Zu dem Zeitpunkt hatte sich das Vergnügen, ein Geheimnis zu haben, bereits abgenutzt; die neue Entwicklung bedurfte eingehender Analyse und Diskussion. Hannah fühlte sich weniger bedroht als verwirrt und sehnte sich nach Callies schonungslosem Blick auf Zeds Verhalten. Aber Callie glaubte ihr nicht.

»Kann gar nicht sein, dass ich so was verschlafen hab«, sagte sie. »Du hast einfach eine kranke Phantasie, das ist alles.«

Trotzdem versprach sie, in der folgenden Nacht wach zu bleiben, um Hannahs Behauptung zu überprüfen. Sie hielt nur ein paar Stunden durch, dann hörte Hannah die verräterische Veränderung ihres Atems. Auch diesmal bekam sie von Zeds Erscheinen nichts mit, und das seltsame Wissen darum gehörte weiterhin Hannah allein. In gewisser Weise gehörte *er* Hannah allein, und zwar zum ersten Mal. Das hatte durchaus etwas für sich.

Obwohl Callie sich Hannahs Bericht gegenüber skeptisch zeigte, tat sie, bereits kurze Zeit nachdem Hannah ihr von Zeds nächtlichen Besuchen erzählt hatte, ihren Fluchtplan kund: Es war kein Plan, weil sie *wirklich* fliehen wollten, sondern ein Plan um des Plans willen. Ein geheimes Vorhaben, eine Intrige, ausgefeilt und kompliziert in der Umsetzung. Spätabends, wenn er im Dunkeln auf der Veranda saß: Das war die Zeit, in der Hannah und Callie sich flüsternd unterhielten und dabei in Richtung der schrägen Zimmerdecke schauten, die sie gar nicht sehen konnten.

Hannah versuchte ihr die Sache auszureden. Es sei doch gar nicht nötig, einen umständlichen Plan auszuhecken, meinte sie. Wenn sie wirklich fliehen wollten, konnten sie einfach zur Haustür hinausspazieren, während er gerade mit dem Auto weg war oder schlief. Womöglich sogar direkt vor seiner Nase. Würde er sie aufhalten? Wirklich? Er hatte sie noch nie angefasst. Es war unmöglich, sich vorzustellen, wie er sie am Arm oder um den Bauch packte und sie mit Gewalt zurück ins Haus schleifte. Sie fesselte, sie einsperrte. So war er nicht. Und überhaupt: Falls sie tatsächlich flohen, wo sollten sie denn hin? Ihres Wissens nach gab es meilenweit nichts als Wald.

»Es geht ums Prinzip«, beharrte Callie. »Darum, ihm zu zeigen, dass wir es *könnten*, wenn wir es wollten. Selbst wenn er uns einsperren *würde*. Ist doch logisch, dass wir es nicht *wirklich* machen.«

»Aber was, wenn er wütend wird? Ich meine, was, wenn …« Hannah fand für das, was sie sagen wollte, nicht die richtigen Worte. Was, wenn dadurch, dass sie so *taten*, als wären sie in Gefahr, diese Gefahr real würde?

»Er kriegt doch gar nichts mit – es sei denn, wir wollen es«, sagte Callie. »Und das wäre nur dann der Fall, wenn … wenn wir das Gefühl haben, wir müssten ein Zeichen setzen oder so.« Sie klang trotzig und ein wenig ausweichend, als wüsste sie selbst, dass ihre Argumentation nicht wasserdicht war. *Was denkst du, Callie?* Dieses eine Mal wusste Hannah es nicht.

»Er hat ein Auto und eine Waffe«, rief Hannah ihr ins Gedächtnis. »Sogar mehr als eine. Er ist zweimal so groß wie wir. Er weiß, wo wir sind. Auf einer Landkarte, meine ich. Ich verstehe wirklich nicht, was für ein Zeichen das sein soll. Oder wieso wir überhaupt ein Zeichen setzen müssen. Es sei denn, du weißt irgendwas, was ich nicht weiß.«

»Du kapierst echt gar nichts«, sagte Callie. Bisweilen kam es Hannah so vor, als übertrieben sie absichtlich ihre Charakterunterschiede, um sicherzustellen, dass sie sich nicht in die andere verwandelten. Gelegentlich schien dies trotz aller Vorsicht zu passieren: dass Hannah zu Callie wurde und Callie zu Hannah. Das war es auch, was Hannah sich wünschte: wie Callie zu sein, rotzfrech und unerschrocken, immer bereit, mit dem Kopf durch die Wand zu gehen.

Insofern wusste Callie, da sie selbst zum Teil Hannah war, von Anfang an, dass Hannah ihr bei dem Plan helfen würde, auch wenn keine der beiden ehrlich hätte benennen können, was genau sie da taten und warum.

Jeder, der schon einmal einen Film gesehen oder ein Buch gelesen hat, weiß, wie man einen Strick aus Bettlaken knüpft. Typischerweise benutzt man dazu die eigenen Bettlaken, weil einem keine anderen zur Verfügung stehen, doch Hannah und Callie hatten Glück, denn sie stöberten im Speicher alte, fadenscheinige Betttücher auf. Als er weggefahren war, bereiteten sie ihre Materialen vor, die Ohren stets gespitzt, damit sie den Wagen hörten, wenn er zurückkam. Die Laken ließen sich ohne Mühe zerreißen; ihre Zähne leisteten hier ebenso gute Dienste wie eine Schere. Sie legten die ausgefransten Streifen auf einen Haufen, der rasch wuchs, und rissen und rissen, bis alle Laken verbraucht waren. Das immer wiederkehrende laute Reißen des Stoffes war seltsam befriedigend, doch danach wirkte die staubige Nachmittagsstille umso drückender. Das Ergebnis ihrer Arbeit versteckten sie unter Callies Bett. Da sie den geräuschintensiven Teil des Projekts hinter sich gebracht hatten, wagten sie es fortan, nachts im Dunkeln in ihrem Zimmer auf dem Fußboden zu arbeiten, wenn sie eigentlich hätten schlafen sollen. Zwischendurch hielten sie immer wieder inne und lauschten, um sich zu vergewissern, dass er nicht unbemerkt von der Veranda ins Haus gegangen war und gerade die Treppe hochkam, um an ihrer Tür zu horchen.

Später erkannten sie mit Schaudern, dass er das eine oder andere oder sogar alle diese Dinge tatsächlich getan hatte, ohne dass sie etwas davon gemerkt hatten; sie hatten niemals wirklich die Kontrolle über die Situation gehabt, jedenfalls nicht in dem Ausmaß, wie sie es glaubten. In dieser Phase jedoch waren sie fest davon überzeugt, in absoluter Geheimhaltung zu agieren. Sie sprachen im Flüsterton und knoteten immer drei der bettlangen Stoffstreifen zu längeren Seilen aneinander. Sobald drei solche Seile fertig waren, flochten sie sie zu einem strammen Zopf. Dann machten sie einen zweiten und banden die Enden so fest wie möglich aneinander. Das Seil, das am Ende dabei herauskam, war länger als nötig. Dies wussten sie, weil sie es eines Nachts ausprobierten und sahen, wie sich das Ende draußen am Boden ringelte, nachdem sie es aus dem Fenster hinabgelassen hatten. Es wirkte nicht besonders stabil. Aber schließlich mussten sie ja nicht aus einem Turm entkommen. Ihr Seil sollte lediglich dazu taugen, sich aus dem ersten Stock einer ziemlich niedrigen Jagdhütte abzuseilen. Wahrscheinlich hätten sie auch aus dem Fenster *springen* können, ohne sich dabei wirklich zu verletzen. Aber das war nie der Sinn der Übung. Vor allem, sagten sie sich, da sie ja sowieso nicht vorhatten, wirklich zu fliehen.

Doch die geringe Wahrscheinlichkeit, dass ihr Seil jemals zum Einsatz kommen würde, hielt sie nicht davon ab, drei Nächte hintereinander auf dem kalten Fußboden zu sitzen, gespenstisch weiß in ihren Märchen-Nachthemden, und so flink zu arbeiten, wie sie konnten. Bei jedem Schrei einer Eule oder einer Fledermaus zuckten sie zusammen. Hin und wieder diskutierten sie technische Feinheiten oder die Machart des Seils.

»Zieh fester«, zischte Hannah, als sie zwei aneinandergebundene Streifen testeten.

»Dann mach halt noch einen Knoten, wenn du Angst hast«, flüsterte Callie zurück.

Die alten Laken, die sie gefunden hatten, waren allesamt bunt gemustert – Blumen, Streifen, Vögel. Hätten sie ihr Werk bei Tageslicht betrachtet, wäre es ihnen vermutlich schrill und albern vorgekommen: ein Seil wie eine Zirkusrequisite. Im Dunkeln jedoch verschwammen die Farben zu undefinierbaren Grauschattierungen, als hätten sie düstere Schatten ins Seil eingeflochten oder jeden der Stoffstreifen zuvor in Blut getaucht. Im Dunkeln sah das Seil nach etwas Ernstzunehmendem aus, was sie einerseits befriedigte, andererseits aber ein leises Unbehagen in ihnen weckte.

Nachdem sie den letzten Knoten geknotet, ihr Werk so gut als möglich getestet und für vollendet erklärt hatten, versteckten sie es unter Callies Bett, weil das dem Fenster am nächsten stand. Ein Seilende banden sie so fest sie konnten um die eisernen Beine.

Alles war vorbereitet. »Nur für den Fall«, sagte Callie – zum ersten Mal –, und Hannah nickte feierlich. *Für welchen Fall?* Keine ging näher darauf ein.

In den darauffolgenden Tagen berieten sie manchmal darüber, was sie nun mit dem Seil anfangen wollten – wie sie ihr Zeichen zu setzen gedachten und was es überhaupt aussagen sollte: dass sie jederzeit gehen konnten und aus freien Stücken bei ihm blieben? Dass er ihnen vertrauen konnte? Sie wurden sich nicht recht einig, also schoben sie etwaige konkrete Schritte immer weiter hinaus. Sie gewöhnten sich daran, dass das Seil zusammengerollt unter Callies Bett lag. Insgeheim waren sie erleichtert, sich, zumindest für den Augenblick, von der Verpflichtung zum Handeln entbunden zu haben.

Etwa eine Woche später hörten sie spätnachts etwas gegen ihr

Fenster schlagen. Sie schliefen bereits, schraken aber augenblicklich hoch. »Was war das?«, fragte Callie und setzte sich auf.

»Irgendwas ist ans Fenster geknallt«, sagte Hannah mit zitternder Stimme. »Es klang, als hätte jemand was dagegengeworfen.«

Callie schwang die nackten Füße aus dem Bett und rannte zum Fenster. »Sei vorsichtig«, warnte Hannah schwach, ehe sie ihr folgte.

Sie standen am Fenster und starrten eine Minute lang nach unten auf das dunkle Gras. Erst sahen sie nichts, doch dann fiel ihnen ein kleiner Lichtpunkt auf, den sie zuvor nicht weiter beachtet hatten – ein Tautropfen, in dem sich das Mondlicht spiegelte, hatten sie gedacht, falls sie sich überhaupt etwas dabei gedacht hatten. Dieser Lichtpunkt loderte plötzlich auf und begann sich zu einer größer werdenden Spirale auszubreiten, deren Flammen immer höher schlugen und immer heftiger brannten. Irgendwann wuchs das Feuer nicht mehr, sondern brannte nur noch einige Augenblicke intensiv weiter. *Er muss Benzin benutzt haben oder so was Ähnliches*, dachte Hannah, als blaue und grüne Zungen aus der heißen Mitte des Feuers zuckten. *Sonst würde es nicht so rasch und so hell verbrennen.*

Irgendwann erstarb das Feuer. Zurück blieb eine große glühende Spirale auf dem Rasen.

Sie schauten unter Callies Bett, wo sie das eine Ende des Seils an die Beine geknotet hatten. Sie waren nicht sonderlich überrascht, dass es verschwunden war.

Sie redeten nie mit Zed über das, was sie in der Nacht gesehen hatten, und auch er erwähnte es weder in den darauffolgenden Tagen noch später. Sie hatten ihr Zeichen gesetzt, und er hatte seins gesetzt. Ein weiterer undeutbarer Hinweis.

Am liebsten waren ihnen die Abende, an denen er ihnen erlaubte, im Dunkeln ins Freie zu gehen – nicht nur weil sie sich nach frischer Luft sehnten und sich darüber freuten, endlich die Glieder strecken, nach Herzenslust herumtoben und das Gras berühren zu können, sondern weil seine Großzügigkeit – sein Leichtsinn – in ihren Augen der Beweis dafür war, dass er sie kannte und begriffen hatte, dass sie trotz der Moskitos und der Feuchtigkeit Magie im Wald entdeckten; ein Beweis dafür, dass er darauf vertraute, dass sie sahen, was er sah, liebten, was er liebte. Und nicht weglaufen würden. Eines Nachts lagen sie draußen auf dem moosbewachsenen Boden und schauten in den Himmel. Die Sterne standen unfassbar dicht und tief. Das beeindruckte Hannah mehr als Callie, die behauptete, in Arrow, Nebraska, sähen die Sterne genauso aus, und davon hätte sich noch nie jemand was kaufen können. »Wer behauptet denn auch, dass Sterne für irgendwas gut sein müssen?«, wollte Hannah von ihr wissen.

»Mädchen«, sagte Zed leise. Er lag in der Mitte, allerdings mit einigem Abstand zu ihnen. Er berührte sie nie, kam nicht einmal in ihre Nähe. Sie alle lagen im Gras, und ein jeder war Herr über sein eigenes Territorium. »Seid still. Zankt euch nicht. Schaut einfach nur hin.«

Es war nicht wie im Film. Er nannte ihnen nicht die Namen der einzelnen Sternbilder oder gab irgendwelche pseudophilosophischen Dinge über das Leben oder die Nichtigkeit des menschlichen Daseins zum Besten. Sie blickten einfach nur schweigend in den Himmel, während jeder seinen Gedanken nachhing.

Eine Zeitlang sagten sie kein Wort. Man sah immer mehr Sterne, je länger man hinschaute. Aber obwohl Zed ihnen so beunruhigend nahe war, merkte Hannah irgendwann, wie Callie sich zu langweilen begann und unruhig wurde. Deshalb erschrak auch nur Zed und nicht sie, als Callie erneut das Wort ergriff.

»Zed, hast du eigentlich Kinder?«, fragte sie aus heiterem Himmel.

Hannah meinte zu spüren, wie er zitterte. Er musste sehr wütend sein, dachte sie. Oder aber sehr traurig, schmerzerfüllt. Sie hätte auf wütend getippt.

Nach einer Minute erhob er sich geschmeidig vom Boden und ging ins Haus, ohne ein Wort zu sagen, ohne sich die klebrig feuchten Kiefernnadeln vom Rücken zu klopfen.

»Warum hast du das gemacht?«, fragte Hannah, die bereits dem verlorenen Moment hinterhertrauerte.

Callie warf eine Handvoll Kiefernnadeln in die Luft und ließ sie auf sich und Hannah niederregnen. Er fehlte ihr jetzt schon. »Ich wollte bloß Bescheid wissen.« Sie blieben liegen, in der Hoffnung, seine Laune wäre bald vorbei und er würde wiederkommen. »Hast du es nicht irgendwann mal satt, keine Ahnung zu haben?«

»Na ja, die wirklich wichtigen Sachen findet man wohl kaum raus, indem man *fragt*.« Hannah war verärgert. Wie konnte Callie auch nur eine Sekunde lang glauben, dass die Sache so simpel war, dass sich so leicht an die Wahrheit kommen ließ?

Aber Callie hielt die Sache keineswegs für simpel. Sie fand nur, dass es sich lohnte, gewisse Risiken auf sich zu nehmen. »Und warum nicht?«, fragte sie. »Bei dir muss immer alles so furchtbar *kompliziert* sein.«

Das stimmte wohl, dachte Hannah. Aber es *war* ja auch alles kompliziert. Das konnte doch selbst Callie nicht leugnen.

Einmal hörten sie einen Hund bellen. Sie saßen gerade am Frühstückstisch und aßen Cheerios. Sie waren Kojoten gewohnt, Eulen, Fledermäuse, Eistaucher und noch andere Tiere, die die Mädchen nicht am Ruf erkennen konnten. Aber nicht Hunde. Es dauerte eine Minute, bis ihnen klar wurde, weshalb das von Bedeutung war; weshalb der Kaffee in Zeds Tasse überschwappte, als er hastig seinen Stuhl zurückschob.

Dann begriffen sie. Hunde bedeuteten Menschen.

Innerhalb kürzester Zeit war Zed aufgesprungen und schob die Fensterläden auf, um nach den Eindringlingen zu spähen. Callie und Hannah saßen wie versteinert am Tisch, die Löffel auf halbem Weg zum Mund. Der Hund klang fröhlich, fand Hannah. Verspielt. Nicht verirrt, nicht wütend, nicht ängstlich, sondern so, als hätte er Spaß. Wanderer? Leute, die ein Picknick machten? *Spürhunde?*

Zed drehte sich vom Fenster weg. Plötzlich hatte er das Gewehr in der Hand, seine Knöchel waren weiß und blutleer. »Nach oben«, sagte er. »In euer Zimmer. Macht keinen Mucks. Und bleibt vom Fenster weg.«

Sie ließen ihre Schüsseln auf dem Tisch stehen und rannten nach oben.

Vielleicht eine Stunde lang harrten Hannah und Callie reglos wie Leichen auf ihren Betten aus und wagten es nur, sich im Flüsterton zu unterhalten. Sie waren halb ängstlich, halb aufgeregt, obwohl sie kaum hätten erklären können, wieso.

Doch sie hörten den Hund kein zweites Mal – weder an diesem Tag noch an einem der folgenden. Das Geheimnis blieb ungelöst. Es erinnerte sie daran, dass es so etwas wie »mitten im Nirgendwo« eigentlich nicht gab. Sie waren nach wie vor ein Teil der Welt. Ein Hund konnte auf ihrer Veranda auftauchen und alles verändern. Die Welt suchte nach ihnen. Ganz bestimmt.

In den ersten Wochen war Zed immer glatt rasiert, aber ganz allmählich, als aus den Wochen ein Monat wurde, begann der dunkle Schatten auf seinen Wangen die Form eines Bartes anzunehmen.

»Warum lässt du dir auf einmal einen Bart stehen?«, fragte Callie (obwohl er ihr gefiel), und Zed strich verwundert mit seinen feingliedrigen, knochigen Händen darüber, als wäre er selbst ein wenig überrascht, ihn dort vorzufinden.

»Ich weiß nicht«, sagte er. »Muss es für alles einen Grund geben?« Seine ersten Worte waren eine Nichtantwort, doch als er dann seine eigene Frage hinterherschob, wandte er sich dabei an Hannah, als reagierte er auf eine Herausforderung, die sie gar nicht zu äußern gewagt hatte.

Ja, dachte sie. *Muss es.*

Im Verlauf des Sommers stellten sie noch weitere Veränderungen fest. Er verließ seltener die Hütte. Er verbrachte mehr Zeit auf der Veranda mit dem Gewehr neben sich. Er stellte weniger Fragen. Hin und wieder, wenn eine von ihnen unerwartet bei ihm auftauchte, sah er sie ausdruckslos an, und einen unerträglichen Augenblick lang war es so, als erkenne er sie gar nicht wieder.

Doch all diese Veränderungen geschahen schleichend: so schleichend, dass die Mädchen sich nicht viel dabei dachten. Außerdem bestand immer die Möglichkeit, dass *dies* die Normalität war und die ersten Wochen eine Abweichung dargestellt hatten. Woher sollten sie das schon wissen?

Sie waren bereits seit Wochen mit den Krimis aus dem Speicher beschäftigt, als er ihnen eines Tages ein Buch hinwarf. Es war eins von den alten, ernst aussehenden, schlicht eingebundenen Büchern aus den Regalen im Wohnzimmer. Er hatte selbst ein oder zwei Tage lang darin gelesen, war aber definitiv nicht der Erste, der es aufgeschlagen hatte; es war abgegriffen und voller Eselsohren. »Ihr lest zu viele Romane«, sagte er, als das Buch zwischen ihnen auf dem Sofa landete. »Ihr seid faul. Ihr solltet euch zur Abwechslung mal ein bisschen mit Lyrik beschäftigen. Vielleicht trifft das hier ja euren makabren Geschmack.«

Es war ein Band mit Gedichten von Robert Browning, und größtenteils lag Zed falsch: Sie waren noch nicht reif für Brownings düstere, getriebene dramatische Monologe, für die Stimmen von Fürsten und Malern und zuchtlosen Priestern aus der Renaissance. Sie quälten sich durch einige der Gedichte, weil sie ihn nicht enttäuschen wollten. Doch ihnen war langweilig dabei, sie verstanden nur wenig und ärgerten sich. Ihnen fehlten die düsteren Landhäuser, die adligen Verdächtigen, die gesittet, aber unerbittlich wachsenden Leichenberge.

Aber eins der Gedichte gefiel ihnen doch; es war kurz und klar genug, um ihre Phantasie zu fesseln: *Porphyrias Buhle*. Darin läuft die Geliebte des lyrischen Ichs durch Wind und Regen, um ihm des Nachts heimlich in seiner Hütte einen Besuch abzustatten; ihn treibt die Frage um, wie er sie für immer bei sich behalten, wie er sie ganz und gar besitzen kann, und schließlich entscheidet er sich für die einzige Lösung: Während sie ihren hübschen zarten Kopf an seine Schulter bettet, nimmt er ihr gelbes Haar, windet es um ihren schlanken Hals und – ja, erwürgt sie. So sitzen die beiden in vollkommener Eintracht zusammen, während um sie herum die Nacht vergeht.

»Oh Gott«, sagte Callie. Ausnahmsweise war sie wirklich erschüttert – Callie, die so großen Wert darauf legte, von allem unbeeindruckt zu bleiben, und die stets eine abgeklärte Langeweile vor sich hertrug. Die letzte Zeile, die sie soeben laut vorgelesen hatte, hing noch in der Luft. Sie handelte davon, dass Gott kein Wort gesagt hatte – er hatte geschwiegen, während der Mörder die ganze Nacht mit der toten Frau dasaß. »Das ist echt krank.«

»Er ist eben ein Wahnsinniger«, stellte Hannah mit einem gewissen Unbehagen fest. Sie verspürte das Bedürfnis, dem sonderbaren Vertrauen des Erzählers in seine eigene Logik etwas entgegenzusetzen – und zwar nicht nur in Gedanken, sondern laut und deutlich, gewissermaßen offiziell.

»Total verrückt. Sieht man ja«, stimmte Callie ihr zu.

Erst jetzt bemerkten sie Zed. Er lehnte, die Arme vor der Brust verschränkt, am Türrahmen. »Meinetwegen müsst ihr nicht aufhören«, sagte er, als er merkte, dass sich ihre Aufmerksamkeit auf ihn gerichtet hatte. Dann zog er sich zurück und begann, die makellos saubere Küche aufzuräumen.

Das war die Nacht, in der er Callies Haar berührte.

Ihr gelbes Haar. Gelb wie das von Porphyria.

Immer Callie. Hannah litt. Erfüllt von einem namenlosen Schmerz, glaubte sie in dieser Nacht vor Sehnsucht sterben zu müssen – Sehnsucht nach dem Kerzenlicht, das so weich und wunderschön war und ihr all das zu versprechen schien, was sie nicht haben oder sein konnte. Oder Sehnsucht nach etwas anderem, Dunklerem, das sie nicht verstand.

Es war Callies Schuld. Callie wollte sich verkleiden; sie war besessen von den Femmes fatales in den Kriminalromanen und wollte ausprobieren, wie ihr diese Rolle stand. Sie wickelte sich ihr Bettlaken um den Körper, so dass es aussah wie ein bizarres griechisches Abendgewand, und dann türmte sie sich die goldenen Locken mit Hilfe eines Gummibandes, einer Sicherheitsnadel, eines Fetzens Schleifenband und einiger Stöckchen zu einer komplizierten Hochsteckfrisur auf. Um den Look zu vervollständigen, steckte sie sich noch einige Gänseblümchen ins Haar. (Zum Trost dafür, dass sie nicht nach draußen gehen konnten, brachte er ihnen manchmal kleine Sträuße aus Wildblumen mit und stellte sie in Trinkgläsern auf den Küchentisch. Das war nett von ihm, fanden sie.) Sie kramte im Speicher nach allem, was glänzte, und bastelte sich daraus Schmuck zusammen. Hannah neigte dazu, allzu kritisch zu sein, doch sie zwang sich zu einem fairen Urteil: Im Grunde wollte Callie bloß spielen. Und Verkleiden war ihr Lieblingsspiel; sie schmückte sich für ihr Leben gern. Sie war ungemein narzisstisch, selbst für eine Zwölfjährige. Aber sie war eben auch die geborene Schauspielerin. Hin und wieder brauchte sie einen Kostümwechsel.

Eigentlich hätte Callie vollkommen lächerlich aussehen müssen, und doch musste Hannah zugeben, dass das wild zusammengewürfelte Outfit ihr stand. Sie legte sich einen verführerischen Akzent zu, verlieh ihren Bewegungen eine träge Eleganz, und es war, als hätte sie einen Zauber über sich ausgesprochen. Wie bei Aschenputtel verwandelten sich Lumpen in Pracht. Vielleicht lag es am Kerzenschein, aber Hannah kam es wie Magie vor, und nicht wie weiße Magie. Ihr war schwindlig vor Eifersucht.

Und Zed hatte eine Riesenwut. Der leise Humor, all die Freundlichkeit, die sie nach dem Abendessen oft in seinem Gesicht beobachten konnten, waren auf einen Schlag verschwunden, als Callie für ihren großen Auftritt die Treppe herunterkam. Hannah legte das Geschirrtuch weg und wich instinktiv vor ihm zurück, vor dem Kraftfeld, das urplötzlich die Luft um ihn herum neu geordnet hatte. Als Callie an ihm vorüberstolzierte und dabei mit den Wimpern klimperte, schnellte sein Arm vor, als wäre er ein selbständiges Lebewesen. Er griff in das Lockennest auf ihrem

Kopf, das bereits ein wenig ins Rutschen gekommen war, und riss alles herunter. Er war nicht sanft dabei. Die Nadeln und Stöckchen und Gänseblümchen fielen zu Boden. Beinahe geistesabwesend wickelte er sich Callies wunderschöne lange Haare um Finger und Handgelenk. In seinen Augen lag etwas Düsteres, Unbekanntes, und Hannah wagte nicht hineinzusehen; sie atmete kaum noch. Als Callie den Blick hob und ihn ansah, schien zwischen ihnen ein elektrischer Strom hin und her zuschießen. Er zog sie an den Haaren. Erst nur leicht, dann ein wenig fester.

»Hör auf!« Hannah erschrak über ihre eigene Stimme; sie hatte gar nicht gewusst, dass sie etwas sagen würde, hatte nicht gemerkt, dass sie weinte. Zed ließ Callies Haare los, als hätte er sich daran verbrannt, und Hannah wirbelte herum und stürzte davon. Sie riss die Tür auf und floh in die kühle dunkle Nacht hinaus, wohl wissend, dass er ihr folgen würde und dass es an ihr war, den Bann zu brechen.

Das war kurz vor dem Ende.

»Bestimmt würdet ihr Mädchen gerne mal schwimmen gehen«, sagte er eines Abends nach dem Essen aus heiterem Himmel. Es war ein besonders warmer, schwüler Abend und sehr windstill. Motten flogen gegen die Laterne, die zischend auf dem Tisch brannte.

Es stimmte: Schwimmen war für beide stets ein fester Bestandteil des Sommers gewesen, und es hatte ihnen an all den langen heißen Tagen in der Hütte gefehlt. Trotzdem kam ihnen seine Bemerkung selten unsinnig vor, fast ein wenig gemein. Schließlich konnte er ihnen nicht einfach einen See oder ein Schwimmbecken herbeizaubern. Daher sagten sie nichts, sondern warteten ab, was er mit seiner Feststellung bezweckte. Sie trauten der Sache nicht recht; zu dem Zeitpunkt waren sie bereits auf der Hut.

Aber er meinte es ernst. Er runzelte die Stirn, und seine blauen Augen blickten von einer zur anderen. »Ich habe doch recht, oder? Ich kann euch nur warnen, ich werde euch für sehr sonderbare Kinder halten, wenn ihr nicht schwimmen gehen wollt. Beeilt euch und holt eure Sachen, wenn ihr mitfahren möchtet. Es ist der perfekte Abend dafür.«

»Sachen?«, fragte Callie misstrauisch. »Was denn für Sachen? Wir haben doch gar keine Badeanzüge.«

»Euch fällt schon was ein«, meinte er unbekümmert. »Schließlich ist es ja dunkel. Sonst nehmt eben nur ein Handtuch mit.«

Noch immer verdattert, taten sie wie geheißen und standen dann erwartungsvoll da. Ohne ein Wort ging er mit ihnen nach draußen, hinaus in den Abend – und schnurstracks zum Auto. Seit ihrer Ankunft hatten sie nicht mehr darin gesessen. Es war noch gesättigt mit Erinnerungen an die lange Fahrt durchs Land. An ihre Entführung.

»Steigt hinten ein«, sagte er. »Und legt euch hin, bis ich euch Bescheid gebe.«

Nach etwa zehn Minuten bog der Wagen von der vergleichsweise ebenen Straße, die sie bis dahin entlanggefahren waren, ab und fuhr auf einem buckligen, zerfurchten Weg einen steilen Abhang hinunter. Hannah verlor den Halt und rutschte vom Sitz auf den Wagenboden, und Callie wäre um ein Haar hinterhergepurzelt. Statt den Versuch zu unternehmen, wieder hochzuklettern, blieb Hannah einfach liegen. Sie presste die Zähne aufeinander, um sich nicht auf die Zunge zu beißen, wenn sie wieder durch ein Schlagloch fuhren.

Dann hielten sie plötzlich an.

»Kommt mit«, sagte er. »Passt auf, wo ihr hintretet.«

Sie folgten dem tanzenden weißen Kreis, den seine Taschenlampe auf den unebenen Boden warf. Um sie herum war alles schwarz. Zuerst konnten sie den See nur riechen und das sanfte Plätschern hören. Dann streifte sein Licht das Wasser.

»Hier«, sagte er großmütig, als hätte er das Gewässer eigens für sie geschaffen. »Hier ist eine gute Stelle zum Baden.«

Sie streiften sich die Segeltuchschuhe von den Füßen, und er wandte höflich den Blick ab, als sie ihm in der Dunkelheit den

Rücken zudrehten und sich die Kleider über die Köpfe zogen. Zusammen mit dem Handtuch hatte jede von ihnen auch eine zusätzliche Unterhose mitgebracht. Das war Callies Idee gewesen. Diese funktionierten sie nun zu Bikinioberteilen um. Ihre Bemühungen waren nicht rundum zufriedenstellend, doch das Ergebnis erfüllte seinen Zweck. Währenddessen leuchtete Zed absichtlich mit der Taschenlampe aufs Wasser, damit sie sich ihrer Nacktheit nicht zu schämen brauchten. Als die Mädchen fertig waren, lenkte er den Strahl auf das Ufer zu ihren Füßen, damit sie hineinwaten konnten.

Die Luft war kalt, und sie zitterten ein wenig in ihrer Unterwäsche. Als sie jedoch die Füße ins Wasser hielten, stellten sie fest, dass es erstaunlich warm war. Trotzdem wagten sie sich nur zögernd weiter vor. Ihre Füße sanken mit jedem Schritt in den schlammigen Seeboden. Hannah stellte sich vor, dass ihnen Dutzende winziger Fische um die Knöchel schwammen, und war froh, dass sie sie nicht sehen konnte. Sie sahen den kleinen Lichtkreis vor ihnen und sonst nichts – nicht einander, nicht die eigenen ausgestreckten Hände, nicht das Ufer, nicht die Ausmaße des Sees oder der Wälder, die ihn umgeben mussten, und nicht die Berge, die sich bestimmt in der Ferne erhoben. Auch nicht den Mann selbst, der ganz in der Nähe stehen musste und durch den Strahl der Taschenlampe bestimmen konnte, was sie sahen. Da war nichts bis auf den bleichen runden Lichtfleck, der sie immer tiefer in den See hineinlockte, und innerhalb des Flecks die kleinen, von den Bewegungen ihrer Körper verursachten Wellen. Das musste er gemeint haben, als er gesagt hatte, es sei der perfekte Abend zum Schwimmen: Es gab keinen Mond, keine Sterne. Der Himmel war leer.

Callie war natürlich die Erste, die sich in die Fluten warf, als ihnen das Wasser bis zur Taille ging, und danach blieb Hannah keine andere Wahl, als sich ebenfalls hineinzustürzen. Sie schwammen hinaus ins tiefere Wasser, drehten sich auf den Rücken und ließen sich und ihre Blicke einfach treiben. Sie bespritzten sich gegenseitig mit Wasser und versuchten sich an blinden, schwindlig machenden Purzelbäumen. Manchmal schauten sie in seine Richtung und fragten sich, ob er sie wohl sehen konnte, doch außerhalb des Kreises seiner Taschenlampe war nichts zu erkennen. Das Wasser war weich und warm und schien sie sanft zu tragen. Unweit konnten sie Fische springen hören, und es störte sie nicht länger; sie waren selbst Fische. Sie tollten wie Meerjungfrauen durchs Wasser und dachten sich neue Schwimmzüge aus, als hätten sie niemals Schwimmunterricht gehabt. Hin und wieder streiften sie sich unbeabsichtigt – ihre nackten Arme und Beine waren weich und einander ganz ähnlich. In ihrer ungebärdigen Phantasie versuchten sie sich vorzustellen, wie sich wohl der Körper des Mannes im Wasser anfühlen würde, hart und männlich und nackt. Sie schämten sich, als könnten ihre Gedanken durch die Luft fliegen und von ihm abgefangen werden.

Doch er kam nicht zu ihnen ins Wasser. Hatten sie das etwa erwartet? Sie waren nicht sicher; das ganze Erlebnis war so sonderbar, so völlig unvorhergesehen, dass es nahezu unmöglich schien, irgendwelche Erwartungen zu haben.

Allenfalls hegten sie eine Hoffnung – eine jede für sich, und doch beide dieselbe. Doch irgendwann verabschiedeten sie sich davon und gaben sich dem ausgelassenen Vergnügen hin, ganz von Wasser umgeben zu sein. Er sagte nichts, und das war gut so. Er hielt einfach nur die Lampe und offenbarte ihnen Stück für Stück den See.

Und dann machte er die Taschenlampe plötzlich aus. Sie hörten das Klicken des Plastikschalters. Sie hoben die Köpfe aus dem Wasser, öffneten die Augen, schlossen sie wieder und sahen keinen Unterschied. Instinktiv wurden sie still und traten Wasser. Jede spürte, wo die andere war, weil sie ihren Atem hören konnte, doch Zed schien verschwunden.

»Wo bist du?«, rief Callie nach einem Moment. Sie klang hart, aber zugleich verletzlich. Hannah spürte, dass ihre Stimmung umgeschlagen hatte: Jetzt war Callie wütend.

Nach einigen Sekunden schwebte seine ruhige Stimme über das Wasser zu ihnen. »Warum ist das wichtig?« Er war genauso blind wie sie.

»Wie kannst du so was sagen?«, fragte Callie. Ihre Stimme zitterte vor Empörung.

Weil es wirklich nicht wichtig ist, dachte Hannah, wobei sie nicht einmal wusste, was sie damit meinte. *Es ist nicht wichtig, nicht mehr.* Diesmal gab Zed Callie keine Antwort.

Würde es gut ausgehen, fragte sich Hannah, wenn er sie einfach hier alleinließe? Sie würden die ganze Nacht am See hocken, zitternd und von Moskitos zerstochen. Im Morgengrauen würden sie zerzaust und erschöpft versuchen, sich zur Straße durchzuschlagen. Irgendwann würde jemand sie auflesen und alles hätte ein Ende. Vielleicht würde Zed entkommen. Vielleicht würde er nie gefunden werden.

Nein, natürlich lässt er uns nicht hier zurück, dachte sie beruhigt. *Er braucht uns noch. Wozu?*, fragte eine verräterische Stimme in ihrem Kopf. *Wie kannst du dir da so sicher sein? Was, wenn er seine Waffe mitgebracht hat? Was, wenn er gleich ins Wasser kommt, dir die Hand auf den Kopf legt und dich nach unten drückt, unter die Wasseroberfläche, bis du irgendwann aufhörst zu zappeln und* – erschrocken brachte sie die Stimme zum Schweigen. Sie drehte sich auf den Rücken, breitete die Arme aus und bewegte sanft die Beine hin und her, um das Gleichgewicht zu halten. Sie merkte, wie das Gefühl der Ruhe sich erneut einstellte. Als sie in den leeren Himmel hinaufschaute und ihre Augen sich mit dem Anblick vertraut machten, stellte sie fest, dass er gar nicht vollkommen schwarz war. Tiefhängende Wolken fingen hier und da etwas Licht ein – vielleicht von meilenweit entfernt liegenden Ortschaften, dachte sie, oder von Häusern, die sie nicht sehen konnte – und warfen es aufs Wasser. Sie konnte die Konturen der Wolken erkennen, die Stelle, wo der See endete und die Bäume anfingen, und eine Silhouette mehrere Meter entfernt, das musste Callie sein. Sie hatte den absurden Gedanken, dass das Licht von ihrem eigenen Blick ausging, dass sie, wenn sie nur lange und angestrengt genug hinsah, den Wald zum Leuchten bringen konnte. Sie spürte, dass Callie nicht länger ihre friedliche Stimmung teilte. Sie hatte aufgehört, vor sich hin zu treiben, und stand nun ungeduldig wartend im Wasser. Hannah wollte etwas von der seltsamen Ruhe, die sie erfüllte, in Callies Richtung senden, ihr etwas davon abgeben, aber Callie war nicht empfänglich dafür. Also versuchte sie stattdessen, sich ganz auf sich selbst zu konzentrieren und Callie nicht weiter zu beachten, doch deren schlechte Laune schuf eine Spannung, der man nicht entkommen konnte, und irgendwann hatte Hannah das Gefühl, sie würde in zwei entgegengesetzte Richtungen gezogen: Es war, als müsste sie gleichzeitig zwei Personen sein, nämlich sie selbst und Callie. Währenddessen wurde ihr bewusst, dass sie an den Stellen ihres Körpers, die nicht im Wasser waren, allmählich zu frieren begann. Trotzdem wollte sie nicht aufhören zu schweben.

Endlich sagte Zed leise: »Genug.« Seine Stimme kam jetzt aus einer anderen Richtung. Sie wandten sich nach ihm um. Hannah schwamm gehorsam auf ihn zu, spürte aber gleichzeitig, wie Callies Wut sich immer weiter verdichtete und durchs Wasser zitterte.

»Was, wenn wir noch nicht fertig sind?«, rief Callie trotzig – dabei war sie in Wahrheit mehr als fertig mit diesem unsichtbaren See. Wie üblich war Callies Mut für Hannah Anlass zur Bewunderung und Ärgernis in einem. *Warum muss sie immer alles kaputtmachen?*

»Dann bleib«, sagte Zed, als wäre es der vernünftigste Vorschlag der Welt. »Hannah und ich fahren.«

Hannah hörte Callie hinter sich durchs Wasser Richtung Ufer pflügen. Sie fragte sich, ob er es ernst gemeint hatte; vermutlich nicht. Er hatte gewusst, dass Callie kommen würde. Dieses Wissen gab ihr Sicherheit, machte sie aber auch traurig.

Als sie aus dem Wasser ans kalte Ufer stiegen und sich mit klappernden Zähnen in ihre Handtücher wickelten, sahen sie genau dort, wo sein Gesicht sein musste, ein weiteres Licht aufglimmen, und sie rochen seinen vertrauten Pfeifentabak. Wortlos klopfte er gegen den Kopf der Pfeife, schüttete die Glut auf den Boden und trat sie mit der Ferse aus. Dann drehte er sich um und leuchtete mit der Taschenlampe zum Auto. Nass und schlotternd stiegen sie ein. Keiner sprach.

Sie waren nicht mehr weit von der Hütte entfernt, als hinter ihnen ein Wagen auftauchte. Seine Scheinwerfer bohrten sich in die Rückbank und leuchteten gleißend hell im Rückspiegel auf.

»Bleibt unten«, befahl Zed und bemühte sich, hinter der dunklen Windschutzscheibe des anderen Wagens eine Gestalt, ein Gesicht auszumachen. Er fuhr mit konstanter Geschwindigkeit weiter, doch sie konnten seine Alarmbereitschaft spüren, als ob die plötzliche Anspannung seines Körpers sich durch das glatte Vinyl der Rückbank übertrug, gegen das sie ihre Wangen pressten. Sie lagen ganz still da, und mit einem Mal war die Missstimmung zwischen ihnen verflogen. Der andere Wagen blieb dicht hinter ihnen. Vielleicht war es jemand, der sich auf diesen Straßen auskannte und gerne schneller gefahren wäre. Jemand, der es eilig hatte, weil er zu irgendeinem Anlass, den sie sich nicht einmal vorstellen konnten, zu spät kam. *Jemand, der nach zwei entführten Mädchen suchte, deren Spur er bis in diese Gegend verfolgt hatte.* Zed fuhr immer weiter geradeaus, so lange, dass sie irgendwann dachten, sie müssten den Abzweig zur Hütte längst passiert haben. Endlich wurden sie langsamer, und die Mädchen lauschten atemlos auf das Ticktock des Blinkers. Die Scheinwerfer kamen näher. Zed lenkte den Wagen nach rechts. Die Lichter glitten an der linken Seite des Wagens entlang, wurden dann schneller und verschwanden.

Sie waren abgebogen, und der andere Wagen war geradeaus weitergefahren.

Wieder wurde es still. Sie fuhren noch etwa eine Minute, dann wendete Zed geschickt und fuhr in die Richtung zurück, aus der sie gekommen waren. Als sie die lange Zufahrt entlangrollten, schaltete er die Scheinwerfer aus, und sie näherten sich der Hütte in vollkommener Finsternis.

Niemand war ihnen gefolgt. Aber man suchte nach ihnen. Ganz sicher. Es konnte gar nicht anders sein.

Als sie wieder in der Hütte waren, schickte er sie ins Bett, als wäre nichts Besonderes geschehen. Aber er war ungewöhnlich schweigsam, und sie wurden das Gefühl nicht los, dass etwas sich verändert hatte, dass es nicht mehr ganz so war wie zuvor. Das machte sie unruhig.

Der nächste Tag war wolkenverhangen, schwül und drückend, und Hannahs und Callies Gefühl von Unbehagen hielt an. Hannah ging lautlos durchs Haus, blickte sich fortwährend um, erschrak bei jeder Kleinigkeit: ein Ast, der aufs Dach fiel, das Fauchen des Boilers, der kreischende Ruf eines ihr unbekannten Vogels. Callie hingegen wurde immer waghalsiger; sie war ruhelos und konnte einfach nicht stillsitzen. Während Zed den Rand der Lichtung abschritt – den Kopf gesenkt, eine Runde nach der anderen, unnahbar –, spielte Callie Schönheitswettbewerb: Sie versuchte Hannah damit zu unterhalten, dass sie Teile ihres Wettbewerbsprogramms vorführte und unsichtbare Konkurrentinnen nachäffte. Während sie über die Bühne stolzierte, spielte Hannah Preisrichter und tat so, als machte sie sich emsig Notizen. Callie durchmaß den Raum mit kraftvollen, graziösen Schritten, den Kopf in Hannahs Richtung gewandt, die Lippen zu einem breiten Lächeln verzogen. Vor dem Fenster blieb sie stehen, drehte sich, die Hand an der Hüfte, leicht herum und beschenkte ihr imaginäres Publikum mit einem weiteren Strahlen. Selbst ohne Bühnen-Make-up und pompöses Kleid besaß sie noch viel von der faszinierenden Präsenz, die ihr so viele Titel eingebracht hatte.

Sie merkten gar nicht, dass er in der Tür stand, bis er katzengleich durchs Zimmer kam, Callie an dem Arm packte, den sie in die Hüfte gestützt hatte, und sie zu sich herumriss. Hannah hatte sich bis dahin lachend auf dem Sofa geflätzt, aber als sie ihn sah – oder vielmehr spürte –, machte sie sich sofort ganz klein: Sie zog die Beine an und umklammerte ihre Knie. Callie wurde rot, und zum ersten Mal sah Hannah Tränen in ihren Augen schimmern. Aber sie wehrte sich nicht gegen Zed – sie sah ihn nur wutblitzend an, und ihre Tränen liefen nicht über.

Die ersten dicken Regentropfen klatschten gegen die Scheiben wie das Ticken einer kaputten Uhr. Zed hielt immer noch Callies Arm fest. Jeder Muskel in seinem Körper schien hart wie Stein, die Haut in seinem Gesicht spannte sich über den Knochen und Sehnen.

»*So was machst du hier nicht*. Nicht hier. Hast du verstanden?« Er zog sie ein Stück zu sich heran und wiederholte: »Hast du verstanden? Das hast du hinter dir gelassen. Das ist vorbei.« Dann schob er sie von sich – nicht grob, aber mit einer solchen Selbstbeherrschung, dass man die unglaubliche Kraft erahnte, die in seinem Innern steckte. Callie schwankte ein wenig – wohl eher, weil auch sie diese Kraft gespürt hatte, nicht wegen der Heftigkeit seiner Bewegung. »Nie mehr. Hörst du? Nie mehr. Du wirst nie wieder dieses Mädchen sein.« Dann wandte er sich um und verließ die Hütte, wobei er die Tür hart hinter sich schloss.

»Tja.« Callie ließ sich neben Hannah aufs Sofa fallen und schlug grazil die Beine übereinander. »Wie's aussieht, mag er keine Schönheitswettbewerbe.«

»Aber warum –« Hannah kniete sich aufrecht hin. Sie hatte Angst, Callie zu beleidigen, aber sie musste es sagen: »Warum hat er dich dann ausgewählt?«

Callie wickelte sich eine lange goldene Locke um den Zeigefinger. »Das ist die Frage.« Sie riss heftig an der aufgewickelten Strähne – einmal, zweimal; Hannah spürte das Ziehen in ihren eigenen Haarwurzeln. »Vielleicht wollte er mich retten«, meinte Callie. Sie klang flapsig, aber Hannah wusste, dass sie es ernst meinte. Und vielleicht hatte sie sogar recht.

In derselben Nacht wachte Hannah auf, weil sie plötzlich das Gefühl hatte, dass etwas nicht stimmte. Der Regen hatte schon nach kurzer Zeit aufgehört, und der Himmel war wieder klar; ein Schimmer von Mondlicht lag auf Callies Bettzeug, das wie üblich zu einem Knäuel gewickelt war. Leer. Hannah sagte sich, dass Callie bestimmt nur aufgestanden war, um auf die Toilette zu gehen. Doch sie glaubte ihren eigenen Beteuerungen nicht, sondern fuhr hoch und versuchte, ihre aufsteigende Panik zu beherrschen. Erst dann merkte sie, dass von unten herauf Stimmen zu hören waren. Sie klangen leise und ernst.

Hannah schlüpfte aus dem Zimmer und schlich bis zur Treppe. Sie kauerte sich auf die oberste Stufe und reckte den Kopf, bis sie die beiden gerade eben sehen konnte. Sie saßen einander gegenüber am Küchentisch. Zuerst rauschte das Blut so heftig in Hannahs Ohren, dass sie nichts hören konnte, doch mit der Zeit wurde die Unterhaltung verständlich.

»Ich verstehe das nicht«, sagte Callie mit einem Anflug von Trotz. »Ich dachte, du hast uns ausgesucht, weil wir so sind, wie wir sind.«

Hannah hielt den Atem an. Das war die eine Sache, über die sie nie sprachen, nicht mit ihm.

»Nicht direkt«, sagte er.

»Sondern?«

Er beugte sich vor, und Hannah zog ruckartig den Kopf zurück, aus Angst, er könnte sie bemerken. Sie hörte genauso gut, ohne etwas zu sehen – sogar besser, wenn sie sich richtig konzentrierte.

»Es ist wertlos.« Er klang sehr ruhig, in seiner Stimme lag keine Spur mehr von der unterdrückten Aggression, die den Mädchen am Tag so einen Schrecken eingejagt hatte. »Eine Perversion. Deshalb brauchtest du mich. Vielleicht wirst du das eines Tages verstehen. Aber hör mir zu«, begann er.

»Ich hör ja zu«, sagte Callie ungewohnt kleinlaut.

»Ich will, dass du mir versprichst, in Zukunft nicht damit weiterzumachen. Mit den Schönheitswettbewerben. Ich will nicht, dass du dich so billig hergibst.«

Eine Mücke summte dicht an Hannahs Ohr, und sie hob die Hand, um sie wegzuklatschen. Daneben. Sie konnte die Spannung in der Luft fühlen wie eine plötzliche Kälte oder einen heraufziehenden Sturm. Callie auf der anderen Seite der Wand fühlte es ebenfalls.

Als Callie endlich sprach, war ihre Stimme leise und fest. »Dann gehen wir also zurück nach Hause?«

Sie hatten jeden Tag so gut es ging gelebt, ohne an später zu denken. Hin und wieder malten sie sich eine glanzvolle Zukunft als Erwachsene aus, aber sie vermieden es, über ihr tatsächliches Leben zu sprechen: über den Beginn des neuen Schuljahres, was für neue Kleider sie kaufen würden, die aktuellen Hits im Radio, die neuen Klassenkameraden. *Später* war für sie zu einem schemenhaften Begriff geworden; *zurück* war unvorstellbar. Und doch fragte Callie, als wäre es die normalste Frage überhaupt: »Gehen wir bald wieder zurück?«

Hannah umklammerte das Treppengeländer – Callie die Tischkante.

»Versprichst du es?«, fragte Zed.

Ein seltsamer, wachsender Druck im Innern von Hannahs Kopf ließ das Bild vor ihren Augen zu dunklen, schlammigen Farben verschwimmen, und ein stechender Schmerz legte sich wie ein Band um ihre Stirn.

Das ganze Haus wartete.

»Ich versprech's«, sagte Callie mit eigenartig roboterhafter Stimme und so leise, dass Hannah sie kaum verstehen konnte.

»Sag es noch einmal.«

»Ich versprech's«, flüsterte Callie.

Hannah war sich nicht einmal sicher, es wirklich gehört zu haben, aber sie *spürte* es, und zwar so deutlich, als käme Callies Stimme aus dem Innern ihres eigenen Körpers. Sie spürte es unter ihrer Haut und in ihrer Magengrube.

Hieß das, dass sie nach Hause gehen würden? Callie glaubte, eine Abmachung mit Zed getroffen zu haben, so viel war Hannah klar. Aber hatte sie das wirklich?

Wenn Zed ein Versprechen gab, würde er es nicht brechen, davon war Hannah instinktiv überzeugt. Allerdings schien er vorsichtig genug gewesen zu sein, kein Versprechen zu geben. Jedenfalls nicht ausdrücklich.

Hannah nahm ihre schweißfeuchte Hand vom Geländer. Sie streckte ihre krampfenden Beine und kroch rasch zurück ins Zimmer. Dort schlüpfte sie unter die Decke, drehte sich auf die Seite und begann langsam und gleichmäßig zu atmen, als ob sie schliefe. Callie kam zurück. Sie schlich auf Zehenspitzen zu ihrem Bett, um Hannah nicht aufzuwecken.

Dieses eine Mal, bemerkte Hannah, schlief Callie nicht auf der Stelle ein. Eingelullt durch den trügerischen Rhythmus ihres eigenen stetigen Atems, lauschte sie auf Callie, die so ungewöhnlich still war, dass sie nur wach sein konnte. Wenn sie wirklich nach Hause zurückkehren sollten – wie bald würde das sein? Hatte Callie ernst gemeint, was sie gesagt hatte? War Callie ein Mädchen, das Wort hielt? Hannah hatte Callie im Stillen dazu gedrängt, das Versprechen abzugeben, und sie hatte gewollt, dass Zed es mit einem eigenen Versprechen erwiderte. Doch auch wenn sie es nicht wahrhaben wollte: In ihrem Hinterkopf gab es eine Stimme, und die stellte eine ganz andere Frage: *Wollte* sie nach Hause? Und wenn sie noch nicht nach Hause wollte, was hatte das zu bedeuten?

Als sie endlich von dem vorgetäuschten in einen echten Schlaf sank, träumte sie, Zed sei draußen vor ihrem Fenster in einen Baum verwandelt worden, und sie weinte, weil er nun nie mehr hereinkommen konnte. Es gab ein Wort, das ihn erlöst hätte, ein Zauberwort, das sie nur auszusprechen brauchte – aber sie kannte das Wort nicht. Im Traum lag es daran, dass sie nicht gut genug war.

Den ganzen nächsten Tag und an den Tagen darauf wartete Hannah, dass Callie ihr erzählen würde, was passiert war, denn offiziell wusste sie ja von nichts. Hannah wollte darüber reden, wollte alles analysieren, was er gesagt oder auch nur angedeutet hatte. *Du brauchtest mich*, hatte er zu Callie gesagt. Glaubte er, dass Hannah ihn auch brauchte?

Doch Callie schwieg.

Am nächsten Abend erlaubte er ihnen wieder, nach draußen zu gehen, und sie spielten Verstecken. Inzwischen nahm er nur noch selten an ihren Spielen teil. Er war mit ins Freie gekommen, doch sie wussten nicht genau, wo er sich aufhielt. Sie hatten bereits festgestellt, dass Verstecken zu zweit bei Nacht eine knifflige Angelegenheit war: Es gab eigentlich keine Entschuldigung dafür, gefunden zu werden, es sei denn, man wollte es, denn diejenige, die suchen musste, konnte nichts tun, als ziellos in der Dunkelheit herumzuirren. Der wahre Wettkampf war der gegen sich selbst: Es galt herauszufinden, wie lange man es in seinem Versteck aushielt. Das war eine Herausforderung: Erst wurde einem langweilig, dann begann man zu frieren, und irgendwann wurde einem die Stille so unheimlich, dass man gegen den Drang ankämpfen musste, sein Versteck preiszugeben. Die Stille des Waldes steckte voller Geräusche: Selbst Waschbären und Opossums zerbrachen Zweige unter ihren scharrenden Pfoten, und es gab auch noch größere Tiere. Man brauchte nur ein kleines Stück in den Wald hineinzugehen, schon konnte einem ein Baum, wenn auch nur für einen Augenblick, die Sicht auf die Hütte mit ihrem beruhigenden Lichtschein versperren.

Hannah war mit Suchen an der Reihe, und Callie versteckte sich. Hannah hörte sie davonlaufen, während sie zählte – Callie war zu laut, als machte sie den Lärm absichtlich; Hannah lauschte aufmerksam, und ihr Verdacht erhärtete sich: Bestimmt würde Callie später lautlos umkehren und in eine andere Richtung davonschleichen. So hätte sie es selbst auch gemacht. Sie meinte zu hören, wie Callie zurückpirschte, war sich jedoch nicht vollkommen sicher. Nachdem sie »Ich komme!« gerufen hatte, wandte sich Hannah in die Richtung, aus der sie ein verräterisches Rascheln gehört zu haben glaubte. Das Beste, worauf man hoffen konnte, war hin und wieder das Zittern eines Astes oder ein schnelles Atemholen. Ein Niesen, wenn man sehr viel Glück hatte. Sobald sie sich auf den Weg gemacht hatte, hörte Hannah nichts mehr. Mit geschmeidigen, nahezu geräuschlosen Schritten ging sie am

Waldrand entlang und horchte angestrengt. Sie hörte eine Eule, dann einen anderen Vogel, dessen Namen sie nicht kannte. Grillen, Frösche. Der Wind rauschte durch die oberen Äste der Bäume, doch unten war die Luft ganz still. Sie pirschte weiter, hörte Callie aber nicht. Sie machte eine Runde um die Hütte, kehrte zu ihrem Ausgangspunkt zurück, wandte sich dann in die andere Richtung und spitzte erneut die Ohren. Einmal hörte sie laut und deutlich das Brechen eines Astes ein Stück weiter hinten im Wald – tiefer, als sie sich normalerweise vorwagten. »Callie!«, flüsterte sie triumphierend, denn die Versteckte zu fangen war natürlich aussichtslos. Doch niemand antwortete, und in der darauffolgenden Stille spürte sie irgendwie, dass es nicht Callie war, sondern etwas anderes, vielleicht ein Reh. Sie lehnte sich einen Moment lang gegen einen Baum und horchte. Wenn Callie sich bewegte, überlegte sie, wäre es leichter, ihr den Weg abzuschneiden, als wenn sie an derselben Stelle stehen blieb.

Nichts. Wieder die Eule. Fledermäuse. Sie fror, und ihre Füße waren nass, ihre Beine waren zerschrammt und juckten. Die Hütte sah nicht länger einladend aus, sie war so weit weg, dass sie stattdessen kalt und abweisend wirkte. Auf einmal überkam Hannah das Gefühl, dass die Hütte sie gar nicht wiederhaben wollte – nicht ohne Callie. Sie hatte sich noch nie so allein gefühlt, so einsam. Sie spürte Tränen in sich aufsteigen, unterdrückte sie aber mit aller Macht.

Hannah verließ ihren Platz unter dem Baum und näherte sich der Hütte. Plötzlich wollte sie sie berühren, sich vergewissern, dass sie real war. Sie versuchte, nicht in die erleuchteten Fenster zu schauen, weil die sie nur noch blinder gemacht hätten. Sie schloss die Augen. Vielleicht war ihr Gehör schärfer, wenn sie nichts sah, zumal die Augen ihr sowieso nicht viel nützten. Langsam ging sie um die Hütte herum, eine Hand zur Orientierung am rauen Holz. Zwischendurch blieb sie immer wieder stehen. Jetzt gab sie sich keine Mühe mehr, leise zu sein. Wer sollte sie hören? Alle waren verschwunden.

Sanft und lautlos wie eine Schlange kroch die Panik in ihren Kopf, in ihre Adern. Hannah beschleunigte ihre Schritte. Sie hatte die vierte und letzte Seite der Hütte etwa zur Hälfte hinter sich gebracht, als sie frontal gegen ein Hindernis lief. Wärme, Baumwolle, Atem, ganz dicht an ihren Körper gepresst, weil sie den Zusammenstoß nicht hatte kommen sehen.

»Callie?«, keuchte sie – so unfassbar erleichtert, dass sie es nicht einmal zu verbergen versuchte.

Aber schon in dem Sekundenbruchteil, bevor sie die Augen aufschlug, wusste sie, dass es nicht Callie sein konnte. Der Geruch stimmte nicht und die Größe auch nicht. Sie war mit Zed zusammengestoßen. Sie brach in Tränen aus, und er nahm sie in die Arme. Sie schluchzte, als würde die Welt untergehen, und vielleicht war es ja auch so, dachte sie. Er umarmte sie fest und streichelte ihre Haare. *Meine Haare auch*, dachte sie. Nicht nur Callies. Niemand hatte sie je so fest im Arm gehalten.

»Es ist gut«, murmelte er immer wieder. »Ist ja gut, kleine Hannah. Meine arme kleine Hannah, ist ja gut.« Wieder und wieder sagte er dies, bis es wahr wurde. Und selbst in der vollkommenen Dunkelheit hatte sie das Gefühl, ganz und gar *gesehen* zu werden, als wäre ihr Kopf auf links gestülpt und all ihre tiefsten Geheimnisse leuchteten wie Glühwürmchen. Sie fühlte sich gesehen und verstanden, gewollt auf die einzige Art, die zählte. Geliebt.

Aber am anderen Morgen sah er sie beide kaum an und sprach kein Wort.

»Irgendwas stimmt nicht«, stellte Hannah fest. Sie und Callie lagen in ihren Betten und unterhielten sich. Sie flüsterten, obwohl sie wussten, dass er gar nicht nach oben gekommen war. Er kam überhaupt nur noch selten nach oben. Sie bezweifelten, dass er noch viel schlief.

»Ich weiß.«

»Glaubst du, wir können irgendwas tun?«

»Wüsste nicht, was«, sagte Callie widerwillig. Sie hatte recht;

Hannah wusste es auch nicht. Sie hatte versucht, sich etwas einfallen zu lassen. Er entglitt ihnen. Nicht körperlich – sie lebten nach wie vor alle zusammen in der Jagdhütte –, aber gedanklich, das spürten sie ganz klar. Sie konnten ihm nicht folgen, und er wollte es auch gar nicht.

»Was glaubst du denn, was los ist?«, wollte Callie wissen. »Du hast doch immer eine Theorie.«

Hannah war geschmeichelt, dass Callie an ihrer Meinung interessiert war. Sie überlegte eine Zeitlang. Ihre Antwort sollte so präzise und wahr wie möglich sein. Ein Moskito war im Zimmer, und sie hörte sein Summen. »Ich glaube ...«, begann sie langsam. »Ich glaube, er dachte, wir würden ihn glücklich machen.«

»Und? Was weiter?«

»Aber wir tun es nicht.« Sie schlug im Dunkeln nach dem Moskito.

»Hast du ihn erwischt?«

»Sie«, korrigierte Hannah, die irgendwo gelernt hatte, dass nur weibliche Moskitos stechen. »Nicht ihn. Nein, habe ich nicht.« Sie hörte das Tier bereits wieder ganz in ihrer Nähe.

»Was *machen* wir denn jetzt?« Sie hörte einen Anflug von Panik in Callies Stimme, den diese nicht einmal zu verbergen versuchte. Das wollte viel heißen. Sonst achteten Hannah und Callie geradezu krampfhaft darauf, ihre Schwächen voreinander geheim zu halten. Das war natürlich zwecklos, weil sie inzwischen die Fehler der anderen genauso gut kannten wie ihre eigenen; aber es war eine Frage des Stolzes. Den Stolz hatten sie beide.

Hannah wusste nicht, was sie sagen sollte. Sie dachte nach.

Sie hatten nicht wirklich Angst, nicht einmal jetzt, aber sie fühlten sich beklommen. Sehr beklommen sogar, und es gelang ihnen nicht, sich – oder einander – davon zu überzeugen, dass diese Beklommenheit unbegründet war.

An ihrem letzten ganzen Tag hatte der Himmel eine merkwürdige Farbe: ein kränkelndes, gelbliches Grau mit einem Hauch Grün darin; nicht Grasgrün, sondern Gallegrün, Sumpfgrün. Ein Sumpfhimmel, der tief und lastend über den Bergen hing. Ein Tornadohimmel, meinte Callie und fügte hinzu, dass einmal ihre gesamte Stadt von einem Tornado dem Erdboden gleich gemacht worden sei – vor ihrer Geburt, ergänzte sie noch, als wäre das Ganze nicht so wichtig. Sie war schlecht gelaunt an diesem Tag, rastlos und gelangweilt. Sie wollte nach draußen.

»Ganz sicher nicht«, sagte Zed und setzte hinzu, dass es ihm sehr lieb wäre, wenn sie sich von den Fenstern fernhielten. Sie fragten sich, ob er etwas wusste, was sie nicht wussten. Rückblickend musste es wohl so gewesen sein; vielleicht hatte er in der Stadt etwas gesehen oder gehört. Zumindest hatte er eine Vorahnung. Er schlich von einem Fenster zum anderen. Callie und Hannah lümmelten auf der Couch, wo ihre verschwitzte Haut an dem brüchigen Leder klebte, und versuchten, *Schuld verjährt nicht* zu Ende zu lesen, einen Ruth-Rendell-Krimi, den sie vor einiger Zeit angefangen hatten.

Zum Abendessen aßen sie Spaghetti mit Sauce aus dem Glas, und noch immer regnete es nicht, obwohl sich die Luft anfühlte, als müsste sie jeden Moment explodieren. Nach dem Abendessen, sobald die Sonne untergegangen war, erlaubte er ihnen, mit ihm zusammen auf der Veranda zu sitzen, allerdings durften sie nicht auf die Lichtung gehen. Er löschte die Lichter, und sie saßen in totaler Finsternis da und blickten zu den mittlerweile vertrauten Sternenkonstellationen empor, die über ihnen am Himmel auftauchten. Fledermäuse jagten hierhin und dorthin. Es ging kein Wind. Hannah stellte sich vor, dass sie Gespenster waren und nur von anderen ihrer Art gesehen werden konnten, dass die Dunkelheit ihr Zuhause war. Er saß wie immer in seinem Adirondack-Stuhl. Callie und Hannah teilten sich den zweiten und arrangierten sich stillschweigend mit den Ecken und Kanten der jeweils anderen – mit dürren Ellbogen und hervortretenden Hüftknochen. Ein Opossum kam aus dem Wald und starrte sie an, oder zumindest hatten sie den Eindruck, es würde sie anstarren. Dann drehte es sich wieder um und tapste davon, durch ihre Anwesenheit weder beunruhigt noch an ihnen interessiert. Um sie herum rollte der Donner – zu weit weg, als dass sie Hoffnung geschöpft hätten; dann und wann flackerte Wetterleuchten in der Ferne auf.

Hin und wieder sagte er etwas. Zum ersten Mal verstand Hannah die Formulierung »das Schweigen brechen«, denn wenn er sprach, war es, als würde die Stille um ihn herum in Scherben fallen: Seine Stimme war wie ein Stein, der durch eine Fensterscheibe flog. Er sagte, Wetterleuchten gebe es in Wirklichkeit gar nicht. Er sagte, manche Menschen wollten einem weismachen, dass Opossums blind seien, aber das stimme nicht. Er sagte, wenn sie etwas wirklich wollten, dann sollten sie sich von niemandem aufhalten lassen. Er sagte, die Hütte gehöre nicht ihm, sondern einem Onkel, der sie nur im Winter nutze; er sei als Junge ein paarmal hier gewesen. Die Mädchen versuchten, ihn sich als Kind vorzustellen. Er sagte, sie sollten schießen lernen, denn man könne nie wissen. Er sagte, seine ältere Schwester sei mit sechzehn von zu Hause ausgerissen und nach New York City gegangen. Er sagte, ihr Leben sei unvorstellbar grausam. Er sagte ihnen, dass es ihm leidtue. »Das wisst ihr, nicht wahr, Hannah, Callie?«

Sie wussten es nicht. Wie hätten sie es wissen sollen? Was tat ihm leid? Aber sie sagten, ja, sie wüssten es, weil es das war, was er von ihnen hören wollte.

In jener Nacht kam er wieder an ihre Tür. Zum letzten Mal. Hannah lag wach, und dieses eine Mal sah sie ihn mit großen Augen durch die Dunkelheit an. Sie wusste nicht, ob er es bemerkte, er gab nichts preis. Er stand einen Moment lang dort, dann zog er sich wie immer geräuschlos zurück.

Am letzten Morgen setzte er sich nicht mit ihnen zum Frühstück hin. Mit dem Tag schien von Anfang an etwas nicht zu stimmen. Zed war bereits früh draußen auf der Veranda, saß da, starrte ins Leere. Er kam herein, während die Mädchen ihr Geschirr abräumten, durchquerte die Hütte, zog die Vorhänge beiseite und spähte hinaus. Sie wollten ihn fragen, was los war, spürten aber, dass es besser wäre, so zu tun, als bekämen sie nichts mit.

»Wir sollten heute wohl mal die Wäsche machen«, meinte Callie und murrte dabei, damit Hannah wusste, was sie zu antworten hatte: *Nein, lass uns damit bis morgen warten.*

Stattdessen überraschte er sie, indem er sich fast heiter zu ihnen umwandte und das Wort an sie richtete. »Lasst das ruhig«, sagte er. »Macht heute lieber etwas Schönes. Baut euch eine Festung im Speicher, führt eins eurer Bücher als Theaterstück auf. Oder was weiß ich.«

Für einen Sekundenbruchteil legte er seine Hände auf ihre Köpfe, und sie standen ganz still, als flösse eine lähmende Kraft von seinen Handflächen in ihre Schädel hinein durch ihre Körper und hielte sie am Boden und in der Erde darunter fest. Als wären sie Verlängerungen von ihm. Dann nahm er die Hände weg und ging zurück zur Tür. »Bleibt von den Fenstern weg«, ermahnte er sie erneut, so wie er es tags zuvor schon getan hatte. Und doch meinten sie ihn leise eine beschwingte unbekannte Melodie summen zu hören, als er ins Freie trat.

Sie ließen ihr Geschirr in der Spüle stehen, es schien ihnen ein Tag zu sein, an dem so etwas erlaubt war. Sie gingen nach oben und plünderten den Speicher auf der Suche nach neuen Kostümen. Sie fanden einen alten Trenchcoat und ein paar hässliche Hüte, versuchten damit, sich als Detektive zu verkleiden, und begannen sich eine Kriminalhandlung auszudenken. Hannah warf Ideen für eine Mordgeschichte in den Raum, und Callie überlegte derweil, was sie als Lippenstift benutzen konnte, obwohl sie ausnahmsweise einmal keine Femme fatale spielte, sondern einen Detektiv. Irgendein Lebensmittel? Tomatenmark? Traubensaft? Sie würden zwei verfeindete Detektive sein. Callie würde eine persönliche Verbindung zu dem Haushalt haben, in dem der Mord geschehen war – vielleicht war sie ein Freund der Familie. »Wir lassen es so aussehen, als wärst du der Mörder«, schlug Hannah vor. »Der bist du natürlich nicht, aber das merke ich erst, als es schon zu spät ist. Zu dem Zeitpunkt bist du bereits tot.« Hannah schrieb alles auf, wohl wissend, dass dies nicht ihre beste Leistung war; Callie nickte lustlos. »Pass auf, warum suchst du nicht mal in den Kartons und schaust nach, ob du –«

»Schh«, sagte Callie. »Ich glaub, ich hab was gehört.«

Hannah hielt inne, und dann hörte sie es auch – obwohl es eher ein Spüren als ein Hören war. Als hätte sich der Boden unter ihren Füßen verschoben. Sie lauschten. Eine eigenartige geladene Stille, dann ein Schuss. Es gab nicht den geringsten Zweifel, dass es ein Schuss war. Und er kam nicht irgendwo aus der Ferne – nicht aus dem Wald; das war kein Jäger, der außerhalb der Saison jagte. Er war ganz nah. *Hier. Bei ihnen.* Er zerriss die schwüle Luft und hallte von den Bergwänden wider. Hannah und Callie hörten ihn noch, nachdem er längst verklungen war.

Sie flogen die Treppe hinunter, ihre Füße berührten kaum die Dielen. Unten angekommen, blieb Hannah stehen, dann wandte sie sich einem der vorderen Fenster zu, aber Callie rannte sofort weiter, quer durchs Zimmer auf die Tür zu. Sie wusste es, auch wenn sie noch nicht wusste, *was* sie wusste.

»Callie, *nein!*«, hörte Hannah sich schreien, als Callie die Tür aufriss. Doch Callie hörte gar nicht hin, sondern stürzte blindlings nach draußen. Hannah folgte ihr. Er saß in seinem Adirondack-Stuhl wie immer, nur dass es *nicht* wie immer war, denn da war so viel Blut und ein Teil von ihm, sein Kopf, fehlte … Callie war auf die Knie gesunken und hielt ihn umklammert, sie trat sein Gewehr weg, das zu seinen Füßen auf den Boden gefallen war, und achtete gar nicht auf die Polizisten, die das Haus umstellt hatten, obwohl jemand ihr durch ein Megaphon zubrüllte, sie solle zurücktreten.

Hannah legte den Weg über die Veranda in Zeitlupe zurück und starrte wie ein Zombie auf die Polizisten. Sie sah, dass sie immer noch die Waffen auf sie gerichtet hatten. Auf sie und Callie. Als wären sie Verbrecher. Das mussten sie ja auch denken, überlegte Hannah, so wie sie aussahen in ihren Detektivkostümen – wie kleine Exhibitionisten, Perverse in Miniatur, mit ihren nackten

Füßen und den Schlapphüten. Ohne nachzudenken, nahm Hannah die Hände hoch. Wie eine Kriminelle, die sich ergab. »Callie«, sagte sie, obwohl es in ihren Ohren toste und sie nicht einmal ihre eigene Stimme hören konnte, obwohl sie nicht wusste, ob sie es wirklich sagte oder nur glaubte, es zu sagen. Aber Callie hob den Kopf. Sie sah Hannah lange an, dann starrte sie mit hasserfüllten Augen auf die Polizisten. Irgendwann hob auch sie die Hände, und Hannah sah, dass sie blutig waren.

Endlich traten sie von der Veranda und ergaben sich.

DRITTER TEIL

Lois

Ein nach Frühling duftender Wind beutelt das Haus, lässt Äste über Fenster scharren, rüttelt an den Scheiben, bläht meine Vorhänge. Auf meinem Monitor steht es schwarz auf weiß. Ernst, strähniges Haar … Die Beweise waren nur wenige Tastenklicks entfernt. Ein ungeheuerlicher, ja geradezu grotesker Zufall. Perfekt.

Student: Sean Michael McDougal
Immatrikulationsnummer: 722455982
Status: 3. Semester
Notendurchschnitt: 2,7
Anrechenbare Stunden: 54
Vorherige Hochschule: Utica Upstate Community College (UUCC)
Notendurchschnitt bei Wechsel: 2,3

Utica. Das ist nicht sehr weit weg, sicher haben wir jede Menge Studenten aus der Gegend. Mir ist klar, dass es sich hierbei nicht um die Art von Beweis handelt, die vor Gericht Bestand hätte. Dennoch habe ich das untrügliche Gefühl, dass sich die Puzzleteile allmählich zu einem erkennbaren Bild zusammenfügen; ich kann praktisch hören, wie sie mit einem befriedigenden Schnappen ineinandergreifen. Das hier erklärt so vieles.

Sean ist der Sohn. Zeds Sohn. Kein Wunder, dass Gary bislang eine so störrische Hauptfigur war: Mein Bild von ihm war von Anfang an falsch. Ich habe ihn mir als bärtigen Holzfäller vorgestellt statt als übellaunigen Studenten. Nicht nur das Manuskript bedarf einer Überarbeitung – so viel wusste ich vorher schon –, sondern auch meine Beziehung zu Sean. Ich muss das Kräfteverhältnis zwischen uns ändern. Ich muss herausfinden, was er weiß.

Er denkt, er hätte mich in der Hand, weil er mir damit drohen kann, mich auffliegen zu lassen. Viel zu lange – und noch dazu ohne guten Grund – habe ich zugelassen, dass er diese Drohung als effektive Waffe gegen mich einsetzt. Jetzt ist mir klargeworden, wie ich die Oberhand über ihn gewinnen kann: Ich habe etwas, das er will, nämlich Informationen. Erinnerungen. Wahrheit. Oder zumindest akzeptable Näherungswerte derselben.

Mir kommt eine Idee.

Wieder einmal reduziert sich mein Dilemma auf eine ebenso einfache wie unmöglich zu beantwortende Frage: Was will ich wirklich? Man sollte denken, mit meinen mittlerweile neunundzwanzig Jahren sei ich besser für diese Frage gerüstet, als ich es mit zwölf war. Doch in Wirklichkeit fällt mir die Antwort immer noch genauso schwer wie damals.

Ich muss mir meinen nächsten Schritt sehr gründlich überlegen.

Ich denke an die Zeit zurück, als ich meinen ersten Roman schrieb. Eigentlich war er mehr ein Ausrutscher; meinem Doktorvater sagte ich nichts davon, er wäre empört gewesen. Ich saß gerade an meiner Dissertation – einem dreihundertseitigen wissenschaftlichen Ungetüm –, und Dissertationen bedürfen der ganzen Aufmerksamkeit und Kraft und intellektuellen Energie, oder wenigstens wollte man uns das weismachen. Aber die Figuren sprangen mich förmlich von den Seitenrändern an, sie verlangten ihren eigenen Raum. Wie sollte ich mich auf *Pamela* oder *Udolphos Geheimnisse* oder *Evelina* konzentrieren, auf die Entführung von Pamela und all den anderen, wenn gleichzeitig kleine fleischliche Versionen von Carly und mir zwischen den Zeilen herumtanzten? Auch sie waren entführt worden, auch sie hatten eine Geschichte zu erzählen.

Der Roman begann als eine Strategie. Ich saß an meinem zerkratzten alten Schreibtisch, um – durch Kaffee gestärkt und nach wenig (sehr wenig) Schlaf – an meiner Dissertation zu arbeiten, doch stattdessen öffnete ich ein neues, leeres Dokument, in das ich einfach alles hineinschrieb, was später mein Roman werden würde – den Dissertations-Dämon, wie ich es nannte. Nach einer Stunde war der Dämon besänftigt, und ich konnte mich in Frieden meiner eigentlichen Aufgabe widmen. Es kam mir fast so vor, als schrieben sich die beiden Bücher gegenseitig. Der Roman war gierig und fordernd und hatte seinen ganz eigenen Kopf, so dass er am Ende zuerst fertig war. Die Dissertation hingegen war genügsam und wartete geduldig, bis ich bereit war, ihr meine Aufmerksamkeit zu schenken. Es mag auch daran gelegen haben, dass der Roman mir mehr zu bieten hatte: Die Arbeit an dem Text, aus dem später *Der Wald so still* werden würde, ermöglichte es mir, wieder mit Carly May und Zed zusammen zu sein – und sie hin und wieder nach eigenen Wünschen umzugestalten.

In Sean mit seiner krummen Haltung, den fettigen Haaren und dem pickligen Gesicht habe ich einen Dämon der anderen Art heraufbeschworen. Wie grausam ist das Schicksal, dass es ihn zum Sohn eines Mannes gemacht hat, der so gutaussehend und intelligent war wie Zed.

Worauf ist Sean aus? Auf Rache. Was sonst könnte er von mir wollen? Ich erinnere mich an Delias Reaktion und frage mich erneut, ob es da etwas gibt, das ich wissen sollte. Ist er gefährlicher, als ich ahne? Es gibt verschiedene Grade von Gefahr, und mein Leichtsinn kennt Grenzen – hoffe ich.

Trotzdem bin ich froh, dass diesmal ich die Erste bin, nicht Carly.

Dieser Dämon wird mir dabei helfen, meine Fortsetzung zu schreiben.

Chloe

Ich habe noch ein paar Jobs, bevor ich die Stadt verlassen kann. Jobs, für die Zed nichts als Verachtung übrighätte. Heute komme ich ans Set einer Krimiserie mit dem Titel *Criminal Exploits*. Es ist keine von den großen Serien, die jeder kennt, obwohl der Name ganz klar an diese großen Serien erinnern soll. Die Produzenten hoffen garantiert, dass die Leute aus Versehen einschalten, weil sie denken, es handle sich um eine andere Serie. *Criminal Exploits* ist ein zweitklassiges Krimidrama, das vielleicht – vielleicht auch nicht – um eine dritte Staffel verlängert wird. Wenn ich eine Vermutung äußern sollte, würde ich sagen: eher nicht. Aber vielleicht spricht daraus auch bloß mein egoistischer Wunsch nach Vergeltung, weil ich gleich sterben werde. Mein vierter Auftritt in der Serie wird zugleich mein letzter sein. Eine krasse Fehlentscheidung, wenn man mich fragt. Ich hatte eine wiederkehrende Nebenrolle als übersinnlich begabte Ermittlerin, die hin und wieder von dem hypermaskulinen Detective LaRock, dem Star der Serie, zu Hilfe gerufen wird. Für ihn sind übersinnliche Fähigkeiten nur so was wie eine extreme Form von weiblicher Intuition, und manchmal ist es eben genau das, was er braucht. Erwartungsgemäß führt das zu vielen komischen, erotisch aufgeladenen Wortgefechten: Er reißt sexistische Sprüche, und ich versuche, ihn von meinen gemäßigt feministischen Ansichten zu überzeugen, während ich so sexy aussehe, wie man als übersinnlich begabte Polizistin nur aussehen kann.

»Hey, Chloe!«, höre ich jemanden im Näherkommen rufen. »Trägst schon die passenden Klamotten für deine Beerdigung, wie ich sehe.«

Ich habe einen kurzen schwarzen Rock, ein sehr hübsches schwarzes T-Shirt und schwarze High Heels an. Ich würde lieber sterben, als mein Serienoutfit in der Öffentlichkeit zu tragen, auch wenn das möglicherweise meinen Wiedererkennungswert steigern würde. (Grundsätzlich freue ich mich, wenn ich wiedererkannt werde, egal, für welche Rolle, aber meistens sagen die Leute einfach Dinge wie: *Mensch, Sie kommen mir so bekannt vor – habe ich Sie nicht schon mal irgendwo im Fernsehen gesehen?*) Wie man es auch nimmt, New-Age-Sexbombe ist nicht wirklich mein Fach. Trotzdem ist diese übersinnliche Ermittlerin eine tolle Figur.

»Hoffen wir, dass es nicht auch *deine* Beerdigung wird«, sage ich düster. Tomm Marks, der Regisseur, ist stämmig, etwa eins fünfundsechzig groß mit wilden roten Haaren, und er glaubt allen Ernstes, dass er eines Tages der nächste David Chase sein wird. Trottel.

»Nah«, sagt er. »Das glaube ich kaum. Aus dieser Folge lässt sich richtig was rausholen. Tut mir leid, dass ich dir das sagen muss, Babe, aber tot bist du für uns ungleich mehr wert als lebendig.« Er hält mir eine Wange zum Kuss hin, und ich bücke mich, um ihm einen zu geben. Wir kennen uns schon ewig, Tomm und ich. »Aber das steht ja auch schon in deinem Lebenslauf, oder?«

Ich fletsche die Zähne, halb im Scherz, halb im Ernst. Ich bin diesen Spruch so was von leid.

»Gott, du siehst aus wie ein Vampir.« Er zuckt in gespielter Angst vor mir zurück. »Apropos, warum hast du eigentlich noch nie einen Vampir gespielt? Du bist wie gemacht dafür.«

»Ich war schon mal in einem Vampirfilm«, sage ich. »Vor sieben Jahren oder so, bevor der Hype losging. Und wer hätte es geahnt: In dem Film bin ich sogar zweimal gestorben, einmal als Mensch und einmal als Vampir.«

»Holzpflock durchs Herz?«

»Und danach Kopf ab. Sie wollten kein Risiko eingehen.«

»Nicht schlecht«, meint er anerkennend. »Und heute können wir dein Repertoire noch um einen ausgezeichneten Tod erweitern.«

»Immer her damit. Bald habe ich sowieso Größeres vor.«

»Habe schon davon gehört«, sagt er und beäugt mich forschend. »Habe schon davon gehört.«

Dann entfernt er sich grußlos und ruft der Crew irgendwelche Anweisungen zu. Ich wiederum verschwinde, um mich in mein Hipster-Boho-Verführerinnen-Outfit zu werfen. Ein echter Triumph der Kostümabteilung, mein Look.

Später, als ich mich bei dem angeblich leerstehenden Haus umsehe, zu dem meine übersinnlichen Fähigkeiten mich geführt haben, trage ich Wildlederstiefel, die mir bis zu den Oberschenkeln reichen, und ein geblümtes Fransenkleid, das zugleich formlos und extrem freizügig aussieht. Ich spähe unter die baufällige Veranda. Durch einen kleinen Riss im Sockel des Hauses kann ich in den Keller spähen, in dem, so vermute ich, das verschwundene Mädchen gefangen gehalten wird. Gerade als ich den ersten Blick auf eine provisorisch eingerichtete Schlafstätte sowie ein verräterisches Paar kleiner flacher Spangenschuhe erhasche (und die ungebetene Vision des kleinen Giebelzimmers, in dem unsere zwei Betten Seite an Seite standen, energisch beiseiteschiebe), höre ich hinter mir einen Zweig knacken. Ehe ich meine Absätze aus dem weichen Boden ziehen und die Flucht ergreifen kann, schlingt sich mir ein dicker, tätowierter Arm um den Hals, und jemand presst mir ein Messer an die Kehle.

»Na, wenn das mal nicht die gute Hexe Glinda ist«, schnarrt eine widerliche Stimme. Ohne Zweifel gehört sie einem Menschen, der nicht davor zurückschreckt, kleinen Mädchen – und wahrscheinlich auch hübschen Frauen mit übersinnlichen Fähigkeiten – fürchterliche Dinge anzutun. »Ich hatte so das Gefühl, dass du mich besuchen kommst.«

Ich reiße den Kopf herum, um ihm in die Augen sehen zu können. Ich habe Angst, will mich von ihm aber nicht einschüchtern lassen. Der Mörder wird von einem alten Charakterschauspieler verkörpert, der mit etwas zu viel Elan bei der Sache ist. Die Zusammenarbeit mit ihm gestaltet sich sehr anstrengend, weil er der Meinung ist, die Serie sei unter seinem Niveau. Vielleicht ist er auch bloß verbittert. Ich weiß nur, dass er mir die stumpfe Klinge des Messers ein wenig fester an den zarten, wehrlosen Hals drückt, als unbedingt nötig wäre.

»Damit werden Sie nicht durchkommen«, widerspreche ich. »Lassen Sie sich von mir helfen.« Währenddessen versuche ich mit einer Hand, den kleinen Revolver aus meinem Stiefelschaft zu ziehen. Mit einer einzigen geschmeidigen Bewegung seines Handgelenks schlitzt er mir fast vom einen Ohr bis zum anderen die Gurgel auf. Das ist sein Markenzeichen. Es passiert ohne jede Warnung – es soll den Zuschauer vollkommen unvorbereitet treffen; er soll denken, dass ich noch ein paar Sätze sagen werde, dass der Kerl sich von mir in ein Gespräch verwickeln lässt und dabei vielleicht etwas Wichtiges preisgibt; dass er mich zu dem Mädchen in den Keller wirft, weil er sich später um mich kümmern will. Aber nein, er verschwendet keine Zeit. Man kann nicht an das Gute in ihm appellieren, weil er nichts Gutes in sich hat.

Aber das war nicht meine letzte Szene. Den Rest der Folge muss ich eine Tote spielen. Der Mörder schleift die Leiche der Frau durch die Gegend, legt den Kofferraum seines Autos mit Plastikplanen aus und hievt mich hinein; er fährt zum Haus von Detective LaRock und lässt mich, kunstvoll drapiert, in dessen Vorgarten zurück. Später bin ich dann im Leichenschauhaus und friere mir den Arsch ab, weil ich nackt auf einem Tisch liegen muss, während über mich geredet wird. Abgesehen von meiner Halswunde, die immer wieder nachgeschminkt werden muss (sie haben Angst, es könnte eher nach einem marmeladengefüllten Donut aussehen als nach einer durchtrennten Kehle, also doktern sie ständig daran herum), sehe ich ziemlich vorzeigbar aus, finde ich.

Ich bin eine gute Leiche. Ich bin eben ein Profi. Das wissen alle.

Das sagt Tomm mir später auch. Er, Detective LaRock und ich gehen nach Drehschluss noch einen trinken. »Du bist ein echter Profi, Chloe. Für jemanden wie dich gibt's immer Arbeit.«

Wir teilen uns einen Teller mit Austern und eine sehr feine Flasche Wein.

»Hat jemand was anderes behauptet?«, frage ich verärgert. Das klingt ja gerade so, als würde er den Tod von Glinda, der guten Hexe, mit dem Tod meiner Karriere gleichsetzen. Ich schlürfe eine weitere Auster aus ihrer schrundigen Schale. Sie schmeckt wunderbar kalt und salzig und bestärkt mich in der Überzeugung, dass ich in Wahrheit unbesiegbar bin. »Dir ist schon klar, dass ich bald in einem Kinofilm mitspiele, oder? Nur weil deinen dämlichen Schreiberlingen nichts Besseres für mich einfiel, als mich umzubringen, heißt das noch lange nicht, dass meine Karriere am Arsch ist, verdammt noch mal. Nichts für ungut, aber –«

»Natürlich nicht«, sagt LaRock, der mit richtigem Namen Murphy heißt. »Du Sensibelchen! Obwohl ich auch dachte, sie nehmen dich als Regelmäßige mit rein. Na ja. Du wirst in jedem Fall einen guten Cop abgeben, was, Tomm? Wie Charlize Theron in – Mann, wie hieß der noch – *Monster*, oder? Sie machen dich so richtig potthässlich, und dann gewinnst du einen Oscar.« Er ertränkt eine Auster in scharfer Sauce und kippt sich das Ganze mit Schwung in den Mund. Ich sehe, wie er mit seiner Aufmerksamkeit wieder zu sich selbst zurückkehrt.

»So was wird mir leider nie vergönnt sein. Ich bin einfach zu gutaussehend, als dass man mich auf hässlich trimmen könnte. Scherz!«, fügt er hastig hinzu, nur für den Fall, dass wir ihn ernst genommen haben. Heute Abend stört es mich nicht, wenn wir die meiste Zeit über ihn reden. Das macht es mir leichter, dieses eigenartige Gefühl zu vergessen, dass Murphy und Tomm möglicherweise Mitleid mit mir haben.

Tomm hat noch eine Verabredung, also verabschiedet er sich nach einer Weile, aber Murphy überredet mich zu einer zweiten Flasche Wein und wird sentimental.

»Unser Geplänkel wird mir fehlen«, sagt er wehmütig. Er beugt sich vor und berührt mein Knie. Seine Augen sind von einem hellen, klaren Blau, wie ein Swimmingpool am Morgen, in dem sich nichts spiegelt. Ich bin mir ziemlich sicher, dass er gerade auf einer gewissen Ebene Detective LaRock spielt, auch wenn er geistesgegenwärtig genug ist, mich mit meinem richtigen Namen anzusprechen. »Ganz im Ernst, Chloe. Wie kann es sein, dass wir beide nie …«

Sanft schiebe ich seine Hand von meinem Knie und tätschle seine überaus wohlgeformte Wange. »Weil ich fast dreißig bin«, sage ich in gespielter Traurigkeit. »So alt wie du. Wenn wir uns begegnet wären, als ich achtzehn war – wer weiß?«

»Chloe Savage mit achtzehn«, sagte er. »Hmmm. Nein, besser noch mit siebzehn. Hammer!« Man sieht Murphy regelmäßig in Begleitung sehr junger, sehr hübscher Mädchen. Damit ist er in seiner Welt gewiss keine Ausnahme, nur macht es ihn in meinen Augen ein bisschen langweilig.

»Du bist süß, wenn du betrunken bist«, sage ich. »Aber leider so süß wie eine Maraschino-Kirsche: ein bisschen künstlich, mein Schatz. Ich bin mir sicher, als du achtzehn warst, hast du Sechstklässlerinnen verführt.«

Und dann signalisiere ich mit klaren Gesten, dass ich aufbrechen will, denn mir wird plötzlich bewusst, dass ich schon so lange allein bin, dass Murphy (alias Detective LaRock) mir regelrecht verlockend erscheint, und selbst wenn ich für seine Verhältnisse alt bin, so glaube ich doch, dass ich ihn dazu bringen könnte, mich ein paar Stunden lang zu lieben, oder auch eine ganze Nacht … aber nein. Ganz blöde Idee. Wir lassen die Rechnung kommen. Gott sei Dank bezahlt Murphy. Dann hinaus in die Sommernacht. Es ist immer noch heiß. Die Luft ist schwer, so schwer, wie Luft nur sein kann. Ich gebe ihm ein züchtiges Küsschen und mache mich – ein bisschen beschwipst, aber nicht sehr – auf den Heimweg. Ich gratuliere mir dafür, dass ich den Abend so erfolgreich hinter mich gebracht habe.

Lois

Ich treffe eine Abmachung mit Sean – oder besser: Ich tue so, als würde ich eine Abmachung mit ihm treffen. Er *denkt*, wir hätten eine Abmachung getroffen. Er denkt, dass ich Angst vor ihm habe, dass ich verzweifelt nach einem Kompromiss suche.

In Wahrheit ist mir klargeworden, dass ich gar keinen Kompromiss finden muss. Ich habe ihm versprochen, ihm zu sagen, was er wissen will, und im Gegenzug dafür sichert er mir Schweigen und gutes Benehmen zu. Aber was ist so ein Versprechen schon wert? Bestimmt ist es angesichts der gegenwärtigen Lage nur gerechtfertigt, dass ich angemessene Schritte in die Wege leite, um mich zu schützen. Mich zu schützen bedeutet, meine Geschichte zu schützen. Meine Geschicht*en*, genauer gesagt – und die Grenzen zwischen ihnen.

Mit anderen Worten: Ich habe beschlossen zu lügen. Zu erfinden. Seltsamerweise freue ich mich richtig darauf. Als ich den Roman schrieb, habe ich ja auch eine Version der Geschichte erfunden. Und jetzt freue ich mich, es erneut tun zu können. Ich glaube, ich weiß auch schon, wie ich die Geschichte erzählen muss, damit Sean zufrieden ist.

Ich habe ihm noch nicht gesagt, dass ich weiß, wer er ist, aber ich denke, ihm ist auch so klar, dass ich zwei und zwei zusammengezählt habe. Bestimmt wollte er, dass ich es herausfinde. Trotzdem ist es, als hätten wir uns stillschweigend darauf geeinigt, nicht darüber zu sprechen – zumindest vorerst nicht. Neuerdings ist er mir gegenüber verhaltener, weniger feindselig. Nicht gerade unterwürfig, aber beinahe. Das ist eine angenehme Abwechslung.

Ich bin mit Sean im Bowlingcenter verabredet. Vor einigen Tagen habe ich mich dort kurz umgesehen, um zu prüfen, ob es der geeignete Ort für ein Treffen ist. Wie sich herausstellte, ist es ideal.

Gleich neben den Bowlingbahnen gibt es eine leicht schmuddelige Bar mit Restaurant; immerhin so respektabel, dass Kinder hier nachmittags Geburtstag feiern, aber zugleich auch schmierig genug, dass man hier seinen Kummer ertränken kann, ohne fürchten zu müssen, schief angesehen zu werden. Die Gäste sind beileibe nicht alle Bowlingspieler, die Bar hat eindeutig Stammkunden – Menschen, denen der verblichene Teppich, der lange, klebrige Bartresen, die außergewöhnlich bescheidene Bierauswahl nicht nur nichts ausmachen, sondern die sie sogar mögen. Wahrscheinlich stören sie sich nicht an dem ständigen dumpfen Rollen der Kugeln, dem gelegentlichen Knall, wenn eine ihr Ziel trifft, dem Poltern der umstürzenden Pins. Vielleicht übertönt der Lärm etwas, das sie nicht hören oder woran sie lieber nicht denken wollen. Sie sehen aus wie Leute, die gerne das eine oder andere vergessen würden.

Das ist perfekt für meine Zwecke. Ich komme am frühen Abend, nach den Kindern, aber lange bevor es richtig deprimierend wird. Ich bin absichtlich zu früh; ich bestelle eine Cola und suche mir einen Tisch in der Ecke. Dort stelle ich meinen Stuhl so auf, dass ich einen guten Blick in den Raum habe, ihn aber problemlos herumschwenken kann, sobald Sean sich gesetzt hat. Ich trage Jeans und einen schwarzen Pulli, mein exakt geschnittener Bob fällt mir locker ins Gesicht. Auf den ersten Blick würde mich vermutlich niemand erkennen. Trotzdem will ich erst gar kein Risiko eingehen; wenn ich mit dem Rücken zum Raum sitze, ist die Wahrscheinlichkeit geringer, dass jemand etwas von meinem geheimen Treffen mit einem männlichen Studenten mitbekommt.

Sean kommt mit einigen Minuten Verspätung hereingeschlurft, wie immer mit Trenchcoat, ungewaschenen Haaren und Aschenbecherduftwolke. Er nuschelt »Prof« und lässt sich auf seinen Stuhl fallen. Dann ordert er bei der Kellnerin eine Cola, obwohl er, wenn man sich seine zitternden Hände so ansieht, schon genug Koffein im Blut hat.

»Sind Sie oft hier?«, fragt er und schaut an mir vorbei. Er wickelt sich seinen Trinkhalm, der noch in der Papierverpackung steckt, um die Finger.

»Nie. Ich erweitere gerade meinen Horizont. Also, raus mit der Sprache: Was wollen Sie wissen? Warum interessieren Sie sich so brennend für mein Leben?« Ich habe beschlossen, fürs Erste mitzuspielen und so zu tun, als würde ich die Gründe, die er mir nennt, widerspruchslos akzeptieren. Als wüsste ich nicht, wen ich in Wirklichkeit vor mir habe.

Er wickelt seinen Trinkhalm ab und andersherum wieder auf. »Ich will wissen, wie das war. Entführt zu werden und so. Die wahre Geschichte. Nicht das, was in den Zeitungen stand. Nicht so, wie Sie es in Ihrem Buch geschrieben haben. Ich hab's gelesen, aber ich glaub nicht, was drinsteht. Ich will die richtige Geschichte.«

»Zwei Dinge vorweg«, beginne ich. Ich möchte, dass unser Treffen geschäftsmäßig bleibt. »Erstens: Das Buch soll natürlich gar nicht die Wahrheit erzählen. Es handelt sich um eine Fiktion mit einigen wenigen Anleihen bei der Wahrheit. Wissen Sie, wie es manchmal am Anfang eines Films heißt: *in Anlehnung an eine wahre Begebenheit*? Das ist nicht ganz dasselbe, als würde man sagen: *nach* einer wahren Begebenheit. Genau so muss man sich mein Buch vorstellen. Und zweitens: Warum wollen Sie das überhaupt wissen? Wieso interessiert es Sie? Was wollen Sie mit den Informationen anfangen?«

Seine Trinkhalmverpackung löst sich bereits auf, der Knick des Halms schaut aus einem Loch im dünnen Papier hervor. Sean faltet ihn ungeschickt zu einer Ziehharmonika zusammen.

»Okay. Frage eins? Klar weiß ich, dass das Buch fiktiv ist. Obwohl ich es interessant finde, dass Sie dachten, keiner würde merken, dass Sie über was Wahres schreiben, wenn Sie, na ja, wenn Sie es als Lüge verpacken. Als Fiktion, meine ich. Aber das, was Sie damals den Cops erzählt haben – das nehme ich Ihnen nicht ab. Und was die Zeitungen über ihn geschrieben haben – von wegen, dass er Sie nie angefasst hat, dass die ganze Zeit nichts passiert ist. Ich glaub, es war komplizierter. Andernfalls würde die ganze Sache doch gar keinen Sinn ergeben. Ein Typ mittleren Alters kidnappt zwei Mädchen und lebt mit ihnen sechs Wochen lang im Wald? Bei Ihnen klingt das nach Ferienlager oder so. Ich kauf Ihnen das nicht ab. Und Frage zwei: Das hab ich Ihnen doch schon erklärt. Ich brauche Material. Für das Buch, das ich schreibe. Das hier sind Recherchen.«

»Verstehe. Allerdings haben Sie mir nie gesagt, was für ein Buch das werden soll. Im Übrigen war er kein Typ mittleren Alters.«

»Ist doch egal. So gut wie. Und was meinen Sie damit, was für ein Buch das werden soll? Ein Buch eben. So wie Ihr Buch. So wie die Bücher, die wir im Seminar lesen, nur besser.«

»Ein Roman also.«

»Genau. So was Ähnliches wie ein Roman.«

»Aber was hat Ihr Buch mit mir zu tun?«

»Ich muss wissen, wie es ist, wenn einem so was passiert. Ich meine, ich kann mir natürlich auch einfach was ausdenken, aber woher soll ich dann wissen, ob ich es richtig mache? Ich will nicht, dass es langweilig wird oder, keine Ahnung – lahm. Es soll schon echt wirken.« Er trinkt einen Schluck von seiner Cola, dann wischt er sich mit dem Handrücken über den Mund. »Ich ändere natürlich alles ab«, versichert er mir. »So wie Sie es gemacht haben. Keiner wird rausfinden, woher ich die Infos hab. Ich will einfach nur, dass es realistisch wird. Nicht so wie Ihr Buch.«

»Ich habe Sie schon einmal darauf hingewiesen: In meinem Buch ging es nicht um Realismus«, rufe ich ihm ins Gedächtnis. »Es ist Literatur. Noch dazu Genreliteratur. Es soll spannend sein und dem Leser Nervenkitzel bieten. Die Handlung gehorcht gewissen Konventionen.«

»Ja, aber wie kann es spannend sein, wenn es nicht glaubwürdig ist? Selbst im achtzehnten Jahrhundert waren die Leute schon der Ansicht, dass Romane – wie war das noch gleich? – plausibel sein müssen, stimmt's? Das haben Sie selbst im Seminar gesagt.«

Dass er aus heiterem Himmel auf das achtzehnte Jahrhundert Bezug nimmt, wirft mich ein wenig aus der Bahn, und ich muss lachen. »Sie denken an Henry Fieldings Auffassung, dass eine Romanhandlung dem Kriterium der Wahrscheinlichkeit, nicht dem der Möglichkeit genügen sollte. Damit sprach er sich in erster Linie gegen übernatürliche Kräfte oder göttliche Intervention als erzählerische Mittel aus. Aber selbst wenn wir das, was Sie gesagt haben, wörtlich nehmen – wie wollen wir überhaupt festlegen, was *plausibel* ist? Was für mich plausibel ist, muss für Sie noch lange nicht plausibel sein. Was der Mensch zu glauben bereit ist, hängt zu einem gewissen Grad davon ab, wie er die Welt sieht, nicht wahr?«

Er rückt seinen Mantel zurecht. Auf einmal wirkt er unruhig. »Von mir aus. Ich hab das Gefühl, ich sitze bei Ihnen im Seminar. Erzählen Sie mir jetzt die wahre Geschichte, oder wollen Sie so tun, als gäb's keine? Ich dachte, wir hätten eine Vereinbarung. Wenn das nicht so ist, hab ich echt Besseres zu tun.«

»Also schön.« Ich strecke die Hand aus, nehme vorsichtig mit zwei Fingern seinen kaputten Trinkhalm und lege ihn auf den Tisch hinter uns. »Der lenkt ab«, erkläre ich und hole tief Luft.

»Wir waren nicht die einzigen Mädchen«, beginne ich. »Es gab noch andere. Viele.«

Ich lasse mein Haar nach vorne fallen und blicke auf die zerkratzte Tischplatte. Ich habe mir keine Geschichte zurechtgelegt; stattdessen stelle ich meinen Erfindungsreichtum auf die Probe. Ich sage, was mir gerade in den Kopf kommt. Nach ein paar Minuten halte ich inne und frage unverblümt: »Wollen Sie sich keine Notizen machen? Wenn das hier Ihre Recherchen sind, wie Sie behauptet haben?«

Sein Blick gleitet über meine rechte Schulter hinweg. Er wirkt aufmerksam, aber genau lässt es sich nicht sagen; sein Gesicht verrät mir nicht so viel wie sonst.

»Nein«, sagt er, und in seiner Stimme schwingt ein wenig Verachtung mit. »Ich merke mir alles.«

Wer sagt so etwas? Genau das habe *ich* früher immer gesagt; es ist meine besondere Gabe und zugleich ein Fluch, dass ich nie etwas vergesse. Mir gefällt die Vorstellung nicht, Sean und ich könnten etwas gemeinsam haben.

»Schön.« Ich entscheide mich dafür, ihm nicht zu glauben; er prahlt nur, wie üblich. Seine akademischen Leistungen in diesem Semester können seine Behauptung, ein unfehlbares Gedächtnis zu besitzen, jedenfalls nicht untermauern.

Wie war wohl seine Mutter?, frage ich mich. Zed hat sie kurz nach der Geburt des Kindes verlassen. (Oder vielleicht hat sie auch ihn verlassen.) Wahrscheinlich hat Sean sie kaum gesehen. Trotzdem interessiert mich die Mutter. Was für eine Frau hätte Zed sich ausgesucht? Hat er sie geliebt?

Ich soll eine Geschichte erzählen, rufe ich mich zur Ordnung. Ich nippe an meiner Cola und sammle meine Gedanken.

»Er hat sie uns mitgebracht. Er hat sie in den Keller gesperrt, der war dunkel und feucht, mit niedriger Decke. Manchmal sind wir zu ihnen hinuntergegangen, um ihnen vorzulesen. Viele von ihnen waren jünger als wir – sieben oder acht. Nachts durften sie rauskommen und mit uns spielen. Natürlich waren sie angekettet, damit sie nicht fliehen konnten, aber die Ketten waren lang genug, so dass sie ein bisschen Bewegungsfreiheit hatten. Sie konnten Verstecken spielen, ums Feuer tanzen … Es waren nicht immer dieselben Mädchen, manchmal war plötzlich eine Neue da, und einige von den alten waren verschwunden. Wir dachten, sie wären zurück nach Hause gegangen, oder zumindest wollten wir das denken. Später wurde mir dann natürlich klar, dass er sie niemals einfach hätte laufen lassen können, das wäre viel zu gefährlich gewesen. Manchmal hörten wir, wie er nach unten in den Keller ging, wenn er dachte, wir schlafen. Aber wir waren klug genug, keine Fragen zu stellen …« Wie von meinen Erinnerungen überwältigt, verstumme ich. Ich blicke absichtlich ins Leere, als wäre ich tief in die Vergangenheit eingetaucht, als nähme ich den Raum um mich herum kaum noch wahr.

Sean sitzt andächtig da.

Ich erzähle ihm, wie Zed uns beibrachte, Fallen zu stellen. Von den Rehen, die wir töteten. Den klagenden Schreien, die manchmal aus dem Wald kamen und manchmal aus dem Keller. Ich erzähle davon, wie ich eines Nachts seltsam benebelt aufwachte, als hätte mir jemand Drogen verabreicht, und Carly May in ihrem Bett friedlich schlafend liegen sah, die blutbefleckten Hände an der Brust. Ich staune, mit welcher Leichtigkeit mir all dies über die Lippen kommt. Vielleicht hätte ich meinen Roman so schreiben sollen; vielleicht war *Der Wald so still* wirklich zu nah an der Wahrheit. Ich zähle die Kräuter auf, die er uns zeigte, sage, dass er uns erklärte, wo sie im Wald zu finden waren und was für Eigenschaften sie besaßen. Ich beschreibe Kochexperimente und ihre Wirkung auf unsere Gäste im Keller. Ich erzähle ihm von den Blumengirlanden, die wir im Haar trugen, wenn wir nackt im Mondschein tanzten, und befürchte schon, zu weit gegangen zu sein, doch Seans Miene verrät keinerlei Anzeichen von Ablehnung. Ich erzähle ihm von den Schwüren, die wir einander leisteten: immerwährende Geheimhaltung, unverbrüchliche Treue. Ich sage, dass wir sie gehalten hätten.

Sean beobachtet mich aufmerksam, die Hände in den Taschen vergraben. Er ist kein von Natur aus vertrauensseliger Mensch, aber ich sehe ihm an, dass er geneigt ist, mir zu glauben. Und warum auch nicht? Meine Geschichte klingt unwahrscheinlich, aber keineswegs unmöglich. Ich sage, die Mädchen seien Ausreißerinnen gewesen, die er auf den Straßen von New York auflas, und dass dies der Grund gewesen sei, weshalb keiner sie je vermisst habe und sie nie in den offiziellen Berichten erwähnt wurden.

Nach etwa einer halben Stunde halte ich abrupt inne.

»Gibt es noch mehr?«, will Sean wissen.

»Natürlich gibt es noch mehr. Wir waren sechs Wochen lang

bei ihm. Beim Geschichtenerzählen geht es um Selektion: Was sagt man, was lässt man aus? Wenn ich jedes einzelne Detail erwähne, kommt keine Geschichte dabei heraus, sondern eine Aufzählung.«

»Ist mir doch egal. Ich will ja gar nicht, dass Sie mir eine Geschichte erzählen. Ich bin kein kleines Kind, das gleich ins Bett muss. Das hier ist ein Interview. Ich will Informationen. Ich hab noch nicht genug.«

Es stimmt, denke ich, während ich mit meinem Trinkhalm in den Eiswürfeln am Boden meines Colaglases herumstochere; er sieht hungrig aus, als hätte ich in ihm einen unheiligen Appetit entfesselt. Seine vollkommen unreflektierte Annahme, er sei derjenige, der die Kontrolle über die Situation habe, erheitert mich.

»Nun, für heute ist es erst mal genug«, sage ich und täusche Verhandlungsbereitschaft vor. »Wir können uns aber noch mal treffen, wenn Sie wollen.«

Er will. Wir machen einen Termin aus. Gerade als wir die Bar verlassen – nicht zusammen, aber gleichzeitig –, sehe ich eine Gruppe Frauen vom Parkplatz hereinkommen, und mit Bestürzung stelle ich fest, dass Delia unter ihnen ist. Sie trägt eine Bowlingjacke. Sie scheint erstaunt, mich hier zu sehen, und ich habe das Gefühl, sie will etwas sagen, doch dann fällt ihr Blick auf Sean, und sie überlegt es sich anders. Sie geht rasch an mir vorbei, ohne mich zu grüßen.

Was denkt sie? Ich bin mir sicher, dass sie die Situation falsch einschätzt – wie sollte sie sie *nicht* falsch einschätzen? –, aber ich kann mir nicht vorstellen, zu welchem Schluss sie gekommen sein könnte.

Ich schiebe den Gedanken an sie beiseite; der Funken Interesse, den ich anfangs für sie empfunden habe, scheint erloschen zu sein, und ich habe auch nicht länger das Bedürfnis, sie wegen meines gestörten Studenten um Rat zu fragen. Zu Hause setze ich mich an meinen Computer, um mich Gary zuzuwenden, dessen sonderbare Sehnsüchte und Begierden mir mit jedem Tag klarer werden. Meine Finger fliegen munter über die Tasten. Ein ergiebiger kleiner Freudentanz. In letzter Zeit läuft es rund. Gary ist endlich in Bewegung, und als Erstes wird er versuchen, die Schauspielerin aufzuspüren.

Chloe

Als ich nach ein paar kleineren Jobs in Omaha (nicht gerade die Modehauptstadt des Universums, das wusste ich damals schon), meinen ersten richtigen Modelvertrag bekam, fuhr ich raus auf die Farm. Es war das erste Mal seit Monaten. Sie hatten mich nicht eingeladen, und ich war nicht vorbeigekommen. Ich machte einen Bogen ums Haus, nahm das Quad und fuhr damit zu Daddy auf die Weide. Er trieb gerade mit Henry, dem Farmhelfer, die Rinder zusammen. Es war Frühling, kühl und nass, aber ich erinnere mich noch daran, dass ich dachte, wie glücklich Daddy aussah – bis er mich entdeckte. Immerhin winkte er mir, und ich schaute ihm noch eine Weile bei der Arbeit zu, bis er eine Pause machen konnte.

Sein Gesichtsausdruck, als er durch den Matsch auf mich zustiefelte, verriet mir, dass er annahm, mein unerwartetes Erscheinen bedeute Ärger. Aus welchem Grund sollte ich sonst gekommen sein? Das machte mich traurig, trauriger als alles andere, was vorher passiert war. Gail, diese fiese Schlampe, hatte ihn gegen mich aufgehetzt – sie hatte mir den einzigen Elternteil weggenommen, den ich noch hatte, den einen Menschen, der mich aufrichtig liebte.

Ich erzählte ihm von Chicago, von der Agentur, bei der ich unterschrieben hatte, von den Jobs, die ich bald bekommen würde. Er hörte mir etwa eine Minute lang zu, den Blick auf die niedrigen Hügel in der Ferne gerichtet, dann hob er die Hand, als wäre er ein Verkehrspolizist und ich ein herannahender Laster.

Und dann sagte er das Allerschlimmste: »Besprich das mit deiner Ma. Mit solchen Sachen kennt sie sich aus, nicht ich.«

»Meine Ma?«, wiederholte ich. »Meine *Ma*? Verdammt noch mal, Gail ist nicht meine Mutter. Ich sage es dir, weil ich will, dass du Bescheid weißt, weil mir deine Meinung wichtig ist –«

»Es gibt überhaupt keinen Grund, so mit mir zu reden, Fräulein. Und sie ist die einzige Mutter, die du hast. Ich verstehe nicht, wieso du nach Chicago willst. Ich finde, du solltest erst mal die Schule zu Ende machen. Warum sonst hast du bei deinen Wettbewerben so viel Geld gewonnen, wenn du nicht aufs College gehen willst? Aber was weiß ich schon? Ich weiß ja auch nicht, warum du deinen kleinen Brüdern weh tust, oder warum du dich mit diesen Jugendlichen rumtreibst, von denen deine Großmutter mir erzählt hat. Wie es aussieht, weiß ich fast gar nichts mehr über dich. Aber Modeln? Wenn du mit jemandem darüber reden möchtest, dann mit deiner Ma. Ich muss jetzt weitermachen. Geh du zurück zum Haus.«

Ich war drauf und dran, abermals seine Wortwahl zu korrigieren, aber er kam mir zuvor. »Sie ist meine Frau, Carly May, und sie ist die Mutter deiner Brüder. Was mich angeht, macht sie das zu deiner Ma.« Selbst wenn er sich nicht schon zum Gehen gewandt hätte – wobei er mit der Spitze seines abgenutzten Arbeitsstiefels einen kleinen Stein wegtrat –, hätte ich an seinem Tonfall gehört, dass dies das letzte Wort war.

Ich stand noch eine Zeitlang da. Der kalte Frühlingswind wehte mir die Haare ins Gesicht. Ein heißer Druck hinter meinen Augen ließ mich befürchten, dass ich gleich anfangen würde zu weinen. Ich wandte mich ab. Ich fühlte mich wie taub. Daddy blickte sich nicht mal um, als ich ging.

Ich fuhr so schnell zurück, wie der Motor des Quads es hergab, sprang über den unebenen Boden, flog über die Bodenwellen und dachte: *Heute bin ich zum letzten Mal ein Mädchen von einer Farm in Nebraska.* Ich parkte das Quad hinter dem Schuppen, schlich um die Scheune herum, die dem Haus am nächsten stand, und rannte von dort aus schnurstracks zu dem verbeulten alten Mustang, den ich mir von Scott ausgeborgt hatte. Ich hoffte, niemand würde mich sehen. Aber Gail musste an der Küchentür Ausschau gehalten haben, denn sie war bei mir, ehe ich es bis zum Wagen geschafft hatte.

»Was denkst du dir dabei, einfach herzukommen, ohne uns vorher Bescheid zu sagen, Carly May?« Sie trug einen lavendelfarbenen Hosenanzug und hatte sich vor kurzem die Haare frisch gefärbt, in einem Ton, den sie gern als Kastanie bezeichnete. Sie war aufwendig geschminkt und sah vollkommen wahnsinnig aus. Während sie mich fragte, was ich hier zu suchen hätte – als wäre ich nicht in diesem Haus aufgewachsen –, schaute sie in gespielter Angst zu den Fenstern der Zimmer meiner Brüder hoch. Man hätte glatt meinen können, ich würde gegen eine einstweilige Verfügung verstoßen.

»Ich wollte einfach nur mit Daddy reden«, sagte ich einigermaßen höflich. »Aber ich gehe ja schon wieder. Siehst du? Du brauchst keine Angst zu haben.« Ich hielt ihr meine leeren Hände entgegen. Nirgendwo ein Diadem.

»Es gibt keine Veranlassung, deinen Dad bei der Arbeit zu stören. Wenn du ein Problem hast, Fräulein, dann kommst du damit zu mir.« Es hörte uns niemand, deswegen machte sie sich nicht die Mühe, Nettigkeit zu heucheln. Ich kam in den Genuss der wahren, unverfälschten Gail. Was für ein Glückspilz ich doch war. Immerhin sah ich, wie die Hacken ihrer billigen Pumps auf dem Hof in den Matsch sanken, das heiterte mich ein wenig auf.

»Darauf kannst du lange warten«, sagte ich und betrachtete ihre schrille Erscheinung von oben bis unten auf eine Art, von der ich wusste, dass sie sich dabei alt und hässlich vorkommen würde. »*Du* bist mein Problem, Gail.«

Ich drängte mich an ihr vorbei, riss die Autotür auf und zog sie hinter mir zu. Ich kurbelte das Fenster herunter, während ich gleichzeitig den Zündschlüssel drehte. »Beziehungsweise du *warst* es.« Damit trat ich im Rückwärtsgang heftig aufs Gas und wendete so schnell, dass die Reifen durchdrehten.

Dafür war der Wagen gut, wenn er auch sonst zu nicht viel gut war. Scott verbrachte die Hälfte seiner Zeit damit, an ihm herumzuschrauben. Aber im Rückspiegel sah ich, dass die Hinterreifen jede Menge stinkenden Frühlingsmatsch hochgeschleudert und Gails grauenhafte Hose bespritzt hatten. Es hätte nicht besser laufen können, wenn ich es geplant hätte.

Als ich nach Chicago zog, schickte ich Gail ein verunstaltetes Porträtfoto von mir (Schnurrbart, geschwärzte Zähne – sehr erwachsen, ich weiß nicht mal mehr, was ich ihr eigentlich damit sagen wollte). Ich hinterließ Grandma Mabel meine neue Adresse, obwohl ich wusste, dass ich nicht lange dort wohnen würde. Daddy hinterließ ich nichts. Ich wusste nicht, was ich ihm sagen sollte, außerdem war ich verletzt. Er schien mich aufgegeben zu haben, und das fand ich ungerecht.

Schon nach wenigen Wochen in Chicago suchte ich mir eine neue Wohnung, diesmal zusammen mit ein paar anderen Mädchen. Ich informierte meine Familie nicht über den Umzug, trotzdem hätten sie mich zu dem Zeitpunkt noch ohne größere Schwierigkeiten ausfindig machen können, wenn sie es wirklich gewollt hätten. Was offenbar nicht der Fall war. Ein paar Monate später zog ich dann nach New York und nahm ganz offiziell den Namen Chloe Savage an, den ich beruflich ohnehin bereits benutzte. Carly May war abgehakt. Nach einem Jahr New York ging ich nach L. A. Seit ich von zu Hause weg bin, habe ich nichts mehr von meiner Familie gesehen oder gehört.

Bis jetzt. Ich schaue durchs Fenster in den winzigen Garten, den mein Nachbar hinter dem Haus angelegt hat, und halte den Umschlag, als könnte er explodieren. Er ist in großer, runder, kindlicher Schreibschrift an *Carly May »Chloe« Savage* adressiert, und ich frage mich, wie Gail auf diese eigenartige Mischform gekommen ist. Sie wollte, dass ich den Brief erhalte, aber sie wollte gleichzeitig auch ein Zeichen setzen.

»Scheiße«, sage ich laut zu der leeren Wohnung. »Was für eine Scheiße ist das jetzt wieder?« Der Umschlag ist nicht dick, wahrscheinlich enthält er nur ein einzelnes gefaltetes Blatt Papier.

Was immer Gail mir zu sagen hat, ich bin mir relativ sicher, dass ich es nicht wissen will. Aber wegwerfen kann ich den Brief auch nicht einfach. Ich lege ihn auf meine Kommode, genau in die Mitte.

Lois

Etwa zwei Wochen nach dem Treffen im Bowlingcenter sitze ich im Café und korrigiere gerade einen Stapel Seminararbeiten, als Delia aus dem Nichts auf mich niederstößt. Und es ist wirklich ein Niederstoßen, als hätte mich ein mächtiger Raubvogel zu seiner Abendmahlzeit auserkoren. Im Hintergrund läuft leicht gespenstische Ambient-Musik. Ein passender Soundtrack.

Sie kommt ohne Umschweife zur Sache. »Ich habe Sie jetzt schon dreimal zusammen mit diesem Studenten gesehen«, sagt sie. »Mit dem, von dem Sie ursprünglich behauptet haben, er würde Sie belästigen. Was läuft da?«

Ich lege meinen Stift hin und trinke einen Schluck von meinem Kaffee. Sie tut nicht einmal so, als wäre dies ein freundschaftliches Zusammentreffen. Hier geht es um etwas ganz anderes. Was mir die Erlaubnis gibt, entsprechend zu reagieren.

»Ich bin mir nicht sicher, ob Sie das etwas angeht.« Ich bemühe mich um einen ruhigen, neutralen Tonfall. Sie trägt einen langen indischen Rock aus billiger bedruckter Baumwolle und jede Menge klobigen Schmuck; ihr Gesicht wirkt verhärmt. Wie habe ich jemals geglaubt, wir könnten Freundinnen werden?

Sie setzt sich mir gegenüber, ohne eine Einladung abzuwarten, und fixiert mich mit ihren großen dunklen Augen. »Sie haben etwas an sich, woraus ich nicht recht schlau werde. Irgendwas passt da nicht.« *Redet sie mit sich selbst?*, frage ich mich. Ich setze den Stift auf die vor mir liegende Seite und schreibe eine Anmerkung.

»Sie haben sich alleine mit ihm getroffen«, fährt sie fort. Mein unhöfliches Benehmen schreckt sie nicht ab. »Sie müssen zugeben, dass das einen sehr sonderbaren Eindruck macht. Wenn er Sie bedroht, dann müssen Sie mit jemandem darüber sprechen. Wenn Sie glauben, dass Sie in irgendeiner Weise in Gefahr sind, wäre es ein Riesenfehler zu versuchen, die Sache auf eigene Faust zu regeln. Aber was ich mich eigentlich frage, ist, wer hier von wem gestalkt wird. Kann man das überhaupt sagen – gestalkt?«, fügt sie hinzu, wobei ihr Tonfall zum ersten Mal, seit sie sich zu mir gesetzt hat, ein bisschen von seinem Ernst verliert. »Anders formuliert: Wer stalkt hier wen?«

»Das ist eine ziemlich beleidigende Andeutung.« Ich wische mit meiner Serviette einen winzigen Kaffeespritzer auf.

»Es soll gar keine Andeutung sein. Ich stelle Ihnen eine konkrete Frage, auf die Sie mir keine Antwort geben. Ich habe in meinem Job schon jede Menge verrückter Sachen erlebt. Und irgendwas ist hier faul. Irgendwas beunruhigt mich. Und ich will ganz ehrlich sein: Ich kenne den jungen Mann sehr wohl. Ich wollte zuerst nichts sagen, aber jetzt denke ich, dass das möglicherweise ein Fehler war. Ein Mädchen hat ihn vor ein paar Monaten des Stalkings bezichtigt. Die Sache verlief im Sande – es gab keine Beweise, und sie sagte, irgendwann hätte er einfach damit aufgehört. Aber sie hatte wirklich Angst vor ihm, aus gutem Grund. Und ich habe ihr geglaubt, das kann ich Ihnen gleich sagen. Auch das aus gutem Grund.«

Ich streiche etwas in dem Aufsatz an, den ich gerade korrigiere. Das ist ein Wink, den sie unmöglich missverstehen kann, und ich empfinde ein leichtes Schuldgefühl dabei; ich habe nichts gegen Delia, und bestimmt meint sie es nur gut. Aber mir gefällt diese Schwere in ihrem Tonfall nicht. Mir gefällt die ganze Unterhaltung nicht, sofern es sich um eine Unterhaltung handelt.

Delia lässt sich nicht beirren. »Wissen Sie, ich habe schon viele

Frauen betreut, die ein Trauma erlitten haben. Oft als Kinder. Wenn ich raten müsste … nein, ist ja auch egal. Am Ende macht Sie das bloß wütend. Aber vergessen Sie nicht: Falls Sie reden wollen – oder falls Sie zu dem Schluss kommen, dass Sie doch Hilfe brauchen –, dann wissen Sie, wo Sie mich finden können. Und an Ihrer Stelle würde ich mich von dem Jungen fernhalten. Ganz im Ernst. Mit dem handeln Sie sich bloß Probleme ein.«

Sie wirft mir noch einen letzten bohrenden Blick zu, als könnte sie etwas in meiner Miene lesen, von dem nicht einmal ich weiß, dass es da ist. Dann stakst sie von dannen, und die Tür fällt bimmelnd hinter ihr ins Schloss. Mir behagt die Vorstellung nicht, dass sie einzig und allein ins Café gekommen ist, um mich zu warnen. Wie kann sie mich überhaupt dreimal mit Sean gesehen haben? Mir ist sie nur beim ersten Mal im Bowlingcenter aufgefallen.

Und was das Stalking angeht – Sean hat einen schleichenden Gang, der ihn wie einen Stalker *aussehen* lässt, und seine übliche Kluft macht es auch nicht gerade besser. Wir leben in einer Kleinstadt, und junge Frauen sind mitunter paranoid. Wie leicht hätte jemand Sean – durch puren Zufall – mehrmals hintereinander sehen und das fälschlicherweise als Stalking auslegen können? Außerdem wurde ihm am Ende nichts nachgewiesen, wie Delia selbst einräumen musste.

Werde ich beobachtet?

In schlechten Tagen ist auf DVD erschienen, und ich leihe ihn noch am selben Tag aus. Dann lade ich Brad ein, ihn mit mir zusammen anzusehen, und wir lassen uns Essen vom Chinesen kommen.

Brad öffnet die Haustür, und kurz darauf höre ich ihn die Treppe heraufpoltern. Als er hereinkommt, fällt mir gleich seine Bierfahne auf. »Ich war mit ein paar Kollegen von der Geschichtsfakultät weg«, erklärt er, zieht sich die Jacke aus und wirft sie über einen antiken Stuhl. Ich hebe sie auf und hänge sie in den Garderobenschrank.

»Setz dich doch«, sage ich besänftigend, denn Brad wirkt verärgert – sofern Brad überhaupt verärgert wirken kann. Sagen wir besser: sichtlich aufgewühlt. »Du riechst ein bisschen so, als kämst du von einer Verbindungsparty.«

Ich richte das Essen auf dem Tisch an und bringe ihm ein kleines Glas Wein. »Trink das. Aber nicht zu schnell. Schließlich sollst du alle Sinne beisammenhaben. Heute ist nämlich der letzte Abend in der spektakulären, der nie zuvor dagewesenen, der allumfassenden Chloe-Savage-Filmreihe!«

»Weißt du«, sagt Brad. »Du solltest wirklich unten die Haustür abschließen. Da kann jeder einfach reinspazieren.«

»Wer denn zum Beispiel? Außerdem ist ja die Tür hier oben immer abgeschlossen. Solange meine Wohnung sicher ist, spielt der Hausflur doch keine Rolle, findest du nicht?«

»Nein«, sagt er stur. »Die Tür hier oben ist nicht stabil. Die lässt sich kinderleicht eintreten. Ich wette, selbst du würdest das schaffen.«

»Aber es gibt unten keine Klingel«, gebe ich zu bedenken. »Und wenn jemand klopft, höre ich das von hier oben kaum. Was, wenn ich unangemeldet Besuch bekomme?«

Das ist ein schwaches Argument. Brad weiß, dass er der Einzige ist, der mich besucht. Aber die Wahrheit ist unmöglich zu erklären. Wenn die Tür unten verschlossen wäre, käme ich mir wie eine Einsiedlerin vor. Dann könnte ich genauso gut auf einer einsamen Insel leben. Ich könnte sterben und tagelang würde mich niemand finden. Die unversperrte Tür unten ist eine Geste der Zugehörigkeit. *Eine* abgeschlossene Tür zwischen mir und der Welt ist genug.

Brad reißt die Papierverpackung seiner Essstäbchen auf. Er ist allmählich genervt. »Dann könnten sie dir ja eine SMS schreiben, damit du runterkommst.«

»Was, wenn sie meine Nummer nicht haben?« *Was, wenn Carly May plötzlich vor der Tür steht?* Könnte es sein, dass ich darauf warte?

»Dann lass eine Klingel installieren. Oder noch besser: Sag deiner Vermieterin, sie soll es tun.«

Ich löffle Reis auf meinen Teller. »Was ist los mit dir? Ist was passiert? So kenne ich dich ja gar nicht. Ganz abgesehen davon, dass du dich überhaupt nicht auf den Film zu freuen scheinst.«

»Vielleicht tue ich das ja auch nicht«, sagt er trotzig – völlig absurd, wie ich finde. Geistesabwesend bedient er sich beim Essen und schaufelt sich Berge von allem auf seinen Teller. »Vielleicht möchte ich ausnahmsweise mal ernst sein. Oder vielleicht« – er trinkt einen Schluck von seinem Wein – »vielleicht habe ich, als ich eben gekommen bin, diesen Sean da draußen rumlungern sehen. Und vielleicht habe ich ihn neulich Abend auch gesehen, als ich zufällig hier vorbeifuhr.«

»Schon gut, schon gut! Ich schließe die Tür ab. Ich schließe sie jetzt sofort ab, in Ordnung? Bist du dann zufrieden? Und ich rede mit der Vermieterin wegen einer Klingel, versprochen. Besser? Meine Güte. Und Brad – mach dir wegen Sean keinen Kopf. Der ist vielleicht ein bisschen schräg, aber harmlos. Ehrlich. Wahrscheinlich wohnt er in der Nachbarschaft.«

Brad stochert in seinem Reisberg, gräbt dann einen Krater in der Mitte und sieht zu, wie der sich mit brauner Sauce füllt. Schließlich sagt er langsam: »Du bist eine mysteriöse Frau, Lois Lonsdale. Ich verbringe so viel Zeit mit dir, und ich schwöre, manchmal frage ich mich, ob ich dich überhaupt kenne.«

»Natürlich kennst du mich.« Ich wedle mit meinen Stäbchen in seine Richtung. »Und jetzt iss. Schau den Film. Mach dich bereit für *La Sauvage*.«

»Es heißt *Le Sauvage*. Maskulinum.«

»Ach, sei still, das weiß ich doch. Sei nicht so kleinlich.« In Wahrheit bin ich erleichtert. Brad klingt wieder wie er selbst. Ich hoffe, seine schlechte Laune ist verflogen; Einzelgängerin hin oder her, ich würde nur ungern meinen einzigen Verbündeten verlieren.

Seit Jahren schon erzähle ich diversen Psychiatern und Psychologen Geschichten. Allerdings nicht in dieser Stadt; es erschien mir nicht ratsam, mir eine Therapeutin in einer kleinen Collegestadt zu suchen, wo praktisch jeder, den man kennt, dieselbe Therapeutin hätte und man ihr ständig im Supermarkt, im Café und im Kino über den Weg laufen würde. Mir ist es lieber, wenn meine einzelnen Lebensbereiche strikt voneinander getrennt sind.

Seltsamerweise haben mir die Sitzungen nicht gefehlt. Von der Vorstellung, ein Psychiater könnte mir in irgendeiner Weise helfen, mich heilen oder in meiner Bewältigung des Alltags unterstützen, habe ich mich längst verabschiedet. Zum einen bin ich nicht krank. Zum anderen bewältige ich meinen Alltag ganz hervorragend. Ich habe vor langer, langer Zeit etwas sehr Ungewöhnliches erlebt, mehr nicht. Das ist keine Krankheit. Ich bestreite nicht, dass es mich geprägt hat, dass ich dadurch zu dem Menschen wurde, der ich heute bin. Na und? Muss dieser Prozess endlos erforscht, analysiert, hinterfragt werden? Zu welchem Zweck?

Niemand ist jemals auf die Idee gekommen, Richardsons Pamela könnte ein Trauma davongetragen haben, dabei musste sie über einen langen Zeitraum hinweg mit Mrs Jewkes das Bett teilen und die tätlichen Übergriffe ihres Herrn aushalten. Eigentlich merkwürdig, zumal die Traumatheorie in der Literaturwissenschaft gerade so in Mode ist. Nein, Pamela lebt einfach ihr Leben weiter. Genau wie ich.

In Wahrheit bin ich nur deshalb so lange in Therapie gewesen, weil es mir gefiel, ein Publikum zu haben. Es war wie eine Art Open Mike, bei dem ich als Einzige auf die Bühne durfte, mein kleines Publikum mir stets gebannt zuhörte und niemandem von meinen Auftritten erzählen durfte. Ich redete gern: darüber, wie wir unsere Tage verbrachten, Carly und Zed und ich, was wir lasen, was wir aßen. Ich hielt mich an die Wahrheit, ging aber nicht zu sehr in die Tiefe. Ich habe keine Ahnung, ob es mir aus therapeutischer Sicht irgendwie genützt hat, aber Spaß hat es mir allemal gemacht. Wenn ich überhaupt etwas vermisse, dann das.

Und jetzt habe ich Sean. Ich kann mir nicht vorstellen, dass aus dem Buch, das er angeblich schreiben will, jemals etwas werden wird. Und selbst wenn – wer würde es schon lesen? Der Junge kann kaum zwei zusammenhängende Sätze formulieren. Ich habe also nichts zu befürchten. Ich kann ihm sagen, was immer ich will, nach Herzenslust Fakten und Fiktion miteinander mischen. Es ist ein geschlossener Kreislauf. Es werden keine Geschichten nach außen dringen.

Seans eigene Geschichte bleibt weiterhin im Dunkeln; er ist äußerst vorsichtig. Doch je öfter ich ihn sehe, desto mehr bekomme ich ein Gespür dafür, wie es gewesen sein muss, Zeds Sohn zu sein. Auf so dramatische Weise den Vater zu verlieren: erst die Trennung seiner Eltern, dann ich und Carly, und schließlich eine Kugel; wie es gewesen sein muss, mit Schauergeschichten aufzuwachsen statt mit einem echten Vater aus Fleisch und Blut. Sean hat einen bleibenden seelischen Schaden davongetragen, der Junge ist ernsthaft gestört. Ich habe gelogen, als ich Brad gegenüber behauptete, er sei harmlos. Aber er wird mir nichts tun. Er braucht mich, und ich kann ihn mit Geschichten füttern, bis er platzt. Ich glaube, er steht an einer Art Scheideweg. Ich kann nicht sagen, woher ich das weiß, aber ich bin überzeugt davon, *dass* ich es weiß. Ich glaube, er wird bald merken, dass es Zeit ist, den nächsten Schritt zu tun.

So wie Gary jetzt.

Sollte ich mir Sorgen machen? Entfessele ich ein Monster? Sollte ich womöglich Carly warnen? Chloe, meine ich?

Wenn ich ehrlich sein soll, bin ich in allererster Linie neugierig, was wohl als Nächstes passieren wird. Wie lange werden Worte noch ausreichen – bei Gary und bei Sean? Ihre Flugbahnen beginnen sich aneinander auszurichten.

In schlechten Tagen ist ein guter Film – vielleicht Chloes bester. Brad amüsiert sich, obwohl er sich dagegen sträubt. Wir leeren zwei Flaschen Wein und verdrücken eine riesige Menge chinesisches Essen – ich kann mich nicht erinnern, wann ich zuletzt so viel gegessen habe. Zum Abschied umarmt er mich, und ich bin den Tränen gefährlich nahe. »Siehst du? Ich bin kein Monster«, höre ich mich an seiner Schulter sagen.

»Niemand hat je behauptet, dass du ein Monster bist«, sagt er erstaunt. Er streicht mir übers Haar und klopft mir ein paarmal unbeholfen auf den Rücken, was wohl als Aufmunterung gedacht ist.

Aber ich fühle mich, als hätte jemand genau das über mich behauptet. Die Frage ist nur, wer und warum.

Chloe

Ich habe nicht jede Rolle genommen, die mir angeboten wurde. Ich will nicht den Eindruck erwecken, ich sei eine Hure – karrieretechnisch gesprochen. Viele Rollen habe ich abgelehnt – beispielsweise die in einer unfassbar dämlichen romantischen Komödie-Schrägstrich-Kunstraub-Klamotte, die am Ende irrsinnig viel Geld eingespielt hat. Ich mache keine Nacktszenen – zumindest habe ich bisher keine gemacht, für die richtige Rolle würde ich es schon tun –, und in besagtem Film hätte ich ohne ersichtlichen Grund splitternackt durch ein Museum laufen müssen. Handlungsrelevant? Äh, nein. Wichtig für die Figurenentwicklung? Nur wenn es wichtig ist zu wissen, dass es sich bei der Figur um ein hirnamputiertes exhibitionistisches Flittchen handelt. Was offensichtlich zutraf. (Die Schauspielerin, die den Part am Ende bekommen hat, durfte seitdem kaum noch etwas anderes spielen als hirnamputierte exhibitionistische Flittchen. Klar, jeder kennt sie, aber Scheibletten kennt auch jeder.)

Ich habe meine Maßstäbe – ehrlich –, obwohl ich viele Jobs

auch nur der Gage wegen annehme. Ich schäme mich nicht dafür. Schließlich muss ich auch von etwas leben. Und das ist der Grund, weshalb ich an diesem Nachmittag mit einer Shampooflasche in der Hand posiere und sanft meine goldenen Locken schüttle, während ich verführerisch in die Kamera lächle.

»Versuch's noch mal«, weist mich der Regisseur an. »Ich will, dass dein Kleid mehr schwingt, wenn du dich drehst.«

Als Nächstes beschwert er sich darüber, dass mir eine Haarsträhne nach hinten gerutscht ist, weil ich mich zu schwungvoll gedreht habe. Die Stylisten eilen herbei und glätten meine unfassbar seidigen Locken. (Was immer sie mit meinen Haaren gemacht haben, es hat nichts mit Sauvage Shampoo zu tun, nur dass Sie Bescheid wissen. Das ist alles ein einziger Beschiss.) Jemand zupft an einer Wimper, die anscheinend an ihrer Nachbarin festgeklebt ist. Dann drehen wir die Szene noch einmal. Und noch einmal.

»Süße, hör auf zu schauspielern«, ruft Sebastian irgendwann, und ich weiß, dass er nicht wirklich *Süße* meint. »Verdammte Scheiße noch mal. Hier geht es um Schönheit. Also sei schön. Sei sexy. Spiel nicht irgendwas. *Sei* einfach. Hier geht es um deine Scheißhaare. Stiehl deinen Haaren gefälligst nicht die Show.« Mit *spielen* meint er, glaube ich, menschlich sein. Menschlich sein ist nicht der Zweck der Übung. Persönlichkeit ist nicht der Zweck der Übung. Ich habe es kapiert.

»Bin ich blöd«, fragt er in den Raum hinein, »oder hatten wir dieselbe Diskussion schon beim letzten Mal? Ist es wirklich zu viel verlangt, wenn ich sie bitte, sich diese … *eine … kleine … Sache* zu merken?« Seine Stimme wird immer lauter, und er gestikuliert theatralisch in Richtung seines größtenteils imaginären Publikums. Ich zeige ihm den Stinkefinger. Ich weiß genau, was ich mir erlauben darf.

Ich bin mit dem Ablauf vertraut. Wir drehen alle paar Monate einen neuen Werbespot, und er benimmt sich jedes Mal so. Anfangs fürchtete ich, er würde mich feuern, aber nein, das ist seine ganz normale Arbeitsweise. Wenigstens bei Frauen. Wie ich gehört habe, verhält er sich Männern gegenüber anders. Die meisten Leute am Set ignorieren ihn einfach. Hin und wieder kichert jemand.

Wir drehen mit einem Bluescreen. Später werde ich dann vor Filmaufnahmen wilder Tiere montiert, die ich nie zu Gesicht bekommen habe. Hauptsächlich Löwen mit wallenden Mähnen. Ursprünglich stand die Idee im Raum, vor Ort zu drehen – nach Afrika zu fliegen oder an irgendeine andere Location, wo man mit echten Löwen durch die unberührte Natur tollen kann. Aber dann wurde das Budget gekürzt, und ich bin trotzdem nicht ausgestiegen. Ich werde gut dafür bezahlt, dass ich Sebastians verbale Misshandlungen über mich ergehen lasse.

»Gebt mir ein gottverdammtes Model«, knurrt er zwischendurch. »Immer diese beschissenen Schauspielerinnen. Ein Model weiß genau, dass das Produkt im Mittelpunkt steht. Selbst drittklassige Schauspielerinnen haben die irrige Meinung, es ginge in irgendeiner Weise um sie.«

»Leck mich«, sage ich zuckersüß und schmachte debil meine Shampooflasche an. »Sauvage«, hauche ich am Ende, wenn meine schwingenden Haare zur Ruhe gekommen sind. Ich hauche »Sauvage« noch mehrere Dutzend Mal. Sauvage Shampoo? Das ist doch total bescheuert. Aber was kümmert's mich? Wenn es den Leuten hilft, sich meinen Namen zu merken, soll es mir recht sein. Am Ende des Spots wird unten mein Name eingeblendet. Dahinter steht die Annahme, dass ich dem durchschnittlichen Fernsehzuschauer zwar möglicherweise bekannt vorkomme, er aber Hilfe braucht, sich an meinen Namen zu erinnern. Savage, Sauvage. Klingelt's?

Manchmal ist das eben so, wenn man Schauspielerin ist.

»Wichser«, sage ich, als ich endlich das Set verlasse, und er gibt mir mit seinem Klemmbrett eins auf den Arsch. Aber im Grunde genommen hat er mich ganz gern.

»Perversling«, schiebe ich hinterher, und er lässt mich das letzte Wort haben.

Lois

Als wir eines Abends nach der Arbeit gemeinsam zum Parkplatz gehen, überredet mich Brad, zur Semesterabschlussparty der Anglistikfakultät mitzukommen. Ich würde wirklich lieber schwänzen, aber Brad meint, das käme nicht in Frage. »Wir sind neu an der Fakultät. Partys sind wie Meetings – Pflichtveranstaltungen.«

»Womit sie, per definitionem, keinen Spaß machen. Und folglich gar keine richtigen Partys sind.« Es steht von vorneherein fest, dass ich nachgeben werde, trotzdem leiste ich noch ein wenig Widerstand. Ich sehe einfach keinen Sinn darin, mich gezwungenermaßen in der Freizeit mit meinen Kollegen abzugeben. Wir sehen einander nun wirklich oft genug.

»Sie haben einen Barkeeper angeheuert«, erzählt Brad mir, als wir bei meinem Wagen ankommen. »Es gibt also richtige Cocktails.«

»Oh, toll. Jetzt klingt es wie eine Verbindungsparty.«

»Ach, komm schon. Du stehst doch auf so was, das weiß ich ganz genau.«

Ich betrachte Brad mit gerunzelter Stirn. Unser Verhältnis hat sich nicht verändert, zumindest nicht an der Oberfläche. Aber seit dem Abend, an dem wir *In schlechten Tagen* gesehen haben, spüre ich, dass von ihm eine gewisse Feindseligkeit ausgeht. Mag sein, dass wir am Ende des Abends einen Waffenstillstand geschlossen haben, aber Brad hatte bereits seinen Fehdehandschuh geworfen, und er liegt immer noch dort. Zwischen uns, meine ich damit. Wir ignorieren ihn, wissen aber, dass er da ist; er ist praktisch unübersehbar. *Fehdehandschuh. Fisimatenten, faradaysch, Fellache, Fluoreszenz.*

Ich ignoriere den Fehdehandschuh, übe F-Wörter und erkläre mich bereit, mit ihm zur Party zu gehen.

Es ist wahr, dass Sean sich seit einiger Zeit häufiger in diesem Teil der Stadt herumtreibt und lauernd in dunklen Ecken steht. Das war mir bereits aufgefallen, bevor Brad es erwähnte, und ich habe überlegt, was seine Gründe dafür sein könnten. Je besser ich Gary verstehen lerne (gegenwärtig stellt er einer wunderschönen Schauspielerin nach, die bislang nicht den Hauch einer Ahnung von seiner Existenz hat), desto tiefere Einblicke bekomme ich in Sean und umgekehrt. Sein Verhalten beunruhigt mich ein wenig mehr, als ich zugeben will. Trotzdem bin ich nach wie vor davon überzeugt, dass ich ihm so viele Geschichten auftischen kann, wie er braucht. Ich glaube nicht, dass er die Geschichten aufs Spiel setzen würde. Sie sind alles, was er von *ihm* hat – alles, was er jemals von ihm haben wird.

Vor ein paar Tagen habe ich mich mit Sean im Pizza Hut am Stadtrand getroffen. Das Restaurant wirkte alt und schäbig, als hätte es seine besten Tage bereits hinter sich, und war nahezu leer. Lediglich in zwei der Nischen saßen Familien, die sich aber zum einen kein bisschen für uns interessierten und zum anderen genügend Lärm machten, um alles zu übertönen, was wir sagten. Wir beide rührten mit den Trinkhalmen in unseren Gläsern, die mehr gestoßenes Eis als Cola enthielten.

»Manchmal hat er uns in seinem Bett schlafen lassen«, erzählte ich leise. Sean hing mit vor der Brust verschränkten Armen in einer Ecke seiner Sitzbank und hörte kommentarlos zu. »Wir hatten lange, altmodische weiße Nachthemden an. Er gab uns Messer, damit wir uns verteidigen konnten. Er sagte, er werde uns nicht anrühren, jedenfalls nicht *so*, aber wenn wir uns bedroht fühlten, sei es nur recht und billig, dass wir auch die Möglichkeit hätten, uns zu wehren. Wir haben uns rechts und links von ihm zusammengerollt und uns an ihn gekuschelt wie kleine Kätzchen. Er hat sehr oft geduscht, mehrmals am Tag, und roch immer nach Seife und Shampoo, nur das Bett selbst war ein bisschen muffig. Aber das gefiel uns. Er schlief auf dem Rücken und hat nie geschnarcht, allerdings hat er manchmal im Schlaf geredet. Ich lag oft wach und habe ihm zugehört und versucht, mir auf sein unzusammenhängendes Gemurmel einen Reim zu machen. ›Die Wölfe sind da‹, hat er einmal gesagt. ›Die Eichhörnchen auf dem Speicher sind tot. Bald fahren wir Riesenrad – wir haben Tickets.‹ Ich nahm mir vor, das, was er sagt, aufzuschreiben, aber am nächsten Morgen vergaß ich es immer. Dann kam eine Nacht, in der ich nicht die vertrauten Geräusche hörte, sondern etwas anderes, das mich aus dem Schlaf schrecken ließ. Carly saß aufrecht im Bett. Sie hatte ihr Messer in der ausgestreckten Hand. Er war ebenfalls wach, lag aber noch da. Sie funkelten sich an, und ich habe mich gefragt, ob meine Augen auch funkeln, ob meine Augen so schön sind wie ihre. Carly hat die Hand ausgestreckt und ihm die Spitze des Messers auf die Brust gesetzt. Es war dunkel, aber in der Nacht schien der Mond ins Zimmer, und ich konnte sehen, wie seine Haut unter dem Druck der Klinge nachgab. Sie drückte noch fester zu und führte das Messer langsam nach unten. Blut quoll aus der Wunde zwischen den spärlichen gelockten Haaren auf seiner Brust. Es waren nur wenige Tropfen. Nach einer Weile legte Carly sich dann wieder hin, und soweit ich weiß, ist sie gleich eingeschlafen, aber ich habe noch lange wach gelegen und auf ihren Atem gelauscht. Ich habe nie besonders gut geschlafen.«

Ich denke mir diese Geschichten nicht vorher aus; ich erzähle sie so, wie sie mir gerade in den Kopf kommen. Sie stellen sich mit einer solchen Leichtigkeit ein, dass man beinahe glauben könnte, sie wären wahr. Sie machen mir Angst, und ich frage mich, wer von uns beiden ein größeres Vergnügen aus ihnen zieht.

Plötzlich greift Sean in seine Tasche. Die Bewegung erschreckt mich, als wäre damit ein Bann gebrochen worden. Er öffnet die Hand, und darin kommt ein Messer zum Vorschein – es ist kein richtiges Klappmesser, aber von der Konstruktionsweise her ähnlich. Es sieht brutaler aus als ein Klappmesser, nicht so … zahm. »War es so eins?«, fragt er.

»Nein«, sagte ich streng. Ich fühle mich überrumpelt. Das war so nicht geplant. »So eins wie das da war es nicht.«

»Ich würde zu gern wissen, was für eine Art Messer es war«, sagt er sehnsuchtsvoll.

»Mal sehen.« *Vielleicht kann ich irgendwo ein passendes Bild auftreiben*, denke ich. Mein Wissen in Sachen Messer ist begrenzt.

»Ich würde es wirklich gern mal sehen«, wiederholt er.

»Das Messer an sich ist nicht von Belang. Darum geht es doch gar nicht. Ein Messer ist ein Messer. Was zählt, ist, dass er sie uns *gegeben* hat. Was zählt, ist, was sie mit ihrem Messer *gemacht* hat.«

»Ein Messer ist ein Messer?«, höhnt er, als hätte noch nie jemand etwas Idiotischeres gesagt. »Das kann nur jemand behaupten, der absolut keine Ahnung von Messern hat.«

Höchstwahrscheinlich will er sich bloß aufspielen. Trotzdem gefällt mir dieses Gerede über Messer nicht – selbst wenn ich diejenige bin, die damit angefangen hat.

In der Stadt gibt es ein Waffengeschäft, Guns and Knives. Es ist neben einem Schuster, gegenüber einer Bäckerei. Am nächsten Tag mache ich einen Spaziergang und laufe absichtlich am Schaufenster von Guns and Knives vorbei. Ich sehe mir die Auslage an und fühle mich dabei aus unerfindlichen Gründen wie auf dem Präsentierteller. Ich werde woandershin fahren müssen. Ich denke an Gary. Gary hat bestimmt ein Messer; ich muss eins finden, das zu ihm passt. Ich überlege, ob ich im Internet recherchieren soll, aber ich will keine Angebote von gewaltbereiten rechtsextremen Milizen bekommen oder auf einer Liste des FBI landen.

Und das ist der Grund, weshalb ich am Samstag nach dem Pizza-Hut-Treffen in Binghampton, eine Autostunde vom Campus entfernt, in einem riesigen Sportartikelgeschäft stehe. Man kann hier vollkommen harmlose Dinge kaufen – Zelte und Schlafsäcke, Baseballhandschuhe, Köder zum Angeln, Flecktarnkleidung –, aber die Abteilung für tödliche Waffen dominiert den

Laden. Es gibt eine ganze Wand mit Feuerwaffen, eine andere mit Bogen und Pfeilen sowie mehrere Vitrinen voller Messer. Hinter den Tresen stehen adrett gekleidete junge Männer und wirken so deplatziert, dass es fast schon komisch ist. Als ich mich einer Messerauslage nähere, bietet einer von ihnen mir seine Hilfe an. Er nennt mich Ma'am.

»Ich schaue nur«, murmele ich, als würde ich eine Auslage mit Uhren oder Cupcakes betrachten, statt abzuwägen, ob Fünfzollmesser besser sind als solche mit vier Zoll, gezahnte Klingen besser als glatte, feste Modelle besser als klappbare. Ich begutachte ein Set Wurfmesser, die Dolchen sehr ähnlich sehen und eher in den Kosmos verschwenderischer Kostümdramen zu gehören scheinen als in die gegenwärtige Welt, in der es Menschen gibt, die diese bösartigen Geräte tatsächlich *benutzen*. Bislang neigte ich immer eher zu der Auffassung, dass ein Gegenstand an sich nicht bösartig sein kann. Doch beim Betrachten dieser Waffen ändert sich meine Meinung. Das hier sind keine neutralen Werkzeuge, die genauso gut zum Guten wie zum Bösen verwendet werden können, je nach Neigung ihres Besitzers. Nein. Trotz der adretten Klassifizierungen – Camping, taktisch, Jagd, Militär, die relativ vage Bezeichnung »Outdoor« – sind diese Instrumente dazu gemacht, in Fleisch einzudringen, zum Schneiden, Zerlegen und Ausweiden. Es sind Instrumente der Gewalt. Ich zwinge mich dazu, sie alle zu studieren. Am meisten beunruhigt mich, wie ästhetisch sie sein wollen: ihre elegant gebogenen Klingen, die glatten Griffe, die verzierten Etuis.

Irgendwann ziehe ich mein Handy aus der Tasche, tue so, als würde ich jemandem eine SMS schreiben, und knipse unauffällig ein Foto von einem glänzenden schwarzen Bowiemesser, das mehr als zweihundert Dollar kostet. Im Hinterkopf habe ich dabei den tröstenden Gedanken, dass Sean sich ein solches Messer niemals leisten könnte. Ich kann mir vorstellen, wie es in Garys hinterer Hosentasche steckt. Es ist perfekt.

Der freundliche junge Mann hinter der Kasse beobachtet mich

mit unverhohlener Neugier. Ich stecke mein Handy zurück in die Handtasche und schlendere aus dem Laden.

Ich fahre weiter zum nahe gelegenen Einkaufszentrum, weil ich finde, dass ich mir eine Belohnung verdient habe. Es ist nicht gerade das spektakulärste Einkaufszentrum der Welt, aber heute ist mir das egal. Ich schlendere ziellos durch Gap, Bath & Body Works, Victoria's Secret, umgeben von Farben und Stoffen und Mallgeruch und Musik aus der Konserve, und denke krampfhaft an gar nichts. Ich versuche, den Teil meines Gehirns, der dieses Verhalten für alarmierend irrational hält und findet, dass Delia mit ihren Bedenken recht haben könnte, zum Schweigen zu bringen. *Ich weiß, was ich tue*, halte ich dagegen, während ich Kleider anprobiere. *Ich bin Schriftstellerin; es handelt sich um Recherchen.* Die Kleider sind mir allesamt zu groß.

Am Abend der Party holt Brad mich zu Hause ab. Ich sage ihm, er soll noch kurz hochkommen, damit wir ein wenig vorglühen können – bei Fakultätsveranstaltungen ein absolutes Muss. Er betritt meine Wohnung, zieht sich die Jacke aus und legt sie über die Rückenlehne meines pflaumenblauen Sofas. Er bejaht meine Frage, ob er einen Gin Tonic möchte, und schaut sich um. Er wirkt sichtlich befremdet.

»Na, du scheinst ja bis zum Hals in Arbeit zu stecken«, stellt er fest, und ich bemerke eine seltsam vorsichtige Note in seiner Stimme. »Seminararbeiten? Ein neues Forschungsprojekt?«

»Was meinst du?«

»Äh … die Unordnung? Das Chaos? Ich habe noch nie gesehen, dass bei dir auch nur ein einziges Kissen an der falschen Stelle liegt. Bei dir hat man sonst immer das Gefühl, dass man sich eigentlich die Schuhe ausziehen müsste, und man traut sich kaum, etwas anzufassen. Aber das hier ist … eine etwas andere Ästhetik.«

Ich sehe mich in meiner Wohnung um. Mein Blick registriert die vertrauten Formen und Farben, die Macken im Holz, den sanften Lampenschein. Einen Moment lang ist mir gar nicht klar, worauf er anspielt, aber dann sehe ich für eine Sekunde – nicht länger – das Zimmer durch seine Augen: Papierstapel, aufgeschlagene Bücher auf dem Fußboden, überall Tassen mit alten Teebeuteln darin, ein achtlos über die Stuhllehne geworfener Pulli. Die Bilder an den Wänden schief. Staub. Allgemeine Unordnung.

»Ich hatte viel zu tun.« Seit wann gilt es als akzeptables Verhalten, bei jemandem in die Wohnung zu kommen und die Unordnung zu kritisieren? Ich stelle mir die Missbilligung meiner Mutter vor. (Wann habe ich sie eigentlich zum letzten Mal angerufen?)

»Ich habe an allen möglichen Sachen gearbeitet«, sage ich. »Wenn du es unbedingt wissen willst.« Mein Augenblick der Klarheit ist vorüber. Jetzt kommt mir die Wohnung wieder tadellos in Ordnung vor. »Wie sehe ich aus? Du hast mir noch gar kein Kompliment gemacht.« Ich trage ein neues Kleid, das ich mir bei meinem Besuch im Einkaufszentrum gegönnt habe, und hochhackige Schuhe, in denen ich Brad bis zur Schulter reiche. Mit anderen Worten: Ich habe mir Mühe gegeben.

Brad tritt einen Schritt zurück und tut so, als würde er mich kritisch mustern. »Atemberaubend«, verkündet er. »Bis auf … warte kurz. Nicht bewegen.« Mit dem Zeigefinger wischt er mir über die Haut unter einem Auge, erst zart, dann ein wenig fester. Ich spüre seinen Atem in meinem Gesicht. Irgendwann halte ich es nicht mehr aus und rücke von ihm ab. »Was ist denn?« Ich höre die Schärfe in meinem Ton.

Er zeigt mir seine schwarz verschmierte Fingerspitze. »Nur ein bisschen Mascara«, erklärt er entschuldigend. »Jetzt ist alles wieder in Ordnung.«

Ich gehe ins Bad, um mich mit eigenen Augen davon zu überzeugen, und frische bei der Gelegenheit mein Make-up auf. »Lass uns losgehen«, rufe ich, pudere mir noch die Nase und frage mich, ob es am Licht liegt oder ob mein Gesicht wirklich spitzer aussieht als sonst. Beinahe hager. Nein, das kann nicht sein. »Je eher wir da sind, desto früher können wir wieder verschwinden.«

»Du hast so eine positive Einstellung«, brummt Brad. »Das liebe ich an dir.«

Wir kippen den Rest unserer Drinks hinunter und machen uns auf den Weg.

Obwohl Brads Tonfall eine sanft spöttische Note enthält, sind seine Blicke besorgt; ich beschließe, mich auf der Party tadellos zu benehmen, damit er mich nicht länger so ansieht. Nachdem ich zur Stärkung einige Cocktails getrunken habe, arbeite ich mich durch die Gästeschar. Ich führe intensive Gespräche über die Bedeutung der Literatur des achtzehnten Jahrhunderts für die Studenten von heute; über die Gefahr, Studenten als Konsumenten zu betrachten und Bildung als eine Ware wie jede andere; über die Übel der Studentenverbindungen und wie herrlich man in den Catskill Mountains campen kann (was ich noch nie getan habe und auch nicht vorhabe). Ich unterhalte mich angeregt mit Will Duncan, dem hitzköpfigen Dekan unserer Fakultät, einem Miltonianer; dann mit Allan Pearson, einem Althippie, der ein derart großer Verehrer von Melville ist, dass er fast nie über etwas anderes spricht; mit Jonathan Meredith, unserem einzigen afroamerikanischen Professor, der so große Angst davor hat, als Quotenschwarzer angesehen zu werden, dass er bereitwillig über alles redet, außer über die Rassenfrage, Politik oder über afroamerikanische Schriftsteller; und mit Ellen van Alstyne, einer tattrigen Romantikexpertin und der ersten Frau, die an dieser Institution jemals einen Lehrstuhl erhalten hat. Irgendwann zieht es mich hinaus auf die Terrasse (das Haus ist eine vorstädtische Monstrosität und gehört dem Dekan), wo sich die Raucher versammelt haben. Ich selbst rauche nicht, atme jedoch die kühle Frühlingsluft ein und versuche mich ein wenig zu entspannen.

In dem Moment schleicht sich Kate an mich heran. Ich liebe dieses Wort, *heranschleichen*, allerdings kann man es nur selten in Aktion erleben. Sie schleicht sich also an mich heran und ruft überrascht aus, dass sie mich ja seit Ewigkeiten nicht gesehen habe und es ihr unendlich leidtue, noch keine Gelegenheit gefunden zu haben, mir zu meinem Buchvertrag zu gratulieren. Das ist eine Unverschämtheit, zumal ihr Büro auf demselben Flur liegt wie meins und wir an den gleichen Wochentagen unsere Lehrveranstaltungen abhalten. Aber ich reagiere freundlich. So muss es sich anfühlen, Chloe zu sein: Man begegnet anderen Menschen mit vollendeter Leichtigkeit, schwebt mühelos von einer sprühenden Unterhaltung zur nächsten, wirft sein strahlendes Lächeln wie Bonbons in die Menge … aber – was sagt Kate da gerade?

»Ich freue mich so, dass Sie Ihre Schwierigkeiten mit Sean McDougal überwunden haben. Ich habe Sie beide in der Stadt gesehen, wie sie sich innig unterhalten haben. Zuerst wollte ich es gar nicht für möglich halten, aber dann dachte ich mir, dass Sie sich bestimmt meine Worte zu Herzen genommen haben und Ihnen klargeworden ist, dass er einfach nur ein bisschen Unterstützung braucht. Das finde ich wunderbar. Ich wollte Sie sogar fragen, ob Sie nicht bei einem unserer anglistischen Mittagskolloquien einen Vortrag halten möchten. Ich dachte, Sie können uns doch sicher hochinteressante Dinge über diesen ›schwierigen‹ Studenten erzählen. Beispielsweise könnten Sie darüber sprechen, wie Sie Ihre didaktische Herangehensweise an die individuellen Bedürfnisse eines Studenten anpassen – dass Sie ihm in diesem speziellen Fall sogar außerhalb des Campus Ihre Zeit widmen … Ich glaube, das wäre ein faszinierendes Thema für eine Diskussion. Außerdem wäre es für Sie als relativ neues Mitglied der Fakultät ein kluger Schritt. Natürlich wird an dieser Institution Wert auf Forschung gelegt, insofern freuen wir uns alle über … wie war noch der Titel? *Entführung im englischen Roman*? Aber was uns an einem College wie diesem noch mehr am Herzen liegt, sind innovative Ansätze in der Lehre, insofern könnten Sie die Gelegenheit nutzen, um zu demonstrieren, dass

Sie Ihr Augenmerk nicht so stark auf die akademische Forschung legen, dass Sie kein offenes Ohr mehr für Ihre Studenten haben, denn so möchten Sie natürlich nicht wahrgenommen werden.«

Fast ist man gewillt, es ihr abzunehmen. Ein objektiver Zuhörer könnte auf die Idee kommen, dass sie sich wirklich über die Gelegenheit eines persönlichen Gesprächs mit mir freut und dass sie einer jüngeren Kollegin, der sie ihren Erfolg von Herzen gönnt, in aller Aufrichtigkeit ein paar gute Ratschläge mit auf den Weg geben will. In der Ferne bellt ein Hund. Ich rieche Zigarettenqualm in der Luft. Aus dem Haus hört man ein kurzes helles Auflachen.

Dann holt sie zum finalen Schlag aus. »Natürlich gäbe es dabei auch noch etwas anderes zu bedenken«, fährt sie fort und streicht sich mit einer dürren Hand voller Silberringe eine braune Haarsträhne aus dem Gesicht. »Sie könnten damit potentieller Kritik zuvorkommen, dass Sie sich außerhalb der Universität mit einem Studierenden treffen – mit einem männlichen Studierenden noch dazu. Es würde Ihnen die Chance geben, die Kontrolle über den Diskurs zu übernehmen und eine konstruktive Interpretation anzubieten, bevor eine weniger konstruktive Interpretation Fuß fassen kann. Was Sie natürlich, davon bin ich absolut überzeugt, großartig meistern würden.«

Wenn sie noch einmal *natürlich* sagt – dieses perfide, Zwang ausübende Wort –, könnte es passieren, dass ich handgreiflich werde. Meine Leichtigkeit und mein Lächeln haben mich schmählich im Stich gelassen. »Was für eine fabelhafte Idee«, murmele ich. »Natürlich komme ich vor Anfang des Herbstsemesters nicht mehr dazu, da das Frühjahrssemester ja praktisch schon vorbei ist, insofern kann von vorbeugenden Maßnahmen keine Rede sein – aber sicher, tragen Sie mich ruhig als Referentin ein. Ich mache das gern.«

»Ausgezeichnet. Und was die vorbeugenden Maßnahmen betrifft – nun, besser spät als nie.« Sie lächelt; ich fliehe ins Haus und in Richtung Bar. *Biest. Bouillabaisse, Bacchanal, Bülbül, Bi-*

belot. Wein. *Weltwitschia, Wajang, Wyandotte.* Stopp. Ich nippe an meinem Wein und versuche mein Gehirn zur Ordnung zu rufen, das in einem fort Wörter ausspuckt. Ich gebe mir Mühe, gelöst und heiter zu erscheinen, obwohl ich mutterseelenallein in einem Raum voller ins Gespräch vertiefter Paare und Grüppchen stehe. Ich halte Ausschau nach Brad, kann ihn aber nirgends entdecken.

Doch dann steht er plötzlich neben mir. Seine Miene ist besorgt, irgendwie scheint er zu ahnen, dass es mir nicht gutgeht. »Ich muss hier raus«, flüstere ich, und innerhalb von Minuten haben wir uns abgesetzt.

Ich fange mich relativ schnell wieder. Im Grunde ist es mir egal, was Kate denkt; bestimmt hat sie die Gefahr übertrieben. Trotzdem, die unverhohlene Abneigung in ihren scharfen Augen verunsichert mich.

»Die ist bloß neidisch«, tröstet Brad mich im Wagen, und ich muss an meine Mutter denken. Er fragt, ob er noch mit raufkommen soll, aber ich lehne ab.

»Ich will einfach nur schlafen«, sage ich ihm.

Stattdessen ziehe ich mehrere Pullis über mein hübsches Kleid und schreibe Sean eine SMS. *Zeit, zum Ende zu kommen. Ich bin bereit, mich ein letztes Mal mit Ihnen zu treffen.*

Dann setze ich mich an meinen Rechner und widme mich Gary, dessen Gedanken an diesem Abend besonders düster sind. Selbst das Bild auf dem Monitor sieht anders aus als sonst. Irgendwie ist die Schriftgröße geschrumpft, und meine Seitenränder sind schmaler geworden. Komisch. Ich stelle das Seitenlayout neu ein und versuche mich zu konzentrieren.

Gary kommt fast sofort, ich muss ihn nicht erst herbeilocken. Was er jetzt will, sind Antworten, aber die kann ihm die Schauspielerin nicht liefern. Sie liegt im Kofferraum seines Wagens. Wenn sie Antworten hätte, wäre sie inzwischen damit herausgerückt. Wenn man die Umstände bedenkt, war sie sogar ziemlich freundlich. Gary verwirrt das, denn schließlich glaubt er, dass er sich rächen will. Er spürt dieser Möglichkeit nach, lässt sich auf den Gedanken ein, wie es wäre, die Mädchen, die sein Vater ihm vorzog, die Mädchen, für die sein Vater starb, leiden zu lassen. Er fragt sich, was für eine Genugtuung ihm das geben könnte. Aber diese Gedanken bestärken ihn nicht in seinem Vorhaben, im Gegenteil, er wird immer unsicherer. Bald wird er beide in seiner Gewalt haben – beide Mädchen. Er begreift sie als *Mädchen*, genau wie er sich selbst nicht als vollwertigen Erwachsenen begreift, obwohl er alt genug ist, um Alkohol zu trinken, und die beiden an die dreißig sind.

Chloe

Meine Geschwindigkeit auf der Reise nach Norden ist nicht gerade beeindruckend. Eine lange Schlange von Wohnmobilen wälzt sich die 101 entlang, hält bei jedem Aussichtspunkt an, wird bei Steigungen langsamer und tritt bei Bergabfahrten ohne ersichtlichen Grund auf die Bremse. Aber Ungeduld bringt nichts, also passe ich mich dem allgemeinen Tempo an, springe zwischen den Radiosendern hin und her und steige sogar hier und da an einem der »Panoramapunkte« aus. Ich liebe die großen, bizarr geformten Felsen, die an der Westküste aus dem Meer ragen. Sie erscheinen mir so sinnlos. Selbst wenn man versucht, sich eine weit hergeholte geologische Erklärung mit Gletschern oder Vulkanen oder Meteoriten zurechtzuspinnen, kann man sich unmöglich vorstellen, wie sie da hingekommen sein sollen. An einem der Aussichtspunkte sehe ich gerade zu, wie sich unter uns das Meer an den Felsen bricht – und die tollkühnen Idioten in ihren Neoprenanzügen nach Wellen suchen, auf denen es sich surfen lässt –, als die von Kopf bis Fuß in Türkis gekleidete Frau neben mir mich anspricht.

»Mich würden keine zehn Pferde da reinkriegen, das steht mal fest«, sagte sie und wedelt mit ihrer üppig beringten Hand in Richtung Wasser, als wollte sie den ganzen Ozean in ihre Geste mit einschließen. Einen Moment lang sehe ich sie vor meinem geistigen Auge in ihrem türkisfarbenen Trainingsanzug zwischen Felsen auf den Wellen reiten.

»Mich auch nicht«, antworte ich freundlich. »Wohin sind Sie unterwegs?« Keine Ahnung, warum ich glaube, mich mit ihr unterhalten zu müssen, normalerweise liegt mir so was nicht. *So* einsam kann ich doch wohl noch nicht sein.

»Unsere Tochter lebt oben im Norden«, gibt sie Auskunft. »In Oregon.« Sie spricht Oregon so aus wie die Leute von der Ostküste: Or-e-*gahn*. »Wissen Sie, meine Liebe, Sie erinnern mich an jemanden. Ich weiß bloß nicht, an wen …«

Sie denkt angestrengt nach. Ich mache mich bereit, zu allem ja zu sagen, egal, was ihr einfällt. Vielleicht schauen sie und ihr Mann (der gerade einen winzigen Hund Gassi führt) gerne Actionfilme. Um Ihnen die Wahrheit zu sagen: Es ist schön, hin und wieder erkannt zu werden. Nicht dasselbe wie ein Schwarm Paparazzi, die wissen wollen, was ich zum Frühstück esse, aber immerhin.

»Ich hab's!«, sagt sie schließlich. »Sie sehen aus wie das Mädchen aus der Shampoowerbung! Genau so, nur Ihre Haare sind ein bisschen anders, aber … *Clyde*! Ich frage mal Clyde, ob Sie ihn an irgendwen erinnern. Er wird ganz aus dem Häuschen sein. Was ist das noch mal für eine – die mit den wilden Tieren – Savage irgendwas – Clyde!«

Es kommt ihr nicht in den Sinn, dass ich tatsächlich das Mädchen aus der Shampoowerbung sein könnte.

Als ich wieder in meinem kleinen silberblauen Prius sitze und weiter die Küste entlang nordwärts krieche, singe ich lauthals einen alten Stevie-Nicks-Song mit. Noch viel lieber würde ich jemandem die Geschichte erzählen, wie eine verrückte Frau in einem türkisfarbenen Trainingsanzug mich fälschlicherweise für jemanden hielt, der aussieht wie die Person, die ich tatsächlich bin. Und eigenartigerweise ist der Mensch, dem ich das gerne erzählen würde, Lois.

In Arcata lege ich eine Pause ein, weil ich tanken muss, und obwohl der Tag noch lange nicht zu Ende ist, beschließe ich, über Nacht hierzubleiben. Es scheint mir ein hübsches Städtchen zu sein. Ich komme fast um vor Hunger und will mir ein halbwegs anständiges Restaurant suchen. Außerdem sehne ich mich nach Gesellschaft – und sei es die einer Horde Fremder. Ich muss unbedingt hören, wie andere lachen, reden, von mir aus auch streiten.

Er mochte es lieber, wenn wir leise waren. Zed. Für Lois war das kein Problem, sie gehörte zu den Mädchen, die zwar alles sehen und hören, aber kaum den Mund aufmachen. Ihr fiel es leicht, durchs Haus zu schleichen, ohne ein Wort zu sagen. Mich machte die Stille nervös. Daran hat sich bis heute nichts geändert. In Hotelzimmern drehe ich immer Musik auf oder schalte den Fernseher ein, selbst wenn mich das Programm gar nicht interessiert. Ich mag Verkehrslärm, Schritte im Zimmer über mir, kläffende Hunde. In der Hütte summte ich irgendwelche blöden Songs, während ich das Geschirr wusch. Beim Lesen tappte ich mit dem Fuß auf den Boden, und wenn ich schrieb oder zeichnete, drückte ich auf dem Kugelschreiber herum. Das hat ihn immer wahnsinnig gemacht. Ich stellte ihm Fragen, nur um die Schwingungen unserer Stimmen zu spüren. Lois kniff dann hinter seinem Rücken immer demonstrativ die Lippen aufeinander und schnitt dämliche Grimassen. Oder sie fuhr sich mit der Hand über die Kehle: Rübe ab. Damit wollte sie mir signalisieren, ich solle verdammt noch mal den Mund halten, bevor ich uns noch umbrachte. Aber ich hielt die Stille einfach nicht aus. Seine Stille, die Stille der Hütte, die der Bäume.

Obwohl ich nicht direkt im Wald bin, fühle ich mich auf meiner einsamen Fahrt die Küste hinauf allmählich sehr – na ja – einsam eben. Also fahre ich direkt ins Herz der sogenannten historischen Altstadt von Arcata und nehme mir dort ein Zimmer in einem netten kleinen Hotel – so nett, dass ich es sogar wage, meine nackten Fußsohlen in Kontakt mit dem Teppich kommen zu lassen, und dass sich die Kopfkissen nicht anfühlen wie billige Schwimmhilfen. Das mit der Kreditkarte regle ich später.

Gail hat sich immer als eine sehr anspruchsvolle Kundin inszeniert. Wenn wir für einen Wettbewerb in ein Hotel kamen, hat sie zuallererst mit ihrem scharfen, raffgierigen Blick das Zimmer abgesucht, um irgendwelche Mängel zu finden, über die sie sich beschweren konnte. Normalerweise fand sie auch welche. Und wenn nicht, erfand sie einfach etwas. Dann rief sie bei der Rezeption an und beklagte sich, dass die Klimaanlage zu nah am Bett sei oder das Zimmer komisch rieche oder sie ein Haar in der Badewanne gefunden habe oder was auch immer. So versuchte sie, ein besseres Zimmer oder eine andere Form der Wiedergutmachung oder wenigstens eine wortreiche Entschuldigung herauszuschlagen. Sie kam sich dabei immer sehr kultiviert vor – wie eine Frau von Welt, die genau wusste, welche Standards man erwarten durfte. In Wahrheit wirkte sie bloß wie eine unerträgliche Zicke, und ich habe mich ihretwegen in Grund und Boden geschämt. Ihrem Einfluss ist es zu verdanken, dass ich fast jede Unannehmlichkeit hinnehme, ohne mich zu beklagen – sei es in Hotels, Restaurants oder wo auch immer. (Sie war auch ganz groß darin, im Restaurant ihr Essen zurückgehen zu lassen, obwohl ihr das schwerer fiel, weil sie so eine gefräßige alte Schlampe war und ständig Hunger hatte. Aber wenn es einen Brotkorb gab, an dem sie sich satt essen konnte, konnte man sicher sein: Das Essen ging zurück.)

Daddy gegenüber muss sie ein völlig anderer Mensch gewesen sein als die Gail, mit der ich es auf unseren gemeinsamen Reisen zu tun hatte. Auf ihre eigene Art ist sie wohl auch eine Schauspielerin.

Aber in meinem Zimmer in Arcata gibt es ohnehin nichts, worüber man sich beschweren könnte. Wieso denke ich an Gail?

Natürlich wegen des Briefs. Der Brief in meinem Handschuhfach.

Als ich ungefähr eine Stunde später losziehe, trage ich ein kurzes cranberryfarbenes Sommerkleid und flache Schuhe, in denen ich lange laufen kann. Ich bin mir ziemlich sicher, dass Mandy, die Kleinstadtpolizistin, niemals ein solches Kleid tragen würde, trotzdem versuche ich, ein wenig Platz für sie in meinem Kopf frei zu halten: einen kleinen Ort, von dem aus sie nach draußen spähen und die unbekannten Straßen und Menschen mit den Augen eines Cops betrachten kann. Das ist übrigens ein interessanter mentaler Trick, den ich mittlerweile ganz gut beherrsche: Es ist möglich, zwei Personen auf einmal zu sein. Ich kann Chloe sein und mich amüsieren, meine ungewohnte Freiheit genießen und darüber nachdenken, was ich zu trinken bestellen werde, sobald ich eine Bar gefunden habe, die mir gefällt – und gleichzeitig kann ich Mandy sein, die allen Menschen mit Argwohn begegnet, weil sie sich fragt, was sie wohl auf dem Kerbholz haben, wie ihre Vergangenheit aussieht, was *wirklich* mit ihnen los ist. Mandy, die niemandem über den Weg traut.

Zwei Stunden später. Dem Mann, mit dem ich beim Abendessen sitze, traut Mandy definitiv nicht über den Weg, obwohl wir inmitten vollkommen unverdächtiger Leute in einem gemütlichen kleinen Restaurant sitzen, das Essen aus Produkten der Region serviert, und uns eine Flasche Wein teilen.

Allerdings befürchte ich, dass Mandy mit mir gerade genauso unzufrieden ist wie mit ihm. Schließlich war es alles andere als Zufall, dass ich mich – wenngleich stilvoll – von ihm habe aufreißen lassen. Ich kenne Frauen, die niemals ohne Begleitung in eine Bar gehen, die lieber verhungern würden, als allein in einem Restaurant zu essen. Sie fühlen sich dann beobachtet und verletzlich, oder sie langweilen sich oder denken, niemand liebt sie, oder es ist ihnen ganz einfach peinlich. Mir hat das nie etwas ausgemacht, denn ich habe ziemlich früh herausgefunden, dass ich den Eindruck, den ich auf andere Leute mache, selbst steuern kann, und damit wiederum steuere ich auch die Reaktionen der Leute auf mich. Wenn man will, kann man völlig dichtmachen und eine Miene aufsetzen, die sagt: »Komm mir ja nicht blöd, wenn dir dein Leben lieb ist« – obwohl man diesen Gesichtsausdruck für Barkeeper und Kellnerinnen et cetera natürlich etwas abmildern sollte. Dann kann man in Ruhe essen oder trinken. Am anderen Ende des Spektrums kann man ohne Probleme signalisieren, dass man Lust auf Gesellschaft hat. Hab einen freien Stuhl neben dir stehen, sieh dich öfter mal um, schau den Leuten in die Augen, lächle, wenn sie deinen Blick erwidern.

Oder man kann das machen, was ich heute Abend gemacht habe: den Mittelweg einschlagen. Ich saß am Rand einer kleinen Bar, trank meinen Wein und plauderte mit dem Barkeeper, aber gleichzeitig hatte ich mich auf meinem Hocker ein klein wenig zu den Tischen hingedreht, damit ich die Leute beobachten konnte. Der Mann – nicht direkt konservativ gekleidet, aber nahe dran – stand von dem Tisch auf, an dem er offenbar mit einigen Studenten gesessen hatte, und kam an die Bar, während sich die anderen aus seiner Gruppe zum Gehen bereitmachten. Ich schenkte ihm ein flüchtiges, aber freundliches Lächeln, fast so, als würden wir uns von irgendwoher kennen und bedürften keiner Vorstellung.

»Studenten?«, fragte ich mit Blick auf den mittlerweile leeren Tisch, und er bejahte.

»Workshop in kreativem Schreiben«, sagte er ein wenig beschämt. »Hin und wieder halte ich ihn gerne mal außerhalb des Campus ab. Sie sind alle alt genug, insofern ist es vollkommen legal. Mehr oder weniger.«

Schon wieder ein Schriftsteller, dachte ich, und mein Mut sank. Aber er war wirklich attraktiv: schlank, interessante graue Augen, ein Lächeln, das zugleich entwaffnend intelligent und jungenhaft charmant war. Wir begannen eine seichte Unterhaltung – über Essen, Filme und all die Dinge, über die sich normale Menschen vermutlich bei Dates unterhalten –, und jetzt sitzen wir hier in diesem Restaurant, essen Steak mit Artischocken und Tomaten aus alten Züchtungen und genießen die Zeit zusammen, obwohl ich nie auf dem College war und er anscheinend nicht die Sorte Filme mag, in denen ich größtenteils mitgespielt habe.

Spaßeshalber ziehe ich ihn ein wenig damit auf. »Dann schaust du also nur ernsthafte Filme, was? Autorenfilme. Keine Filme, in denen sich die Leute gegenseitig abknallen?«

Gott sei Dank lacht er. »Wenn du es so formulierst, klinge ich total unsympathisch. Das ist eine Fangfrage, oder? Weißt du, ich mag auch viele ältere Filme. Screwball-Komödien. Die waren so genial geschrieben. Tut mir leid, aber heutzutage gibt es einfach nichts Vergleichbares mehr.«

»Erzähl mir, was du so schreibst«, sage ich schließlich und befürchte schon, dass ab jetzt alles den Bach runtergehen wird. »Hast du schon mal ein Drehbuch geschrieben? Warum schreibst du nicht mal eine Screwball-Komödie?«

Er erzählt mir, dass er tatsächlich schon Drehbücher geschrieben hat und dass eins davon sogar beinahe produziert worden wäre, dass er aber hauptsächlich Kurzgeschichten verfasst. Dass sein Drehbuch es vielleicht immer noch auf die Leinwand schaffen könnte. Dass er eine Screwball-Komödie schreiben könnte, in der ich dann die Hauptrolle spielen würde. Vielleicht zusammen mit George Clooney. Wir bauen uns einen wunderschönen glitzernden Traumpalast aus Worten, Worten, Worten. Nach dem Essen kommt er mit mir aufs Hotelzimmer, damit wir noch ein bisschen länger in unserem Traum schwelgen können. Ein Teil dieser Schwelgerei findet, wie ich bereitwillig zugebe, in meinem Bett statt. (Von Mandy fehlt inzwischen jede Spur. Vielleicht konnte er sie doch noch von sich überzeugen.)

Es ist schon ziemlich spät, als Jake (ja, so heißt er) mich fragt, was ich gerade so mache. Nicht weil er einer von den Menschen ist, die so sehr damit beschäftigt sind, über sich selbst zu reden, dass sie vergessen, Fragen zu stellen; nein, ich glaube, er will einfach nur keine große Sache daraus machen, dass ich Schauspielerin bin. Was ich angenehm finde. Wie auch immer, jedenfalls rechne ich damit, dass er sich meine Schilderung über den bevorstehenden Filmdreh höflich, aber ohne größeres Interesse anhört, zumal es kein Film zu sein scheint, den er anschauen würde – womit ich auch überhaupt kein Problem habe. Aber als ich ihm von *Der Wald so still* erzähle, wird er ganz aufgeregt.

»Nur dass ich es richtig verstehe«, sagt er und stützt sich auf den Ellbogen. »Die Mädchen werden in verschiedenen Städten entführt, er versteckt sie anderthalb Monate lang in einer Jagdhütte in den Adirondacks, und am Ende können sie vollkommen unversehrt befreit werden? Und der Entführer erschießt sich?«

»Ja, so ungefähr ist die Story.« Ich frage mich, wieso er das Gefühl hatte, die Handlung noch einmal zusammenfassen zu müssen.

»Erinnerst du dich nicht mehr? Na ja, vielleicht nicht, wahrscheinlich bist du ein paar Jahre jünger als ich. Aber Mitte der Neunziger gab es einen Fall, der haargenau so war wie der hier. Könnte Zufall sein, aber die Einzelheiten sind sich verdammt ähnlich.«

Ich zögere noch, wie ich damit umgehen soll, aber er redet bereits weiter, nicht ahnend, dass er mich ziemlich aus der Bahn geworfen hat.

»Der Grund, weshalb ich mich noch daran erinnern kann, ist nicht nur, dass der Fall damals ständig in den Nachrichten gebracht wurde. Das spielte natürlich auch eine Rolle, aber außerdem war eins der Mädchen aus Connecticut, da bin ich aufgewachsen, und im Jahr danach kam sie an meine Schule. Es war ein Privatinternat«, setzt er fast entschuldigend hinzu. »Sie wurde zu einer Art Berühmtheit dort, weil alle wussten, dass sie das entführte Mädchen war, sie selbst sich aber nie dazu geäußert hat. Sie stand in dem Ruf, superintelligent und ein bisschen eigenbrötlerisch zu sein.«

Ich versuche mir das vorzustellen, ohne dass man dabei an

meinem Gesicht ablesen kann, wie nah mir die Geschichte geht. Im Kopf sehe ich eine neuenglische Privatschule vor mir, die ich aus irgendeinem Film entlehnt haben muss: ehrwürdiger roter Backstein, grasbewachsene Innenhöfe, geschniegelte Kinder. Und dann Lois, ein bisschen älter als in unserem gemeinsamen Sommer, und Jake, wiederum ein paar Jahre älter als sie.

»Hast du sie persönlich gekannt?«, frage ich, harmlose Neugier vortäuschend, während ich genügend Details sammle, um mein mentales Bild zu vervollständigen.

»Nicht so richtig«, sagt er. »Aber es war eine kleine Schule, ich kannte sie flüchtig. Ehrlich gesagt habe ich sogar eine Zeitlang für sie geschwärmt. Das hat aber praktisch jeder. Sie sah sehr dramatisch aus und hatte so etwas Geheimnisvolles an sich, hielt sich immer ein bisschen abseits. Auf die eine oder andere Weise waren wir wohl alle von ihr fasziniert.«

Ich kann mir diese Lois gut vorstellen, allerdings weiß ich etwas, was er garantiert nicht weiß: Wenn die anderen wussten, wer sie war, dann nur, weil sie es so wollte. Wenn es ihr wirklich wichtig gewesen wäre, hätte sie ihre Vergangenheit geheim halten können – das weiß ich besser als jeder andere. Ihre Identität durchsickern zu lassen war Teil ihres Spiels, Teil der Rolle, die sie sich – aus ihren ganz eigenen Lois-Gründen – zugedacht hatte. Ich erfasse ihre Motivation dafür auf dieselbe Weise, wie ich eine Figur erfasse, die ich spielen soll – rein intuitiv und ohne einen Hauch des Zweifels.

Von allen Kaschemmen der ganzen Welt ... Mit dem Zufall ist es schon eine komische Sache. Allerdings komme ich zu dem Schluss, dass ich mit *diesem* Zufall im Reinen bin. Trotzdem erscheint mir Jake dadurch wie ein weiteres Teil des Puzzles – als wäre er mehr als einfach nur irgendein Mann. Ist das ein Problem? Könnte es zu einem Problem werden? Würde Lois sich an ihn erinnern? Was hielt sie von ihm? Ich habe nicht vor, ihm meine Geschichte zu erzählen – das wäre ein bisschen zu schräg für einen One-Night-Stand, wenn das hier ein One-Night-Stand ist.

Ich bin versucht, sie ihm zu erzählen – nein, in Wahrheit brenne ich regelrecht darauf. Aber das würde sehr viel Zeit in Anspruch nehmen, und vielleicht würde es alles verändern. Das Risiko gehe ich lieber nicht ein. *Tut mir leid, Lois*, denke ich und verbanne sie aus meinen Gedanken.

Am Morgen, nachdem er weg ist und ich unten im Hotelrestaurant eine Tasse schwarzen Kaffee getrunken und ein Schälchen Obst gegessen habe, grinse ich wie ein Honigkuchenpferd, weil ich zum ersten Mal seit langer Zeit wirklich glücklich bin und mir fast wünsche, ich könnte Jake mit auf meinen Roadtrip nehmen. Plötzlich fühle ich mich stark genug, den Brief zu öffnen. Wie sollte Gail mich jetzt noch verletzen können? Diese fette, dumme alte Hexe. Ich hole den Umschlag aus dem Handschuhfach und setze mich auf den kleinen Balkon vor meinem Zimmer, wo die Sonne mir heiter auf die leichtsinnigerweise nicht eingecremte Haut scheint und das hübsche Städtchen Arcata sich unter mir ausbreitet.

So erfahre ich, dass mein Vater gestorben ist. Ich hätte ihn auf dem Gewissen, schreibt Gail. Dabei möchte ich wetten, das war ihr Werk.

Lois

Brad ruft an, er will mich ins Nicolletti's einladen. Die Vorlesungen sind zu Ende, die Prüfungen stehen ins Haus, und er will mit mir über den Sommer sprechen, will mich dazu überreden, mit ihm zusammen zu verreisen – es würde mir guttun, behauptet er.

»Heute Abend kann ich nicht«, sage ich mit ehrlichem Bedauern. Ich könnte einen freien Abend brauchen, auch wenn ich Brad nicht in seiner Idee von einer gemeinsamen Reise bestärken will. »Ich habe schon was vor.«

Ich lösche die letzten Worte, die ich geschrieben habe. Hoffentlich kann Brad die Tastatur nicht hören. Gary nähert sich einem entscheidenden Punkt.

»Du hast was *vor*? Seit wann hast du denn was vor? Hast du ein *Date*?«

Ich bemerke die winzige Pause, bevor ich antworte, und mir wird klar, dass er sie auch bemerkt hat und sie vermutlich falsch interpretieren wird. Nun ja.

»Nein – ich habe einfach nur was vor. Ich muss Dinge erledigen. Es ist nichts Besonderes, okay? Muss ich dir über jede Kleinigkeit, die ich tue, Rechenschaft ablegen? Ich brauche keinen großen Bruder, verdammt noch mal.«

»Nein, natürlich nicht«, sagt er verschnupft. »Verzeih mir, dass ich mir Sorgen um dich mache, wenn du dich wie eine Geisteskranke benimmst. Was du in letzter Zeit tust, falls es dir noch nicht aufgefallen sein sollte.«

Ich tippe ungeduldige eine Reihe Asterisken. »Pass auf, können wir es vielleicht auf morgen verschieben?« Ich schlage meinen versöhnlichsten Ton an. Ich will nicht, dass Brad mir die ganze Zeit im Nacken sitzt, aber ich will auch nicht, dass er mich fallenlässt.

»Tut mir leid, da habe ich schon was vor«, sagt er und legt auf.

Das sieht ihm gar nicht ähnlich. Das Telefonat hat mich aufgewühlt. Ehrlich gesagt bin ich in letzter Zeit oft aufgewühlt. Seit der Fakultätsparty habe ich mich kaum blicken lassen, bin in mein Büro und wieder hinaus geschlüpft wie ein Geist. Und wie ein solcher komme ich mir bisweilen vor. Inzwischen haben Seans Belästigungen in Textform eine neue Stufe erreicht. Jeden Tag schickt er mir Zeitungsausschnitte oder Fotos oder sauber getippte Passagen aus den Leihbüchern, die ich in der Hütte dabeihatte (*Der König auf Camelot, Dracula, Sturmhöhe*). Genau wie die Reporter damals hat auch er die Bücher nach Passagen durchforstet, in denen etwas von unserer Geschichte anklingt, die sich auf die Entführung oder sogenannte Befreiung umdeuten lassen. Allerdings ist Sean gründlicher, und die von ihm ausgewählten Textstellen sind um einiges verstörender. Sie tauchen in schlichten weißen Briefumschlägen in meinem Postfach an der Uni oder in meinem Briefkasten zu Hause auf. Ich habe ihn schon länger nicht mehr in der Gegend gesichtet, weiß aber, dass er da ist und lauert. Heute Abend ist unser letztes Treffen. Ich werde ihm noch eine letzte Geschichte erzählen und im Gegenzug eine Geschichte von ihm fordern. *Erzählen Sie mir von ihm. Sagen Sie mir, was Sie wissen. Was hat Ihre Mutter Ihnen berichtet? Ihre Großmutter?*

Ich hoffe inständig, dass die Sache danach endlich abgeschlossen ist. Ich habe die Energie aus diesem perversen Spiel in Gary umgeleitet, und Gary ist fast so weit, dass er auf eigenen Beinen stehen kann. Es ist anstrengend, dieses Spiel, das ich hier spiele. Und es ist schwer, so oft an Zed zu denken, sich regelmäßig mit der Vergangenheit konfrontiert zu sehen. Ich will die Beziehung zu Sean nicht weiter aufrechterhalten; ich will mir nehmen, was ich brauche, danach sauber die Verbindung kappen und weitermachen wie bisher. Wenn das bedeutet, dass einer von uns die Stadt verlassen muss, meinetwegen. Ich vermute, es wird Sean treffen, zumal er hier nicht besonders tief verwurzelt zu sein scheint. Seine Anwesenheit an diesem College, in dieser Stadt, kommt mir flüchtig und substanzlos vor wie ein gefährlicher Nebel, der sich auflöst, kaum dass die Sonne höher steigt. Es mag absurd sein, davon auszugehen, dass Sean einfach verschwinden wird, sobald ich keine Verwendung mehr für ihn habe, aber genau das erwarte ich.

Wie auch immer, heute Abend ist der Moment der Abrechnung gekommen. Heute Abend werde ich herausfinden, was er weiß: wie er mir helfen kann, ein Porträt fertigzustellen, das unvollständig und bruchstückhaft ist, mich aber dennoch niemals loslässt, das nicht altert oder verblasst oder an Wichtigkeit verliert. Ich denke an die schauerliche viktorianische Sitte, Fotografien von Toten anzufertigen, oft im Kreis ihrer noch lebenden Verwandten sitzend. Vielleicht ist das, was ich will, damit vergleichbar: die Illusion einer Wiedererweckung, ein Bild, das stark genug ist, die Last meines Bedauerns und meiner Sehnsucht zu tragen. Und ausgerechnet Sean ist der Einzige, der mir dabei helfen kann.

Auf der anderen Seite der Stadt führt eine Fußgängerbrücke über den Fluss. Tagsüber sieht sie trotz der verfallenen Fabriken, die das Ufer säumen, noch halbwegs charmant aus, aber nachts meide ich die Gegend für gewöhnlich. Der Treffpunkt war seine Idee, und er hat sich nicht umstimmen lassen. Ich habe erst eingewilligt, als er mich fragte, ob ich etwa Angst vor ihm hätte, denn darauf konnte ich nur mit Nein antworten. *Ich* bin diejenige, die die Situation kontrolliert; ich habe nichts zu befürchten. Er sagte, er müsse mir etwas zeigen, etwas, das ich unbedingt würde sehen wollen.

In mir regt sich eine widerstrebende Neugier. Ich parke mein Auto unter einer Straßenlaterne auf der belebteren Seite der Brücke und mache mich auf den Weg. An den Spannbändern hängen weiße Lichterketten – da hatte jemand eine gute Idee –, aber die meisten der Lämpchen sind durchgebrannt, und die anderen werfen einen fahlen bläulichen Schein, der fast schlimmer ist als gar kein Licht.

Er kommt zu spät, und ich bin ungehalten und zugleich unsinnigerweise wütend, als er endlich an der gegenüberliegenden Seite der Brücke auftaucht. Er geht wie immer mit schlurfenden Schritten, als hätte er alle Zeit der Welt. Außer uns ist niemand zu sehen. Der Fluss unter uns übertönt den spärlichen Verkehrslärm auf den Straßen zu beiden Seiten der Brücke.

»Ich wollte gerade wieder gehen«, sage ich, als er näher kommt. Das ist weder wahr noch klug; der Umgang mit ihm ist immer schwieriger, wenn er sich in die Defensive gedrängt sieht. »Jetzt sind Sie an der Reihe, mir ein paar Dinge zu erzählen«, verkünde ich, noch ehe er etwas sagen kann. »Ich habe Ihnen mehr Material geliefert, als Sie jemals verwenden können. Jetzt will ich Ihnen ein paar Fragen stellen.«

»Material?«, wiederholt er. »Verschonen Sie mich, *Frau Professorin*. Für wie dumm halten Sie mich? Glauben Sie, ich hab nicht gemerkt, dass Sie sich den ganzen Scheiß bloß ausgedacht haben? Sie haben echt geglaubt, ich kaufe Ihnen das ab? Ich meine, klar, gebrauchen kann ich das Zeug. Es ist ziemlich gut – ein besserer Thriller als der, den Sie geschrieben haben. Aber nur damit Sie Bescheid wissen: Ich glaub ungefähr zwei Worte von dem, was Sie mir erzählt haben.«

Sein Tonfall überrascht mich. Es ist schon eine Weile her, dass er so verächtlich, so feindselig geklungen hat. Ich gebe zu, es gab sogar Momente, da dachte ich, zwischen uns hätte sich fast so etwas wie eine Freundschaft entwickelt – und in gewisser Weise gefiel mir das. Wegen Zed. Dass er mir nicht glaubt, kommt völlig unerwartet. Er hat es gut vor mir verheimlicht. Zum ersten Mal spüre ich einen Hauch von Angst, wie ein kalter Wind, der mir über den Nacken streicht. Angst wovor? Im Moment kann ich es mir nicht leisten, dieser Frage nachzugehen. Ich versuche, möglichst gleichmütig zu klingen, um die alte Basis unsere Beziehung wiederherzustellen.

»Schön. Glauben Sie, was Sie möchten. Ich habe Ihnen gegeben, was Sie wollten.« Warum klingt meine Stimme so zittrig und viel zu hoch? »Jetzt sind Sie dran.«

»Na los, fragen Sie mich, was immer Sie wollen«, sagt er, und mir gefällt die Spur Belustigung nicht, die ich bei ihm heraushöre. Sie ist der Situation, so wie ich sie wahrnehme, überhaupt nicht angemessen. Dass er die Situation möglicherweise anders einschätzt als ich, sorgt für unangenehme Misstöne, und sofern das überhaupt möglich ist, werde ich noch nervöser.

»Erzählen Sie mir von ihm«, sage ich. »Erzählen Sie mir … was Sie wissen. Was Sie gehört haben. Sie waren damals zu klein, um sich an irgendetwas erinnern zu können, aber … bestimmt gab es Geschichten. Erinnerungen Ihrer Großmutter …« Meine Stimme klingt zaghafter, als mir lieb ist. Zum ersten Mal kommt mir der Gedanke, dass er womöglich gar nichts weiß. Schließlich war er damals erst zwei Jahre alt. Vielleicht hat die Familie nie über seinen Vater gesprochen, vielleicht wollte man ihn vor der Wahrheit beschützen. Vielleicht ist alles, was er von seinem Vater kennt, dessen Abwesenheit.

Er lässt ein widerliches Lachen hören. »Ja, ich hab mir schon gedacht, dass wir früher oder später darauf zu sprechen kommen. War mir klar, dass Sie darauf hinauswollten. Ich wette, Sie haben mich überprüft, was? Haben rausgefunden, dass ich in Utica aufs College gegangen bin? Und dann hat's bei Ihnen auf einmal klick gemacht?« Er steckt die Hände in die Taschen, vergräbt sich tiefer in seinem Mantel. »Und sobald Sie diese Theorie über mich hatten, haben Sie mich mit anderen Augen gesehen. Ich konnte Ihnen ansehen, was Sie dachten. Ich wusste, welche Artikel Sie gelesen hatten. Mir war schon klar, wie das bei jemandem ankommen muss, der so einen Knall hat wie Sie.«

Er hält *mich* für die mit dem Knall? Nein, das ist eindeutig Show. Ich habe damit gerechnet, dass er es zunächst abstreiten würde. Zweifel ist seine einzige Waffe. Trotzdem lege ich eine Hand auf das kühle Stahlgeländer der Brücke. Ich brauche Halt.

Als er das sieht, macht er plötzlich einen Schritt auf mich zu. »Haben Sie irgendjemandem gesagt, dass Sie heute herkommen? Reine Neugier.«

Es ist kälter, als ich dachte. Und weit und breit ist niemand, der etwas hören könnte – meinen Schrei zum Beispiel. Das hier läuft nicht nach Plan. »Natürlich«, sage ich obenhin. »Professor Drake weiß, dass ich hier bin.«

»Schon wieder eine Lüge.« Sein Gesicht liegt im Schatten; ich kann es nicht lesen. »Aber es ist sowieso egal. Sie wollen, dass ich Ihnen sage, woran ich mich noch erinnere? Kleine persönliche Einzelheiten über den Wahnsinnigen, der Sie als Kind entführt hat? Das ist ziemlich krank, Ms Lonsdale. Kränker, als Ihnen überhaupt bewusst ist. Aber hey, kann ich Ihnen vorher noch was zeigen? Okay? Ich sagte ja, dass ich was hab, was Sie sich ansehen sollen, wissen Sie noch?«

Was kann das sein? Ich überlege fieberhaft, versuche im Kopf eine Liste zu erstellen. Vielleicht ein Foto, ein weiterer Zeitungsausschnitt, irgendetwas anderes. Vielleicht etwas, wodurch all meine Fragen beantwortet würden. Vielleicht etwas Unaussprechliches. Irgendwo hinter mir scheint ein Licht auf und streift sein bleiches, nicht wirklich attraktives Gesicht, seine kalten Augen. Mir wird klar, dass ich mich davor fürchte zu sehen, was er mitgebracht hat.

Er greift in die tiefe Tasche seines weiten, schlackernden Mantels. »Hier«, sagt er. »Das ist genauso eins wie das, von dem Sie mir erzählt haben.«

Es ist ein Messer. Mein Messer – das, von dem ich im Laden ein Foto gemacht habe. Es liegt in seiner geöffneten Handfläche, aber sein Daumen ruht locker auf dem Griff. Er hält es nicht direkt fest, aber eine kleine Bewegung, und schon hätte er es in der Faust.

»Ja«, gebe ich zu. Ich staune, wie ruhig und sachlich ich klinge. »Das ist es.«

Seine Finger schließen sich um den Griff. Er spricht langsam. »Ich bin nicht der, für den Sie mich halten, Frau Professorin. Ich hab bloß bei Ihrer verrückten Phantasie mitgespielt. Ich hatte meine Gründe dafür. Aber ich bin nicht dieser Junge. Auch wenn ich's gerne wäre. Das wäre ziemlich interessant.« Zwischenzeitlich hat er noch einen Schritt auf mich zu gemacht. In meinem Kopf fährt eine Wand hoch. Das kann nicht wahr sein; ich erwäge nicht einmal, dass es wahr sein könnte. Ich habe die Einzelteile mit höchster Sorgfalt zusammengefügt. Alles passt. Ich *muss* recht haben.

Aber wenn nicht … Eine kleine Stimme wispert eine Warnung. Wenn nicht, dann sollte ich jetzt weglaufen.

Ich laufe nicht weg.

»Tut mir leid, dass ich nicht der bin, den Sie gerne gehabt hätten«, sagt er beinahe sanft. »Aber ich kann Ihnen trotzdem helfen. Wissen Sie, ich bin nämlich nicht so blöd, wie Sie denken.

Ich weiß, wie man Ihnen helfen kann. Und Sie haben mir so viel beigebracht, dass ich Ihnen auch wirklich helfen *will*, ob Sie's glauben oder nicht.«

In seinem Gesicht liegt etwas Dunkles, Fremdes. Ich kenne ihn nicht, ich kenne mich selbst nicht, ich weiß gar nichts mehr.

»Ich glaube kaum, dass von uns beiden *ich* diejenige bin, die Hilfe braucht«, sage ich. Ich will meine gewohnte Herablassung aufrufen, kann aber nichts davon in meiner Stimme hören. Stattdessen höre ich die Stimme einer anderen Person, sie klingt fast kindlich, trotzig in ihrer Niederlage. Ich versuche mich auf meine Stärke zu besinnen, sende Eilbotschaften an meine gelähmten Glieder. *Flieh*, denke ich. *Lauf.* Aber er ist mir zu nah. Ich fühle mich gefangen, als wäre ich an die Brücke gekettet.

»Oh doch, das sind Sie«, sagt er. »Weil das hier nämlich nicht *Pamela* ist und es kein bescheuertes Happy End gibt. Sie brauchen definitiv Hilfe.« Er kommt noch ein bisschen näher. Seine Augen sind kalt und gemein, dunkle Löcher – ganz anders als die Augen von Zed, der so wunderschön war und freundlich und noch viele andere Dinge mehr.

»Wissen Sie, Sie sind nicht die Einzige, die so ihre Theorie hat«, fährt er fort, und inzwischen ist er mir so nahe, dass er mich ohne weiteres packen könnte. Er ist fünfzehn Zentimeter größer als ich. Mindestens. Sein Schatten verschluckt mich. »Und *meine* Theorie ist, dass Ihr Entführer – der, um es noch mal zu sagen, nicht mein lieber Herr Vater ist, so leid es mir tut – sehr, sehr krank im Kopf war. Er hatte Sie beide in seiner Gewalt, alles lief nach Plan, und dann hat er den Mut verloren. Er konnte es nicht durchziehen. Irgendwas stimmte nicht mit ihm. Das Ganze war ein einziges Desaster. Aber er hatte Sie nun mal, was sollte er machen? Er musste Sie behalten, stimmt's? Es gab kein Zurück mehr. Hey«, unterbricht er sich plötzlich, »hören Sie mir überhaupt zu? Kapieren Sie, was ich Ihnen sagen will? Sie wissen, dass ich recht hab, oder?«

»Nein«, bringe ich heraus. »*Sie* sind krank. Sie können gar nicht wissen, was er vorhatte. Er hatte nie vor, irgendetwas zu *tun*. Der Plan war perfekt.« Ich versuche vorauszudenken, zu erraten, worauf er hinauswill. Ich habe keine Ahnung. Ich glaube nicht, dass Zed den Mut verloren hat, aber zugleich bahnt sich eine leise Neugier den Weg durch meine Angst.

»Nein, das sollten Sie besser wissen.« Noch nie hat er so selbstgewiss, so souverän geklungen. Ich lasse das Messer nicht aus den Augen; Seans Griff ist nach wie vor locker, im bläulichen Licht kann ich seine schmutzigen Nägel sehen. »Aber hier ist noch eine andere Theorie, die wird Ihnen noch besser gefallen. Eine Ihrer dämlichen Lügengeschichten hat mich auf die Idee gebracht. Wissen Sie, Sie sind nämlich auch krank im Kopf, Prof. Genau wie diese Schauspielerin, wette ich. Und ich glaube, das liegt daran, dass er nichts *gemacht* hat. Weil er ein richtig beschissener Entführer war. Wissen Sie, was Sie wirklich gebraucht hätten?«

Ich höre Frösche im flachen Wasser unter uns. Ein Auto, aber zu weit weg. Ein bellender Hund auf der anderen Seite. Ich kann seine Augen nicht sehen, nur zwei schwarze Höhlen in seinem Gesicht, trotzdem höre ich nicht auf, sie zu suchen. Er beugt sich vor, sein Gesicht ist ganz dicht an meinem.

»Sie wollten von ihm gezeichnet werden«, flüstert er. »Sie sind zu leicht, zu unbeschadet aus der Sache rausgekommen. Der einzige Schaden, den Sie davongetragen haben, ist der in Ihrem kaputten Hirn. Ihre Geschichte, wie das andere Mädchen ihm eines Nachts in die Brust schneidet – die Idee war gut, aber Sie hätten es so erzählen müssen, dass er sie auch schneidet. Ansonsten ist es … unausgeglichen. Sie beide hätten für den ganzen seltsamen Mist, den Sie durchgemacht haben, am Ende einen Beweis gebraucht. Irgendwas Bleibendes. Was Echtes, woran Sie sich festhalten können. Das ist meine Theorie. Und deshalb hab ich Ihnen dies hier mitgebracht. Es ist noch nicht zu spät. Sie können es immer noch selber tun.« Er hält mir das Messer hin. Bietet es mir an.

Ich will ihm sagen, dass ich keine Ahnung habe, wovon er da

redet, aber das stimmt nicht. Ich habe es sogar bildlich vor Augen: Ich sehe, wie ich mit sicherem Griff das Messer nehme und mich damit schneide. Wo? Am Schenkel vielleicht, durch die Jeans. Ich sehe, wie er zuschaut, während das Blut aus meiner Wunde quillt; ich spüre den reinen, stechenden Schmerz.

Strecke ich meine Hand aus?

Erneut streift ein Licht seinen Körper, und diesmal ist es heller. Zu hell, als dass es die Scheinwerfer eines Wagens von der Straße sein könnten. Gleich darauf merke ich, dass mir eine Taschenlampe ins Gesicht leuchtet. Sie kann nicht weit weg sein. Das ist der Moment, in dem ich endlich schreie. Meine Stimme ist erstaunlich klar und laut und schallt von den Böschungen des Flusses wider. Ich verschränke die Finger, reiße die Arme hoch und schlage ihm so das Messer aus der Hand. Es landet zu meinen Füßen, und ich versetze ihm einen Tritt, so dass es über die Brücke schlittert und hinaus in die Dunkelheit segelt. Ich höre nicht mal ein Platschen. Mein Bein schmerzt von der imaginären Wunde. Sean greift nach mir, ich bin mir ganz sicher, aber im selben Augenblick höre ich eine tiefe Stimme: »Hey, du kleines Arschloch! Finger weg von ihr!«

Ich sehe, wie Sean die Augen aufreißt. In der nächsten Sekunde wirbelt er herum und flieht über die Brücke, weg von der Stimme. Er läuft ungelenk, aber erstaunlich schnell. »Sie sind komplett unzurechnungsfähig, Prof! Sie wissen genau, dass ich recht hab!«, schreit er, ohne sich umzudrehen.

Ich wirble herum, und eine dunkle Gestalt kommt auf mich zu. »Lois!« Die Gestalt hat Brads Stimme, trägt Brads Anorak und hält eine große Taschenlampe in der Hand. »Lois! Geht es dir gut?«

Nein, es geht mir nicht gut. Aber ich bin unfassbar erleichtert, ihn zu sehen. Nur die Macht der Gewohnheit treibt mich dazu, meine Erleichterung zu verbergen, keine Schwäche zu zeigen. Schließlich ist es ärgerlich, gerettet werden zu müssen. *Wieder einmal.*

»Mir geht's gut«, sage ich, und obwohl ich halbwegs gefasst klinge, habe ich weiche Knie und muss mich am kalten, harten Metall des Geländers festhalten, um nicht umzufallen. Ich versuche Ordnung in das Chaos meiner Gedanken zu bringen, wieder zur Besinnung zu kommen. Ich bin Dr. Lois Lonsdale, eine Frau der Vernunft, geachtete Wissenschaftlerin, erfolgreiche Autorin. *Keine Verrückte.* Ich suche nach einer Reihe beruhigender V-Wörter, aber es will mir keins einfallen. Dort, wo eigentlich meine Wörter gespeichert sind, ist nur ein leerer Raum, so leer wie der Raum zwischen der schwankenden Brücke und dem kalten Fluss. Ein Raum, in den man hinabstürzen könnte.

»Das war Sean, oder? Was er da in der Hand hatte – war das ein *Messer*?« Brad klingt sowohl fassungslos als auch wütend. »Hast du deinen beschissenen Verstand verloren?«

Ich antworte nicht. Dieser gewollt indignierte Ton, sage ich mir, verdient keine Antwort. *Ich bin nicht verrückt.*

»Los, komm«, befiehlt er mir, nimmt meinen Arm und zieht mich mit sich fort. Ich gehe bereitwillig mit. Wir lassen mein Auto stehen, und er führt mich – ziemlich unsanft – zu seinem eigenen. »Du kannst deinen Wagen morgen abholen.« Er fragt mich nicht, ob mir das recht ist, und ich mache mir nicht die Mühe zu protestieren. Plötzlich ist mir, als wäre etwas in mir zusammengebrochen, als wäre ein kompliziertes, fragiles Gebäude eingestürzt.

»Unzurechnungsfähig – das kann man wohl sagen«, meint Brad und lässt den Motor an. »Dem werde ich nicht widersprechen.« Und dann sagt er nicht mehr viel, bis er mich in meine Wohnung bringt, mir einen Drink mixt und mich ins Bett schickt.

»Zur Polizei gehen wir morgen«, meint er, und ich schlucke meinen Widerspruch vorerst hinunter, obwohl das natürlich auf gar keinen Fall passieren darf. Dies hier ist eine Sache zwischen mir und Sean – und Zed und Carly May.

Chloe

Ich weiche von meiner Route ab und fahre nach Osten, Richtung Nebraska. Ich denke nicht darüber nach, warum ich das tue oder was ich dort zu finden hoffe oder was ich machen soll, wenn ich erst mal da bin. Ich denke nicht mal an Daddy und erst recht nicht an Gail. Ich halte nur zum Tanken an und um billigen Raststättenfraß zu essen, und fühle mich wieder wie Carly May. Es ist, als würde jede zurückgelegte Meile die Zeit auslöschen, ein Jahr nach dem anderen, und mich zurück in die Vergangenheit ziehen. Das Gefühl gefällt mir nicht besonders. Aber ich muss hinfahren. Das stand von Anfang an fest.

Lois

Eines Tages während jenes Sommers kam Zed zu uns ins Zimmer geplatzt, ein dickes Wörterbuch aufgeschlagen im Arm. »Hier habe ich ein gutes für dich, Lois«, verkündete er. Ich hatte bereits gelernt, auf der Hut zu sein; ich wusste, dass er meine Buchstabiererei nicht guthieß. Es sei eine reine Gedächtnisleistung, für die keinerlei kritisches Denken oder Kreativität vonnöten seien, so sein Vorwurf – nichts als ein Spiel. Reine Zeitverschwendung, genau wie Carlys Schönheitswettbewerbe. Doch nun schien sich etwas Grundlegendes verändert haben; er war von einer merkwürdigen Energie erfüllt. Nichtsdestoweniger witterte ich eine Falle.

»*Syzygie.* Kannst du das buchstabieren, mein kleines Äffchen? Na, komm, buchstabier es, als wärst du auf einem Wettbewerb.«

»Syzygie«, sagte ich und konnte das Zögern in meiner Stimme hören, obwohl ich das Wort kannte. »*S-y-z-y-g-i-e. Syzygie.*« Als ich auf das Wort gestoßen war, hatte es mir auf Anhieb gefallen. Das Absonderliche des Wortes wurde so wunderbar von seiner Symmetrie aufgefangen, das gezackte Auf und Ab des Schriftbildes durch den melodiösen Rhythmus gemildert. Es handelt sich um ein Wort, das alle ernstzunehmenden Buchstabierer kennen, ein Klassiker bei den Wettbewerben.

»Und was«, fragte er leise, »bedeutet das Wort *Syzygie*?«

Ich schüttelte den Kopf und blickte zu Boden. Ich schämte mich, denn es war klar, dass das von mir erwartet wurde.

»Wen interessiert's?«, unterbrach Carly uns in einem dreisten Versuch, die Aufmerksamkeit von mir auf sich zu lenken. Er warf ihr einen seiner seltenen vernichtenden Blicke zu. Obwohl sie mich verteidigt hatte, frohlockte etwas in mir darüber, dass auch sie bei ihm in Ungnade fallen konnte.

Er schlug das Wörterbuch zu und warf es mir hin; es landete mit einem dumpfen Knall neben mir auf dem Fußboden. »Schlag es nach«, sagte er und ging aus dem Zimmer.

Syzygie ist ein kompliziertes Wort. Es kann sich auf die Winkelstellung dreier Himmelskörper zueinander beziehen, beispielsweise der Sonne, der Erde und des Mondes. Oder auf zwei beliebige Punkte innerhalb der Umlaufbahn eines Himmelskörpers (eines Planeten, eines Mondes, was auch immer), an denen dieser Himmelskörper entweder in Opposition oder in Konjunktion mit der Sonne steht. Oder es kann sich auf zwei beliebige miteinander in Relation stehende Elemente beziehen – und diese Elemente können entweder ähnlich oder gegensätzlich sein; jedes Element behält innerhalb der Relation seine spezifischen Eigenschaften bei. In der Lyrik wiederum können damit zwei Versfüße innerhalb einer einzelnen metrischen Einheit gemeint sein. All diese Möglichkeiten überstiegen mein begrenztes Sechstklässlerinnenwissen sowohl in Astronomie als auch in Verslehre. Etymologisch, fiel mir auf, stammte das Wort von einem griechischen Begriff ab, der das Zusammenspannen zweier Ochsen unter dasselbe Joch bezeichnete, das zumindest konnte ich mir bildlich vorstellen. Die anderen Definitionen kamen mir nicht bloß grundverschieden, sondern sogar widersprüchlich vor. *Syzygie* ist eine Beziehung zwischen zwei Elementen oder eine

Beziehung zwischen drei Elementen. Sie impliziert Gleichheit oder Gegensätzlichkeit. Sie bezieht sich auf das Sonnensystem oder auf Lyrik oder auf Ochsen.

Später kam Zed wie erwartet zurück, um sich Bericht erstatten zu lassen. Ich hatte mehr Lampenfieber als jemals in der Schule, aber letztendlich bestand gar kein Grund dazu: Seine Laune hatte sich zwischenzeitlich gebessert.

»Wir beschränken uns auf die astronomische Bedeutung«, begann er und klang dabei wie ein Lehrer. »Sagen wir, ich bin die Sonne.« Er stellte sich mitten ins Zimmer und bedeutete uns aufzustehen. »Du bist die Erde, Carly, und Lois, du bist der Mond. Nun wisst ihr natürlich, dass die Erde um die Sonne kreist. Kreise«, befahl er Carly. »Und der Mond kreist selbstverständlich um die Erde. Das bist du, Lois.«

Wir kreisten. Eigentlich war das Zimmer zu klein für drei Himmelskörper; wir stießen des Öfteren zusammen, und bald fingen wir an zu lachen. »Passt gut auf«, ermahnte er uns. »Wenn ihr seht, dass wir alle drei in einer geraden Linie stehen, haltet ihr an.« Innerhalb weniger Sekunden war es mehr oder weniger so weit, und wir kamen abrupt zum Stillstand. Ich stand in der Mitte, die Sonne zu einer Seite, die Erde zur anderen. »Syzygie«, verkündete er. »Und da Sonne und Mond auf derselben Seite der Erde sind, sagt man, sie befinden sich in Konjunktion zueinander. Jetzt kreist weiter.«

Er ließ uns erneut anhalten, als Carly, die Erde, in der Mitte war und er und ich uns auf gegenüberliegenden Seiten von ihr befanden. »Wieder eine Syzygie. Nur dass Sonne und Mond diesmal in Opposition sind. Jetzt ist Vollmond. Während der Konjunktion ist Neumond. Das sind die Phasen, in denen die Gezeiten am stärksten sind; die Gravitationskraft der Sonne und des Mondes wirken zusammen. Verstanden?«

Wir nickten.

»Na dann«, sagte er zu mir und nickte ebenfalls, als fände er, dass nun etwas geklärt worden sei. Er ging. Wir ließen uns in unseren Umlaufbahnen auf den Boden fallen und sahen einander einen Moment lang an, während unser Gelächter verebbte. Carly war diejenige, die zuerst die Sprache wiederfand. Sie schaute zur Tür, durch die er verschwunden war. »Er ist verrückt, oder?«, sagte sie langsam.

»Er hat einen an der Waffel«, pflichtete ich ihr bei. Den Ausdruck hatte ich bei meinem Vater aufgeschnappt. »Aber … nicht schlimm … oder?«

Carly machte ein nachdenkliches Gesicht.

Ich glaube, keiner hat jemals im Gespräch so oft das Wort Syzygie gebraucht wie wir in unserem kleinen merkwürdigen Haushalt in jenem Sommer. Für mich gewann es, indem wir es nachgespielt hatten, noch eine neue Bedeutungsebene hinzu, und die hatte weniger mit der Winkelstellung irgendwelcher Himmelskörper zu tun als mit der sich verändernden Beziehung zwischen uns dreien – manchmal befanden wir uns in einer Linie und manchmal nicht; in Konjunktion oder in Opposition. Wir beide kreisten um ihn und ich kreiste um Carly, die wiederum ihn umkreiste. Eklipsen, Gezeiten. Sie alle konnte man im Sinne von Syzygien – oder deren Abwesenheit – begreifen.

Irgendwann wurden aus drei miteinander in Beziehung stehenden Elementen zwei. In einer festen Umlaufbahn gefangen, möchte ich sagen. Oder unter einem gemeinsamen Joch: auf ewig gegen unseren Willen aneinandergekettet. Einmal stieß ich auf einen Erklärungsversuch, den jemand in der Absicht geschrieben hatte, die scheinbaren Widersprüche in der Bedeutung des Wortes – waren es nun zwei Elemente oder drei? – aufzulösen. In der Naturwissenschaft, so argumentierte er, beinhalte die Identifikation zweier zueinander in Beziehung stehender Objekte notwendigerweise immer ein Drittes: nämlich den Erforschenden oder Beobachter. Doch auch das scheint jede Menge Raum für Interpretation zu lassen. Wer ist in unserem Fall der Beobachter? Damals wie heute?

Eines Morgens kurz vor Ende des Semesters wache ich auf, und das Bild der Hütte ist ganz frisch in meinem Kopf; ich habe wieder von ihr geträumt. Ich tappe in meinen Haussocken von L. L. Bean – ein Geschenk meiner Eltern zum letzten Weihnachtsfest – in die Küche. Ich setze einen starken Kaffee auf und räume die Spülmaschine aus, doch in Wirklichkeit laufe ich barfuß über die rauen Holzdielen einer Jagdhütte in den Adirondacks. Die Dielen sind an den Stellen, wo die Sonne sich durch die hängenden Zweige der umstehenden Bäume gekämpft hat, etwas wärmer. Ich fürchte mich.

Meine Träume behaupten hartnäckig das Vorhandensein einer Angst, an die ich mich nicht erinnern kann.

Ich rufe Brad an und bedanke mich mit einiger Verspätung für die Rettung, falls es denn eine Rettung war. Ich kann nicht an die Nacht auf der Brücke denken. Sean hat mir die Kopie eines Dokuments geschickt, bei dem es sich angeblich um seine Geburtsurkunde handelt. Auf dieser steht, dass er in Greene, New York, als Kind von Patsy und William McDougal geboren wurde. Doch was genau ist damit schon bewiesen? Ich habe es ins Altpapier geworfen. Brad ist wütend auf mich, weil ich mich weigere, zur Polizei zu gehen. Er bestand darauf, dass ich ihm eine Erklärung dafür liefere, aber ich habe mich geweigert. Mein Bedürfnis, ihm alles zu gestehen, ist verflogen. Fürs Erste behalte ich meine Geschichte für mich. Meine Geschichten. Das gibt mir Kraft und Sicherheit.

Unzurechnungsfähig: Uakari, Ubiquist, Undezime, Unguentum, Uschebti, Ususfruktus, Ud, urnisch, Utrum, Uchi-Mata, ultramarin.

Meine Wörter sind wieder da.

VIERTER TEIL

Chloe

Natürlich kann man sagen, ich hätte meinen Vater schlecht behandelt. Man kann sagen, es sei mies von mir gewesen, einfach abzuhauen und kein einziges Mal zu schreiben oder anzurufen. Vielleicht ist es auch total verkorkst, dass ich ihn Daddy nenne und im selben Atemzug zugebe, ihn seit über zehn Jahren nicht gesehen zu haben. Alles, was ich darauf antworten kann, ist folgendes: Er hat mich zuerst im Stich gelassen. Ich war noch ein Kind. Und wenn er jemals das Bedürfnis gehabt hätte, mich zu finden, wäre das verdammt noch mal nicht so schwer gewesen.

Ich fahre. Ich versuche nachzudenken, und ich versuche nicht nachzudenken.

Lois

Er wollte mir nur helfen. Es war ein Angebot. Fehlgeleitet, aber aufrichtig. Keine Drohung. Er wusste, dass ich seinen Vorschlag nicht ernst nehmen würde – dass ich mich nicht *zeichnen* würde, wie er es genannt hat. Es war ein Test, und ich habe ihn bestanden. Daran glaube ich, mehr oder weniger. Es war meine Schuld. Es spielt keine Rolle. Er ist nicht der, für den ich ihn gehalten habe. Nur ein Student mit Problemen. Ich will ihn nie wiedersehen. *Ich bin nicht verrückt.* Ich hake die Sache ab und schaue nach vorn. Aber ich schaffe es kaum, die Wohnung zu verlassen, und der Gedanke, den Campus zu betreten, ist mir unerträglich. Brad führt während meiner Abschlussprüfungen Aufsicht und bringt mir hinterher den Stapel Klausuren zur Korrektur vorbei. Er mag mich nicht allein lassen. Ich gewöhne mich an seine wachsame Gegenwart. Ich bin keine angenehme Gesellschaft, doch das scheint ihn nicht zu stören.

Eines Abends sitzen wir nebeneinander auf meiner Couch und korrigieren in scheinbar einträchtigem Schweigen Klausuren, als mir plötzlich auffällt, dass ich schon seit längerem nicht mehr das gleichmäßige Kratzen seines Stiftes gehört habe. Ich frage mich, ob er etwa über einer Klausur eingeschlafen ist, schaue zur Seite und erschrecke, als ich sehe, wie er mich forschend mustert. Ich bin so überrumpelt, dass ich ihm versehentlich direkt in die Augen schaue, und dabei wird mir bewusst, wie selten ich das tue. Seine dunkelblauen Augen sind zu ernst, zu eindringlich.

Ich wende mich wieder der Klausur zu, die auf meinen Knien liegt, aber es ist bereits zu spät. Brad streckt die Hand nach mir aus und berührt mein Haar – unerträglich sanft wie der leiseste Windhauch. Dann wandert seine Hand von meinem Haar hinab zu meinem Kinn, und er dreht mein Gesicht zu sich herum.

»Lois«, beginnt er, und das Wort trifft mich wie ein Schlag. Ich wappne mich für das, was zweifellos gleich kommen wird. »Ich mache mir solche Sorgen um dich. Du hast keine Ahnung, wie viel du mir bedeutest. Lass uns einfach von hier verschwinden, lass uns zusammen irgendwohin fahren, lass uns …«

Mit einer hastigen, schroffen Bewegung entziehe ich mein Gesicht seinem viel zu zärtlichen Griff. »Ich habe durchaus vor, von hier zu verschwinden«, sage ich. Ich höre die Kälte in meinen Worten. »Sobald ich meine Zensuren eingereicht habe. Allerdings allein.« Ein Teil von mir will ihn anspringen, auf sein dämliches Karohemd einprügeln, ihn fragen, warum er die Grenze überschritten hat – die Grenze der Freundschaft, die ich mit solch immenser Sorgfalt gezogen und verteidigt habe; warum er alles kaputtmachen muss. Aber das ist nicht der Teil von mir, dem ich zu sprechen erlaube. »Ich bin dir dankbar für alles, ehrlich. Aber ich glaube, ich muss allein sein. Ich erwarte nicht, dass du das verstehst.«

Er macht ein irritiertes Gesicht, und mir wird klar, dass er sich fragt, ob ich mit dieser Ankündigung einfach nur mein Vorhaben, allein wegzufahren, wiederhole oder ob ich jetzt in diesem Moment allein sein will. Um jeden Zweifel auszuräumen, stehe ich auf und gehe zur Tür. Ich wickle mich fest in meine alte Strickjacke, als könnte ich sonst auseinanderfallen.

Unbeholfen sammelt er seine Klausuren ein. »Ich verstehe dich nicht. Ganz ehrlich. Weder deine bizarre Beziehung zu Sean noch dein Verhalten mir gegenüber. Und ich wünschte wirklich, es wäre mir scheißegal.« Seine Worte erscheinen mir weit weg, als gälten sie jemand anderem; ich lasse sie gar nicht erst näher an mich herankommen. »Ich finde, du machst einen Fehler«, sagt er im Gehen, und seine Worte sind traurig und voller Anklage. Er schließt leise meine Wohnungstür hinter sich, doch kurz darauf höre ich unten die Haustür so heftig zuschlagen, dass das ganze Haus davon erzittert, und irgendwie bin ich froh.

Sobald er weg ist, scheint sich die Atmosphäre in meiner Wohnung wieder zu normalisieren, und ich habe das Gefühl, als sei ein elementares Gleichgewicht wiederhergestellt. *Lois, du bist der Mond.*

Ich gehe zu meinem Computer und setze den Plan, den ich Brad gegenüber angedeutet habe, in die Tat um: Ich buche ein Ticket nach Vancouver, Abflug heute in einer Woche. So werde ich mehrere Tage vor meinem vereinbarten Treffen mit Chloe und dem Beginn der Dreharbeiten ankommen. Die Idee erscheint mir sinnvoll, auch wenn ich die Gründe dafür nicht vollständig erklären kann. Da ich allein bin, muss ich das auch nicht.

Seltsam erleichtert beschließe ich, meine Klausuren liegen zu lassen und mich stattdessen Gary zuzuwenden. Er wartet auf mich, ist allerdings ein wenig ins Straucheln geraten. Er kann sich immer noch nicht entscheiden, was er mit der Schauspielerin machen soll, noch weiß er, wie er die Autorin aufspüren oder was er mit ihr anfangen soll, sobald er sie hat. Die Schauspielerin schlägt von innen gegen den Kofferraumdeckel, aber niemand kann sie hören. Ich frage mich, wie viel Luft sie noch hat. Überlege, wie sich das herausfinden ließe. Schließlich starte ich eine Google-Suche und stelle entsetzt fest, dass ich nur einer von zahllosen Menschen bin, die wissen möchten, wie lange man im geschlossenen Kofferraum eines Autos überleben kann. Das Überfliegen mehrerer Diskussionsthreads liefert mir lediglich das Ergebnis, dass es keine eindeutige Antwort auf diese Frage gibt: Es sind zu viele Variablen im Spiel, allen voran das Wetter. Ich komme zu dem Schluss, dass die Schauspielerin in keiner unmittelbaren Gefahr schwebt, solange es nicht zu heiß wird und Gary sie mit ausreichend Wasser versorgt. Was er, so beschließe ich, selbstverständlich tut. Er bringt ihr Essen und Wasser und stellt ihr Fragen durch einen Spalt im Kofferraum, doch sie kann ihm nichts sagen, was ihn zufriedenstellen würde. Er hat dabei stets das Messer in der Hand, für den Fall, dass sie auf dumme Gedanken kommt. Er zieht Messer Pistolen vor – was natürlich mit dem Tod seines Vaters zusammenhängt. Zwar war er damals noch ein Kind, doch er hat sein Leben lang Geschichten darüber gehört, auch wenn diese meistens nicht für seine Ohren bestimmt waren. Er hat die Zeitungsartikel gelesen. Mit Schusswaffen will er nichts zu tun haben. Er legt sich ein kleines Arsenal an scharfen Gegenständen zu.

Ich erfahre auch, dass Autos, die nach 2002 gebaut wurden, mit einem Notöffnungsmechanismus ausgestattet sind: einem kleinen Hebel, mit dessen Hilfe sich der Kofferraum von innen entriegeln lässt. Das stellt für meine Geschichte allerdings kein Hindernis dar; selbstverständlich fährt Gary eine alte Rostlaube. (Was für eine genau? Das werde ich noch recherchieren.) Bei der Gelegenheit nehme ich mir vor, mein eigenes Auto daraufhin zu überprüfen, ob es auch über einen solchen Nothebel verfügt. Woher soll man das überhaupt wissen, wenn man sich plötzlich in einem Kofferraum eingesperrt wiederfindet? Bevor ich Feierabend mache, sorge ich noch dafür, dass die Schauspielerin eine Flasche Wasser und eine Kleinigkeit zu essen bekommt. Ich frage mich flüchtig, wie sie essen und trinken soll, wenn sie geknebelt ist, und wie Gary sicherstellen will, dass sie still bleibt, wenn sie *nicht* geknebelt ist. Aber all das sind Probleme, die sich lösen lassen.

Ich denke nicht an das Messer, das am anderen Ende der Stadt auf dem Grund des Flusses liegt, obwohl Garys neuestes Messer ihm sehr ähnlich sieht.

Chloe

Auf den ersten Blick scheint Arrow unverändert. Dieselben Geschäfte säumen die Hauptstraße, dieselben großen Freiflächen trennen die Häuser. Die Kinder, die die Seitenstraßen auf und ab radeln, könnten dieselben Kinder sein wie damals, genau wie die Hunde, die hinter ihnen herhecheln.

Aber als ich an die Tür des Farmhauses klopfe, öffnet mir eine Fremde. »Kann ich Ihnen helfen?«, fragt die Frau mittleren Alters. Sie trägt ein altmodisches Hauskleid, das Gail nicht für alles Geld der Welt anziehen würde. Im Hof steht ein Bulldozer, hinter dem Haus wird gebaut. Eine Erweiterung. Dumme Idee.

Im ersten Moment habe ich keine blasse Ahnung, was ich zu ihr sagen soll. Dann gelingt es mir zu stammeln: »Mein Vater – meine Familie – die haben hier gewohnt.«

»Die Smiths?«, fragt die Frau in verhaltener Hilfsbereitschaft. Inzwischen kommt sie mir vage bekannt vor. Sehr vage. »Das ist aber eine ganze Weile her. Die sind schon vor Jahren in die Stadt gezogen, bevor … Na, Sie wissen schon. Nachdem sie die Farm verkauft hatten.« Da sie mich nicht kennt, hält sie sich bedeckt.

Es hat keinen Sinn, ihr weitere Fragen zu stellen, aber ich tue es trotzdem. »Wohin in die Stadt?« Daddy hätte niemals die Farm verkauft. Ich bin völlig durch den Wind. Irgendwas stimmt hier nicht, und ich habe keine Ahnung, was. Natürlich weiß ich nicht, wie er gestorben ist. Gails Brief war alles andere als ausführlich. War er schon seit Jahren krank?

Sie erklärt mir den Weg zum Haus meiner Großmutter, und ich steige wieder ins Auto.

Grandma Mabels Haus wurde abgerissen und durch einen grauenhaften modernen Klotz ersetzt. In der Straße, die ansonsten mit hübschen weißen Häusern aus der Mitte des neunzehnten Jahrhunderts gesäumt ist wie in einem John-Mellencamp-Song, fällt es vollkommen aus der Reihe. Es ist groß, würfelförmig und mit einem hellrosa Zeug verputzt, das wohl wie Lehm aussehen soll. Gail öffnet mir in engen Jeans und einer tief ausgeschnittenen ärmellosen Bluse. Anscheinend ist ihr bereits zu Ohren gekommen, dass ich hier bin – mein Prius ist unter all den dicken amerikanischen Autos nicht unbemerkt geblieben. Oder vielleicht hat die Frau auf der alten Farm sie auch angerufen. Gail sieht aus, als hätte sie sich mir zu Ehren frisch geschminkt. Sie lächelt nicht.

»Du hast was machen lassen«, stelle ich fest und folge ihr in die Küche.

»Du meinst am Haus?« Sie sieht sich voller Stolz um, wie eine Katze, die gerade einen Schäferhund verspeist hat. Nur bösartiger als eine Katze.

»Nein, ich meine an dir.« Ich verschwende keine Mühe darauf, meine Gehässigkeit zu verbergen. Es ist ohnehin klar, dass keiner von uns beiden einen auf nett machen wird. So wie es aussieht, hat sie sich ordentlich Fett absaugen lassen, und an Gesicht und Hals wurde ebenfalls herumgeschnippelt. Dazu noch eine Runderneuerung des Busens.

»Wo ist Grandma Mabel?«, frage ich, da ich nirgendwo eine Spur ihrer Möbel, ihres Stils, ihrer Gegenwart entdecken kann. Die Akzente in Pastell und Gold lassen einen denken, man befände sich in Barbies Penthouse. Oder in Florida. Grandma Mabel hätte da nie im Leben mitgemacht. Womit die Antwort auf meine Frage wohl auf der Hand liegt. Ich wappne mich für die Nachricht.

»Sie ist draußen in Ravenswood.«

Das ist ein Altersheim etwa zwanzig Meilen entfernt. Könnte schlimmer sein. »Ich fahre sie nachher besuchen«, meine ich, ehe mir wieder einfällt, dass es besser ist, Gail nichts zu sagen, absolut gar nichts.

»Sie wird dich nicht wiedererkennen«, sagt Gail und lächelt zum ersten Mal. »Auch dafür ist es jetzt zu spät. Ich habe deinem Vater versprochen, dir zu schreiben, aber ich habe nicht geglaubt, dass du dich tatsächlich hier blicken lässt. Ich habe ihm gesagt, du würdest nicht kommen«, erklärt sie mit deutlicher Befriedigung und lässt mir Zeit, den Sinn hinter ihren Worten zu begreifen.

»Du bist so ein Miststück, Gail. Daran hat sich nichts geändert.« Ich werde sie nichts fragen, ihr nichts mitteilen, ihr nichts geben, was ihrer Gemeinheit Nahrung geben könnte.

In dem Moment kommt ein junger Mann in die Küche geschlappt. Er trägt Boxershorts und ein schmuddeliges T-Shirt, und an der Stelle, wo die beiden sich treffen, schaut sein speckiger Bauch hervor. Er riecht nach Zigaretten und verschwitztem Schlaf. Er verpasst Gail einen Klaps, der halb auf ihrem Arsch, halb auf ihrer Hüfte landet, und will wissen, was es zum Abendessen gibt.

Sie schiebt seine Hand weg. »Schau mal, wer da ist«, sagt sie. »Deine lang verschollene Schwester.«

Er sieht auf und schüttelt sich den überlangen Pony aus den Augen. »Carly May?« Er klingt ungläubig. »Mann.«

»Zieh dir was an«, sage ich. »Ich lade dich zum Essen ein.«

Er schaut zu Gail. Damit sie ihm ihr Einverständnis gibt? Ein Muttersöhnchen *und* ein Versager also. Klasse Leistung, Gail. »Ich stehe euch bestimmt nicht im Weg«, sagt sie.

Sein Blick driftet zurück zu mir. »Okay«, sagt er. »Geht klar für mich. Gib mir fünf Minuten.« Er zieht sich wieder zurück.

»Er wird dir alles sagen, was du wissen musst«, sagt Gail, dann verschwindet auch sie in den Tiefen des Hauses. Sie stolziert geradezu davon, als würde sie glauben, sie lege einen dramatischen Abgang hin.

Eddy's bezeichnet sich selbst als »Bar & Grill«, aber in Wirklichkeit ist es weder das eine noch das andere. Hier wird zwar billiges Bier ausgeschenkt, aber jeder beargwöhnt, der bei einem Besuch mehr als zwei oder drei Gläser trinkt, und so gut wie alle Gerichte auf der Speisekarte kommen aus der Fritteuse. Ich fahre deshalb mit Jaden hierher, weil es sonst nur noch das Diner gibt, und da hätten wir nicht unsere Ruhe. Bei Eddy's rutschen wir in eine der dunklen Sitznischen. Ich fege ein paar Krümel vom Tisch. Außer uns ist kaum jemand da. Ich setze meine Sonnenbrille ab und muss plötzlich über mich selbst lachen. Ich bin so blöd. Als ob mich nach einem Jahrzehnt noch jemand erkennen – oder sich einen feuchten Dreck für mich interessieren – würde.

»Ich hab dich in ein paar Filmen gesehen«, sagt Jaden überraschenderweise. »Braden und ich haben oft deine Filme geguckt.«

Ich versuche diese Information zu verarbeiten. »Ihr wusstet Bescheid? Daddy auch?« All die Jahre glaubte ich, sie hätten keinen Schimmer, was aus mir geworden ist. Ich habe die ganze Zeit angenommen, mein neues Leben als Chloe Savage wäre ein Geheimnis, noch dazu eins, das nicht in Gefahr war aufzufliegen.

»M-hm«, sagt Jaden. »Wir wissen's schon seit einer ganzen Weile. Anfangs noch nicht. Ich meine, direkt nachdem du weg bist und Ma das Buch geschrieben hat. In der ersten Zeit war es so, als wärst du komplett vom Erdboden verschluckt. Aber dann – keine Ahnung, ein paar Jahre später vielleicht –, da haben wir dich hin und wieder gesehen. Wir haben Fernsehen hier in Nebraska, weißt du? Sogar Kinos.« Er sagt dies ein wenig vorwurfsvoll, weil mir das offenbar noch nicht in den Sinn gekommen ist. »Ma musste Dad versprechen, der Presse gegenüber dichtzuhalten«, fügt er hinzu. »Sonst hätte sie dich schon vor Ewigkeiten geoutet.«

War es vermessen, davon auszugehen, dass die Distanz zwischen meinem und ihrem Kosmos so groß war, dass ich unentdeckt bleiben würde, selbst wenn mein Gesicht über Millionen Fernsehbildschirme flimmerte? *Nicht Carlys Gesicht*, verteidige ich mich. *Sondern Chloes. Das ist ein Unterschied. Carly gibt es nicht mehr.* Wie habe ich je glauben können, dass sie es nicht herausfinden würden? Plötzlich erscheint mir mein Vertrauen in meine Anonymität geradezu wahnhaft.

Jadens Miene ist nicht anklagend. Im Gegenteil: Ich bin sogar gezwungen, mein anfängliches Urteil über ihn teilweise zu revidieren, nun, da er vollständig angezogen ist, sich die Zähne geputzt und wenigstens ein bisschen Wasser ins Gesicht gespritzt zu haben scheint. Als Kind war er richtig hübsch. Man erkennt noch Spuren dieses früheren Potentials – an den Stellen, wo sein Gesicht nicht aufgeschwemmt ist und keine kümmerlichen Haarbüschel sprießen. Vielleicht ist er doch kein so tumber Klotz, wie ich ursprünglich dachte. Aber ich bin nicht hergekommen, um mich auf einen sentimentalen Selbstgeißelungstrip zu begeben.

»Erzähl mir von Daddy«, fordere ich ihn auf.

Er beißt von seinem Burger ab und redet zwischendurch.

Erst war es nur eine Depression, erklärt er. Dann mehrere kleine Sachen hintereinander. Schwindelanfälle, Erinnerungslücken. Schließlich haben sie die Farm verkauft. (»Wieso?«, will ich wissen, und Jaden sagt: »Weil Ma gemeint hat, wir brauchen sie nicht mehr.«) Bald darauf wurde bei ihm Alzheimer diagnostiziert. »Früh… irgendwas.«

»Frühmanifest?«, helfe ich ihm aus.

»Ja. Frühmanifest.«

Außerdem hatte er Arthritis, unerklärliche Nervenleiden, eine chronische Erkältung – er kränkelte ständig, sagt Jaden, aber es war nicht schlimm genug, als dass sie sich ernsthafte Sorgen gemacht hätten. Kleinigkeiten eben. Ohne die Farm saß er den ganzen Tag nur herum und las, zog sich immer mehr in sich selbst zurück. Er fing kleinere Projekte rund ums Haus an, beendete aber nie eins. Sein Gedächtnis wurde immer schlechter. Er nahm alle möglichen Medikamente, sagt Jaden, gegen eine Million verschiedene Sachen. Und so ist es dann auch passiert: eine Million verschiedene Medikamente. Eine versehentliche Überdosis. Irgendjemand hat einen Fehler gemacht, vermutlich er selbst, Gail ist es jedenfalls ganz bestimmt nicht gewesen.

»Wäre es möglich, dass er es absichtlich gemacht hat?«, frage ich und versuche, vollkommen neutral zu klingen, als wäre die Sache nicht weiter von Belang.

Jaden ist schockiert. »Ausgeschlossen«, sagt er und wird rot. Zum ersten Mal sieht er ein wenig verärgert aus. »Mein Gott, wieso hätte er das denn machen sollen?«

Weil Gail ihm seine Farm weggenommen hat. Weil er sich zu Tode gelangweilt hat. Weil ich ihn im Stich gelassen habe. Weil es ihm beschissen ging. Weil er einsam war. Weil er in einem scheißverdammten rosa Haus wohnen musste, auf demselben Grundstück, auf dem zuvor das Haus seiner Mutter gestanden hatte, die ins Altersheim abgeschoben worden war.

»Nimm ruhig noch einen Nachtisch«, fordere ich Jaden auf, als könnte ich, indem ich ihm einen Haufen billiges, schlechtes Essen spendiere, frühere Versäumnisse nachholen. Oder den Diademzwischenfall wiedergutmachen. Ich sehe zu, wie er seinen Chocolate-Brownie-Sundae runterschlingt, und es ekelt mich ein bisschen.

Ich erfahre, dass er den Highschool-Abschluss gemacht hat, im Moment aber arbeitslos ist. Dass Braden im Irak war und ohne einen Kratzer zurückgekehrt ist – nur in seinem Hirn wurde bei der Explosion einer Straßenbombe, die er ansonsten unbeschadet überlebte, etwas gehörig durcheinandergerüttelt. »Der ist total verstrahlt«, sagt Jaden voller Gefühl. Ich kann nicht genau sagen, was für ein Gefühl das ist. Braden lebt zusammen mit seiner gleichermaßen verstrahlten Freundin in einem Trailer draußen vor der Stadt. Grandma Mabel weiß ihren eigenen Namen nicht mehr und den ihrer Familienmitglieder schon gar nicht. Man kann sie besuchen, aber sie ist immer unfreundlich zu Besuchern. Zwei der Pfleger hat sie ganz gern, ansonsten kann sie niemanden leiden. Sie redet mit Leuten, die nur sie sehen kann, und selbst diese unsichtbaren Leute scheint sie nicht besonders zu mögen. Ich beschließe, sie doch nicht besuchen zu gehen. Gail »schreibt« an einem neuen Buch. Er fängt an mir zu erzählen, worum es darin geht, aber ich will es gar nicht wissen.

Lois

Ich drehe den Kopf zum Fenster und schaue nach unten. Wolken ballen und türmen sich viele Meilen unter uns. Ich klappe meinen Laptop auf und versuche zu schreiben, aber Gary stellt sich quer. Ich bin fast ein wenig erleichtert. So habe ich keine andere Wahl, als den Roman zu lesen, den ich mir am Flughafen gekauft habe. Zwischendurch nicke ich immer wieder ein. In meinem Kopf ist es eigentümlich still.

Es gefällt mir, nirgendwo zu sein. Schade, dass ich nicht länger bleiben kann.

In Seattle, wo ich einen kurzen Aufenthalt habe, macht eine SMS von Sean meine ungewohnte innere Ruhe zunichte: *Sie nähern sich, stimmt's?* Ich erschauere und wünsche mir, ich hätte ihm niemals meine Nummer gegeben. Woher weiß er überhaupt, wo ich bin und was ich vorhabe? Ich stelle mir vor, wie er in der Nähe meines Hauses auf der Lauer liegt; wie er mich heute Morgen in aller Frühe dabei beobachtet, wie ich mein Gepäck in den Kofferraum lade, und wie er die entsprechenden Schlüsse daraus zieht. Aber gesetzt den Fall, er hat mich tatsächlich wegfahren sehen – woher hätte er wissen sollen, wohin? Wem oder was nähere ich mich? Bestimmt blufft er nur. Ich lösche die Nachricht und versuche, nicht mehr daran zu denken.

In Vancouver miete ich mir ein Auto und mache mich auf die Fahrt in den winzigen Ort, in dem ich mich die nächsten Tage über verkriechen will. Carly-Chloe und die anderen Schauspieler werden in einem wunderschönen Landhotel zehn Meilen außerhalb des Ortes untergebracht sein, aber selbst wenn es nicht komplett ausgebucht wäre, würde es meinen Zwecken nicht genügen. In etwa einer Woche werde ich das Zimmer in dem hübschen Bed & Breakfast beziehen, das die Filmgesellschaft für mich reserviert hat, fürs Erste jedoch bin ich hier und gleichzeitig auch nicht. Ich nehme mir ein Zimmer in einem annehmbar aussehenden, aber bescheidenen Motel direkt am Highway, der mitten durchs Ortszentrum führt. Anfangs habe ich stark das Gefühl aufzufallen und mache mir Sorgen, die Leute könnten mich irgendwelcher illegaler Aktivitäten verdächtigen; für den Fall, dass jemand misstrauisch genug ist, mich zu fragen, was ich hier mache, lege ich mir eine plausible Urlaubsgeschichte zurecht. Gleich darauf wird mir klar, dass ich mich vollkommen absurd verhalte; warum sollte jemand überhaupt von mir Notiz nehmen, geschweige denn sich über mich Gedanken machen? *Du bist nicht der Mittelpunkt des Universums, Lois,* höre ich jemanden sagen. Meine Mutter? Nein, *ihn*. Zed. Dabei hatte er solche Mühen auf sich genommen, um mich zu finden. Seine Botschaften waren, gelinde gesagt, ambivalent. Wir waren sehr wohl der Mittelpunkt des Universums, Carly May und ich. Einen Sommer lang.

Chloe

Ich fahre nach Omaha, lasse meinen Wagen auf dem Platz für Langzeitparker stehen und buche einen Flug nach British Columbia. Das Autofahren bin ich langsam leid und den ewig gleichen Blick auf endlose Felder auch. Was mit meinem Auto werden soll, kann ich später immer noch entscheiden. Eine Idee keimt in mir auf: Ich könnte Jaden Geld geben, damit er es abholt und nach L. A. fährt. Falls ich einen Bruder haben möchte. Möchte ich einen Bruder? Ich bin mir nicht sicher und auch nicht in der Stimmung, darüber nachzudenken. Am Flughafen sitze ich in einer Sportsbar, trinke Wein und lese Zeitschriften. Im Flugzeug schlafe ich. Es kommt mir vor, als hätte ich das lange nicht mehr getan.

Lois

Ich freue mich, als ich in fußläufiger Entfernung zu meinem Motel ein altmodisches Diner entdecke. Dorthin gehe ich, um ein frühes Abendessen einzunehmen. (Ich will mir die Abende zum Schreiben frei halten.) Ich bestelle Käsetoast mit Pommes frites, obwohl ich seit neuestem kaum noch Appetit habe. Brad hat mich gefragt, ob ich abgenommen hätte, und ich habe es verneint, aber später bin ich dann auf die Waage gestiegen und musste feststellen, dass er recht hatte. Um ehrlich zu sein, habe ich nicht viele überflüssige Pfunde; das ist seit jeher so. Wenn ich wollte, könnte ich wahrscheinlich mein Leben lang Pizza und Makkaroni mit Käse essen und würde trotzdem schlank bleiben. Ich knabbere an einer Pommes und überlege, ob ich versuchen sollte, ein bisschen Gewicht zuzulegen, womöglich sogar regelmäßig Sport zu treiben.

Doch dann stutze ich, erstaunt darüber, dass mich derart triviale Gedanken beschäftigen und einen Moment lang die Sorgen überlagert haben, die mich nun schon so lange verfolgen. Sean. Gary. Meine Fortsetzung. Der Film. Und allen voran Carly May. Oder Chloe. Was, wenn Chloe Savage eine Wildfremde ist – jemand, den ich überhaupt nicht kenne? Was, wenn sie jede Spur der rotzigen, hochnäsigen, eigensinnigen, frühreifen Carly May getilgt hat? Was, wenn ich der allerletzte Mensch auf Erden bin, den sie sehen will?

Nein, rufe ich mir ins Gedächtnis. Mit meiner inneren Ruhe ist es jetzt vorbei. Chloe Savage hat selbst um das Treffen gebeten. Sie hat sich dafür entschieden, in dem Film mitzuspielen. Sie hat nichts vergessen, sosehr sie es vielleicht auch versucht hat. Sie ist neugierig. Ich kann es spüren. Vielleicht ist sie nicht *nur* neugierig, aber auch. Immerhin ein Anfang.

Ein Anfang wovon? Was, wenn sie dich hasst? Die Möglichkeit schießt mir ohne jede Vorwarnung durch den Kopf. *Was, wenn sie dich immer schon gehasst hat?* Ausgeschlossen, schieße ich zurück. Das wäre viel zu einfach. *Aber sie könnte dich wegen des Buches hassen.* Nein, ich kenne sie besser.

Hass: Hetäre, Hypsiphobie, Harpyie, Houppelande, Hadeharie (das ständige Benutzen des Wortes »Hölle«; wer braucht einen Ausdruck für so etwas?). *Hyalin.*

Ich esse zu langsam; mein Toast wird kalt und härtet zu einem festen Brett aus. Ich schiebe den Teller zur Seite und suche in meiner Handtasche nach der Geldbörse. Es ist zu hell hier drin. Das ist immer das Schlimmste an jedem Diner, egal, wohin man kommt: Hier wird alles in grellem Licht ersäuft.

Zurück im Motel, setze ich mich an meinen kleinen Schreibtisch, klappe meinen Laptop auf und wecke ihn mit einem Tastendruck aus dem Ruhezustand. Der Computer ist die einzige Lichtquelle im Raum; ich lasse es im Zimmer dunkel genug, dass das Fenster mir den Blick auf den Parkplatz gewährt, statt nur mein eigenes Spiegelbild zurückzuwerfen. Wenn ich eins im Moment nicht sehen will, dann mein bleiches, müdes, ungewohnt ausgezehrtes Gesicht. Auf dem Bildschirm erscheint der Ordner, in dem ich den Roman abgespeichert habe. Er enthält eine Reihe von Dokumenten, darunter ältere Versionen des Anfangs, eine grobe Skizze des Plots, die weit vor dem Ende abbricht, Stichpunkte zu Ideen und Figuren, Absätze, die ich gestrichen habe, aber noch nicht löschen wollte – und natürlich das eigentliche Manuskript. Wieso mein Blick nach rechts wandert, an den Dateinamen vorbei hin zu den Spalten, die kryptische Angaben zu Dateigröße und letztem Änderungsdatum enthalten, weiß ich selbst nicht genau. Aber als der Cursor über dem Icon meines Manuskripts innehält, fällt mir der Zeitstempel ins Auge: *Zuletzt geändert: 25. 06. 2012 14:50*

Der 25. Juni, das ist … heute? Ja. Ich habe nicht genau darauf geachtet, aber so viel weiß ich: Um 14:50 Uhr befand ich mich auf dem Rollfeld in Seattle, kurz vor dem Start. Meine elektronischen Geräte waren, wie es sich gehört, ausgeschaltet und verstaut.

Und trotzdem hat zu dem Zeitpunkt jemand meine Datei geöffnet – und nicht nur geöffnet, sondern sogar Änderungen an ihr vorgenommen.

Mein Laptop befand sich die ganze Zeit in meiner Tasche. Die Tasche lag unter meinem Vordersitz.

Was bedeutet, dass jemand von außen darauf zugegriffen haben muss.

Jetzt fällt mir die SMS von Sean wieder ein, die durchblicken ließ, dass er über meine Aktivitäten beunruhigend gut informiert war. Dann erinnere ich mich an den Tag, als ich die Datei öffnete und feststellte, dass Schriftgröße und Seitenränder anders waren als zuvor – ich hatte die Veränderungen auf einen Rechnerfehler geschoben. Mein Gmail-Kalender enthält alle meine Termine. In den E-Mail-Ordnern ist die Korrespondenz mit meiner Agentin gespeichert. Wie viel kann Sean gelesen haben? Ich weiß absolut nichts über das Hacken von Computern. Meine vagen Vorstellungen davon, was möglich ist und was nicht, stammen ausnahmslos aus Filmen und Fernsehserien, in denen bebrillte Computernerds sich überall reinmogeln können, wo sie nur wollen, sei es das Pentagon oder der geheime Hassblog eines zukünftigen Serienmörders. Sean wirkt auf mich nicht schlau genug für so eine Aktion, aber wer weiß? Ich habe ihn schließlich nicht zum ersten Mal unterschätzt.

Gehen wir also davon aus, dass es möglich ist. Aber was hat es zu bedeuten?

Ich habe keine Ahnung. Merkwürdigerweise fällt mir nicht das Geringste dazu ein.

Ich ändere sämtliche Passwörter, obwohl ich nicht weiß, ob das etwas nützt. Ich deaktiviere die Kalenderfunktion. Zu guter Letzt lösche ich auch noch meine Facebook-Seite, obwohl ich die sowieso fast nie besuche.

Ich sitze im Dunkeln und denke nach.

Chloe

Bei der Landung in Vancouver geht es mir richtig dreckig. Ich wasche mir auf der Damentoilette das Gesicht und betrachte mich eingehend im Spiegel. Ich habe Schatten unter den Augen – nicht gerade eine schockierende Entdeckung. Direkt über meiner linken Augenbraue zeichnet sich eine hauchdünne Falte ab und unmittelbar darüber der Schatten einer zweiten. Die linke Augenbraue ist die, die ich immer hochziehe. Wie oft habe ich andere Menschen hochnäsig oder skeptisch angesehen? Jetzt werde ich dafür bestraft. Ich denke nicht, dass einem oberflächlichen Betrachter die Falten auffallen würden. Aber die Kameras registrieren den beginnenden Verfall immer als Erste.

Bislang habe ich die Finger von Botox gelassen, aber die Zeit wird kommen. Schon jetzt habe ich länger darauf verzichtet als die meisten anderen Schauspielerinnen, die ich kenne. Mitunter frage ich mich, was zum Henker ich damit eigentlich beweisen will. Mein tugendhaftes Festhalten am natürlichen Alterungsprozess wird kein Schwein beeindrucken. Schließlich bin ich nicht Helen Mirren. Chloe Savage kann sich nicht allzu viel Tugendhaftigkeit leisten. Das verlangt auch niemand von ihr.

Ich schmiere Concealer über die Augenschatten und sehe mich böse an. Manche Leute benutzen den Spiegel, um zu üben, möglichst hübsch auszusehen, und ich will nicht behaupten, dass ich dagegen gefeit bin, aber im Moment ziehe ich mein grimmiges Gesicht vor. Mein Wutgesicht. Da außer mir niemand im Waschraum ist, fletsche ich kurz die Zähne. Als ich mich danach vom

Spiegel abwende, glaube ich den Schatten einer dunklen Perücke im Glas zu sehen – steif und billig, nicht eine von den unzähligen Perücken, die ich als Schauspielerin getragen habe, sondern die *ursprüngliche* Perücke, die Entführungsperücke. Ich weiß noch, wie ich versucht habe, mich im Spiegel der hässlichen Tankstellentoilette damit anzufreunden, und wie der dunkle Pony mir schnurgerade die Stirn abschnitt. Alles hat sich seit jenem Tag verändert, absolut alles, was man sich nur vorstellen kann. Ich fasse mir mit einer Hand an den Kopf und rechne halb damit, Plastikpuppenhaare zu fühlen. Aber nein, es sind meine eigenen, weich und seidig und ungewaschen.

Ich bin jetzt ein Cop, fällt mir wieder ein, ich binde mir die Haare zu einem Pferdeschwanz zusammen und lege den Lippenstift ungenutzt zurück in die Handtasche. Ich stapfe durchs Flughafengebäude zur Gepäckannahme wie eine Frau, die ein kompliziertes Verhältnis zu ihrer eigenen Autorität, ihrer Macht und der Waffe in ihrem Halfter hat. Na ja, am Flughafen würde ich natürlich keine Waffe tragen, aber grundsätzlich, im Alltag. Ich werfe argwöhnische Blicke in alle Richtungen und setze eine leicht arrogante Miene auf, lasse sie dann aber wieder entgleisen, und sie verwandelt sich in verhaltene Unsicherheit. Ich muss an diese Ermittlerin glauben.

Meine Designerkoffer sind mir dabei nicht gerade eine Hilfe.

Wer um alles in der Welt würde Polizist werden wollen?

Ich hätte arrangieren können, dass jemand mich abholt, aber ich habe mir einen Wagen gemietet. Ich will unabhängig sein.

Und ich will einen Drink, Cop hin oder her.

Das Landhotel, in dem der Großteil des Casts untergebracht sein wird, liegt ziemlich weit außerhalb der Stadt. Tief im Wald, aus naheliegenden Gründen. Als ich es zum ersten Mal sehe, gerate ich in Panik, aber dann sehe ich, dass es im Erdgeschoss einen Pub gibt. Vorausschauender Hotelbesitzer hier draußen im Nirgendwo. Ich wohne in einem der kleinen Gästebungalows hinter dem Hauptgebäude. Von außen macht er einen ziemlich rustikalen Eindruck, aber die Ausstattung lässt nichts zu wünschen übrig. Ich lasse mir ein Bad ein, stopfe meine Klamotten in die Schubladen, verteile meine Habseligkeiten im Zimmer, damit ich mich wohl fühle, und schalte den Fernseher ein, um ein bisschen Gesellschaft zu haben.

Ich hole mir ein winziges Fläschchen Whisky aus der Minibar und lasse mich in die Wanne gleiten. Eingelullt durch die Stimme einer Nachrichtensprecherin im Hintergrund, versuche ich, an gar nichts zu denken. Ich habe so das Gefühl, dass mir das von jetzt an immer schwerer fallen wird.

Neben der Badewanne befindet sich ein großes Fenster mit Ausblick auf den dunklen Wald hinter dem Hotel. Es gibt eine Jalousie, aber sie ist nicht herabgelassen. Bescheuerte Stelle für ein Fenster. Nicht, dass es einen Grund gäbe, weshalb sich irgendjemand da draußen herumtreiben sollte – aber undenkbar ist es auch nicht. Ich stelle mir vor, wie plötzlich zwischen den Bäumen ein Gesicht auftaucht und meinen in der Wanne liegenden nackten Körper angafft. Gute Szene für einen Horrorfilm. Ich lasse die Jalousie herunter. Dann genehmige ich mir einen Schluck Whisky. *Werd jetzt bloß nicht schreckhaft*, ermahne ich mich. *Du bist weiß Gott schon anstrengend genug.* Ich tauche unter, so dass ich eine Zeitlang nichts sehe und höre außer dem Gluckern des Wassers, das meine Gedanken übertönt. Das alles übertönt, was mich zu mir macht. Gäbe es doch nur einfachere Möglichkeiten, diesen Zustand zu erreichen.

Später gehe ich in den Pub. Ich bin halb Chloe, halb Mandy, der Cop. Es ist ein notwendiger Kompromiss. Mandys Geschmack (was Kleidung, Haare, eigentlich alles angeht) ist scheußlich, und ich will es nicht riskieren, meinen neuen Kollegen (von denen ich hoffe, dass sie noch nicht angekommen sind, aber man kann nie wissen), als modisch minderbemittelte Kleinstadtpolizistin gegenüberzutreten. Von einem derart verheerenden ersten Eindruck würde ich mich nie mehr erholen. Innerlich allerdings bin ich nach wie vor Mandy, weshalb ich mich auch nicht an den langen geschwungenen Holztresen setze, sondern an einen kleinen Tisch in der Ecke des niedrigen Raums, dessen Optik von dunklem Holz, hellem Naturstein und freigelegtem Balkenwerk beherrscht wird.

Von hier aus kann ich alle sehen, werde aber selbst kaum wahrgenommen. Ich bin hier, um zu beobachten, nicht um beobachtet zu werden, zu sehen, statt gesehen zu werden. Was für ein merkwürdiges Gefühl.

Ich trinke Wein – auch das ein Mittelweg: Ich habe mir vorgenommen, meinen Martinikonsum in Kanada herunterzufahren, trotzdem kann ich mich nicht vorbehaltlos auf Mandys Vorliebe für Bier einlassen, es sei denn, ich will die Hälfte meiner Zeit hier auf dem Laufband verbringen. (Ich nehme mal an, dass es ein Laufband gibt. Ich male mir aus, wie ich stattdessen durch den Wald jogge, aber die Vorstellung lässt mir das Blut in den Adern gefrieren. Mein Widerwille ist so stark, dass es mich kalt erwischt.)

Ich bin gerade bei meinem zweiten Glas Sauvignon Blanc, da fällt mir ein Mann auf, der wie ich in einer Ecke sitzt. Er hat mir den Rücken zugekehrt, trägt Jeans und ein Flanellhemd, das nach Designerstück aussieht. Seine Haare machen den Eindruck, als hätte er mal einen sehr teuren Haarschnitt gehabt, wäre aber länger nicht mehr beim Friseur gewesen. Er hält Abstand zu den übrigen Gästen – ausgelassene Urlauber, in der Mehrheit wohlhabende Kanadier, denen man ansieht, dass sie auf Golf- und Tennisplätzen zu Hause sind.

Ein Schauspieler. Plötzlich, und ohne auch nur einen Blick auf sein Gesicht geworfen zu haben, bin ich mir sicher, dass ich ihn kenne. *Dreh dich um*, befehle ich ihm im Geiste. Nicht weil ich von ihm gesehen werden will, denn ausnahmsweise will ich das einmal nicht. Vielmehr will ich *ihn* sehen.

Aber er tut mir den Gefallen nicht. Er liest Zeitung. Nach einer Weile – inzwischen bin ich beim dritten Glas angelangt und habe ein kleines Schälchen Knabberzeug dazu bekommen – faltet er die Zeitung ordentlich zusammen, legt sie beiseite und beginnt wie ein Besessener auf seinem Handy herumzutippen. Er dreht sich immer noch nicht um. Ich schwöre bei Gott, er dreht sich kein einziges Mal um. Etwas an seinen Bewegungen hypnotisiert mich regelrecht: Die Art, wie er sitzt, die Art, wie er die Hand hebt, um sich hin und wieder die Haare nach hinten zu streichen, wie er das Bierglas zum Mund führt, den ich nicht einmal sehen kann – er verfügt über eine beeindruckende körperliche Ökonomie, finde ich und analysiere ihn mit dem scharfen Blick eines Schauspielers (also gut, einer Schauspieler*in* mit einer knappen Flasche Wein im Blut). Er gebraucht immer nur die Muskeln, die für das Ausführen einer Tätigkeit absolut notwendig sind, die fundamentale Ruhe seines Körpers wird davon nicht gestört. Endlich steht er auf, steckt sein Handy in die Hosentasche, lässt die Zeitung liegen, wirft ein paar Geldscheine auf den Tisch und geht. Er steht mit dem Rücken zu mir und dreht sich nur ein ganz klein wenig zur Seite, um dem Mann hinter der Theke höflich zum Abschied zuzuwinken, dann wendet er sich wieder ab und marschiert nach draußen.

Aber ich weiß es auch so.

Der Mann, den ich gerade gesehen habe, ist kein Geringerer als Billy Pearson. Er spielt *ihn*. Er ist Zed.

Lois

Ich erstelle eine neue Datei und nenne sie *Ideen für Schluss.* Falls Sean tatsächlich in meinen Rechner eingedrungen ist und die Arbeit an meiner Fortsetzung verfolgt hat, wird er den Köder garantiert schlucken. Bestimmt brennt er darauf zu erfahren, was aus Gary wird: welchen Weg er einschlägt und wie die Sache ausgeht. Ob er am Ende davonkommt. Wenn ich Sean als Schablone für Gary benutzt habe, hat Sean dann mit Gary dasselbe getan? Der Gedanke ist entsetzlich.

In Wirklichkeit enthält die Datei nur einen einzigen Satz: *Es ist aus, Sean.*

Was er gemacht hat, ist bestimmt illegal. Es *muss* illegal sein; das ist wie unerlaubtes Betreten oder Einbruch. Aber was kann ich tun? »Du musst zur Polizei gehen«, hat Brad nach der Nacht auf der Fußgängerbrücke zu mir gesagt. *Und was soll ich der Polizei sagen? Wie viel soll ich verraten und wo soll ich anfangen? Nein, danke.* Jetzt würde er mir vermutlich denselben Rat geben, dabei bin ich die Einzige, die dafür sorgen kann, dass die Sache ein gutes Ende nimmt. Ich habe meinen Zug gemacht, jetzt warte ich auf Seans.

Hacker: Hautelisse, Hidschab, Hooliganismus, Hekatombe. Ich habe ganz vergessen, wie sehr ich H-Wörter mag. *Hapaxanth, Hygrochasie. Husle* (ja, wirklich. Das ist ein Musikinstrument). *Haggada. Haecceitas.*

Haecceitas? Ich sehe das Wort ganz deutlich vor mir, doch es ist nichts als eine Ansammlung von Buchstaben ohne Sinn. Zed würde das sehr missfallen. Ich tippe es in meinen Rechner und frage mich, ob solche Suchanfragen zurückverfolgt werden können. In meinem Computer spukt es: So kommt es mir vor.

Haecceitas bedeutet *Dieses-Sein* oder *Diesheit. Hiersein. Etwas Einzelnes sein.* Interessant. Was mich beruhigt, ist, dass ich hier bin und Sean dort ist. Aber was auch immer er von mir will, die Entfernung zwischen uns ist so groß, dass ich nichts zu befürchten habe.

Was alles andere angeht, kann ich nicht klagen. Ich sitze aus einem ganz konkreten Grund in diesem beige-braunen Motelzimmer. Durchs Fenster sehe ich den Rand einer winzigen Ortschaft – Tankstellen und Fast-Food-Lokale – und in der Ferne die Berge. In der anderen Richtung, das weiß ich, liegen die Wälder. Und dorthin zieht es mich. In den Wald, in den tiefen, dunklen Wald. Wie im Märchen. Oder in einem Horrorfilm. Ich bin hier und Chloe auch. Ich atme. Ich nippe an meinem bitteren, lauwarmen Kaffee. Ich schmiede Pläne. Ich schalte mein Handy aus.

Im Ort kaufe ich mir ein Notizbuch – schlicht mit Spiralbindung und schwarzem Deckel. Auf seinen Seiten werden sich Garys letzte Taten entfalten. Ich empfinde eine prickelnde Vorfreude bei der Aussicht, von Hand zu schreiben, als könnte ich dadurch eine Verwandtschaft mit meinen längst verstorbenen Romanautoren aus dem achtzehnten und neunzehnten Jahrhundert behaupten. Es ist wie eine Reise in die Vergangenheit oder der Besuch auf einem Maskenball.

Haecceitas. Diesheit. Hier-und-Jetztheit.

Chloe

Was würde Mandy tun, am Morgen nachdem sie so dumm gewesen ist, auf eine Miniflasche Whisky noch eine ganze Flasche Wein zu trinken?

Mandy würde frühstücken. Ich frühstücke normalerweise nicht, insofern ist das für mich ein großer Luxus. Mandy soll eigentlich schlank und sportlich sein, aber trotzdem noch wie eine Kleinstadtpolizistin aussehen – nicht die Donutvariante, aber auch kein wandelnder Kleiderbügel. Mir wurde ans Herz gelegt, mich wie ein normaler Mensch zu ernähren, also bestelle ich Eier und Obst und eine ganze Scheibe Weizentoast. Das Frühstück gibt es in demselben kleinen Pub, in dem ich am Abend zuvor getrunken habe. (Mandy würde vielleicht einen Stapel Pancakes und mehrere Scheiben Bacon essen, aber es gibt Grenzen.)

Von nun an komme ich jeden Abend auf einen diskreten kleinen Absacker hierher und ziehe mich danach in meinen Bungalow zurück. Billy Pearson habe ich nicht wiedergesehen – weder im Pub noch im Hauptgebäude des Hotels und auch nicht auf dem Gelände. Es ist, als hätte ich ihn mir nur eingebildet, obwohl ich weiß, dass ich noch nicht *so* verrückt bin. Er muss hier irgendwo sein.

Ich stelle ihn mir draußen im Wald vor – vielleicht geht er jagen? Ein lächerliches Bild, trotzdem werde ich es nicht los.

Am vierten Tag regnet es. Es fängt in der Nacht an und macht auch am Morgen keine Anstalten nachzulassen. Es ist neblig und grau und kälter als zuvor, und der Regen hört sich an wie statisches Rauschen im Radio, nur dass man ihn nicht ausschalten kann. Ich frühstücke ausnahmsweise in meinem Bungalow, lese eine Stunde und mache mich dann auf den Weg in den Fitnessraum. (Denn es gibt hier selbstverständlich Laufbänder, ja sogar einen mit allen Schikanen ausgestatteten Sportbereich.) Mandy ist bisher jeden Tag auf dem Laufband gewesen, sie hebt Gewichte (ich, Chloe, hasse Gewichtheben wie die Pest, aber es kommt mir wie etwas vor, was man tut, wenn man bei der Polizei ist, also habe ich es ausprobiert), macht Yoga und Pilates. Schließlich ist hier sonst kaum etwas los. Und ich lese. Im Hauptgebäude des Hotels gibt es eine ganz hervorragende Auswahl an seichter Literatur, die frühere Gäste zurückgelassen haben, und ich arbeite mich durch die seichten Thriller und Kriminalromane. Es gibt auch anspruchsvolle Bücher, aber bis jetzt war ich nicht in der Stimmung, sie zu lesen. Ich rechtfertige mich damit, dass ich mir sage, dass Mandy in ihrer Freizeit genau dasselbe lesen würde, um der Welt der realen Verbrechen und der stupiden Polizeiarbeit zu entfliehen. (*Leck mich*, sagt Mandy in meinem Kopf. So was hört man nicht oft von ihr. Sie ist zwar nicht verklemmt, aber mit Kraftausdrücken um sich zu werfen ist einfach nicht ihr Stil. *Ich lese Dickens und klassische Detektivliteratur.* Ich versuche sie zu besänftigen: *Sicher, das bestreitet doch niemand. Aber die hier würden dir bestimmt auch gut gefallen. Probier mal eins!* Als würde ich ihr Süßigkeiten oder Drogen aufschwatzen. Sie wird schon noch einlenken.)

Heute bin ich schon fast eine halbe Stunde auf dem Laufband und lechze nach einer kleinen Verschnaufpause (Laufen gefällt mir nur unwesentlich besser als Gewichtheben), als ein vertrauter, großer, dunkelhaariger Beinahefremder hereinkommt und das Laufband neben mir besteigt. Für meinen Geschmack ist das ein bisschen zu nah, zumal alle anderen Laufbänder, die sich *nicht* unmittelbar neben meinem befinden, frei sind. Aber gleichzeitig bin ich auch neugierig. Und ein bisschen überrumpelt, wodurch sich dieses flattrige Teenagergefühl bei mir einstellt, das ich schon seit Jahren nicht mehr gehabt habe – das ich eigentlich selbst als Teenager kaum jemals hatte. Vielleicht ist das Mandys Einfluss zu verdanken.

Er nickt mir höflich zu und hat gerade angefangen, sein Laufband zu programmieren, als sein Blick abermals in meine Richtung zuckt, als wäre ihm soeben etwas klargeworden. Weil ich aber starr geradeaus schaue – er soll mich nicht dabei ertappen, wie ich ihn mustere –, gelingt es ihm nicht, meinen Blick einzufangen. Also läuft er los. Er zieht rasch das Tempo an und dreht seine Musik so laut, dass ich sie sogar durch meine eigenen Ohrstöpsel höre. Dummerweise ist es mir jetzt zu peinlich, auf Schrittgeschwindigkeit herunterzuschalten, also renne ich weiter, obwohl ich wirklich langsam das Gefühl habe, sterben zu müssen. Ich erhöhe sogar noch die Geschwindigkeit. *Du Volltrottel*, sage ich mir. *Wen willst du damit eigentlich beeindrucken?* Aber es hilft nichts.

Erst als meine Beine so schwach sind, dass ich Angst habe, von dem dämlichen Laufband herunterzufallen, höre ich auf. Ich schlage mich nicht erst mit einer Abkühlungsphase herum, sondern schalte das Ding einfach aus, stelle mich auf den Rand und warte, bis die Maschine zum Stillstand gekommen ist.

Überraschenderweise hält mein Nachbar sein Laufband ebenfalls an.

»Na?«, sagt er, als ich mir den Schweiß aus dem Gesicht wische. »Du bist Chloe Savage, oder? Die Dame von der Polizei?«

»Ermittlerin«, sage ich und ziehe mir die Stöpsel aus den Ohren. »Eine Dame ist sie nicht.« (Obwohl ich finde, dass sie in gewisser Weise durchaus eine Dame ist). Ich lächle leicht anzüglich, um meiner besserwisserischen Bemerkung den möglicherweise vorhandenen feministischen Stachel zu ziehen. Gleichzeitig denke ich: *Die arme Mandy muss sich solchen Mist bestimmt ständig anhören. Kein Wunder, dass sie ein bisschen reserviert ist.*

»Klar, natürlich nicht. Ist das der Grund, weshalb sie in den Entführer verknallt ist?« Er zwinkert mir zu.

Netter Trick, denke ich und bin froh, dass mein Gesicht vor Erschöpfung bestimmt so sehr glüht, dass ein mädchenhaftes Erröten nicht mehr ins Gewicht fällt.

Denken Sie jetzt bitte nichts Falsches. Billy Pearson, das weiß jeder, hat eine wunderschöne Frau (keine Schauspielerin, oh Wunder) und ein unfassbar hübsches Kind. Er flirtet nicht mit mir, und ich bin nicht im Begriff, mich in ihn zu vergucken. Falls ich überhaupt ein Herz habe, hängt dies immer noch an dem Englischprofessor in Arcata. Das klingt vielleicht merkwürdig, aber es ist die Wahrheit.

Allerdings macht mich die Tatsache, dass Mandy sich zu dem Entführer hingezogen fühlt – um nicht zu sagen: besessen von ihm ist –, ein bisschen wirr im Kopf. Genau wie der Umstand, dass Billy Pearson dem echten Entführer so ähnlich sieht, dass ich immer wieder blinzeln muss, um mich zu vergewissern, dass meine Augen mir keine Streiche spielen.

Wenigstens glaube ich, dass er ihm ähnlich sieht. Kann ich meiner Erinnerung wirklich trauen? Ich war zwölf und traumatisiert. Vielleicht projiziere ich Zed einfach nur auf den Körper dieses Mannes, dieses Schauspielers, der eine entfernte Ähnlichkeit mit ihm hat – und der mich ansieht, als könnte er meine Gedanken lesen, was mich tierisch ärgert.

»Bist du gerade erst angekommen?«, frage ich beiläufig, als wäre mir die Antwort vollkommen egal. Als hätte ich ihn nicht vor knapp einer Woche im Pub gesehen.

»Nein. Normalerweise jogge ich auch im Freien, aber bei dem Regen …« Er verzieht das Gesicht zu einer charmanten Grimasse und deutet auf die von Schlieren und Tropfen überzogenen Fensterscheiben. »Im Wald gibt es großartige Wanderwege. Mehrere

Meilen lang. Ich hasse Laufbänder – man rennt und rennt und kommt doch nirgendwo an.« *Wie originell.* Er schenkt mir ein entwaffnendes Lächeln. Womöglich verfügt er über ein ganzes Arsenal solcher Gesichtsausdrücke, um sein Gegenüber für sich einzunehmen. Ich empfinde das als leicht abstoßend, auch wenn Mandy sich davon blenden lässt. »War aber nicht persönlich gemeint. Wenn das hier dein Ding ist …«

»Laufen ist nicht wirklich mein *Ding*, egal, in welcher Form.«

»Aber du machst es trotzdem«, stellt er heiter fest. Eine sehr zweideutige Bemerkung, wie ich finde: Was genau will er damit sagen? Ist das nun gut oder schlecht?

»Und«, fährt er fort, wobei er sich ein kleines Stück zu mir beugt, als wollte er mir ein Geheimnis anvertrauen, »ich war jagen.«

Jagen? Hat er das wirklich gerade gesagt?

»*Jagen*?«, wiederhole ich ungläubig, und mir fallen meine Hirngespinste wieder ein. »Ernsthaft?« *Aber Zed hat gar nicht gejagt. Man könnte meinen, es hätte zu ihm gepasst, aber er hat nicht gejagt. Du hast falsch geraten.*

»Ernsthaft. Na ja, ich habe nicht geschossen. Aber ich hatte ein Gewehr und Jagdkleidung und habe Tieren nachgestellt. Ich habe sogar auf sie angelegt, ich habe bloß nicht abgedrückt.«

»Weil du nicht wolltest oder weil du nicht konntest?« Ich kenne ihn nicht gut genug, um ihm bohrende Fragen zu stellen oder in einem derartig spöttelnden, vertraulichen Ton mit ihm zu reden. (So würde es wohl in einem der Romane beschrieben werden, die ich gerade lese.) Fast schäme ich mich für meine Unhöflichkeit. Dabei kenne ich so etwas wie Scham normalerweise gar nicht.

Ihm scheint es nichts auszumachen. »Ich hatte von Anfang an nie vor zu schießen. Ich meine, was um alles in der Welt sollte ich mit einem toten Hasen anfangen? Nein, ich wollte mich nur in den Kerl hineinversetzen. In den Entführer. Ich tue mich mit der Figur ein bisschen schwer.«

Seine überraschende Bereitschaft, sich mir anzuvertrauen –

denn das, so kommt es mir vor, tut er hier gerade –, lockert irgendeine elementare Verbindung zwischen mir und meinem gesunden Menschenverstand. Diese Verbindung muss schwächer gewesen sein, als ich geahnt habe, denn auf einmal platze ich heraus: »Also, auf jeden Fall siehst du ihm sehr ähnlich!«

Gleich darauf setzt der Schock ein. *Seit wann bist du so blöd?*, frage ich mich in nacktem Entsetzen. Mandy legt nach: *Musst du immer so viel reden? Auf die Art findest du nie irgendwas raus, ist dir das nicht klar? Manche Sachen behält man besser für sich.*

Währenddessen versuche ich die Fassung wiederzugewinnen. »Ich meine – so, wie ich ihn mir vorstelle –«

»Schon klar«, fällt Billy mir ins Wort. »Ich habe ein bisschen nachgeforscht. Dir ist ja bekannt, dass das Drehbuch von einem Roman adaptiert wurde, der wiederum auf einer wahren Geschichte beruht, oder? In groben Zügen natürlich nur. Es war ein Entführungsfall in den Neunzigern. Ich habe ein paar Fotos von dem Typen gesehen: Schulfotos, Bilder aus dem Pfadfinderverein und so. Wir haben fast die gleiche Haar- und Augenfarbe und die gleiche Statur. Aber ich muss noch ein besseres Gespür dafür bekommen, was in seinem Kopf vorging. Ich glaube nämlich nicht, dass er einfach nur verrückt war. Verrücktheit hat sicher eine Rolle gespielt, trotzdem habe ich das Gefühl, dass er etwas ganz Konkretes wollte, etwas, das seinem Empfinden nach sinnvoll und logisch war. Er war nicht dumm. Und soweit bekannt, hat er die Mädchen nie angerührt. Jedenfalls wenn man ihren Aussagen glauben kann. Das ist alles so rätselhaft.« Er kratzt sich den attraktiven Kopf, dann schenkt er mir ein breites, selbstironisches Lächeln, bei dem ich nun doch kapitulieren muss, sosehr ich mich auch dagegen sträube. »Tja, was ich hier mache, ist Method Acting in Reinform.«

Wie viele Leute gibt es, die so etwas sagen können, ohne dabei wie ein komplettes Arschloch zu klingen? *Ich bin auf der Hut*, beschließe ich.

Wir verabreden uns zum Abendessen.

Lois

Es fällt mir schwer zu glauben, dass man inmitten dieser Landschaft unseren Sommer in der Hütte für die Leinwand rekonstruieren will. Hier hat alles eine andere Größenordnung: Die Berge sind majestätischer, die Wolken türmen sich höher, der Wald im Osten sieht aus, als nähme er kein Ende. Bis jetzt habe ich mich ausschließlich im unmittelbaren Umkreis meines Motels bewegt. Ich habe mir angewöhnt, in meinem Diner zu frühstücken und dort auch ein frühes Abendessen einzunehmen. Nachmittags mache ich einen langen Spaziergang am leeren, windigen Highway entlang, und die meiste Zeit verbringe ich auf meinem Zimmer und schreibe in mein Notizbuch, das schon beinahe voll ist. Der Tag lässt sich so sauber, so mühelos, so präzise aufteilen; es ist, wie wenn man eine oft gefaltete Karte entlang der alten Kniffe zusammenlegt und aus einem dünnen, unhandlichen Quadrat ein kompaktes, taschentaugliches Rechteck macht. Ich finde diese unaufgeregte Ordnung belebend.

Auf mein Handy schaue ich nur selten. Wenn ich es doch tue, lösche ich Seans Textnachrichten, ohne sie gelesen zu haben. Ich sollte wohl neugierig sein, wie er auf meine Dateiattrappe reagiert hat, doch fürs Erste ziehe ich es vor, nicht an ihn zu denken. Er ist Tausende Meilen weit weg. Ich bin mir relativ sicher, dass er kein Auto besitzt, und ich glaube nicht, dass er die Sorte Freunde hat, die ihm eins ausborgen oder Geld für ein teures Flugticket leihen würden. Zweifellos schleicht er immer noch in seinem Trenchcoat durch die Stadt, mürrisch, aber im Großen und Ganzen harmlos. Selbst seine Drohung, meine Geheimnisse zu offenbaren, wirkt aus der Ferne weniger schwerwiegend; was würde es schon ausmachen, wenn alle über meine Vergangenheit Bescheid wüssten? Oder darüber, dass ich Lucy Ledger bin, von der sie vermutlich noch nie gehört haben?

So denke ich tagsüber. Nachts träume ich vom Wald: von meinem Wald, dem Wald, an den ich mich nur unvollkommen erinnere. Er ist immer da, wenngleich nur am Rande; in Wahrheit war ich fast nie wirklich *im* Wald, allenfalls von ihm umgeben. Kiefern, Fichten, Ahorn … aber die Kiefern überwiegen, und sie sind es auch, die zu sprechen anfangen, wenn der Wind sich hebt. Ich erinnere mich an die Schatten, die die Bäume an die Hüttenwand warfen, das Knarren eines Astes, wenn seine Spitzen gegen unser Schlafzimmerfenster kratzten. Oder seine Finger: Ich kann verstehen, warum man die Äste eines Baumes auch als Glieder bezeichnet, sie sind bewegliche Auswüchse lebendiger Körper, haben ihren eigenen Willen und ihre eigenen Botschaften. In meinen Träumen sind die Bäume lebendig, es scheint nie die Sonne, und Zed ist viel düsterer, viel bedrohlicher, als er mir in Wirklichkeit je vorkam. Ich erwache dann verstört und voller Schuldgefühle, als hätte ich uns verraten, indem ich von solcher Bösartigkeit geträumt habe.

Hin und wieder ist auch Gary da, oder wenigstens glaube ich, dass er da ist. Er versteckt sich in einem Schrank oder im Badezimmer, er lauert im Wald. Er sieht Sean sehr ähnlich.

Traum: Tamburizza, Takamahak, Trireme. Zu einfach. *Thaumaturg, Toeloop, Tjost, traktieren, Tribulation.* Kristallisiert sich hier etwa ein gewisses Thema heraus? *Thrips, Transhumanz. Tortelett,* ein Kuchenboden. Sollen sie doch Kuchen essen. Das größte Stück vom Kuchen wollen. Ist das vielleicht meine Absicht, mein Ziel? Nein, es gibt kein Thema. Man kann aus allem eine Bedeutung herauslesen. Wahllose Schnipsel. *Torque.* Genug! *Thyreoiditis.* Besser. Aber es kommen immer neue Wörter. Es hört und hört nicht auf. *Tetrapetalisch*, was »vierblättig« bedeutet – das könnte man auch dann herausfinden, wenn einem das Wort ganz und gar unbekannt wäre. *Tetra + petalisch*: alle Hinweise, die man braucht. Das beste T-Wort von allen: *Tsantsa.* Ein indianischer Schrumpfkopf, der nun wirklich nichts mit alldem hier zu tun hat.

Tumeszenz, Trimurti, Trepan, Toile, tektieren. Wie es scheint, hänge ich bei den T-Wörtern fest. *Trunken, Trombe, Tamarillo, Taipan, Tagliatelle, Triage, Tyche.* Viel zu leicht. *Tapisseristin.* Schon besser.

Sie nähern sich, stimmt's? Ich glaube, ja.

Chloe

Billy, der alte Charmebolzen, ruft am nächsten Morgen auf meinem Zimmer an und lädt mich auf eine Spritztour ein. »Hast du dir schon das Set angesehen?«, fragt er, und mein Magen macht einen unangenehmen Satz.

»Nein«, gestehe ich. »Ist es denn schon fertig?«

»Wie ich höre, legen sie gerade letzte Hand an die Hütte. Ich würde sie zu gerne mal sehen, bevor alles voll ist mit Leuten und Ausrüstung, einfach nur, um mir einen Eindruck zu verschaffen. Geht es dir nicht auch so? Klar, deine Beziehung zu der Hütte ist nicht so intensiv wie meine, aber ich glaube, es könnte trotzdem hilfreich sein. Na los, wenn du mitkommst, macht es gleich viel mehr Spaß.«

Meine Gefühle sind ein einziges Chaos. Ja, ich will die Hütte sehen. Natürlich will ich sie sehen. Aber zugleich habe ich auch eine Scheißangst. Außerdem finde ich es unheimlich, dass Billy ständig *ich* und *du* sagt statt *der Entführer* und *die Ermittlerin.* Ich denke: *Deine Beziehung zu der Hütte ist nicht so intensiv wie meine? Bist du auf Drogen?* Aber dann beiße ich mir auf die Zunge, der ich nach dem, was mir gestern herausgerutscht ist, nicht mehr trauen darf.

Wie auch immer, *Spaß* ist jedenfalls nicht das Wort, mit dem ich meine Erwartungen umschreiben würde. Trotzdem erkläre ich mich bereit mitzukommen. Wozu bin ich sonst hier? Warum war es mir sonst so wichtig, früher einzutreffen? Was nützt es, die Sache hinauszuschieben? Ein Teil von mir hofft, dass diese Jagdhütte keinerlei Ähnlichkeit mit der Hütte meiner Erinnerung haben wird, dass es sich um eine malerische Hollywood-Märchen-Version einer Jagdhütte handelt, nicht um eine realistische. Aber ich spüre auch noch diesen anderen, irrationalen Teil von mir, und der erwartet (erhofft sich?) einen exakten Nachbau der Hütte, in der ich den Sommer verbracht habe, als ich zwölf war.

Billy hat einen Range Rover gemietet, was die Frage aufwirft, ob er nicht vielleicht doch gewisse Arschlochtendenzen hat.

Mit Billy ist es so: Er ist ganz ohne Zweifel der größte Star des Films – der einzige eigentlich, den Rest von uns haben sie billig bekommen. Er gehört nicht wirklich zur A-Liga, aber fast. Er könnte irgendwann dazugehören, wenn er die richtigen Entscheidungen trifft. Bislang hat er nicht viele anspruchsvolle Filme gedreht – hauptsächlich romantische Komödien und einige eher zahme Actionfilme. Ob er wirklich eine große Produktion tragen kann, muss sich erst noch zeigen. Meistens spielt er den besten Freund, den Ex, den Bruder. Auf dieser Schiene war er bis jetzt ziemlich erfolgreich, da er es normalerweise schafft, seinen Filmpartnern die Show zu stehlen. Auf der Leinwand sprüht er nur so vor Charisma, und man muss ihn einfach gernhaben, ob man will oder nicht. (Ich gebe zu: Im wahren Leben ist es genauso.)

Logischerweise macht ihn das zu einer interessanten Wahl für die Rolle eines psychopathischen Kidnappers: Der Zuschauer wird gar nicht umhinkönnen, ihn zu mögen. Ich bin wirklich überrascht, dass sie den Mumm haben, den Part so anzulegen. In Lois' Buch ist der Kidnapper eine sehr vielschichtige Figur – faszinierend und unverfälscht, mal liebenswert, mal düster. Wenn der charmante Billy das alles einfangen kann, ist er auf dem besten Weg zu beweisen, dass man ihn als Schauspieler ernst nehmen muss. Ich gehe mal davon aus, dass das sein Plan ist. *Method Acting in Reinform.* Alles klar.

Ich sitze auf dem Beifahrersitz, und wieder einmal sticht mir die fast unheimliche Ähnlichkeit zwischen ihm und Zed ins Auge. Er trägt Jeans und T-Shirt, hat einen Dreitagebart, und seine etwas zu langen Haare sitzen nicht so perfekt, wie man es sonst von ihm kennt. Er konzentriert sich auf die kurvenreiche, schmale Straße und schweigt, was ungewöhnlich für ihn ist. Wenn ich die Augen schließe, könnte ich fast wieder zwölf Jahre alt sein, auf der Fahrt quer durchs Land, vielleicht irgendwo in den Wäldern von Pennsylvania. Erfüllt von – was? – Hoffnung? Vorfreude? Ja, aber auch Angst. Einer Angst, die allerdings mit Lust vermischt ist, wie die Angst vor der Dunkelheit oder Gespenstern oder Achterbahnen. Eine Angst, die kitzelt.

»Gott, Chloe, könntest du bitte aufhören, mich so anzustarren?« Er lacht verlegen. Billy ist einer dieser Menschen, die ihren Gesprächspartner ständig beim Namen nennen – er tut es praktisch jedes Mal, wenn er das Wort an einen richtet. So etwas hört man nur selten. Die meisten Menschen tun das so gut wie nie, und wenn es dann doch einmal passiert, fühlt es sich sonderbar vertraut an, als wäre der eigene Name ein inniges Geheimnis, das man miteinander teilt, oder wie ein verstohlener Klaps auf den Hintern.

»Tut mir leid. War nicht meine Absicht. Ich habe vor mich hin geträumt«, sage ich.

»Soll das heißen, du hast gar nicht meine gemeißelten Gesichtszüge bewundert?« Er tut so, als wäre er zutiefst geknickt. Damit bricht er den Bann. Zed hat nie viel gelacht. Zwar waren seine Gefühlsäußerungen beinahe so dramatisch und unverstellt wie Billys, aber ihre Tonlage war wesentlich tiefer, düsterer. Wenn Billy lacht und strahlt, ist nur noch das Gespenst einer Ähnlichkeit mit *ihm* vorhanden. Ein Gespenst, mit dem ich fertig werde. Sogar beinahe liebenswert.

»Gemeißelt nennst du das? Ich würde es eher als Typ struppiger Waldschrat bezeichnen.« Ich rede drauflos, um von meinem Starren abzulenken – und von dem komischen Gesicht, das ich dabei vermutlich gemacht habe. Ich höre kaum hin, was ich sage.

»Ich habe mir gerade so gedacht«, unterbricht er mich zum Glück. Jetzt ist er wieder ganz ernst. »Ehrlich, ich habe gerade gedacht: Man muss sich doch mal vorstellen, wie es war, eins dieser Mädchen zu sein. Vor allem die Erste, die aus Nebraska. Sie ist mit dem Typen quer durchs ganze Land gefahren. Wie das wohl war? Worüber haben sie geredet? Oder hat er die ganze Zeit das Radio laufen lassen? Vielleicht war sie auch geknebelt oder so, aber irgendwie glaube ich das nicht. Sie müssen ja wenigstens mal zum Essen angehalten haben, vielleicht haben sie zusammen Burger gegessen. Ist das nicht eine irre Vorstellung? Aber gleichzeitig total faszinierend. Gott, ich liebe diesen Teil!« Er schlägt mit der Faust gegen das Armaturenbrett, dann tritt er ohne Vorwarnung auf die Bremse. »Mist! Entschuldigung. Jetzt hätte ich fast die Abzweigung verpasst. War abgelenkt.«

Normalerweise finde ich seine selbstironischen Volten liebenswürdig, allerdings bin ich noch damit beschäftigt, seine kleine Phantasiereise zu verdauen, deswegen geht diese mehr oder weniger an mir vorbei. Ich klammere mich am Türgriff fest, als er eine unglaublich enge Kurve nimmt – und dann sind wir plötzlich da.

Scheiße. Da steht sie.

Und auch wieder nicht.

Sie liegt ein gutes Stück von der Straße entfernt auf einer kleinen Lichtung im Wald, ist aber von der Zufahrt aus gut zu sehen. Sie ist ungefähr so groß wie Zeds Hütte, vielleicht ein bisschen kleiner. Die Form des Dachs ist etwas anders – vielleicht nicht ganz so steil. Während ich die Hütte betrachte, geht mir auf, dass ich Zeds Hütte fast nie von außen gesehen habe, zumindest nicht bei Tageslicht. Das Bild, das ich von ihr in Erinnerung habe, ist ziemlich unscharf. Diese Hütte könnte ohne Probleme ihren Platz einnehmen – das könnte praktisch jede Hütte.

Genau. Ich bin eben durch und durch ein Vernunftmensch. Vergessen Sie ruhig, dass meine Hände zittern, dass mein Atem plötzlich flach wird und eine Schraubzwinge meine Stirn umklammert. Das hier ist nur eine Hütte. Ein Nachbau. Eine Filmkulisse. Im Westen Kanadas. Im Grunde dürfte sie überhaupt keinen emotionalen Wert für mich haben. Das wäre vollkommen lächerlich.

Alles klar.

Ich stelle fest, dass ich Billy etwas sagen will, auch wenn der Zeitpunkt, da es natürlich und angemessen gewesen wäre, auf seine Bemerkung über das Mädchen aus Nebraska einzugehen, streng genommen schon seit einigen Sekunden vorbei ist. »Ich glaube, sie hätte – ich meine, selbst wenn er freundlich zu ihr gewesen wäre, selbst wenn er sie gut behandelt hätte … Sie hätte doch nie gewusst, was als Nächstes kommt, stimmt's? Es mag ja sein, dass sie Spaß zusammen hatten und Hamburger gegessen haben, trotzdem konnte er sie in der nächsten Minute in Stücke hacken und in den Wald werfen. Woher hätte sie das wissen sollen? So sind Verrückte nun mal. Ich glaube, selbst wenn sie sich bei ihm sicher gefühlt haben, die Mädchen, wäre da immer noch ein Rest Zweifel geblieben – die Angst, dass schon im nächsten Augenblick … verstehst du, was ich meine?« Ich merke selbst, dass ich wirr und seltsam hitzig klinge. Billy wirft mir einen leicht verdatterten Blick zu, dann nickt er langsam.

Gott sei Dank hat er nichts gemerkt. Er glaubt einfach, ich hätte meiner schauspielerischen Intuition freien Lauf gelassen, um mich in die Gedanken- und Gefühlswelt des Mädchens aus Nebraska hineinzuversetzen. Callie, so heißt sie im Film und im Buch. Ich glaube, Lois hat ganz bewusst einen Namen gewählt, der meinem richtigen Namen ähnlich ist. Ich versuche mir vorzustellen, was sie sich dabei gedacht hat. Ihren eigenen Namen hat sie komplett verändert, sie hat aus sich eine Hannah gemacht. Obwohl: Der Name Hannah ist in gewisser Weise wie der Name Lois, weil beide ein bisschen altmodisch, ein bisschen schlicht sind – allerdings kommt Hannah langsam wieder in Mode, was man von Lois nicht sagen kann. Es gibt also auch hier eine Verbindung, nur ist sie weniger offensichtlich. Bei mir hingegen? Carly, Callie. *Im Ernst.* Sie wollte mich immer schön in ihrer Nähe haben.

Wir steigen aus dem Range Rover und sehen uns um. Der Boden ist feucht und mit einer Schicht weicher Kiefernnadeln bedeckt. Meine Absätze sinken ein. Ein paar Arbeiter sind vor Ort, aber niemand hält uns auf.

Die Adirondack-Stühle auf der Veranda stimmen nicht, bemerke ich mit spürbarer Erleichterung. Sie sehen alt und abgenutzt aus. Unsere, die echten, waren frisch lackiert. Dunkelgrün. Zed muss sie gestrichen haben, während er die Hütte für unseren Aufenthalt vorbereitete.

Alles hier ist anders. Und ich bin nicht Callie oder Carly May. Ja nicht mal Chloe. Ich bin Mandy, die Polizistin. Ich sollte diesen Ort durch die Augen eines Cops betrachten – nach Winkeln Ausschau halten, in denen sich jemand verstecken kann, nach nicht verriegelten Fenstern, nach Stellen, von denen aus der Entführer mich beobachten könnte. Ich trage praktische Schuhe – Crosstrainer, nichts mit Absatz. Ich bin in Zivil, Jeans und T-Shirt. In meinem Wagen, einem kleinen Toyota (kein Range Rover), habe ich noch eine leichte Jacke liegen.

Ich arbeite. Es gibt keine Gespenster. Und bald (ich werfe einen Blick auf meine Armbanduhr) wird es Zeit für einen Drink.

Lois

Eines Abends im Diner erregt ein Gespräch am Tresen meine Aufmerksamkeit. Es durchdringt die Wolke düsterer Gedanken, die mich normalerweise in meinem Alleinsein schützt, selbst wenn im Diner Hochbetrieb herrscht.

»Diesmal sind wir New York«, sagt ein Mann, und ein paar der anderen Gäste lachen.

»Vielleicht gewinnt British Columbia eines Tages noch den Oscar«, meint die Frau hinter dem Tresen und schenkt dem Mann Kaffee nach. »Wir sind so wandelbar, wir könnten jeder Ort auf der Welt sein – New York, Kalifornien, sogar Irland.« Es klingt, als führten sie die Unterhaltung nicht zum ersten Mal; es ist ein kurioser Teil ihres Daseins, seit British Columbia als Drehort so große Beliebtheit erlangt hat.

»In dem hier spielt nur ein bekannter Schauspieler mit«, bemerkt ein anderer Mann. »Dieser Billy Pearson, kennt ihr den? Sieht aus wie ein echter Filmstar, aber als Schauspieler hat er mich nie so umgehauen.« Jemand anders beginnt Billy Pearsons Filme aufzuzählen, und auch die anderen geben dazu ihre Beiträge ab.

Billy Pearson spielt natürlich Zed. Ich war so auf Chloe Savage fixiert, dass ich mir über ihn kaum Gedanken gemacht habe. Nun versuche ich mir sein Gesicht vor Augen zu rufen und lege es vorsichtig über das Gesicht, an das ich mich von früher erinnere. Es könnte funktionieren – zumindest was das Äußere angeht. Ich habe eben begonnen, meine Zweifel zu formulieren, mir selbst zu erklären, was Billy Pearson in seiner Darstellung möglicherweise Probleme bereiten könnte, da höre ich erneut die Stimme der Frau hinter dem Tresen. Sie wischt gerade die Theke mit einem Lappen ab. Das dünne dunkle Haar klebt ihr kraftlos im Nacken und hängt seitlich ins Gesicht. Ich versuche, mir einen vorteilhafteren Schnitt für sie zu überlegen.

»Er ist schon da, wisst ihr das? Ich hab's heute Morgen gehört. Er wurde gesehen, wie er mit einer blonden Frau durch die Gegend gefahren ist. Wahrscheinlich eine der Schauspielerinnen.«

»Der ist verheiratet, oder?«, kommt es von dem Mann, der von allen am besten informiert zu sein scheint. Er muss Boulevardsendungen im Fernsehen schauen oder Klatschzeitschriften lesen. »Könnte doch seine Frau gewesen sein.«

»Nee«, meint die Kellnerin mit den dünnen Haaren. »Die ist rothaarig. Das war definitiv nicht seine Frau.« Diese Neuigkeit steht noch eine Weile im Raum und sorgt für Argwohn. Ich frage mich, warum es sie freuen würde zu wissen, dass Billy Pearson auf Abwege geraten ist.

Aber ich denke auch: *Eine blonde Frau? Eine der Schauspielerinnen?*

Chloe ist da. Es könnte auch jemand anders sein, aber es ist niemand anders. Es ist Chloe.

Chloe

Die Schauspielerinnen, die die beiden Mädchen mimen, sind noch völlig unbekannt. Eine richtige Entscheidung. Ich habe schon oft mit Kinderschauspielern zu tun gehabt, und die meisten wirken für ihr Alter viel zu abgeklärt, wie kleine Erwachsene. Kein Wunder. Trotzdem verdirbt es sie ein bisschen. Lois und ich waren auch frühreif, ohne Frage, aber im Herzen waren wir Kinder, noch dazu wohlbehütete Kinder. Anfangs. Nach unserer Rückkehr hatte sich das geändert.

Als ich sie zum ersten Mal sehe, bin ich skeptisch. Ich frühstücke gerade im Pub, wo selbst bei Tag ein leichtes Cocktailaroma in der Luft liegt. Billy sitzt mit mir an einem Tisch – das ist uns zur Gewohnheit geworden, jedenfalls an den Tagen, an denen ich mich nicht ins örtliche Diner verziehe, zu dem ich eine gewisse Zuneigung gefasst habe. Er sagt allerdings, dass nächste Woche seine Frau und sein Kind nachkommen – womit unsere kleine Tradition dann wohl ein Ende haben wird. Keiner von uns ist morgens sehr gesprächig, und das ist der einzige Grund, weshalb ich bereit bin, mir einen Tisch mit ihm zu teilen – egal, zu welcher Tageszeit. Zumal ich nicht dumm bin und weiß, dass es verdächtig aussieht. Irgendwann wird seine Frau davon erfahren, und plötzlich wird es als Beweis für unsere schmutzige Affäre gelten (die wir definitiv nicht haben), wenn wir an einem Tisch sitzen, Kaffee trinken und kanadische Tageszeitungen lesen.

Wie dem auch sei. Ich höre die Mädchen, bevor ich sie sehe. Sie kommen in den bis dahin stillen Raum gewirbelt, gefolgt von ihrem Tross: Eltern, jüngere Geschwister, weiß der Himmel, wer sonst noch. Coaches? Kindermädchen? Psychiater? Ihre glockenhellen Stimmen übertönen die aller anderen. Sie sind vielleicht keine gestandenen Profis, aber an Selbstbewusstsein und Präsenz mangelt es ihnen ganz sicher nicht. *Ein Punkt gegen sie*, denke ich, weil Lois und ich nur naive Kleinstadtkinder waren. Ich hatte mir erhofft, sie würden einen Hauch dieser Naivität mitbringen, nur eine Ahnung, aber jetzt habe ich meine Zweifel.

Auch Billy hebt den Kopf und lässt die Zeitung sinken. »Da sind die Mädchen!«, sagt er mit leicht übertriebener Begeisterung, als hätte er sich furchtbar gelangweilt und freute sich über jede Abwechslung.

»Sieht so aus. Lärmige kleine Gören, was?« Ich schlürfe meinen Kaffee. Ich lege meine Zeitung nicht weg, obwohl ich bislang kaum ein Wort darin gelesen habe. Die Artikel scheinen sich hauptsächlich um diverse Umweltschutzmaßnahmen im westlichen Kanada zu drehen sowie um unbedeutende Straftaten, die in der näheren Umgebung verübt wurden. Ich glaube, es ist so ziemlich die uninteressanteste Tageszeitung, die ich in der Hand hatte, seit ich aus Nebraska abgehauen bin.

»Sei nett«, mahnt Billy. »Komm, wir stellen uns vor.«

»Geh du nur. Ich bin noch nicht fertig.«

Er sieht mich komisch an – was ich wohl auch nicht anders verdient habe. »Manchmal bist du sehr sonderbar, Chloe Savage«, meint er im Aufstehen. »Nun, meine Wenigkeit wird diesen liebreizenden jungen Aktricen, mit denen wir den ganzen Sommer lang mitten im Wald zusammen drehen werden, jetzt ihre Aufwartung machen, ob du mitkommst oder nicht.« Er zögert, wohl weil er davon ausgeht, dass ich meine Meinung noch ändern werde.

»Nicht«, sage ich und tue so, als wäre ich in den Sportteil vertieft.

Und dann präsentiert er sich (wirklich, man kann es nicht anders beschreiben) den Mädchen samt den um sie herumscharwenzelnden Begleitern: Sie sind ja so aufgeregt, einen echten Filmstar kennenzulernen! Sie wollen ein Autogramm von ihm!

Sie können es gar nicht glauben! In echt sieht er sogar noch toller aus!

Ich schlüpfe währenddessen unbemerkt hinaus. Ich werde den liebreizenden jungen »Aktricen« (dass ich nicht lache!) gegenübertreten, wann und wie ich es für richtig halte.

Von da an verbringt Billy jeden Tag mit den Mädchen – keine Ahnung, was sie zusammen machen, im Wald wandern gehen oder weiß der Geier. Abends gesellt er sich zu mir in den Pub und bewahrt mich vor der Peinlichkeit, allein trinken zu müssen.

Ich will damit nicht andeuten, dass ich seit meiner Ankunft hier zu niemandem Kontakt aufgenommen habe. Die Filmleute sind im Laufe der Woche angereist: Ich habe den Regisseur kennengelernt, einige der anderen Schauspieler und die Kostümdesignerin, die sich schon im Voraus bei mir für die Kleider entschuldigt, die sie mich zwingen wird zu tragen.

»Ich sag dir, du wirst so was von abkotzen über mich«, erklärt sie. »Echt, du kannst von Glück reden, wenn du danach jemals wieder was zu drehen kriegst.« Das soll ein Witz sein, allerdings frage ich mich, wie witzig das wirklich ist.

»Vielleicht bekommst du einen Preis«, überlege ich laut. »Wenn die Kostüme so hässlich sind.«

»Nah.« Sie zieht die Brauen zusammen. Sie ist groß und dünn und blass und hat etwas von einem Zombie. Die winzigste Abweichung im Erbmaterial, und aus ihr wäre ein Model geworden. Stattdessen ist sie so hässlich, dass man fast Angst bekommt. Und ihr Mundwerk ist noch dreckiger als meins, was ich zu schätzen weiß. »Wenn man einen Preis kriegen will, muss man was Historisches machen. Wamse und Beinlinge und den ganzen Scheiß.«

»Na ja, die Neunziger sind mittlerweile doch auch so gut wie historisch, oder?«

»Kommt auf den Film an. Bei diesem hier geht es nicht darum, alles originalgetreu hinzukriegen. Modisch gesehen waren die Neunziger sowieso ein ziemlich beschissenes Jahrzehnt. Mit anderen Worten«, sagt sie und schenkt mir ein rares, furchteinflößendes Lächeln, »keine Karottenjeans, keine dicken Treter. Wenigstens dafür kannst du mir dankbar sein.«

Dann schleicht sie davon. Das mag ich so an ihr. Sie kommt und geht, dass man es kaum merkt. Das ist sehr angenehm, wenn man permanent von Leuten umgeben ist, die Auftritte und Abgänge zur Kunstform erhoben haben.

Ich verbringe nach wie vor viel Zeit mit Lesen, weil die Krimis und Gruselromanzen weiterhin ein guter Zeitvertreib sind. Bisweilen sitze ich auch in meinem kleinen Diner im Ort. Man muss ein Stück fahren, aber dafür verirren sich nie irgendwelche Leute von der Filmcrew dorthin, und ich kann ungestört in einer Ecke sitzen und meinen Mandy-Gedanken nachhängen. Im Diner sage ich niemandem, wer ich bin, aber ich vermute, sie wissen, dass ich zum Cast des Films gehöre. Immer wenn ich reinkomme, habe ich das Gefühl, dass die Gespräche, die dann schlagartig verstummen, tausendmal interessanter waren als alles, was sie während meiner Anwesenheit sagen. Ich hoffe nach wie vor, dass sie sich bald an mich gewöhnen und sich trotz meiner Gegenwart wieder normal verhalten, aber vermutlich würde das länger dauern als ein paar Tage. Und vielleicht würden die Leute selbst in Gegenwart von jemandem wie Mandy nicht offen reden. Schließlich ist sie ein Cop, noch dazu eine Frau. Vielleicht hätten sie ihr gegenüber mehr Vorbehalte als gegenüber einem guten alten Kumpel aus dem Ort, den alle kennen. Vielleicht möchte man nicht, dass sie in anderer Leute Angelegenheiten herumschnüffelt. Aus dem Drehbuch geht klar hervor, dass die Ortsansässigen Mandy keine große Hilfe sind, als sie versucht, Informationen über den schweigsamen Mann zu sammeln, der ganz allein in der alten Jagdhütte im Wald lebt. Sie ist keine von ihnen – so sehen es wenigstens die Alteingesessenen. Sie kommt aus Albany. Das ist zwar nicht weit weg, aber es ist eine *Stadt*.

Als mir das klar wird, esse ich gerade im Diner Eier und trinke

Kaffee. Bislang habe ich mir Mandy immer mehr oder weniger als Landei vorgestellt. (Durch meine Kindheit in Arrow habe ich mir das Recht erwirkt, dieses Wort zu benutzen.) Dabei ist sie in Wahrheit ein Stadtgewächs, relativ gesehen jedenfalls, und somit selbst eine Außenseiterin. Der Film hat nicht die Zeit dafür, aber im Roman wird relativ ausführlich auf ihren Hintergrund eingegangen. So erfährt man beispielsweise, dass ihre Großeltern aus den Adirondacks stammen und ihr Vater, nachdem er ihre Mutter verlassen hat, dorthin zurückgekehrt ist. Sie ist also halb in der Welt von Dörfern wie diesem hier zu Hause, halb in Albany, einer hektischen, wichtigtuerischen Großstadt, ziemlich genau in der Mitte zwischen New York City und der ländlichen Wildnis, die man als North Country bezeichnet.

Ich frage mich erneut, was Lois sich wohl dabei gedacht hat, als sie Mandy erfand. Wollte sie einfach nur, dass sich ihr Buch in einigen konkreten Aspekten von der Wirklichkeit unterscheidet? Dachte sie, die Geschichte brauche eine erwachsene Frauenfigur, um die richtige Leserschaft anzusprechen (was zugegebenermaßen eine schlaue Überlegung gewesen wäre)? Oder steckt mehr dahinter: Ist Mandy *an sich* wichtig, hat sie eine verschlüsselte Bedeutung, wenngleich nur in Lois' (offensichtlich) krankem Geist?

Wenn ich es wirklich wissen will, kann ich sie fragen. In drei Tagen wird sie hier sein. Es fällt mir schwer, mir die Begegnung vorzustellen – aus unerfindlichen Gründen habe ich mir nicht gestattet, viel darüber nachzudenken –, aber ich glaube fest daran, dass sie stattfinden wird. Lois. In drei Tagen.

Plötzlich verschwimmt der Teller vor meinen Augen, und eine Sekunde lang fürchte ich schon, mich übergeben zu müssen. Aber nein, das sind nur meine Gefühle, echt und nackt und seltsam unpersönlich. Ich spüre Wut und Trauer, aber das ist nicht alles. In ihrer Intensität erinnern sie mich an die Gefühle, wie man sie als Kind erlebt. Gefühle, die so stark sind, dass sie einem die Füße wegziehen, so stark, dass man davon kotzen muss, dass man nur noch rot sieht. Es ist, erkenne ich, lange, lange her, dass ich etwas Vergleichbares empfunden habe. Bin ich also wirklich ein kaltherziges, gefühlloses Miststück? Oder ist das alles nur eine Frage von Verdrängung?

Halt die Klappe, Chloe, befehle ich mir.

Ich werfe ein paar Scheine auf den Tisch, und die Übelkeit lässt nach. Die Stammgäste nicken förmlich, als ich gehe. Sie sind so höflich, sich ihre Neugier nicht anmerken zu lassen.

Von uns beiden darf nur eine verrückt sein, sage ich mir. Ich habe den leisen Verdacht, dass Lois – die kopfgesteuerte, ordnungsliebende Lois – diesen Part bereits für sich beansprucht hat. Mit anderen Worten: Ich muss einen klaren Kopf behalten.

Das gilt auch für dich, Carly May. Mein altes Selbst scheint mir näher als sonst. *Vielleicht will sie was von mir.* Aber der Gedanke ist nun eindeutig verrückt, und ich habe mir gerade vorgenommen, nicht verrückt zu werden.

Als ich zu meinem Bungalow zurückkehre, sitzt eins der Mädchen vor meiner Tür. Inzwischen habe ich sie kennengelernt, allerdings nur flüchtig. Sie scheinen kein gesteigertes Interesse an mir zu haben, und das mache ich ihnen nicht zum Vorwurf. Wir haben nur wenige gemeinsame Szenen – logisch, da ich den Großteil des Films damit beschäftigt bin, sie zu suchen und mir zu überlegen, wie ich sie befreien kann.

Das Mädchen auf meiner Veranda ist die Dunkelhaarige – Lois. Im wahren Leben heißt sie Natasha, im Film Hannah.

Ich ziehe die Augenbrauen hoch und dann ganz schnell wieder herunter, wegen der Falten. Ich warte darauf, dass sie etwas sagt, da ich davon ausgehe, dass sie deshalb hergekommen ist. Sie sitzt auf der kleinen Treppe und zupft die roten Blütenblätter von einer frischen Blume aus dem Garten. (Mein Vater hätte gewusst, wie sie heißt.) Hinter der kleinen Reihe von Gästebungalows, ein jeder mit genügend Abstand zu seinem Nachbarn gebaut, erstreckt sich der Wald. Er ist so dicht, dass er selbst am helllichten Tag stockfinster wirkt. Ich habe noch keinen Fuß hineingesetzt.

»Sorry«, sagt Natasha, als sie mich sieht. Sie schaut zu mir hoch, erhebt sich aber nicht von ihrem Platz. »Sie mögen uns nicht so besonders, ich weiß.«

Ich muss lachen. »Wenn das deine Vorstellung von Small Talk ist, mag ich dich vielleicht doch. Aber mal im Ernst – wie kommst du darauf? Ich mag euch weder, noch mag ich euch nicht. Ich kenne euch ja gar nicht. Das ist überhaupt nichts Persönliches.«

»Echt?« Sie sieht mich durch zusammengekniffene hübsche blaue Augen an, und ich habe das Gefühl, sie versucht in meinen Kopf zu blicken. »So kommt's mir aber vor. Ich merke doch, wie Sie uns manchmal mit so einem komischen Gesichtsausdruck ansehen. Als ob Sie uns nicht leiden können.«

Du liebe Zeit, stimmt das? Ich hoffe nicht. »Ganz im Ernst, Kleines, das ist mein normaler Gesichtsausdruck. Frag Billy, der wird es dir bestätigen. Besser, du gewöhnst dich daran.«

»Eigentlich war es sogar Billy, der vorgeschlagen hat, ich soll mal zu Ihnen gehen und mit Ihnen reden«, meint sie. Dann unvermittelt: »Haben Sie mich gerade *Kleines* genannt? Das ist doch, weiß nicht, total altmodisch. Wie aus irgendeinem alten Film. Sie wissen schon …« Sie verzieht das Gesicht und verstellt die Stimme, so dass sie klingt wie die von einer Frau gespielte Karikatur eines klassischen männlichen Filmstars. »›Man sieht sich, Kleines.‹« Sie zwinkert mir zu. »Oder das hier, das kennen Sie auch: ›Ich schau dir in die Augen, Kleines.‹«

»Gott, hör schon auf. Ja, ich hab's gesagt, keine Ahnung, warum, es ist mir so rausgerutscht. Also, was willst du denn jetzt?« Eingebildetes kleines Monster.

»Schauspieltipps.«

Ich taue ein bisschen auf. »Ist das hier dein erster Film?«

Sie hebt in gespielter Bescheidenheit ihre mageren Schultern. »Ich hab schon ein paar Sachen fürs Fernsehen gemacht und Werbung. Aber eigentlich schon, ja. Wie alt waren Sie, als Sie mit der Schauspielerei angefangen haben?«

»Älter als du«, sage ich, und das Tauwetter ist vorüber. »Also? Was genau möchtest du wissen?«

»Ich kapier's einfach nicht«, sagt Natasha (Hannah, nicht Lois). »Ich meine, ich kapier die Geschichte nicht so richtig. Ich verstehe nicht, warum sie den Kidnapper gernhaben. Wieso halten sie ihn nicht für einen Perversen? Wieso laufen sie nicht weg? Und was will er überhaupt mit uns? Weil es ihm ja offenbar nicht darum geht – na ja, Sie wissen schon –, uns zu belästigen oder so. Ganz ehrlich. Ich komme einfach nicht dahinter.« Sie wirkt richtig niedergeschlagen.

Wie soll ich darauf antworten? Ich setze mich neben sie auf die Stufen. »Die Menschen sind kompliziert«, sage ich langsam. »Ihr mögt ihn, weil er euch mag. Weil er gut aussieht und intelligent ist und geheimnisvoll. Weil ihr euch langweilt. Weil er findet, dass ihr etwas Besonderes seid. Er hält euch für sehr klug und hübsch, und ihr seid eitel und oberflächlich genug, euch davon einwickeln zu lassen. Das ist nicht eure Schuld, schließlich seid ihr erst zwölf, ihr könnt im Grunde gar nicht anders.« Ich ignoriere ihre empörte Miene. »Weil das Ganze ein Abenteuer ist, und er macht es euch möglich. Weil du dich zu Hause so einsam fühlst, dass du fast umkommst. Weil entführt zu werden beinahe dasselbe ist, wie in einem Buch zu sein, und genau davon hast du immer geträumt, weil du ein fleißiges, schüchternes Mädchen bist, das seine ganze Zeit mit Lesen verbringt.«

Sie wirkt nachdenklich, aber auch skeptisch. Man sieht ihr an, dass sie von Natur aus Skeptikerin ist. Gut so, würde ich mal sagen.

»Außerdem«, füge ich hinzu und stehe wieder auf, »ist er Billy, vergiss das nicht. Wenn Billy dich entführen würde, würdest du dann weglaufen?«

Natasha muss wider Willen lachen.

»Eben«, sage ich und drehe ihr demonstrativ den Rücken zu, um meine Tür aufzuschließen.

Lois

Ich habe keine Schwierigkeiten, den Drehort zu finden. Ich folge einfach der Karte, die irgendein untergeordneter Produktionsassistent mir zugeschickt hat. Ich fahre an der Stelle, wo ein unbefestigter Weg von der Straße abzweigt, vorbei und parke einige Meter weiter. Die Dreharbeiten haben noch nicht begonnen, aber es sind Leute hier, und ich will keine Aufmerksamkeit erregen. Ich schlendere die Straße zurück wie eine Frau aus dem Ort, die einen Spaziergang macht, blicke dabei unschuldig in die Gegend und biege schließlich ganz zufällig in den schmalen Weg ein, als hätte ich gar kein bestimmtes Ziel, sondern ließe mich allein von meiner Neugier leiten.

Im ersten Moment bleibt mir das Herz stehen.

Sie haben ganze Arbeit geleistet, denke ich dann, verzweifelt um Objektivität bemüht, um Distanz. Die Hütte ist fast eine exakte Nachbildung der Hütte, wie ich sie in meinem Roman geschildert habe, und falls mich meine Erinnerung nicht im Stich lässt, sieht sie auch der echten Hütte, dem Original, erschreckend ähnlich. Ich richte mein Augenmerk auf die Unterschiede – den Neigungswinkel des Dachs, die Autos in der Zufahrt, die sorgsam auf alt getrimmten Adirondack-Stühle –, um mich fester in der Gegenwart zu verankern.

Aus der Hütte höre ich Hämmern. Bestimmt sind die Leute, zu denen die Autos gehören, alle drinnen und legen dort letzte Hand ans Set. Ich wage mich ein Stück weiter vor. Die Bäume über mir ragen scheinbar endlos in den Himmel und lassen keine Sonne durch. Ich höre Vögel und den Wind, der höflich die Wipfel zaust, ohne sich dem Boden zu nähern. Ich könnte jetzt in unserer kleinen Schlafkammer sein, und das hier könnten unsere Bäume sein, unsere Vögel, die Bäume und Vögel vor unserem Fenster, die uns daran erinnerten, wo wir waren, die uns die Gewissheit gaben, dass alles gut war. Da kommen auf einmal drei

Gestalten um die Hausecke gerannt: ein Mann in einem karierten Flanellhemd und zwei junge Mädchen – eins dunkelhaarig, das andere blond. Sie machen Jagd auf ihn, versuchen, ihn am Hemdzipfel oder an einer seiner Gürtelschlaufen zu fassen zu kriegen. *Warum ist es hell? Es war doch immer dunkel, wenn wir draußen waren. Nachts, wenn wir uns nach langer erzwungener Trägheit endlich wieder nach Herzenslust bewegen durften, war der Boden immer kühl und feucht. Die Mücken machten ein Festmahl aus uns, aber wir versuchten, uns nicht daran zu stören. Nur in der Nacht gehörten die Berge uns.*

Die Mädchen kreischen vor Freude, was Carly und ich niemals gewagt hätten. Sie sind frecher als wir, souveräner, ein bisschen selbstverliebt. Schließlich lässt er sich von ihnen einfangen und zu Boden ziehen. Zed hätte das nicht getan; ihn hätten wir *wirklich* fangen müssen. Bei ihm war alles echt.

Sie haben mich gesehen. Sie halten in ihrem Spiel inne und schauen neugierig zu mir herüber. Ich komme mir vor wie ein Geist; fast wundere ich mich darüber, dass ich für sie sichtbar bin. Ich habe das Gefühl, als würden wir auf unterschiedlichen Ebenen existieren, und ich allein bin berechtigt (oder verflucht), durch die neblige Ferne zu blicken, die uns trennt. *Ihr macht es ganz falsch*, will ich ihnen zurufen. *Ich erkläre es euch.*

Stattdessen winke ich ihnen nur beiläufig zu und kehre dann um. Es kommt mir vor wie eine Flucht.

Chloe

Zwei Abende vor Drehbeginn kommt Billy nicht zur Happy Hour in den Pub, also muss ich wieder allein trinken. Inzwischen sind vom Regisseur an abwärts alle da, allerdings habe ich mich bislang noch mit niemandem angefreundet, außer vielleicht mit der Kostümfrau, und die scheint woanders zu übernachten. Ich sitze auf meinem Stammplatz in der Ecke und lese – wieder mal einen Krimi mit einem effektheischend blutverschmierten Messer auf dem Cover. Er erinnert mich an die Bücher, die Lois und ich damals gelesen haben, und ich spüre eine Art Verbindung. Ein Schatten legt sich über meinen Tisch, und ich schaue hoch. Ich wappne mich innerlich dafür, freundlich zu sein, auch wenn mir nicht danach zumute ist. Meine Stimmung wird mit jedem Tag düsterer.

Die Person, zu der der Schatten gehört, ist eine große, aparte Frau mit markanten Gesichtszügen und unglaublich roten Haaren, lang und wild und gelockt. Sie streckt mir ihre schöne Hand hin, die groß ist wie eine Männerhand.

»Hi!«, sagt sie, und ihre grünen Augen springen mich an wie Katzen auf Beutefang, während ihr Mund sich zu einem breiten Lächeln verzieht. »Chloe Savage? Ich bin Fiona Pearson. Wie ich höre, haben Sie auf meinen Mann aufgepasst. Das war sehr lieb von Ihnen. Irgendjemand musste es ja machen. Aber jetzt können Sie aufatmen, ich bin da und kann Sie von Ihren Pflichten erlösen.«

Unter ihren Blicken fühle ich mich beinahe schuldig. Ich rufe mir ins Gedächtnis, dass mein Umgang mit Billy geradezu schockierend sexlos war. Was bildet sich diese wild gewordene Amazone ein, mich so anzustarren?

Ich zwinge mich dazu, ihren Händedruck zu erwidern, und lasse mein Buch sinken – nur ein klein wenig, um ihr zu signalisieren, dass sie mich allenfalls für einen Moment von meiner Lektüre abzulenken vermag. »Gern geschehen«, sage ich. »Aber seit die Mädchen hier sind, haben sie die Aufgabe praktisch von mir übernommen.« Ich nicke in Richtung Tür, wo gerade Natasha und Justine (die Carly spielt, die *mich* spielt) hereinkommen. »Sie sind ganz vernarrt in ihn«, füge ich hinzu. »Die drei haben eine sehr enge Beziehung zueinander aufgebaut. Das ist ungemein wichtig für ihre Rollenarbeit, finden Sie nicht auch?«

Die Mädchen sind in Wirklichkeit dreizehn, nicht zwölf, und heute Abend sehen beide ganz ungewöhnlich hübsch aus – auf diese unbeholfene, kätzchenhafte, ganz bezaubernde Art, wie sie Dreizehnjährige haben, wenn sie kurz davor sind, die Welt mit all ihren Möglichkeiten für sich zu entdecken.

Fionas Blick folgt meinem. »Hübsch sind sie, was? Gott, um nichts in der Welt möchte ich wieder in dem Alter sein.«

Ich bin hin- und hergerissen, weil ich nicht weiß, ob ich ihre Eifersucht noch weiter anfachen soll, indem ich sie auf Natasha und Justine umlenke, oder ob ich nett zu ihr sein möchte – sie hat etwas Faszinierendes an sich.

Aber die Fionas dieser Welt haben nie viel von mir gehalten. Sie macht mir mit offenkundiger Unaufrichtigkeit den Vorschlag, mich später auf einen Drink mit an ihren Tisch zu setzen, dann segelt sie durch den Raum, den jungen Schauspielerinnen entgegen. Im selben Moment betritt Billy den Pub. Er hat einen kleinen Jungen im Schlepptau, dessen engelsgleiches Billy-Gesichtchen von Fionas wilden roten Locken eingerahmt wird.

Der arme Billy sieht nicht mal in meine Richtung.

Ich bestelle einen Salat und trinke noch ein Glas Wein, mehr und mehr Leute schauen an meinem Tisch vorbei. Auf einmal ist die Stimmung viel geselliger geworden. Aber ich habe keine Lust auf Geselligkeit, irgendwie empfinde ich eine diffuse Wut auf alle. Ich schlüpfe hinaus, als ich glaube, dass mich gerade niemand sieht. Unter meinem Arm klemmt eine Flasche Wein, die ich auf meine Zimmerrechnung habe setzen lassen – der Preis war mir egal. Ehe ich bei meinem Bungalow ankomme, höre ich das Trappeln von Füßen hinter mir, und mehrere Stimmen rufen atemlos im Chor: »Warten Sie!«

Einigermaßen verblüfft stelle ich fest, dass es sich um Natasha und Justine handelt, die mir gefolgt sind, und sie haben den kleinen Pearson-Jungen zwischen sich.

»Wir passen auf ihn auf«, erklärt Natasha, als ich stehen bleibe, damit sie mich einholen können.

»*Fiona* hat uns darum gebeten«, fügt Justine grimmig hinzu. »Eigentlich hat sie uns nicht gebeten. Sie hat's uns *befohlen.*«

Ich muss über ihren unverhohlenen Missmut schmunzeln.

»Sie hat gesagt: ›Warum gehen die *Kinder* nicht zum Spielen nach draußen.‹« Natasha wirft dem Jungen einen bösen Blick zu.

»Wie heißt der Kleine denn?«, frage ich. Bestimmt hat Billy seinen Namen schon tausendmal erwähnt, aber solche Sachen bleiben bei mir nicht hängen.

»Liam«, antwortet Justine widerwillig.

Ich bin ganz fasziniert von ihrem ausdrucksstarken Mienenspiel. Liebe, Gehässigkeit, Verzweiflung. War ich auch mal so? Irgendetwas an ihr scheint mir vertraut, wie eine Art Echo. Bei Natasha ist es mir auch aufgefallen, allerdings nicht so stark.

In Wahrheit kann ich Mädchen in ihrem Alter normalerweise nicht ausstehen. Vielleicht ist genau dieses Echo der Grund dafür. Mich selbst konnte ich mit dreizehn auch nicht ausstehen.

»Liam!«, sagt Liam begeistert.

Ich beäuge ihn kritisch. »Wie alt wird er sein – so ungefähr zwei? Was meint ihr?«

»Wahrscheinlich«, sagt Justine. »Die Trotzphase.«

»Zwei!«, sagt Liam.

Wir betrachten ihn schweigend. Das Kondenswasser an meiner Flasche Sauvignon Blanc dringt durch den dünnen Stoff meines Kleides. »Er ist schon ein süßer kleiner Scheißer, oder?« Es war nicht meine Absicht, das zu sagen, es rutscht mir einfach so heraus.

Die Mädchen stimmen mir kichernd zu, auf einmal sind sie meine Mitverschwörerinnen. Sie nehmen seine kleinen dicken Hände und schwingen ihn, etwas besser gelaunt, zwischen sich ein paarmal hin und her, während er leicht dümmlich »Liam huiiii!« ruft.

»Und? Warum seid ihr mir nachgelaufen?«, frage ich schließlich. »Fiona hat mich doch nicht zum Kind ehrenhalber ernannt, oder?«

Wieder lachen sie, genau wie ich es beabsichtigt hatte. Sie sind so empfänglich! So leicht zu manipulieren! Ich verspüre den seltsamen Drang, sie in den Arm zu nehmen. Sie zu beschützen? Ich schüttle das Gefühl ab. Stattdessen denke ich an meine Flasche Wein, die immer wärmer wird.

Sie zucken synchron mit den Achseln. »Uns ist langweilig«, sagt Natasha.

»Sie scheinen ganz cool zu sein«, fügt Justine hinzu. »Im Vergleich.«

Ich bewundere sie dafür, wie sie es fertigbringt, ihr eigenes Kompliment im selben Atemzug zu untergraben. Fast bin ich ein bisschen geschmeichelt.

»Die anderen Erwachsenen benehmen sich wie Arschlöcher«, fügt Justine hinzu.

»Nicht solche Ausdrücke«, sagt Natasha, als könnte sie sich den Tadel nicht verkneifen, und unwillkürlich muss ich an Lois denken, die immer so bemüht war, bloß nicht zu wohlerzogen zu erscheinen.

»Leckt mich doch alle«, sagt Justine.

»Habt ihr Lust, ein bisschen mit reinzukommen? Wenn ihr wollt, könnt ihr über die anderen ablästern, ist mir recht.«

»Klar«, sagen sie betont lässig.

»Saft?«, fragt Liam hoffnungsvoll.

»Saft«, antworte ich. Hoffentlich gibt es welchen in der Minibar. Cola light für die Mädchen. Sauvignon Blanc für mich. Wir werden auf der Veranda sitzen und nach Glühwürmchen Ausschau halten. Ich habe mir sagen lassen, dass man hier draußen nur selten welche sieht, aber man kann ja hoffen.

Später, nachdem Fiona die Kinder abgeholt hat (unter sehr unglaubwürdigen Dankesbekundungen, wie ich hinzufügen möchte), klingelt bei mir das Telefon. Nicht mein iPhone, was mich nicht weiter überrascht hätte, sondern der Festnetzanschluss meines Zimmers. Etwa Billy, der sich für seine Frau entschuldigen will? Aber der hat meine Handynummer. Lucy Ledgers Agentin, die unser Treffen bestätigen möchte? Unwahrscheinlich, weil alles fest vereinbart ist. Die Rezeption? Aus purer Neugier hebe ich ab und wundere mich, dass sich anfangs niemand meldet.

»Hallo«, sage ich. »Hallo, hallo? Wer ist denn da?«

Ich höre Atmen. Es ist also doch jemand in der Leitung.

»Hey, du Arschloch«, sage ich vergnügt, das kommt wohl vom Wein. »Sie langweilen mich. Ich lege jetzt auf.« Und genau das will ich gerade tun, als der Atmer endlich etwas sagt. Es ist schwer zu verstehen, weil er ganz offensichtlich bewusst seine Stimme verstellt.

»Ich weiß, wer Sie sind«, krächzt die Stimme.

»Na, herzlichen Glückwunsch! Dann haben Sie ja die richtige Nummer gewählt.«

»Nein, ich meine, ich weiß, wer Sie *wirklich* sind«, sagt er. »Ich weiß alles.«

Er klingt ziemlich jung. Bestimmt will er irgendetwas von mir. Aber was? Im ersten Moment fällt mir nicht ein, was ich zu ihm sagen könnte. Ich spiele mehrere Möglichkeiten durch. Hat Jaden mich auffliegen lassen? Könnte es jemand aus Nebraska sein? Irgendein übereifriger Klatschreporter? Sicher nicht. Wer weiß sonst noch davon?

Lois? Jemand, den Lois kennt? Aber wem würde sie davon erzählen, und warum – Lois, die Geheimnisse mehr liebte als ihr Leben?

»Sie wissen doch gar nicht, wovon Sie reden«, sage ich gedehnt, aber immer noch freundlich, während ich weiterhin fieberhaft überlege.

»Ich kann es allen sagen«, sagt er, und für einen Moment ist das Krächzen aus der Stimme verschwunden. »Dann wissen sie Bescheid. Es gibt nur eine Möglichkeit, das zu verhindern.«

»Ach, verschonen Sie mich«, erwidere ich mit einem Gleichmut, den ich nicht empfinde. »Das wäre bestimmt ausgezeichnete Publicity für den Film. Ein Wunder, dass ich nicht selbst darauf gekommen bin.« Ich lege auf und starre mit leerem Blick durchs hintere Fenster in den schwarzen Wald. Merkwürdig. Sehr merkwürdig.

Aber ganz ehrlich: Wen kümmert's? *Das ist eine interessante Frage*, denke ich und gieße den letzten Rest aus der Flasche in mein beinahe leeres Glas.

Mich kümmert es. Ich habe zu viel Sorgfalt darauf verwandt, mir meine Welt aufzubauen. Meine erfundene Biographie ist etabliert, niemand hat sie je hinterfragt – weder meine Kindheit in Connecticut noch die anderen Details. Die Vorstellung, all das könnte mir um die Ohren fliegen, ist unerträglich.

Und wie um alles in der Welt ist er an meine Durchwahl gekommen – wer auch immer *er* ist? Ich überprüfe die Tür zu meinem Bungalow, um sicherzugehen, dass sie abgesperrt ist. Dann starre ich wieder aus dem hinteren Fenster. Statt des dunklen Waldes sehe ich mein eigenes Gesicht zurückstarren. Das Licht lässt mich alt und verängstigt erscheinen. *Scheiß drauf*, sage ich mir und kippe den restlichen Wein hinunter. Zugegeben, für eine prahlerische Geste ist das ziemlich armselig.

Lois

Im Diner erfahre ich, dass die Schauspielerin meistens gegen zehn Uhr eintrifft – an den Tagen, an denen sie überhaupt kommt. Die Angestellten wissen, wer sie ist, doch das Interesse an ihr ist gemäßigt und unaufdringlich. Ich beschließe, mich auf die Lauer zu legen. Am ersten Tag taucht sie nicht auf, und ich beginne mir schon Sorgen zu machen; nur noch ein Tag bis zu unserem vereinbarten Treffen. Ich will sie unvorbereitet erwischen. Ich will, wenigstens zu Anfang, die Oberhand über sie haben. Sie ist Schauspielerin, und ich fürchte ihre Verstellungskünste; ich will sie überrumpeln, damit sie gar nicht anders kann, als mir ihr wahres Ich zu zeigen, falls das sonst nicht ihre Gewohnheit ist – was ich natürlich nicht beurteilen kann. Ich habe mir eine imaginäre Chloe zurechtkonstruiert und ihren schlanken, großgewachsenen, halbwegs berühmten Körper mit einer ziemlich furchteinflößenden Persönlichkeit ausgestattet.

Doch als ich sie am zweiten Tag in der Tür stehen sehe, eine dunkle Brille auf der Nase, die die Hälfte ihres Gesichts verdeckt, während sie den Blick durch das Diner schweifen lässt, empfinde ich keine Angst. Ich fühle mich – ja wie? Verloren, hilflos, einsam, beunruhigt. Geborgen, stark, geliebt. Ich fühle mich wie zwölf. Ich rieche warme Kiefer, Pfeifenrauch. Ich ahne die zerklüfteten Berge um uns herum.

Sie kommt zielstrebig in meine Richtung, als hätte sie einen Stammplatz, auf den sie zusteuert. Sie trägt Jeans und Ballerinas und eine seidige, weich fließende Bluse. Die blonden Haare hat sie locker zurückgebunden. Sie schlüpft in die Sitznische direkt hinter meiner, so dass wir Rücken an Rücken sitzen. Ich spüre die routinierte Bewegung, mit der sie die Sonnenbrille abnimmt. Ich stelle mir vor, wie sie einen Blick in die Karte wirft – allerdings ohne sie wirklich studieren zu müssen, da sie bereits weiß, was sie will. Sie bestellt jedes Mal das Gleiche, genau wie ich. Das ist eins der Dinge, die ich über sie weiß. Eins der Dinge, die sich nicht geändert haben können.

»Carly«, sage ich leise, ohne mich umzudrehen. Ich habe nicht gewusst, was ich sagen würde, bis zu dem Augenblick, in dem ich es mich tatsächlich sagen höre; ein einziges kleines Wort, das die heiter entspannte Atmosphäre des Diners durchzuckt wie ein Blitz.

Hinter mir bleibt alles still. Nicht einmal die Rückenlehne wackelt. Ich weiß, dass schon die winzigste Bewegung, die kleinste Vibration, sich durch das straff gespannte Vinyl übertragen würde.

Aber da ist nichts: nur ein Abwarten, eine Weigerung, das Auge eines Sturms.

»Lois«, sagt sie schließlich, und ihr Tonfall ist haargenau derselbe wie meiner. Er schneidet durch die Luft, die auf einmal ganz schwer und fremd geworden ist. »Oder sollte ich lieber Lucy sagen?«

»Chloe.«

»Du bist früh dran.« Beinahe die Stimme einer Fremden.

»Ich wollte … mir alles ansehen.« Die Worte kommen mir so weit weg vor. Es ist, als schwämmen sie in trübem, schnell dahinfließendem Wasser; als würde ich ungeschickt eins nach dem anderen aufzuspießen versuchen und dabei nicht genau die erwischen, die ich brauche.

»Dein kleines Marionettentheater, meinst du? Deine abgefuckte Neuinszenierung?«

Ich habe damit rechnen müssen, dass sie wütend ist. Wir sitzen nach wie vor Rücken an Rücken. Ich wünschte, ich könnte sie sehen, den Überbleibseln von Carly May nachspüren, die vielleicht noch in ihrem Gesicht vorhanden sind.

Die Kellnerin kommt. »Kaffee«, blafft Chloe. (Carly? Chloe? Selbst im Kopf weiß ich kaum, wie ich sie nennen soll.) Die Kellnerin wirkt etwas bestürzt, offenbar ist sie mehr Freundlichkeit von der Schauspielerin gewohnt. Ihr Blick wandert in meine Richtung, sie sieht mich fragend an, aber ich schüttle den Kopf und winke ab.

»Unser Termin ist erst morgen«, sagt Chloe kalt, sobald die Kellnerin außer Hörweite ist. »Niemand weiß, dass ich hier bin. Was soll das, stalkst du mich?«

Ich spüre, wie ich rot werde. Es ist wohl wirklich eine Form des Stalkings, dass ich im Diner auf sie gewartet habe. Ich denke an meinen Carly/Chloe-Ordner, an die Websites, die ich als Favoriten gespeichert habe. *Stalking.*

»Das hier ist bloß ein Diner«, sage ich leise. »Zufällig liegt es in der Nähe meines Motels.« *Schuldig!* Wenn ich nicht schuldig wäre, würde ich mich nicht verteidigen.

»Es ist *mein* Diner«, sagt Chloe, und jetzt höre ich mehr als nur einen Hauch der alten Carly May in ihrer Stimme, kratzbürstig und besitzergreifend.

Ich merke, wie ich aufstehe und mein nur zur Hälfte verzehrtes Frühstück stehenlasse. Ich werde vorne an der Kasse zahlen. Ich weiß nicht, was passiert, wenn ich noch länger bleibe. Mir ist nach Weinen zumute. Das hier war ein Fehler.

»Dein Buch ist voller Lügen«, sagt Carly/Chloe ruhig. »Wir reden morgen darüber. Ich freue mich schon.«

Die Kellnerin kommt mit Chloes Kaffee, und ich schlüpfe hinaus. Ich wage nicht zu sprechen und lasse Carly das letzte Wort, so wie immer.

Ich glaube, sie hat mich nicht angesehen. Nicht ein einziges Mal.

Chloe

Nachdem Lois weg ist, nehme ich meinen Kaffee in die Hand und verschütte ihn prompt über den ganzen Tisch. Verdammter Mist. Ich zittere. Ich wische die Kaffeepfütze mit den winzigen Papierservietten aus dem Spender neben dem Ketchup auf und versuche zu begreifen, weshalb ich so durch den Wind bin. Ich gehe eine ganze Palette von Gefühlen durch, und worauf ich mich am Ende festlege, ist irgendetwas zwischen Scheißangst und Scheißwut.

Was gar keinen Sinn ergibt. Wovor habe ich Angst? Weswegen bin ich wütend? Mein schlechtes Gewissen meldet sich aus den Tiefen eines emotionalen Abgrunds, um den ich für gewöhnlich einen großen Bogen mache. Arme Lois. Stalkerin hin oder her, das war wohl kaum das Willkommen, das sie verdient hat. Einen Moment lang fühle ich mich verletzt, ja beinahe krank, und obwohl es annähernd zwei Jahrzehnte her ist, dass mir so etwas zuletzt passiert ist, erinnere ich mich noch sehr gut daran: Ich werde zu Lois. Es ist, als hätte ich mir eine Gabel ins Herz gerammt.

Vielleicht gibt es Menschen, die immer genau wissen, was sie denken oder fühlen. Vielleicht gilt das sogar für die Mehrheit der Menschen, was weiß ich schon. Aber wenn ich wirklich die Wahrheit über mich wissen will – über meine Gefühle, meine Motive, was auch immer –, dann muss ich einen sehr langen, sehr kalten Blick in mein Inneres werfen. Denn für gewöhnlich lüge ich – ich belüge mich selbst und alle anderen. Man kann das Schauspielerei nennen, wenn man will. Es ist ein Akt der Verfälschung. Das Gegenteil von Wahrheit. Darin bin ich sehr, sehr gut.

Ich lenke meine Aufmerksamkeit nach innen und fürchte mich ein wenig davor, was ich dort finden könnte. Es ist wie ein Scan, wenn man nach einem Tumor sucht, nach einem bösartigen, wuchernden Gewächs, das man nicht wegleugnen kann, einer Bedrohung, der man ins Auge blicken muss. Die man vielleicht herausreißen muss. Ans Licht zerren. Unter ein scheißverdammtes Mikroskop legen.

Was ich entdecke, ist eine Erinnerung – sie war nicht direkt verdrängt, nur irgendwo abgelegt, weggeschlossen; staubig, aber im Grunde noch wie neu.

Es war kurz vor dem Ende. Uns blieb vielleicht noch eine Woche, obwohl wir das natürlich nicht wussten. Gott, ich kann noch das Zimmer riechen, die Schatten an den Wänden sehen … Es war spät, mitten in der Nacht, und Lois dachte, ich schliefe. Aber ich war wach, weil ich meine Periode bekommen hatte und schreckliche Krämpfe hatte und nicht wusste, was ich dagegen tun sollte. Ich lag zusammengekrümmt im Bett, die Hände auf den Bauch gepresst, und zählte die Schmerzwellen. (Lois hatte mir gesagt, ich solle Zed um Tabletten bitten, aber das wollte ich nicht.) Ich hörte, wie Lois aus dem Bett aufstand und zur Kommode trat. Ich öffnete die Augen einen winzigen Spalt, und als sie sich an die Dunkelheit gewöhnt hatten, konnte ich sehen, dass Lois sich die Haare bürstete. Einmal schaute sie in meine Richtung, da schloss ich die Augen wieder und stellte mich schlafend. Rückblickend kann ich nicht genau erklären, warum ich das tat. Ich hätte etwas sagen können. Irgendetwas. Ich hätte sie aufhalten sollen. Nicht, dass ich genau gewusst hätte, was sie vorhatte – wie auch? Aber irgendwie wusste ich es eben *doch*. Wenn ich vollkommen ehrlich bin, muss ich gestehen, dass ich es ahnte.

Sie legte die Bürste zurück auf die Kommode, richtete ihr weißes Nachthemd und schlüpfte zur Tür hinaus.

Er schlief nicht mehr in seinem Zimmer, das wussten wir. Insofern wunderte es mich nicht, als ich gedämpft die Stufen knarren hörte, an den Stellen, wo sie immer knarrten. Ich konnte sie nicht sehen, fühlte aber jeden ihrer behutsamen Schritte. Ich spürte den Moment, in dem ihre Hand über den kleinen Buckel in der Mitte des unbehandelten Holzgeländers glitt, an dem man manchmal mit dem Kleid hängen blieb, wenn man nicht aufpasste. Ich wusste genau, wann sie unten angelangt war. Danach hörte ich sie nicht mehr, trotzdem wusste ich, wohin sie gegangen war. Fünf Minuten vielleicht. Allerhöchstens zehn. Dann hörte ich eine Tür zuschlagen. Eine Minute später war Lois wieder auf der Treppe, diesmal ging sie schneller. Sie platzte ins Zimmer und brachte einen Schwall kalte Nachtluft mit. Sie warf ihren zierlichen Körper aufs Bett – sie war leise, trotzdem spürte ich die Heftigkeit ihrer Bewegung. Sie rollte sich ganz klein zusammen – fragen Sie mich nicht, woher ich das weiß –, und auf die Weise gelang es ihr, den ersten tiefen Schluchzer zu unterdrücken, der sie schüttelte. Ich selbst habe ein- oder zweimal in meinem Leben so geweint. Ich weiß, wie sehr es weh tut, und es tut *wirklich* weh – als würde einem jemand mit der Faust in den Magen schlagen. Beinahe hätte ich meine eigenen Schmerzen vergessen, so sehr war ich auf ihre fixiert. Aber Lois' Willenskraft war stärker als ihr Elend. Sie würgte jeden einzelnen Schluchzer hinunter, bevor er aus ihrer Kehle dringen konnte. Alles, was ich hörte, war jedes Mal ein scharfes kleines Atemholen und das Geräusch der Bettdecke, die sich an ihrer Haut rieb, wenn sie erzitterte. Es dauerte lange, bis die Abstände zwischen den Schluchzern länger wurden und ihre Atmung sich ein wenig beruhigte.

Ich musste nicht erst fragen, was vorgefallen war. Ich wusste es mit einer Gewissheit, als wäre ich selbst dabei gewesen. Lois erwähnte nie, was in jener Nacht geschehen war, sie schöpfte nie auch nur den Verdacht, ich könnte etwas mitbekommen haben, und ich selbst sprach auch nicht davon. Ich fühlte mich schuldig, als hätte ich ihr nachspioniert. Aber gleichzeitig hatte ich auch das Gefühl, etwas gegen sie in der Hand zu haben. Lois hatte einen Schwachpunkt, und ich kannte ihn.

Und da war auch noch etwas anderes in mir, das ich damals nicht identifizieren konnte oder wollte: Zorn. Am nächsten Morgen empfand ich eine blinde, schwindlig machende Wut auf sie.

Weil sie die Regeln gebrochen hat. Weil sie sich ihm dargeboten hat, ganz und gar, so wie ich es nie getan habe. Weil nicht sie die Furchtlose, die Waghalsige hätte sein sollen. Sondern ich.

Weil sie mir etwas verheimlicht hat oder wenigstens dachte, sie würde mir etwas verheimlichen.

Weil sie irgendwie das Ende heraufbeschworen hat. Sie hat alles aus dem Lot gebracht, eine Grenze überschritten.

Und so weiter.

Lois

So viel zu meinem Plan, die Oberhand zu haben.

Ich kehre ins Motel zurück und vergrabe mich in der kühlen Dunkelheit meines Zimmers wie ein winziges spitznasiges Säugetier. Ab morgen ist das Zimmer im Bed & Breakfast für mich frei, doch fürs Erste ziehe ich die Anonymität meines unscheinbaren Motels an der Straße vor. Ich versuche zu schlafen, damit ich mich nicht mit meinen Gedanken auseinandersetzen muss oder den Qualen der Erinnerung erliege (*Dein Buch ist voller Lügen*), aber es gelingt mir nicht, mein Bewusstsein auszuschalten. Nach einer Weile hole ich mein Notizbuch ins Bett und lese mit zusammengekniffenen Augen die vollgekritzelten Seiten, um nachzuvollziehen, was Gary als Letztes getan hat.

Gary ist frustriert. Er hat gewusst, dass die entführten Mädchen von damals inzwischen erwachsen geworden sind, aber ihre Reife verunsichert ihn: Die Frauen, die er in seiner Gewalt hat (denn er hat nun endlich beide), sind nicht so, wie er sie haben will. Ein Gefühl des Scheiterns stellt sich ein. Sie sind zu alt, zu beladen, zu *anders*. Sie sind nicht die süßen, flachbrüstigen, kecken Zwölfjährigen, die er sich in seinem Kopf ausgemalt hat. Er weiß nicht, was er überhaupt mit ihnen anfangen soll. Er beginnt über Kinder nachzudenken. Vielleicht muss er das Verbrechen seines Vaters auf eine andere, vollkommenere Weise nachempfinden. Aber wie soll das seinen Durst nach Rache stillen? Wer würde leiden? Wer würde es verstehen? Er ist mehr als nur frustriert, er weiß nicht mehr weiter. Und seine Verzweiflung wächst. Er hat sich ein neues Messer gekauft und spioniert nun hübschen zwölfjährigen Mädchen nach. Er ist genauso verwirrt wie ich. *Bleib deiner Rolle treu, Gary*, ermahne ich ihn. *Verhalte dich nicht sinnlos.* Doch ich habe den Eindruck, dass er mir gar nicht mehr zuhört. Plötzlich verspüre ich den dringenden Wunsch, ihn aus diesem Durcheinander zu befreien, in das er durch meine Schuld geraten ist. Könnte er seine Messer von einer Brücke werfen, die Gefangenen freilassen, zu seinem Trailer zurückkehren und einfach weiter Holz hacken? Würde er damit seiner Rolle treu bleiben?

Es gelingt mir nicht, Garys Probleme zu lösen, aber für den Moment löst er meins; denn während ich im Dunkeln meine eigene wilde Handschrift zu entziffern versuche, gleite ich in einen langen Schlaf. Mein ungenutzter Laptop summt leise in der Ecke des Zimmers vor sich hin und lädt. Mir ist, als würde Sean mich aus ihm heraus beobachten. Dementsprechend unruhig ist meine Nacht.

Chloe

Ich sehe durch die Vorhänge im Wohnzimmer, wie Lois vorsichtig den Pfad zu meinem Bungalow entlangkommt, und bin überrascht, als ich erneut einen scharfen Stich der Schuld verspüre. Sie hat sich sehr geschäftsmäßig angezogen, ein schickes kleines Kostüm und Pumps, und mir ist klar, das bedeutet, dass sie zutiefst verletzt ist. Dass *ich* sie verletzt habe. Na ja, sie hat mich eben überrumpelt, und ich habe meine Krallen ausgefahren, aber ich komme mir mies vor. Was kann ich sonst noch tun? Ich trage Jeans und T-Shirt – genau die gegenteilige Strategie: Ich biete ihr meinen entblößten Hals dar, während sie in voller Rüstung erscheint.

Ein scharfes Klopfen an der Tür.

Und da steht sie: die kleine Lois, zwölf Jahre alt. Ihre Körpersprache sagt: *Komm mir ja nicht dumm*, aber ihre großen Augen sind so traurig und verletzlich wie damals.

»Es tut mir leid«, platze ich heraus, als sie auf der Schwelle zögert. Ich hatte mir vorgenommen, das zu sagen, aber dann bricht es ganz spontan aus mir heraus: Ich muss nicht einmal spielen.

Zu meiner großen Erleichterung streckt sie die Arme aus und drückt mich. Es ist eine kurze, knochige Lois-Umarmung, aber sie ist echt.

»Ich weiß«, sagt sie gedämpft an meiner Schulter, dann macht sie sich los und tritt an mir vorbei ins Zimmer. Sie nimmt von mir ein Glas Wein an und lässt sich aufs Sofa fallen. »Also, was *genau* hast du damit gemeint«, fragt sie, »als du behauptet hast, mein Buch sei voller Lügen?«

Ich wollte ihr eigentlich vorschlagen, dass wir uns auf die Veranda setzen, aber auf einmal erscheint es mir nur richtig, dass dieser Teil des Gesprächs in einem geschlossenen Raum stattfindet, wo niemand zufällig vorbeikommen kann, wo es nur Lois und mich gibt. Und Zed. Ich setze mich in die andere Ecke des Sofas.

»Ist es wegen Mandy?«, hakt sie nach, und ihre Selbstbeherrschung gerät ein wenig ins Wanken. »Weil das –«

»Nein. Nicht wegen Mandy. Das mit Mandy verstehe ich einigermaßen. Du brauchtest eine Perspektive von außen, das kann ich nachvollziehen.«

Lois ist klein geblieben, sie kann nicht größer sein als eins sechzig, vielleicht eins zweiundsechzig. Und sie ist noch genau so dünn wie damals – vielleicht zu dünn, obwohl es so etwas in meiner Welt nicht gibt. Zartgliedrig. Ihre Hände sind sittsam im Schoß gefaltet. Genauso hat sie immer dagesessen, wenn Zed uns vorgelesen hat.

»Das ist wie eine Zeitschleife, oder?«, sagt sie plötzlich. Sie kann immer noch Gedanken lesen. »Ich muss auch ständig daran denken. Also. Voller Lügen, sagtest du?«

»Ich war in der Nacht wach«, sage ich. Meine Stimme bleibt neutral. Nicht anklagend, nicht verurteilend. »In der Nacht kurz vor dem Ende. Ich habe gehört, wie du zu ihm gegangen bist. Und wie du hinterher geweint hast.«

Ihr Kopf zuckt in die Höhe.

»Du bist zu ihm gegangen. Und du hast mir nie davon erzählt. Im Buch kommt es auch nicht vor. Obwohl das alles geändert hätte. Dadurch wäre Hannah in gewisser Weise interessanter geworden. Weniger unschuldig. Und es hätte auch Zeds Figur komplexer gemacht. Vielleicht sogar liebenswerter.«

Sie greift nach ihrem Weinglas. Ich kann förmlich beobachten, wie sie in sich geht. Als würden sich ihre Augen nach innen drehen, um statt in die Gegenwart in die Vergangenheit zu schauen. Ich leere meinen Wein in einem großen Schluck. Ich kann warten. Man sieht ihr an, dass sie nach einer Erinnerung sucht – es ist keine Verzögerungstaktik, sie denkt sich nichts aus. Es überrascht mich, wie gespannt ich darauf bin, was sie gleich sagen wird.

»Er hatte sich so verändert«, beginnt sie und beugt sich ein Stück nach vorn. »Alles war so anders geworden. Ich … hatte

Angst. Vorher hatte ich keine gehabt, aber so langsam fing es an.«

Ein plötzlicher Windstoß fegt durch den kleinen Bungalow, raschelt in Vorhängen und Zeitschriften, bringt den Geruch von Regen mit, löst trotz der Hitze eine Gänsehaut aus. Ein Donnergrollen folgt. British-Columbia-Donner oder Adirondack-Donner? Beides. Lois fährt fort:

»Ich wusste nicht, was er wollte. *Wir* wussten nicht, was er wollte. Erinnerst du dich, Carly May?«

Es ist so ungewohnt, den Namen zu hören. Ich frage mich, ob das der Grund ist, weshalb sie ihn gesagt hat. Sie spricht in Richtung Zimmerdecke, aber ich nicke. Natürlich erinnere ich mich.

Sie neigt den Kopf und blickt mir ohne Vorwarnung in die Augen. »Ich wollte, dass er glücklich ist«, sagt sie schlicht. »Dass alles gut wird.« Sie trinkt erneut einen großen Schluck Wein, und instinktiv spüre ich, dass ich jetzt schweigen muss.

»Und ich wollte, dass er mich liebt«, fügt sie hinzu. Ihre Stimme ist ganz leise, aber trotzdem erstaunlich fest und klar. »Du etwa nicht?« Sie wirft einen Blick zum Fenster. »Aber ich habe es nicht über mich gebracht, darüber zu schreiben. Zuerst dachte ich, ich könnte die Szene Callie geben, aber das kam mir nicht richtig vor. Deswegen ist im Buch Mandy diejenige, die ihn liebt, jedenfalls auf ihre Weise. Es ist nicht gelogen, es ist eher wie … eine Übertragung.«

Sie hält inne, und ich sehe, wie ihre Züge sich ein wenig anspannen. Als wechselte sie von der Verteidigung zum Angriff. Ich warte.

»Und außerdem –«, beginnt sie zaghaft, ohne mich anzusehen.

»Außerdem was?« Ich glaube, ich weiß schon, was jetzt kommt.

»Na ja, ich bin nicht die Einzige, die etwas verschwiegen hat, oder? Ich nehme an, du hast das Buch gelesen? Dann weißt du ja auch, dass ich dich an dem Abend in der Küche gehört habe. Ich habe gehört, wie du es ihm versprochen hast.«

»Na und? Was hätte ich denn sagen sollen? Ich hatte das Gefühl, wenn ich es ihm nicht verspreche, lässt er uns nie mehr gehen. Also habe ich es ihm eben versprochen. Und wenn schon?« Ich staune, wie wütend mich das macht. Das, wird mir nun klar, war die andere Sache, die mich an dem Buch so geärgert hat: Mich hat sie hingehängt, aber sich selbst nicht.

»Natürlich musstest du es ihm versprechen«, stimmt Lois mir zu. »Aber du hättest Wort halten können, und das hast du nicht getan. Du hast ihn hintergangen.«

»Schwachsinn. Da war er doch schon tot. Außerdem …« Hier kommt der Teil, von dem sie nichts weiß, der Teil, den ich unbedingt vergessen wollte. »Außerdem hat er mir sowieso nicht geglaubt«, sage ich flach. Ich weiß noch, wie er mich angesehen hat. Seine Augen waren so traurig. So voller Enttäuschung. Er wusste, dass ich log, und er war nett genug, es mir nicht auf den Kopf zuzusagen. »Ihm war von Anfang an klar, dass ich es nicht ernst meine.«

»Dann haben wir ihn wohl beide enttäuscht?« Lois' Stimme klingt dünn, fast wie die eines Kindes.

»Das haben wir wohl. Aber nicht –«

»Nicht *nur*. Nicht auf ganzer Linie. Ja, ich glaube, da hast du recht.«

So sitzen wir lange Zeit. Der Sturm kommt, und die Fensterläden klappern, und die Lichter flackern, und Regen dringt durch die Lamellen.

Lois

»Du musst hier bei mir bleiben«, sagt Carly später. »Ich lasse dich nicht zurück in dieses kleine schäbige Motel gehen.« Ich erläutere ihr die Sache mit dem Bed & Breakfast, aber sie stimmt mich um. »Das ist doch albern. Du kannst hier auf dem Sofa schlafen, man kann es ausziehen. Oder ich schlafe auf dem Sofa. Wir können eine Münze werfen. Ich habe mehr Platz, als ich brauche.

Du kannst alle kennenlernen. Sie freuen sich bestimmt riesig, die Autorin zu treffen. Du musst kommen. Du findest es garantiert toll. Außerdem gehörst du doch dazu. Du solltest wirklich dabei sein.«

Am Ende willige ich ein, teils weil das, was sie sagt, mir vernünftig erscheint, teils weil ich ungern betrunken Auto fahre und sie ganz offensichtlich ungern nüchtern ist. Wir trinken noch mehr Wein. Wir erzählen einander unsere Lebensgeschichte. Es ist seltsam: In Worte gefasst, erscheint mir mein Leben so klein und weit weg (bis auf den Teil mit Sean, den ich auslasse). Als wäre es das Leben von jemand anderem. Das bringt mich ins Grübeln: Ist es richtig, dass es mir so leichtfällt, mein Leben wegzuschieben, es abzuwerfen wie eine alte Haut, es auf ein paar knappe Sätze zu reduzieren? Oder könnte das womöglich sogar der beste Weg sein, mich aus diesem Chaos zu befreien, das ich angerichtet habe?

Nachdem das Gewitter vorbei ist, ziehen wir auf die Veranda um und sitzen in der Dunkelheit. Der Wald hinter uns ist voller Nachtgeräusche. Wir lauschen eine Weile. »Es ist nicht dasselbe, oder?« Sie wird wissen, was ich meine. »Ähnlich, aber … definitiv nicht dasselbe.«

»Gott sei Dank«, sagt sie mit Inbrunst.

Später: »Ob ich wohl schon mal irgendwas aus dem achtzehnten Jahrhundert gelesen habe?«, fragt sie träge und versucht nachzuvollziehen, womit ich meinen Lebensunterhalt verdiene. »Denk daran, ich habe die Schule abgebrochen.«

»Vielleicht *Gullivers Reisen*«, sage ich.

»Das ist die Geschichte mit diesen Liliputanern, stimmt's? Wurde die nicht auch verfilmt?«

»Mehrfach. Was ist mit *Der Lockenraub*? *Robinson Crusoe*?«

»Kann sein, dass da ganz leise was bei mir klingelt«, meint sie. »Aber vielleicht auch nicht. Das Letzte, da geht es um diesen Typen auf einer einsamen Insel, oder? Komisch, dass man sich ausgerechnet das achtzehnte Jahrhundert aussucht.«

Ich mache mir nicht die Mühe, ihr zu erklären, dass das keineswegs komisch ist; es scheint keine Rolle zu spielen. »Lies mal *Moll Flanders*, wenn du Zeit hast«, empfehle ich ihr halb im Scherz. »Die ist auch so eine Art Schauspielerin. Könnte dir gefallen.«

»Vielleicht mache ich das«, sagt sie. »Nur um dich zu überraschen.«

Ich sage ihr, dass ich all ihre Filme gesehen habe. Ich erzähle ihr, dass Brad sie mit mir angeschaut hat, und beantworte ihre unausgesprochene Frage: »Mit Brad? Nein, so war das nicht zwischen uns.«

Allmählich kommt heraus, dass wir beide notorische Singles sind, ungeliebt und unfähig zu lieben. Ich erzähle ihr von dem Dozenten, den ich auf dem College verführt habe, nur um ihm danach drei Jahre lang krampfhaft aus dem Weg zu gehen, und berichte von den vielen unbeholfenen ersten und zugleich letzten Dates, die darauf folgten. Sie erzählt von ihren zahlreichen lieblosen Affären. Wir sinnieren eine Weile.

»Nein«, meint sie schließlich, obwohl ich gar nichts gesagt habe. »Ich hab keine Lust, mir dazu irgendwelche abgedrehten psychologischen Theorien anzuhören. Lass die bloß stecken.«

Ich bin froh, denn ich habe genauso wenig Lust darauf. Auch wenn es gerechtfertigt sein mag, Zed für unser glückloses Beziehungsleben verantwortlich zu machen – ich sehe nicht, was das bringen sollte.

Irgendwann erhebt Carly sich schwankend und geht ins Haus, um ein Nachthemd für mich und Laken für das Sofa herauszusuchen. (Dass wir eine Münze werfen wollten, scheint ihr entfallen zu sein.)

Bevor ich mich schlafen lege, schaue ich auf meinem Handy nach neuen Nachrichten. Ich habe mehrere SMS von Sean bekommen, die ich mit einigem Unbehagen ignoriere. Ein verpasster Anruf von Brad, was mich ein wenig verwundert, allerdings ohne Sprachnachricht. Ich kann nicht sagen, ob ich deswegen erleichtert oder enttäuscht bin. Und dann noch ein Anruf auf meiner Mailbox von einer Nummer, die ich nicht kenne, die aber dieselbe Vorwahl hat wie ich. Ich zögere kurz, dann höre ich die Nachricht ab.

»Lois. Delia hier«, ertönt eine Stimme wie aus weiter Ferne. »Keine Ahnung, ob Sie überhaupt in der Stadt sind, aber es gibt da etwas, was Sie wissen sollten. Dieser Junge, Ihr Student, Sean McDougal – die Polizei sucht nach ihm. Es hat wieder mit Stalking zu tun, aber diesmal ist es schlimmer. Anscheinend ist er vor dem Zimmerfenster einer Schülerin aufgetaucht und hat ihr ein Messer gezeigt – so hat sie es erzählt, er hat es ihr nur gezeigt. Sie hat geschrien, daraufhin ist er weggerannt. Das war vorgestern Nacht, seitdem fehlt von ihm jede Spur. Die Polizei glaubt, er könnte möglicherweise aus der Stadt geflohen sein. Also – na ja, er ist da draußen. Irgendwo.« Eine Pause. »Ich fand einfach, dass Sie das wissen sollten.« Klick und dann Stille.

Stalking? Ein Messer? Eine Schülerin? *Er ist da draußen.* Im ersten Moment bin ich völlig verwirrt: Gary ist doch derjenige, der Schülerinnen nachstellt, richtig? Noch dazu wider mein besseres Wissen? Ich bin so orientierungslos, dass ich die beiden Handlungsstränge nicht mehr auseinanderhalten kann. *Sean ist keine Figur in einer Geschichte*, schimpft Delia in meinem Kopf. Brad steht neben ihr und schüttelt enttäuscht den Kopf.

Ich schaue nach, wie spät es ist. Wenn es hier zwei Uhr ist, ist es an der Ostküste fünf Uhr morgens. Ich weiß nicht so recht, ob der Wein meine Sinne schärft oder abstumpft; dass ich mir dessen unsicher bin, lässt eher auf Letzteres schließen. *Jetzt kann man ohnehin nichts tun*, sage ich mir streng, lege mich aufs Sofa und mache mich bereit für eine weitere Nacht voller unruhiger Träume.

Chloe

Nach dem Aufwachen brauche ich erst mal eine Minute, um mich an Lois und die gestrigen Ereignisse zu erinnern. Mein allererster Impuls schockiert mich ein bisschen. *Nett, dich wiedergetroffen zu haben, Lois! Auf Wiedersehen, Lois!* Knall die Tür zu. Vergiss die Sache, so wie immer. Aber als ich aus dem Schlafzimmer schleiche, um Kaffee aufzusetzen, sehe ich Lois zusammengeringelt auf dem Sofa liegen. In meinem zu großen Nachthemd bietet sie einen leicht absurden Anblick, sie sieht so winzig und seltsam friedlich aus. Es ist zu spät, die Tür zuzuschlagen, selbst wenn ich es wollte. Es ist ein komisches Gefühl, auf Zehenspitzen umherzuschleichen, damit sie nicht wach wird, weil ich es nicht gewohnt bin, auf andere Rücksicht zu nehmen. Das ist nicht wertend gemeint, sondern lediglich eine Feststellung.

Ich warte darauf, dass der Kaffee gurgelnd aus der Maschine schießt, und habe jetzt schon ein schlechtes Gewissen wegen des Lärms, den er machen wird, als schon wieder das Telefon klingelt. Die Festnetzleitung. Diesmal zögere ich nicht, sondern nehme sofort ab.

»Ja?«, sage ich aggressiv, stelle eine Kaffeetasse unter die Düse der Maschine und lausche einige Sekunden lang, während am anderen Ende wie erwartet geschwiegen wird. »He, du Arschgesicht. Du hast mich angerufen und ich bin rangegangen. Sag, was du zu sagen hast, oder ich lege auf und sorge dafür, dass du in Zukunft nicht mehr durchkommst. Wenn du mir also irgendwas mitzuteilen hast – dies ist deine Chance.«

»Sie ist da, stimmt's?« Es klingt, als spräche er unter Wasser. Man hört, dass er sich große Mühe gibt, seine Stimme zu verstellen. Sie klingt dem sprudelnden Kaffee gar nicht so unähnlich.

»Du müsstest dich schon ein bisschen präziser ausdrücken«, sage ich mit Blick zu Lois. Sie wälzt sich hin und her. Schwer zu sagen, ob sie wach ist.

»Sie ist da. Sie dürfen ihr nicht trauen, haben Sie gehört? Sagen Sie ihr, ich hab's verbockt, und das ist ihre Schuld.«

»Wem soll ich das sagen? Wer, verfickt noch mal, bist du eigentlich? Wenn ich auch mal eine Frage stellen darf.«

»Sie weiß Bescheid. Sagen Sie ihr, ich hab das Buch gelesen, an dem sie gerade schreibt. Sagen Sie ihr, es ist vorbei.«

»Was ist vorbei? Hör mal, wenn du nicht aufhören kannst, in Rätseln zu sprechen –«

Er legt auf. Ich starre das Telefon an und versuche mir einen Reim auf die Sache zu machen. Was hat er beim letzten Mal gesagt? Es ging um mich: *Ich weiß, wer Sie sind.* Vielleicht hätte ich aufmerksamer zuhören sollen.

Lois hat sich mittlerweile aufgesetzt. Sie hat die Decke um sich gewickelt, Gesicht und Haare sind erstaunlich unzerknittert. Aber ihre Stimme klingt drängend. »Wer war das, Carly?«

»Du musst mich Chloe nennen.« Das wollte ich ihr eigentlich schon gestern Abend sagen. Mit Carly bin ich überfordert.

»Ich weiß, entschuldige. Ich werde es heute üben. Nur noch Chloe, ich schwöre. Aber wer war das am Telefon?« Sie sieht mich mit ihrem eigentümlichen Lois-Blick an, wie ein sehr schöner und beängstigend kluger Fuchs. Diesen Gesichtsausdruck hatte sie schon mit zwölf. Sie neigt den Kopf leicht zur Seite und sieht aus, als würde sie meine Gedanken lesen. »Das war ein anonymer Anrufer, stimmt's? Wie oft hat er sich schon bei dir gemeldet? Was hat er gesagt?«

»Warum verrätst du es mir nicht, da du ja so gut darüber informiert zu sein scheinst? Klingt für mich, als wüsstest du ganz genau, wer das war.«

Kaum zu glauben, dass es nach gestern Nacht noch irgendwelche Geheimnisse zwischen uns gibt, aber es sieht Lois ähnlich, etwas zurückzuhalten. In diesem neuen Licht lasse ich die Worte des anonymen Anrufers noch einmal Revue passieren. Vielleicht ergeben sie jetzt einen Sinn. Und das tun sie auch wirklich, ansatzweise jedenfalls, allerdings wird mir dadurch keineswegs wohler zumute. Lois' Miene beunruhigt mich. Das ist doch bloß irgendein Spinner, oder? Und doch wirkt sie beinahe verängstigt.

»Scheint so, als würde sich da jemand ein bisschen zu sehr für dein Leben interessieren«, sage ich, was eine vornehme Untertreibung ist. »Und da er jetzt auch mich belästigt – weswegen die an der Rezeption definitiv noch von mir hören werden –, verrätst du mir vielleicht lieber, was hier los ist.«

Das tut sie dann auch. Ich denke an meinen anfänglichen Verdacht, dass Lois womöglich nicht mehr ganz richtig im Kopf ist und dementsprechend ich die Vernünftige von uns beiden sein muss. Dieser Verdacht hat sich auf der ganzen Linie bestätigt.

Lois

Mit einigen Schwierigkeiten überrede ich Carly – Chloe – dazu, mich allein ins Motel fahren und meine Sachen holen zu lassen. Sie hat die bizarre Idee, Sean könnte plötzlich mit einem kleinen Waffenarsenal, den Kopf voller blutrünstiger Gedanken, in British Columbia auftauchen. Ich versuche ihr klarzumachen, dass Sean gar nicht über die entsprechenden Mittel (Geld, Transportmöglichkeiten, Energie) verfügt, einen solchen Plan in die Tat umzusetzen, selbst wenn er es wollte. Und warum sollte er es wollen? Ich ignoriere die lästige Stimme in meinem Hinterkopf, die diesbezüglich Zweifel anmeldet. Chloe beharrt weiterhin darauf, mich zu begleiten, bis ich ihr schließlich sage, dass ich noch einige Dinge zu erledigen hätte – eine Aussicht, die sie sichtlich langweilt.

Ich erledige auch tatsächlich einige Dinge, wenngleich andere, als ich Chloe habe glauben lassen.

Zum einen muss ich ihr Geständnis verarbeiten, dass sie in jener Nacht, die ich mit aller Macht zu vergessen versucht habe, Zeugin meiner Demütigung wurde. Und um das zu tun, muss ich allein sein. Carly schlief für gewöhnlich so tief wie sonst niemand auf der Welt; ich habe nie auch nur im Traum daran gedacht, sie könnte wach sein. Noch merkwürdiger ist, dass sie mich am nächsten Tag – oder sogar direkt danach, denn warum warten? – nicht darauf angesprochen hat. War es Diskretion oder Geduld, oder steckte noch ein anderer, fragwürdigerer Grund dahinter? Das Verhalten scheint nicht zu ihr zu passen.

Dass ich mich auf Carlys mir bisher unbekannte Zeugenschaft versteife, erlaubt es mir natürlich, den wirklich beunruhigenden Aspekt der Geschichte auszuklammern: mein eigenes schockierendes, nicht minder uncharakteristisches Verhalten. Auf der Fahrt in den Ort hole ich die Erinnerung behutsam hervor und wickle sie aus. Einmal befreit, entfaltet sie sich erstaunlich schnell zu ihrer ursprünglichen Größe und Gestalt.

Ja. Ich bin zu ihm gegangen. Das hier habe ich nie jemandem erzählt, nicht einmal durch den Filter der Fiktion. Ich habe es nicht einmal mir selbst erzählt.

Es war eines Nachts kurz vor dem Ende, nach einem sonderbar spannungsgeladenen Tag. Ich bürstete mein dunkles Haar, damit es glatt und glänzend war. Ich öffnete die oberen zwei Knöpfe an meinem langen weißen Nachthemd und wappnete mich innerlich (wofür, das wusste ich nicht genau; dieses eine Mal war mein Tun keine Geschichte, die ich mir im Kopf erzählte). Dann schlich ich nach unten zu dem Ledersofa, auf dem er ausgestreckt lag. Ein paar Strahlen Mondlicht spendeten ausreichend Helligkeit, so dass ich seine Silhouette erkennen konnte. Ich sah, dass er auf dem Rücken lag, das Gesicht zur Decke gerichtet, den abgewinkelten Arm über dem Kopf. Alle paar Sekunden tropfte der Wasserhahn in der Küche. Sein Atem ging langsam und regelmäßig. Ich stand neben ihm und sah ihn an – meine Augen, so stellte ich mir vor, bohrten sich in seinen Körper hinein. Ganz allmählich passte mein Atemrhythmus sich seinem an. Ich stand da, ohne Plan, ohne konkrete Absicht, ja sogar ohne Furcht. Irgendwie wusste ich, dass er aufwachen würde, ich zweifelte nicht daran, und dann endlich passierte es. Ich sage *endlich*, dabei waren wahrscheinlich erst zwei oder drei Minuten vergangen, aber mir kam es wie eine lange Zeit vor.

Ganz plötzlich riss er die Augen auf– ich sah es nicht nur, ich spürte es –, sein rechter Arm schnellte vor und tastete blindlings nach der Waffe, bis er merkte, dass ich es war, kein Eindringling, und mich stattdessen beim Handgelenk packte. Sein Griff war hart und schwer. Auch die Luft war mit einem Mal schwer geworden, schwer von Dunkelheit und Stille. »Lois?«, sagte er rau mit einer Stimme, die nicht seine eigene zu sein schien.

Ich beugte mich dem Gewicht seines Griffs und noch einem anderen, unausgesprochenen Impuls und sank auf die Knie. Langsam, fast wie in Zeitlupe, streckte ich die freie Hand nach ihm aus. Ich sah, wie meine fahlen, gespenstischen Finger sich immer weiter von mir entfernten, bis sie sein Gesicht erreicht hatten. Zaghaft berührten meine Fingerspitzen eine dichte Augenbraue, eine kratzige, unrasierte Wange. Sein Gesicht hatte mich immer fasziniert – die harten, scharfen Kanten, hier und da von Weichheit gemildert. Doch als meine Finger seine Lippe streiften, tauchte plötzlich seine andere Hand auf und umfasste fest mein Handgelenk. Jetzt hatte er beide.

»Verschwinde«, sagte er, stand vom Sofa auf und stieß mich von sich weg, dass mir die Handgelenke weh taten. »Du irrst dich. Ich will dich nicht. Geh!« Seine Stimme war leise, kalt, ein Knurren, das nur wenige Meter weit trug. Sie war einfach zu schwer; sie würde zur Erde fallen und durch den Fußboden dringen, so wie sie in meinen Kopf drang. *»Geh. Ich will dich nicht.«*

Ich weiß nicht, wie oft er das sagte.

Ich sprang auf und floh. Am liebsten hätte ich mich aufgelöst, mein ganzes Dasein ausgelöscht, so groß war meine Scham. Es war, als würde ich aus jeder Zelle meines Körpers bluten. Als würden alle Dämme brechen, ekelerregend, einfach entsetzlich. *Verdorben*, hatte er einmal gesagt. Jetzt glaubte ich zu wissen, was er damit gemeint hatte.

Ich warf mich aufs Bett und rollte mich ganz klein um meine Scham zusammen, versuchte sie zu ersticken, zu begraben, zu zerquetschen. Sie brach in Form heißer Tränen aus mir hervor und überschwemmte die ganze Welt.

Ich hatte nur helfen wollen. Ich hatte ihn einfach nur behalten wollen. Ich hatte doch nur versucht, das Schreckliche abzuwenden, von dem ich ahnte, dass es uns bevorstand. Etwas musste getan werden, daran hatte ich nicht den geringsten Zweifel. Ich hatte ihm das reinste Angebot gemacht, das mir einfiel: *Hier. Nimm mich. Mach mit mir, was du willst. Hier ist meine ganze Person, mein magerer jungfräulicher Körper, mein spitzes kleines Gesicht, mein scharfer, flinker Verstand, meine ungestüme Liebe. Es ist alles, was ich habe.*

Ich hatte mich getäuscht, ich hatte einen Fehler gemacht, den allergrößten Fehler überhaupt. *Ich will sterben*, dachte ich wieder und wieder, und ich glaube, ich meinte es beinahe ernst.

Scham, so stelle ich fest, kann lange Ruheperioden überstehen. Sobald der richtige Stimulus erfolgt, erwacht sie wieder und ist so stark wie eh und je. Meine durchflutet mich heiß und heftig und mit einer Wucht, die im Laufe der Zeit nur noch stärker geworden ist. Ich muss rechts ranfahren und die Stirn ans Lenkrad legen. Ich sehe nur noch rot. Wieder und wieder durchlebe ich mein unsägliches Angebot, seine unerträgliche Zurückweisung. Wieder habe ich das Gefühl, innerlich verdorben zu sein. Niemand will mich, niemand *kann* mich wollen.

Als ich bei meinem Motel ankomme, spüre ich eine leichte Übelkeit. Teils Kater, teils Erinnerungskrankheit, vermute ich. Ich packe meine Sachen zusammen und werfe sie in den Wagen. Aus reiner Gewohnheit lege ich danach noch einen Stopp bei meinem Diner ein. Ich kann Chloe jetzt noch nicht gegenübertreten – erst muss ich meine eingestürzten Mauern wieder aufbauen, neue Kräfte sammeln.

Und da ist auch noch etwas anderes. Bei einem Kaffee schreibe ich Sean eine SMS: *Wo sind Sie? Ich muss mit Ihnen reden. Es ist wichtig.*

Die Antwort kommt fast sofort: *Nicht reden, nur schreiben. Ist sicherer, finden Sie nicht auch?*

Im Diner herrscht mäßiger Betrieb, nur vom Tresen her hört man gedämpftes Stimmengemurmel, das vertraulicher und auf irgendeine Art auch angenehmer ist als Stille. Inzwischen kenne ich sämtliche Stammgäste, genau wie sie mich kennen. Aber sie beachten mich nicht weiter. Ist Schreiben wirklich sicherer? Ich weiß es nicht. Allerdings fällt es mir in gewisser Hinsicht leichter. Mir hat davor gegraut, Seans Stimme zu hören, die Last seiner undurchschaubaren Erwartungen auf mir zu spüren.

Ich simse ihm zurück: *Vielleicht, vielleicht auch nicht. Egal: Ich habe gehört, Sie stecken in ernsthaften Schwierigkeiten. Sagen Sie mir, was passiert ist.*

Sein zutiefst besorgniserregendes Verhalten der letzten Tage sollte eigentlich jeden Rest Mitgefühl abtöten, den ich vielleicht noch für ihn empfinde, aber ich stelle erschrocken fest, dass das genaue Gegenteil eingetreten zu sein scheint: Ich hege beinahe mütterliche Gefühle für ihn; in diesem Ton habe ich noch nie mit ihm gesprochen. Aber seine Vergehen sind auch meine. Ich trage die Verantwortung.

Was ist mit Gary, warum haben Sie aufgehört zu schreiben?

Gary existiert nur noch in meinem Notizbuch, dort ist er vor Seans Zugriff sicher. Er hat nichts mehr unternommen, seit mir klargeworden ist, dass er noch nicht zu weit gegangen ist, dass es immer noch ein Zurück gibt, dass er seine Gefangenen immer noch freilassen und nach Hause gehen kann. Aber das ist leichter gesagt als getan, normalerweise funktionieren Romane anders. Bis jetzt ist mir keine Möglichkeit eingefallen, wie ich sowohl Gary als auch den Roman retten könnte. Nun stelle ich mir Sean vor, wie er voller Ungeduld darauf wartet, was Gary als Nächstes tun wird, wie er in jeden Schritt seiner von Rache getriebenen (und konfusen) Jagd auf die Schauspielerin und die Dozentin unzählige Bedeutungsebenen hineinliest.

Es ist zu spät, ihm Vorwürfe zu machen, weil er sich in meinen Computer gehackt und mein Manuskript gelesen hat. Das spielt jetzt keine Rolle mehr.

Gary ist wieder zu Hause und hackt Holz, schreibe ich. *Er hat seinen Plan an den Nagel gehängt. Es ist vorbei.* Ist das wahr? Auf einmal habe ich das Gefühl, es könnte wahr sein.

Warum????? Es ist nicht vorbei. Sie drücken sich bloß, antwortet Sean.

Das war alles ein Fehler.

Aber ich hab Beweise …

Beweise wofür? Eine erfundene Geschichte ist kein Beweis. Ich werde das Buch nicht zu Ende schreiben. Es war ein Fehler.

Ich setze mich aufrecht hin, blicke mich um und trinke mehrere Schlucke Kaffee; noch zögere ich damit, auf »Senden« zu drücken. Ich lüge: Derartige Gedanken sind mir zu keinem Zeitpunkt gekommen. Trotzdem fühlen auch sie sich wie die Wahrheit an. Meine ich es etwa ernst? Wann habe ich mich dafür entschieden? Ja, ich glaube schon. Ich bin Schatten hinterhergejagt. Das Buch ist nichts als hemmungslos selbstverliebtes Geschwafel. Es ist gefährlich. Es hat mir schon genug Ärger eingebracht. Scheiß auf den Vertrag. Ich schreibe etwas anderes. »Senden«.

Schweigen. Ich unternehme noch einen Versuch. *Also, was ist passiert?*

Irgendein dummer Mist, spielt keine Rolle und geht Sie auch nichts an.

Ich überlege kurz. Dann wage ich es: *Gary hat die Frauen freigelassen. Er hat seine Messer weggeworfen. Er wird seinen Plan nicht weiterverfolgen.*

Netter Versuch. Sie sind hier die Verrückte, Prof. Sie können nicht so tun, als wär das alles nicht gewesen, es ist immer noch da. Sie können Gary nicht einfach erschaffen und ihn dann wieder zurücknehmen.

Sicher kann ich das. Alles nichts als Lügen. Sie hatten die ganze Zeit recht. Es stimmt: Ich will nicht, dass Gary real wird. Ich will mich nicht mehr in seinen Kopf begeben. Da war ich schon viel zu lange. Die Fortsetzung kommt mir wie ein Traum vor, seltsam intensiv, aber zugleich unwirklich. Einer von diesen Träumen, die man nach dem Aufwachen unbedingt abschütteln will, an die man aber trotzdem immer wieder denken muss und die die Stimmung des gesamten darauffolgenden Tages beeinflussen.

Vom Tresen her hört man das laute Gelächter eines Mannes. Auf dem Parkplatz blinkt die Sonne auf den Autos.

Brauchen Sie Hilfe, Sean?

Sie meinen wohl Gary.

Das ist mein Verbrechen. Die Tat, die ich ungeschehen machen muss.

Nein. Ich meine Sean, meinen Studenten, einen jungen Mann, der in Schwierigkeiten steckt. Vielleicht ist er nicht Zeds Sohn, aber auch er muss früher einmal ein kleiner Junge gewesen sein, ein süßer kleiner Junge voller Phantasie, der sich nach Liebe gesehnt hat. Daran versuche ich mich festzuhalten.

Verschonen Sie mich mit der Dozentennummer. Dafür weiß ich zu viel.

Ich schreibe eine ganze Weile nicht zurück. Mir fällt nichts ein, was ich ihm noch sagen könnte. Ich komme mir vor wie Dr. Frankenstein, nachdem ihm sein Monster abhandengekommen ist. Im Endeffekt ist Sean mir ein Rätsel. Und anders als bei Gary ist es nicht an mir, sein Schicksal zu lenken. Ihn kann ich nicht einfach nach Hause schicken und *Ende* darunterschreiben.

Bevor mir eine Erwiderung einfällt, schreibt er mir erneut: *Grüßen Sie Chloe Savage von mir :-/*

Ich leere den Rest meines mittlerweile kalt gewordenen Kaffees und denke nach. Ich denke sehr angestrengt nach und komme zu keinem Ergebnis.

Wo sind Sie?, schreibe ich, einem spontanen Impuls folgend. Doch er antwortet nicht.

Chloe

Lois will unbedingt inkognito bleiben und sich als alte Bekannte aus meinen New Yorker Tagen ausgeben. Ich weigere mich kategorisch, da mitzuspielen.

»Das macht doch gar keinen Spaß«, sage ich ihr. »Kommt nicht in Frage. Jetzt ist Lucy-Ledger-Zeit, meine Liebe. Du bist mir noch was schuldig.«

Inwiefern ist sie mir etwas schuldig? Ich weiß es nicht genau, aber es kommt mir richtig vor, und sie widerspricht mir nicht. Wie auch immer, mir gefällt die Idee, zur großen Überraschung aller ausgerechnet mit der Autorin an meiner Seite aufzutauchen. Es wird höchste Zeit für ein bisschen Dramatik. Außerdem – kein netter Gedanke, ich weiß – reizt mich die Vorstellung, Lois schmoren zu sehen. Sie wird auf dem heißen Stuhl sitzen, und die Leute werden ihr bohrende Fragen darüber stellen, woher sie die Idee für den Roman hatte, was die wahren Motive des Kidnappers sind, was Mandy an ihm findet. Ich bin ziemlich neugierig, was sie darauf antworten wird.

Wie es der Zufall will, findet heute Abend eine Party für Cast und Crew statt: Publikum garantiert! Alle Beteiligten sind versammelt, morgen sollen die Dreharbeiten losgehen. Lois' Freude, im Licht der allgemeinen Aufmerksamkeit zu stehen, ist deutlich geringer als meine.

»Du bist nervös wie ein Mädchen kurz vor dem Abschlussball«, spotte ich, während wir uns zurechtmachen.

Lois sieht in ihrem roten Cocktailkleid absolut umwerfend aus – gertenschlank und elegant wie eine sehr teure Katze. Neben ihr komme ich mir vulgär und aufgedonnert vor, nichts als Fleisch und Haare. Ich muss andauernd in den Spiegel schauen, um nicht zu vergessen, dass ich durchaus mit ihr mithalten kann.

»Ich bin gar nicht zu meinem Abschlussball gegangen«, sagt

Lois. »Insofern habe ich keine Ahnung, wie man sich da fühlt. Warst du auf dem Abschlussball?«

»Ich hab die Schule abgebrochen, schon vergessen? Was war deine Ausrede?«

»Langeweile? Außerdem hat mich niemand gefragt«, sagt Lois ungerührt und schlüpft in Schuhe, die sie zehn Zentimeter größer machen.

»Wirklich?« Ich versuche mir Lois' Highschool-Leben vorzustellen und ergänze es mit den Internatsgeschichten, die mein Bekannter in Arcata mir erzählt hat. Dann noch eine Prise meiner eigenen tragischen Vergangenheit in einer Kleinstadt in Nebraska und Szenen aus jedem Teeniefilm, den ich in meinem Leben gesehen habe.

»Wahrscheinlich hatten sie alle Schiss vor dir«, sage ich, und Lois lacht.

»Ihr Glück«, sagt sie ohne eine Spur Bitterkeit. Wir stehen nebeneinander und betrachten uns im mannshohen Spiegel.

»Kein Wunder, dass er uns ausgewählt hat«, sagt Lois scherzhaft. Aber es ist nicht wirklich ein Scherz. Dann wird ihre Stimme ernst. »Was er wohl denken würde, wenn er uns jetzt sehen könnte? Kannst du dir das vorstellen?«

Stelle ich mir jemals etwas anderes vor?

»Nein, kann ich nicht, und ich will es auch nicht. Denn damit, meine Liebe, befänden wir uns auf direktem Wege in den Wahnsinn, und da wollen wir heute Abend nicht hin. Komm jetzt. Lass uns die verdammte Welt erobern. Und uns endlich was zu trinken besorgen.«

Denn die Wahrheit ist, dass ich nicht nur an Zed denke, ich denke auch an Daddy und wünschte mir, er könnte mich jetzt sehen. Dann könnte ich ihm zeigen, dass doch noch etwas aus mir geworden ist. Obwohl ich nicht so genau weiß, ob das stimmt.

Ich ziehe Lois zur Tür, und gemeinsam staksen wir über den Rasen. Auf der Party schlägt sie ein wie eine Bombe, alle lieben sie. Man würde meinen, dass sie ihr ganzes Leben lang nichts anderes gemacht hat, als Hollywoodpartys zu besuchen. Sie steht ein wenig abseits mit diesem kleinen rätselhaften Lächeln im Gesicht, und die Welt kommt zu ihr. Sie wirft sich ihr zu Füßen. Billy ist hingerissen. Auch die Mädchen sind ganz vernarrt in sie und nehmen sie immer wieder in Beschlag, ziehen sie in stille Ecken und fragen ihr Löcher in den Bauch, berühren ihre Haare, funkeln sie mit ihren hübschen Augen an. Ich selbst bin zwiegespalten: Einerseits bin ich stolz auf sie – so als wäre sie mein Protegé, was sie natürlich nicht ist, auch wenn wir es mir zu verdanken haben, dass sie heute hier ist – sie gehört mir. *Sie gehört mir*, will ich den anderen sagen. Andererseits spüre ich eine merkwürdige Eifersucht in mir aufsteigen. Ich muss daran denken, wie Zeds Blicke ihr folgten, wie er sich fragte, was sie wohl gerade dachte, wie sie reagieren würde, was in ihrem kleinen Köpfchen vorging. Und mich links liegenließ.

»Sie ist so geheimnisvoll, unsere Lois«, hat er einmal zu mir gesagt, und ich schwöre bei Gott, am liebsten hätte ich ihr die Kehle durchgeschnitten. Ich war also die Durchschaubare, ja? Darauf scheiß ich, damals wie heute.

Großzügige Mengen Champagner lockern mich ein bisschen auf und erinnern mich daran, dass auch ich Lois bin, dass die Bewunderung uns beiden gilt: dass wir untrennbar miteinander verbunden sind. Dabei kommt mir die Frage, ob ihre kranke Aktion mit Zed aus dieser Perspektive betrachtet vielleicht nachvollziehbarer wird. Sicher, es war ihre Idee, ihr Körper: Aber vielleicht hat sie ihm in Wirklichkeit *uns beide* angeboten. *Uns beide* in ihrem Körper. Vielleicht war sie gar nicht egoistisch. Vielleicht sollte ich ihr wirklich glauben, dass sie uns retten wollte, so wie sie behauptet. Auf eine verquere Art erscheint mir das plausibel. Ich *will* es nicht glauben, aber ich glaube es trotzdem – beinahe jedenfalls. Als hätte Lois von meinem Geist Besitz ergriffen. *Sie hat das Einzige getan, was ihr einfiel. Das war verdammt mutig, auch wenn es nicht funktioniert hat. Sie hat es nicht für sich getan. Sie hat es für uns getan. Für uns und für ihn.*

Im Laufe des Abends kommt es nur zu einem wirklich unangenehmen Moment: Nachdem Lois und ich eine Weile getrennt voneinander unterwegs waren, stehen wir uns auf einmal wieder gegenüber. Ich glaube eine gewisse Erschöpfung in ihren Augen wahrzunehmen, vielleicht sogar einen Hauch Panik, und ich gebe zu, dass mich das insgeheim freut. Ich mag es, wenn Lois' Gefühle an die Oberfläche kommen, wenn sie sie nicht mehr unter Verschluss halten kann – zumindest habe ich das früher immer gemocht. Diese ganze Geheimnistuerei geht mir eben auf die Nerven.

Plötzlich gesellt sich Fiona zu uns. Neben ihr wirkt Lois geradezu zwergenhaft, selbst ich komme mir ein bisschen kleiner vor als gewöhnlich. Nach einigen Minuten belanglosen Geplauders beäugt sie mich forschend und schaut dann von mir zu Lois, von Lois zu mir.

»So«, sagt sie dermaßen abrupt, dass es schon an Unhöflichkeit grenzt. Ihr wildes rotes Haar leuchtet im Schein der Fackeln, die den Rand des Rasens säumen. »Woher kennt ihr beide euch eigentlich?«

An sich eine harmlose Frage. Andererseits ist nichts von dem, was aus Fionas Mund kommt, jemals wirklich harmlos. Vielmehr spitz, wie ein in aller Liebenswürdigkeit abgeschossener kleiner Pfeil.

Lois blickt auf meine Füße, nippt an ihrem Wein und lässt mir den Vortritt. Wir beide haben Fionas Frage als Angriff gedeutet, auch wenn uns ihre Beweggründe unklar sind. Vielleicht will sie uns aus der Reserve locken.

Lois hat recht: Ich sollte auf die Frage antworten, ich kenne Fiona besser. »Das tun wir eigentlich gar nicht.« Lois' Blick zuckt zu meinem Gesicht. »Ich meine – nur durch den Film.«

»Unsere Agenten haben den Kontakt hergestellt«, wirft Lois ein, was nicht direkt der Wahrheit entspricht, aber es klingt wahr und ist noch dazu angenehm vage, was Details wie Ort und Zeit angeht.

»Wirklich!«, sagt Fiona und zieht ihre majestätischen Augenbrauen hoch. »Ich hatte irgendwie den Eindruck, dass ihr euch schon lange kennt. Keine Ahnung, wie ich darauf gekommen bin.« Sie mustert uns ganz unverhohlen, als versuchte sie das Rätsel zu ergründen. »Seid ihr sicher, dass ihr nicht etwas verheimlicht?« Das ist natürlich als Scherz gemeint. Sie will uns aus der Fassung bringen. Aber geheuer ist es mir trotzdem nicht.

Ich ziehe in übertriebener Gleichgültigkeit eine Schulter hoch. »Wer weiß? Vielleicht kannten wir uns in einem früheren Leben.«

Ich hatte gar nicht die Absicht, das zu sagen, ich wollte nicht so flapsig klingen. Lois wirkt ein wenig beunruhigt. Abgang Chloe Savage! Ich hebe mein leeres Glas und zeige damit in Richtung Bar. »Zeit zum Nachfüllen, würde ich mal sagen. Sonst noch jemand?«

Ich schlendere davon, ohne eine Antwort abzuwarten. Ihre Gläser sind beide noch halb voll, obwohl ich in der letzten Woche mitbekommen habe, dass Fiona, was den Alkoholkonsum angeht, kein Leichtgewicht ist. Im Gehen höre ich, wie Fiona das Thema wechselt. »Mein Mann ist ja total fasziniert von seiner Rolle – dieser charmante Psychopath, dieser tragische Kidnapper«, beginnt sie. »Und da habe ich mich gefragt …«

Ich beschleunige meine Schritte, damit ich sie nicht mehr hören muss. Schon wieder meldet sich mein Gewissen, wenn auch nur ganz leise, weil ich Lois hängenlasse. *Sie kommt schon zurecht*, denke ich mir und behalte meinen Kurs auf die Bar bei. Das tut sie ganz bestimmt.

Lois

Ich weiß nicht einmal, dass ich geschlafen habe, bis ich ein Telefon klingeln höre und mir klar wird, dass ich von dem Geräusch aufgewacht bin. Im Zimmer ist es dunkel; unmöglich zu sagen, wie spät es ist. Ich liege, zur Hälfte mit einer Kaschmirdecke zugedeckt, inmitten weicher Kissen auf dem Fußboden und kann Carly ganz in der Nähe auf dem Sofa atmen hören. Es ist ihr Telefon, das da klingelt.

»Carly«, sage ich. »Chloe?«

Sie regt sich. Sie hat wesentlich mehr getrunken als ich, und entsprechend lange dauert es, bis sie einigermaßen bei Bewusstsein ist. Ich greife nach dem Telefon, lege es in ihre tastende Hand und bin erleichtert, als sie endlich murmelt: »Ja? Wissen Sie, wie spät es ist?« (Eigentlich ist das komisch, denn genau wie ich hat auch sie nicht die geringste Ahnung, wie spät es ist). »Billy! Was ist passiert? Mein Gott, nicht so schnell. Sag das noch mal.«

Sie hört etwa eine Minute lang zu, dann schwingt sie erstaunlich schnell die Beine vom Sofa. »Ich komme. Warte … Scheiße, nein, egal. Wir kommen. Zwei Minuten. Allerhöchstens.«

Sie springt auf und zieht sich im Dunkeln die Schuhe an. »Die Mädchen sind verschwunden«, sagt sie, und ich brauche einen Moment, um zu begreifen, wen sie damit meint. (*Wir* sind doch die Mädchen; wir sind zugleich verschwunden und nicht verschwunden, je nachdem, aus welchem Blickwinkel man es betrachtet.)

»Die Schauspielerinnen«, fügt sie ungehalten hinzu, »Natasha und Justine. Sie sind weg. Sie sind nicht in ihrem Zimmer. Jemand wollte nach ihnen schauen und hat gemerkt, dass sie weg sind. Sie stellen gerade einen Suchtrupp zusammen. Das war Billy Pearson – er kam aus dem Pub, eine der Mütter hat es ihm gesagt. Steh auf. Nein, nicht umziehen, schlüpf einfach nur in deine Schuhe. Hol uns ein paar Flaschen Wasser, ich glaube, ich bin noch betrunken. Los, gehen wir.« Noch vor einer Minute quasi komatös, ist Chloe auf einmal ganz Herrin der Lage. Es ist fast beängstigend.

»Sollen wir beim Suchen helfen?«, frage ich begriffsstutzig. Ich schaue an mir hinab. Wir sind in unseren Partykleidern eingeschlafen. Meine Augen sind mit Make-up verklebt.

»Wir haben jetzt keine Zeit zum Umziehen«, drängt sie. »Nimm einfach Schuhe, in denen du gut laufen kannst. Verdammte Scheiße noch mal, hast du gehört, was ich gesagt habe? Die Mädchen sind *verschwunden.* Was zum Henker hat das zu bedeuten?«, fügt sie hinzu, allerdings mehr zu sich selbst, als wäre es ein Rätsel, das sie lösen muss.

Ich denke *verschwunden.* Entführt. Von jemandem, der weiß, dass sie hier sind. Von jemandem, der mit der Geschichte vertraut ist. Ich schüttle den Kopf und fahre mir mit den Fingern durch die wirren Haare, während ich versuche, einen klaren Kopf zu bekommen. Ich hole zwei Flaschen Wasser aus der Minibar und steige hastig in meine Sneaker. Ich denke kurz darüber nach, wie dämlich sie zusammen mit meinem Kleid aussehen müssen und dass das jetzt wohl kaum eine Rolle spielt. Meine letzte SMS an Sean erscheint vor meinem inneren Auge. *Wo stecken Sie?* Keine Antwort …

Etwa zwei Dutzend Menschen haben sich auf der Terrasse hinter dem Hauptgebäude des Hotels versammelt. Im Schein der gleißend hellen Sicherheitsbeleuchtung – dort, wo wenige Stunden zuvor noch Fackeln brannten – wirken ihre Gesichter angespannt und gespenstisch. Chloe und ich sehen mit am albernsten aus, aber die Konkurrenz ist groß. Fiona trägt einen gegürteten Trenchcoat über einem Nichts von Nachthemd; dem Regisseur stehen die grauen Haare wild zu Berge, seine Schnürsenkel sind offen; andere Mitglieder des Casts haben immer noch verschmiertes Make-up von der Party im Gesicht und tragen verräterisch zerknitterte Kleider. Die Eltern der Mädchen haben ihre Hotelbademäntel angezogen, sie wirken seltsam austauschbar und völlig kopflos. Eine der Mütter weint leise und anhaltend vor sich hin. Nur Billy Pearson macht einen hellwachen Eindruck und ist makellos gekleidet wie immer. Er scheint das Kommando übernommen zu haben. Er genießt die Rolle richtig, denke ich spontan, um mich gleich darauf für diesen gehässigen Gedanken zu schelten. Er ist Schauspieler, er kann eben nicht anders. Das heißt nicht, dass es ihm nicht ernst ist. Er redet, und sein Ton ist zugleich befehlend und gefühlsgeladen.

»Wir müssen wissen, ob irgendjemand Informationen hat, die uns vielleicht weiterhelfen können: Sagt alles, was ihr gesehen oder gehört habt, auch wenn es euch zum fraglichen Zeitpunkt vollkommen irrelevant erschien.« Niemand meldet sich zu Wort. *Wo stecken Sie?* Keine Antwort …

»Wurde die Polizei schon alarmiert?«, frage ich und beäuge skeptisch den schlaftrunkenen Suchtrupp.

»Nein«, teilt Billy mir mit. »Die Eltern wollen damit noch warten, bis zweifelsfrei feststeht, ob sie tatsächlich verschwunden sind. Außerdem würde die Polizei höchstwahrscheinlich sagen, dass es noch zu früh ist.«

Alle haben genügend Krimis im Fernsehen gesehen, um zu wissen, dass die Polizei Vermisstenfälle erst dann ernst nimmt, wenn die Betreffenden mindestens vierundzwanzig Stunden verschwunden sind – obwohl die Situation mir ungewöhnlich genug erscheint, um eine Ausnahme zu rechtfertigen. Ich wundere mich über die Eltern; man müsste doch meinen, dass sie umgehend die Polizei verständigen wollen. *Warum zögern sie?*, frage ich mich. *Was denken sie sich dabei? Was haben meine Eltern gedacht, als sie merkten, dass ich weg war? Wie lange haben sie gebraucht, bis sie die Polizei gerufen haben? Wann kam die Angst?* Auf einmal finde ich es eigenartig, dass ich sie nie danach gefragt habe. Wahrscheinlich könnte ich es noch nachholen.

In der Dunkelheit sieht Billy Zed ähnlicher denn je. Dass er die Suchaktion koordiniert, statt der Grund für sie zu sein, löst in meinem Kopf eigenartige Interferenzen aus. Verschiedene Schwingungen kollidieren miteinander und wühlen die Oberfläche meiner Gedanken auf. Ich reiße den Blick von ihm los, bevor ich noch in die Tiefe gerissen werde; ich wittere Gefahr. *Denk nach*, befehle ich mir. *Denk logisch. Dafür bist du bekannt, Lois, ob verdientermaßen oder nicht.* Die kühle, gefasste, stets vernünftige Lois.

»Sind denn sonst alle da?«, frage ich, womöglich zu laut. »Alle Hotelangestellten zum Beispiel?«

»Das können wir noch nicht mit Bestimmtheit sagen«, antwortet Billy und klingt ein bisschen beschämt, weil er eingestehen muss, in seiner Detektivarbeit etwas übersehen zu haben. »Der Manager überprüft das gerade. Aber in der Zwischenzeit …«

»Ich habe ein ganz schlechtes Gefühl …«, meldet sich Fiona unvermittelt zu Wort. Ihre Stimme ist tief und vibrierend. »Wie viele Leute wissen, worum es in dem Film geht? Ziemlich viele, oder? Vielleicht hat sich jemand einen makabren Scherz erlaubt, indem er die Schauspielerinnen entführt, die die Entführungsopfer spielen. Oder vielleicht ist es irgendwas noch Abartigeres, noch Diabolischeres …«

»Um Gottes willen, Fiona, hör auf«, sagt Billy.

Chloe hat mich am Arm gepackt. Auch ich finde Fionas Worte zutiefst verstörend, wenngleich nicht aus denselben Gründen wie Billy.

»Sei nicht so melodramatisch. Es deutet absolut nichts darauf hin. Ihr Zimmer wurde ordentlich zurückgelassen, es gibt keine Anzeichen eines Kampfes, keine Einbruchsspuren, niemand hat einen Fremden gesehen. Es gibt nicht den geringsten Anlass, von einer Gewalttat auszugehen. Wir wissen nur, dass die Mädchen nicht in ihrem Zimmer sind, das ist alles. Und dass sie nicht in ihren Betten geschlafen haben.«

Ich denke an die Mädchen auf der Party zurück, die in ihren festlichen Kleidern und altersgemäßen Ballerinas wie Puppen aussahen. Wie sie durch die Menge flattern und gelegentlich bei jemandem haltmachen, von dem sie glauben, er könnte eine Zeitlang ihrer Aufmerksamkeit würdig sein. Wie sie sich zwischendurch immer wieder an den Rand des Geschehens zurückziehen, um miteinander zu tuscheln und über alles Mögliche und Unmögliche zu kichern. Ich habe sie ein- oder zweimal dabei beobachtet, wie sie heimlich die Reste aus Champagnergläsern tranken. Zu mir waren sie ausnehmend liebenswürdig: »Chloe hat uns gar nicht gesagt, dass Sie kommen! Sie hat nie gesagt, dass Sie so hübsch sind! Warum haben Sie nicht gefragt, ob Sie auch im Film mitspielen dürfen? Das wäre doch super gewesen!«

Sie wirkten fröhlich, voller Energie; sie sprühten vor Leben. Könnte ihnen wirklich etwas zugestoßen sein? Bestimmt nicht. Doch dann geht mein Blick in Richtung Wald, zu dieser schwarzen leeren Wand, die jenseits des hellen Lichtscheins des Hotels aufragt, und ich erschauere heftig. *Wo stecken Sie?*

»Es wurde bereits in sämtlichen Zimmern des Hotels nachgesehen, und um ganz sicherzugehen, kontrolliert gerade jemand alles ein zweites Mal. Wir anderen werden eine Reihe bilden und das Grundstück abgehen«, erklärt Billy. »So wie … so wie im Film.«

Einige lachen verhalten bei diesen Worten und ernten von den anderen vorwurfsvolle Blicke.

»Wer keine Taschenlampe hat, stellt sich zwischen zwei Leute, die eine haben. Wir sollten etwa so weit auseinanderstehen.« Er schnappt sich die zwei Leute, die ihm am nächsten stehen, um es zu demonstrieren. »Wenn sie hier irgendwo sind, werden wir sie finden. Und nachdem wir mit dem Grundstück fertig sind, nehmen wir uns den Wald vor.«

An dieser Stelle verebbt seine Stimme, und eine unangenehme Stille tritt ein. Das gepflegte Grundstück zu durchkämmen ist eine Sache, aber der dichte Wald wird seine Geheimnisse nicht ohne weiteres preisgeben – nicht einer Horde von Amateurdetektiven in weißen Frotteebademänteln, die nichts vorzuweisen haben als Handys und Kopfschmerzen von zu viel Alkohol.

Wir werden vom Rest des Suchtrupps mitgeschwemmt. Automatisch suchen meine Augen den Boden zu unseren Füßen ab – als könnten die Mädchen bei all dem Lärm tatsächlich noch hier irgendwo in der Nähe hocken. Ich benutze mein Handy als Taschenlampe, denke aber gleichzeitig, dass es viel wichtiger wäre, Sean eine SMS zu schreiben. Wenn ich nur mit Sicherheit wüsste, dass er noch in New York ist. Kann es sein, dass ich ihn so unterschätzt habe? Wäre er wirklich zu einem derart grausamen

Spiel fähig? Bis jetzt hat er noch keine Gewalttaten begangen, zumindest sind mir keine bekannt. Was ihn interessiert, ist die Jagd, das Wissen, die Kontrolle. Er ist beunruhigend und gestört; er ist definitiv ein unheimlicher Kerl. Aber ist er auch gefährlich? Sollte ich etwas sagen? Etwas *tun*? Mir schwirrt der Kopf, während wir weiterstolpern. Entlang der Reihe hört man hier und da verhaltenes Gemurmel, die meisten jedoch suchen schweigend und halten Augen wie Ohren offen.

Bitte seid nicht verschwunden, bitte seid nicht verschwunden … Ich stelle mir die Mädchen vor, wie sie sorgsam hingebettet auf dem Waldboden liegen, die aufgeschlitzten Kehlen verschmiert mit geronnenem Blut; sie sehen aus wie das Cover eines der Romane, die wir in jenem Sommer gelesen haben. Ganz in der Nähe liegt ein rot glänzendes Messer, zweifellos von jeglichen Fingerabdrücken gesäubert.

Wir haben bereits ein großes Stück Rasen hinter uns gebracht, als ich spüre, wie Chloe mich am Arm zieht und weglotst, weg vom Licht und den anderen Suchenden. Während der Rest weitermarschiert, sondern Chloe und ich uns geschickt von der Gruppe ab. Keinem scheint unser Fehlen aufzufallen.

»Das ist doch total lächerlich«, zischt sie. »Ich habe eine bessere Idee. Komm mit, ich erkläre dir alles, wenn wir bei deinem Wagen sind.«

Jetzt kann ich nicht mehr anders, ich muss das, was ich die ganze Zeit gedacht habe, laut aussprechen, auch wenn es nicht wahr sein kann. Schließlich wäre es möglich, dass Chloe genau dasselbe denkt. »Das war nicht Gary – ich meine, Sean«, sage ich ebenso sehr zu mir selbst wie zu ihr, nur um gleich darauf über meinen Versprecher zu erschrecken. »Sean kann es nicht gewesen sein, ich habe gestern noch von ihm gehört.« *Aber wo war er da? Er hätte überall sein können.* »Er war es nicht, falls du das denkst.« Ich höre etwas wie Panik in meiner Stimme. Aber ich habe recht. Ich weiß, dass ich recht habe. Sean ist nicht länger Teil der Ereignisse, er schreibt seine eigene Geschichte. Vielleicht ist er zu Schrecklichem fähig, das würde mich kein bisschen wundern. Aber nicht zu dem hier. Die Geschichte wiederholt sich nicht auf derart perfekte, abartige Weise. So ist das Leben nicht.

Chloe, die sehr schnell geht, dreht sich um und wirft mir einen sonderbaren Blick zu. »Keine Ahnung, wer dieser Gary sein soll, aber du betest lieber, dass es nicht dein verschissener kleiner Stalkerfreund war. Ich würde sagen, du klingelst gleich mal bei ihm durch, was meinst du? Einfach nur, um zu hören, was er zu sagen hat. Aber jetzt pass auf, ich habe dir doch gesagt, dass ich eine Idee habe. Ich will noch nicht zu viel verraten. Für den Fall, dass …« Sie klingt aufgewühlt. Das ist ungewöhnlich für Carly – für Chloe.

Plötzlich muss ich daran denken, wie ich im Regen stehe und einwillige, auf die Rückbank von Zeds Auto zu steigen. Wie Carly May mich vom Beifahrersitz aus geheimnisvoll anlächelt. Diese Mädchen würden niemals tun, was wir getan haben. Sie sind vorsichtig, sie wissen, dass die Welt ein gefährlicher Ort ist. Was nicht bedeutet … aber ich werde meine Angst nicht in Worte fassen. Nein.

Ich fummele an meinem Handy herum, während wir uns dem Parkplatz nähern. Ich tippe mit dem Finger auf Seans jüngste Textnachricht und dann auf »Anrufen«. Sobald es anfängt zu klingeln, hebe ich das Handy ans Ohr. Ich weiß jetzt schon, dass er nicht abnehmen wird, ganz egal, wo er ist. Er wird sehen, dass ich es bin, und nicht rangehen. Ich lege auf, kurz bevor die Mailbox anspringt.

Chloe sagt mir, wie ich fahren muss, ohne mir zu verraten, wo wir hinwollen. Trotzdem erkenne ich den Weg zur nachgebauten Jagdhütte, wo morgen die Dreharbeiten beginnen sollen. Ich stelle keine Fragen, ich fahre einfach. Plötzlich und ohne meine Erlaubnis meldet Gary sich zurück, und ein neuer Teil der Geschichte offenbart sich:

Gary ergattert einen Job am Set des Films, in dem die Schauspielerin mitspielen würde, wenn er sie nicht in seiner Gewalt hätte. Dort trifft er auf zwei bildhübsche junge Schauspielerinnen, und ihm wird klar, dass sie ein ungleich besserer Fang wären als die echten Mädchen von damals, die inzwischen erwachsen geworden sind – obwohl er die Schauspielerin und die Dozentin natürlich nicht einfach laufenlassen kann, weil er befürchten muss, dass sie ihn verraten, und außerdem: Sollen sie etwa nicht für ihre Taten büßen? Dafür, dass sie ihm den Vater gestohlen haben? Doch die jungen Mädchen – so hübsch, so selbstbewusst – will er auch haben. Es gelingt ihm, am Set eine Begegnung mit ihnen herbeizuführen, doch die beiden schenken ihm kaum Beachtung. Als Mitglied der Crew hat er in ihrer Welt keinen hohen Stellenwert. Für wen halten sich die zwei eigentlich? Jemand sollte ihnen zeigen …

»Woran denkst du gerade?«, fragt Chloe unvermittelt und holt mich zurück ins Hier und Jetzt. Ich bringe Gary zum Schweigen. Das mit ihm ist vorbei. Endgültig.

»Ach … ich dachte nur ganz kurz, ich hätte vielleicht eine Idee für meinen Roman.«

Einen Augenblick lang habe ich die lächerliche Befürchtung, Chloe könnte in meinen Kopf schauen und merken, wie ich aus dieser Krise Kapital in Form einer Geschichte schlage. Hastig stammle ich weiter: »Vergiss es einfach. Es funktioniert sowieso nicht, mir ist was ganz anderes eingefallen. Vergiss es einfach.«

Ich habe den Roman zu den Akten gelegt, ihn abgehakt, einen Schlussstrich darunter gezogen. Gary hat seine Gefangenen freigelassen und ist nach Hause zurückgekehrt, um sich dort in Wohlgefallen aufzulösen. Die Tatsache, dass ich das so schnell wieder vergessen konnte, beunruhigt mich zugegebenermaßen. Carly sieht mich mit einer eigenartigen Intensität an. Die Straße ist so dunkel, dass ich nur ungern den Blick abwenden möchte, trotzdem schaue ich flüchtig zu ihr hin, weil ich wissen möchte, was ihr gerade durch den Kopf geht. Sie straft mich mit einem harten Blick, so hart, dass er sich anfühlt wie ein Schlag.

»Du schlachtest das hier aus, stimmt's?«

Was schlachte ich aus?, will ich erst fragen, verkneife es mir dann aber. Ich weiß ja, was sie meint. Es ist immer ein Fehler, Chloe zu unterschätzen. »Nicht direkt«, antworte ich. Ich will noch mehr sagen, mich rechtfertigen, ihr erklären, dass ich zwischenzeitlich meine Meinung geändert habe, dass ich gerade noch rechtzeitig zur Besinnung gekommen bin – aber ich tue es nicht. Ich lasse meine Antwort ungesagt. Genau das ist es, was zwischen uns steht: dass ich die Geschichte erzählt habe. Unsere Geschichte. Dass ich sie vereinnahmt habe.

»Es ist eine Fortsetzung«, sagt sie. »Stimmt's? Hast du mir das nicht gestern erzählt?«

»Ja, in gewisser Hinsicht. Aber sie spielt viele Jahre später. Zumindest war es ursprünglich so geplant, bis ich –«

Sie fällt mir ins Wort. »Dann besteht sie also nur aus Lügen, ja? Da es viele Jahre später ja gar keine echte Geschichte gibt?«

»Na ja, es ist fiktional«, sage ich, allerdings nicht abwehrend. Wenn sie mich bestrafen will, habe ich es wahrscheinlich verdient. *Schuldig.* »Es sind keine Lügen im engeren Sinne. Sondern Fiktion.«

»Bis auf die Teile, die wahr sind.«

»Ja. Es gibt auch einige wahre Stellen. Und … einige Stellen, die quasi wahr sind«, füge ich hinzu, während ich voller Unbehagen an Sean denke und an die Phase, in der ich in ihm Zeds Sohn sah – die Phase, in der ich Gary zum Leben erweckte. Es ist eine trübe, verstörende Erinnerung, als gehörte sie gar nicht zu mir: eine Traumsequenz aus einem Film.

»Das ist krank«, sagt Chloe. »Die Leute sagen immer, Schauspieler wären krank, aber das ist wirklich krank. Du *benutzt* Menschen.« Ihre Stimme hat einen ganz abscheulichen Klang angenommen.

»Mag sein«, erwidere ich. »Das ist eine Sichtweise. Aber … es tut ihnen ja schließlich nicht weh, oder?«

Inzwischen habe ich das Tempo gedrosselt. Ich halte Ausschau nach der kleinen unbefestigten Straße, die man im Dunkeln leicht übersehen kann, obwohl die Bauarbeiter vom Set zu beiden Seiten Pfosten mit Reflektoren aufgestellt haben.

»Licht aus«, zischt Chloe, meine Frage ignorierend. »Fahr dran vorbei.« Ich gehorche und parke ein Stück weiter weg, so wie bei meinem ersten Besuch. Bei Nacht sieht alles ganz anders aus.

»Leise aussteigen«, befiehlt sie. »Für den Fall, dass du noch nicht von selbst darauf gekommen bist: Ich habe die Vermutung, dass die Mädchen hier sind. Falls dein kleiner Freund nicht beschlossen hat, eine Exkursion hierher zu machen.« Bestimmt würde sie nicht so flapsig darüber reden, wenn sie die Möglichkeit ernsthaft in Betracht zöge. Ganz sicher ist es nicht wahr. *Aber der Vorfall mit dem Messer liegt mehr als achtundvierzig Stunden zurück. Seitdem ist er auf der Flucht. Das ist mehr als genug Zeit, um …* um überallhin zu gelangen.

Die Mädchen, sagt Chloe die ganze Zeit. Nicht meine Mädchen oder Garys Mädchen, nicht Callie und Hannah, nicht Lois und Carly May. Es sind echte Mädchen aus Fleisch und Blut, die dafür bezahlt werden, so zu tun, als wären sie Carly und ich mit zwölf. Echte Mädchen, die – man will es nicht glauben und doch war es vielleicht unvermeidlich – nachts auf einmal spurlos verschwunden sind. An diesem seltsamen Ort mitten im Wald.

Wir benutzen unsere Taschenlampen-Apps, um uns den Weg zu leuchten, als wir an der Straße entlang zurückgehen, in die Zufahrt einbiegen und uns der Hütte nähern. Die Kiefernnadeln und der weiche Boden dämpfen unsere Schritte; wir müssen uns nicht bemühen, leise zu sein. Nur unser Atem kommt mir laut vor. Um uns herum hört man die nächtlichen Waldgeräusche. Unsere Lichtstrahlen lassen gespenstisch grüne Rasenflecken, Stücke rauer Borke, winzige reflektierende Augen tief zwischen den Bäumen aufscheinen. Ich schaue nach oben, weil ich die

Gegenwart mit meiner Erinnerung abgleichen muss; ich muss sehen, was realer ist. Die Sterne hier stehen dicht und tief, genau wie in den Adirondacks.

»Ich sehe nirgends ein Auto. Du?«, flüstert Chloe.

»Vielleicht auf der Rückseite. Aber … was glaubst du, wer sie hat? Ich meine, wer soll mit ihnen hierhergefahren sein?« Ich bin mir nicht sicher, ob Chloe glaubt, die Mädchen wären aus freien Stücken hergekommen. Ich habe keine Ahnung, was sie denkt. Ich fühle mich sehr wie Lois und sehr allein.

»Sie sind dreizehn und nicht auf den Kopf gefallen. Sie sind sauer, weil Billy Pearson sie kaum noch beachtet, seit seine Frau und sein Kind hier sind. Ich kann mir viele Möglichkeiten denken, wie sie an ein Auto gekommen sein könnten, wenn sie wirklich eins haben wollten. Das hoffe ich wenigstens. Andernfalls …«

Sie muss mir nicht erst sagen, was andernfalls ist. Andernfalls ist unaussprechlich.

»Schh!«, sagt sie plötzlich. »Hör mal.«

Ich höre. Ich höre alles und nichts: Wind und Insekten und kleine Tiere im Verborgenen. Atem. Meinen und Carlys. Und … vielleicht …

Ich frage mich, ob vielleicht noch weitere menschliche Atemgeräusche darunter sind. Im selben Augenblick werden wir von hinten gepackt, und man dreht uns so plötzlich die Arme auf den Rücken, dass mir die Luft wegbleibt. Für den Bruchteil einer Sekunde bin ich wirklich wieder in den Adirondacks. Ich hatte mich versteckt, und Carly hat mich gefunden; Zed wartet auf der Veranda auf uns … Aber gleichzeitig ist es auch Sean, ich kann ihn riechen, er hat ein Messer, ich spüre die Klinge …

Ich will schreien – glaube ich, aber dann höre ich ein Kichern, und noch eins, und dann rennen zwei dunkle Gestalten im Kreis um uns herum und rufen übermütig durcheinander:

»Habt ihr uns gehört? Haben wir euch erschreckt? Was habt ihr gedacht, als wir uns angeschlichen haben? Wie habt ihr uns gefunden? Wie seht ihr überhaupt aus? Seid ihr sauer? Weiß sonst noch jemand davon? Machen die anderen sich Sorgen? Kriegen wir jetzt Ärger? Wir wollten einfach wissen, wie es hier nachts aussieht … Wir wollten ein bisschen allein sein, ohne dass tausend Leute dabeistehen, und ohne Lichter … so war es für die Figuren ja auch, oder? Wir wollten wissen, wie es sich wirklich anfühlt … Wir dachten, das würde uns helfen …«

Die Lichtstrahlen unserer Handys erhaschen immer nur Ausschnitte von ihnen: lange Haare, blasse Haut, ein triumphierendes Lächeln, enge Jeans. Einen Moment lang sehe ich die beiden wie in einem Kaleidoskop, in geometrische Formen zerlegt, wunderschön in jeder neuen Konfiguration. Mir ist schwindlig vor Wut und Erleichterung. *Es sind nur hübsche junge Mädchen. Einfach nur zwei bildhübsche junge Mädchen, die glauben, die Welt gehöre ihnen, die sich gar nicht träumen lassen, dass Gefahr etwas Reales ist; dass …*

»Und? Hat es das?«, fragt Chloe nach einer Ewigkeit, als die beiden endlich verstummt sind. »Hat es geholfen?«

»Ja, hat es«, sagt eine von ihnen auf einmal sehr ernst und nüchtern. »Es ist echt der Wahnsinn hier draußen. Total komisch irgendwie.«

»Aber gleichzeitig auch schön«, meint die andere. Natasha, die mich spielt. »Ich meine, habt ihr euch schon die Sterne angesehen? Ich hab noch nie so viele Sterne gesehen. Im Ernst, ich hätte nicht gedacht, dass es überhaupt so viele *gibt*.«

Ihre Stadtkinderignoranz, was die Sterne betrifft, zerrt an meinen ohnehin bis zum Zerreißen gespannten Nerven. Ihr Gelächter klingt abfällig, als würden sie das, was Carly und mir passiert ist, herabwürdigen; es erstickt die nackte Erleichterung, die ich eigentlich empfinden sollte. Ich ertappe mich dabei, wie ich an ihnen vorbeischaue, wie mein hoffnungsloser Blick sich in der Dunkelheit verliert, und auf einmal wird mir klar, dass ich nach Zed Ausschau halte, dass ich darauf warte, er möge aus den Schatten treten und uns sagen, dass das Spiel jetzt vorbei ist.

»Zeit fürs Bett«, wird er sagen. »Schnell ins Haus. Putzt euch die Zähne, bevor ihr zahnlos seid wie Kürbisse zu Halloween.« Als wären wir kleine Kinder. Die Vergangenheit fällt mit der Gegenwart zusammen. Natürlich sind wir keine Kinder mehr. Natürlich ist Zed nicht hier. *Du bist die Erde, Carly, und Lois, du bist der Mond.* Aber nur solange eine Sonne da ist, um uns im luftleeren Raum Halt zu geben und die sensible Konstellation im Gleichgewicht zu halten. Was sind wir ohne Sonne, was können wir noch hoffen zu sein?

Nun, da Justines und Natashas Geplapper zum Erliegen gekommen ist und einer merkwürdig ehrfürchtigen Stille Platz gemacht hat, stelle ich fest, dass ich wider Willen fast ein wenig beeindruckt bin von ihrem intuitiven Gespür für das Geheimnisvolle, das uns umgibt. Von ihrer Fähigkeit zu staunen. Vielleicht besteht die Hoffnung, dass sie meine Lügen nehmen und sie in Wahrheit verwandeln, dass sie meine Wahrheiten nehmen und aus ihnen zauberhafte Fiktionen machen. Wir alle stehen eine Zeitlang in der Dunkelheit und blicken himmelwärts, bis Carly irgendwann ihr Handy zückt.

»Okay, Mädels«, sagt sie. »Wenn wir nicht aufpassen, liegen wir gleich im Gras und erzählen uns irgendeinen Quatsch über Sternbilder, und die Art von Film ist das hier nicht. Ich muss Billy und eure Eltern anrufen und dafür sorgen, dass ihr zwei kein Riesendonnerwetter kriegt. Von wem habt ihr den Wagen?«

Auf einmal ist Chloe ganz nüchtern und pragmatisch, und mir kommt der Gedanke, dass sie Mandy spielt, obwohl es sich um eine Version von Mandy handelt, die mit einer Prise von Chloes ganz eigener Welterfahrenheit und Vulgarität gewürzt ist. Und dann denke ich, dass sie, indem sie im Film die Rolle der Mandy übernimmt, die Chance bekommt, Zed noch einmal aus sicherer Distanz zu lieben – und ihn noch einmal zu verlieren. Zed, verkörpert von Billy, den Fiona zweifellos mit Argusaugen bewachen wird … Ich frage mich, ob ich überhaupt hierbleiben will. Ich frage mich, ob ich es ertragen kann, dabei zuzusehen.

Die Mädchen gestehen schließlich, einen der Beiköche bestochen zu haben, damit er ihnen sein Auto leiht.

»Kriegt er jetzt Ärger?«, fragen sie ängstlich, und ich bin froh, dass sie einmal nicht nur an sich denken. »Es war echt nicht seine Schuld. Wir haben ihn dazu überredet.« Sie sehen einander verschwörerisch an und freuen sich insgeheim über ihre neu entdeckte, noch ungewohnte Fähigkeit, Männer nach ihrer Pfeife tanzen zu lassen.

Chloe

Jetzt, da wir die Gewissheit haben, dass den Mädchen nichts passiert ist, beginne ich langsam zu frieren. Ich bin nass und todmüde, und nichts hält mich mehr davon ab, eine Stinkwut auf die beiden zu haben. Morgen ist Drehbeginn, und niemand hat ein Auge zugetan. In ihrem Alter spielt das noch keine Rolle, aber mein Gesicht sieht morgens zehn Jahre älter aus, wenn ich nicht ein Mindestmaß an Schlaf bekomme. Sie lachen, ihnen ist überhaupt nicht bewusst, dass sich ihretwegen alle zu Tode geängstigt haben. Am liebsten würde ich ihnen ihre hübschen kleinen Schädel einschlagen.

Ich habe lange genug die Sterne angeglotzt. Ich strecke meine Hand aus. »Los. Her mit dem verdammten Autoschlüssel«, sage ich.

Justine greift in ihre Hosentasche. Im selben Moment sehe ich hinter ihr einen Schatten, der sich von einem Baum löst und geduckt in Richtung Hütte schleicht. Ich blinzle. Ich habe Schlaf und getrocknete Mascara in den Augen. Ich sehe Schatten, wo keine sind.

Ist das ein Schatten?

»Lois.« Meine Hand hat sich ohne mein Zutun in Bewegung gesetzt und hält ihr dünnes Handgelenk umklammert. *»Lois!«* Ich senke die Stimme. Die Mädchen hören auf zu tuscheln und drängen sich aneinander. Lois dreht sich langsam um und folgt meinem Blick. Wieder sehe ich den Schatten, der jetzt an einer Seite des Hauses entlangstreicht. Er kommt auf uns zu. *Zed*, denke ich einen Moment lang in meiner Verwirrung. *Er sucht nach uns.*

Dann stößt Lois einen Schrei aus. Lang und spitz, als hätte eine fremde Stimme von ihrer Kehle Besitz ergriffen – und eine fremde Angst, denn die Lois, die ich kenne, hat sich vor nichts und niemandem gefürchtet, schon gar nicht vor einem albernen Schatten. Lois' Schrei dringt mir durch die Haut, in meine Adern und hallt in meinem Herzen wider. Die Mädchen halten einander im Arm, die Augen vor Schreck weit aufgerissen, und ducken sich hinter mich. Der Schatten erstarrt.

Als Lois aufhört zu schreien, klingelt mir die Stille in den Ohren. Metall auf Metall, als wäre die Nacht eine scharfe Klinge. Sie reißt sich von mir los und macht einen Schritt auf die Hütte zu. »Sean«, sagt sie. Ihre Stimme zittert, hat aber wieder ihre normale Tonlage.

Nicht Zed. Kein Schatten. Lois' gottverfluchter Stalker. Und sie marschiert direkt auf ihn zu. Das rote Kleid und die verschmierte Schminke lassen sie im Mondlicht geradezu unheimlich aussehen, als gehörte sie an ein Filmset. Wo wir ja auch sind.

Was zum Geier hat sie vor?

Ich beuge mich zu Justine und Natasha hinab, deren Gesichter bleich sind vor Furcht. »Geht zum Wagen.« Meine Stimme ist ein kaum hörbares Knurren. »Ruft Billy an, ruft eure Eltern an. Lauft. Los!« Sie laufen Arm in Arm, dass ihre langen Beine nur so fliegen.

Ich folge Lois über den Rasen. Sie bewegt sich wie eine Schlafwandlerin, langsam und stetig. »Ich hätte nicht gedacht, dass Sie herfinden«, sagt sie zu dem Schatten, als wäre es eine vollkommen normale Unterhaltung am helllichten Tag. »Wie haben Sie das geschafft?« Sie klingt beinahe beeindruckt.

»Hab mir Ihre Kreditkartennummer von Ihrem Rechner gezogen. Und Ihren Reiseplan. Und ich bin diesen dummen Hühnern gefolgt. War nicht gerade eine Herausforderung.« Es ist die Stimme eines jungen Mannes, flach, aggressiv und selbstgefällig. »Ich wusste ja, dass Sie mich nicht für voll nehmen. Das hatte ich satt.«

»Das stimmt nicht«, beginnt Lois, und gleich darauf höre ich in der Ferne eine Autotür zuschlagen. Der Stalker hört es ebenfalls, er zuckt zusammen und tritt rasch aus der dichten Finsternis hinter der Hütte hervor. Auf mich wirkt er eher schmächtig, wenig bemerkenswert. Aber in seiner Hand blinkt etwas.

»Sean!«, sagt Lois scharf. »Die beiden haben nichts damit zu tun.«

Die Mädchen. Ich mache einen Satz nach vorn, um ihn aufzuhalten, mich ihm in den Weg zu stellen. *Ich werde sie beschützen*, ruft eine verrückte Stimme in meinem Kopf. Ich kann sein Gesicht nicht richtig erkennen, sehe aber, dass er keinerlei Ähnlichkeit mit Zed hat. Ich spüre immer noch das plötzliche Aufwallen sinnloser Hoffnung in mir. Trauer und das Gefühl von Verlust, die auch nach achtzehn Jahren kaum verblasst sind. Aber er hat nichts mit Zed gemein, nicht das kleinste bisschen. Wie konnte Lois das jemals denken?

Als er mich sieht, stutzt Sean. »Nein, aber die da«, sagt er. »Carly May Smith!« Erschreckenderweise streckt er die Hand aus – nicht die, in der es blinkt –, als wollte er sich mir in aller Förmlichkeit vorstellen. Ich weiche vor ihm zurück, und er lacht ein unheimliches, irres Lachen und lässt den Arm sinken. »Wie ich sehe, hat Professorin Lonsdale Ihnen bereits alles über mich erzählt.«

»Die Polizei fahndet nach Ihnen, Sean«, sagt Lois ruhig. »Wenn Sie sich stellen, wird es nicht ganz so schlimm für Sie werden. Aber man kennt Ihren Aufenthaltsort. Und das Messer da wird Ihrer Sache nicht dienlich sein, glauben Sie mir.«

Was, wenn wir sofort nach Lois' Schrei geflohen wären? Hätten wir ihm dann entkommen können? Zu spät. Eine Sekunde lang glaube ich etwas hinter mir zu hören. Eine Stimme? Das Rascheln von Kleidung? Aber nein, da ist nichts. Wunschdenken. Flucht und Rettung erscheinen mir gleichermaßen unrealistisch.

»Vielleicht sollten wir uns setzen«, schlägt Lois vor. »Auf die Veranda? Wir haben alle einen langen Tag hinter uns.«

Die Selbstverständlichkeit, mit der sie das sagt, sollte mich eigentlich beruhigen, aber sie bewirkt genau das Gegenteil. Jetzt ist *mir* nach Schreien zumute. Ich habe genügend Krimis gesehen, um zu wissen, was sie vorhat. Sie will ihn ablenken, bis jemand kommt. Fiktionale Psychopathen wollen immer Ewigkeiten lang herumstehen und einem ihre ganze beschissene Lebensgeschichte an die Backe binden, bevor sie einen erschießen oder abstechen oder in Scheibchen schneiden oder was auch immer. Im Moment allerdings ist mein Vertrauen in fiktionale Psychopathen ein wenig erschüttert. Außerdem gibt es immer Ausnahmen, selbst im Fernsehen: Der Kerl in *Criminal Exploits* beispielsweise hat mir sang- und klanglos die Kehle aufgeschlitzt, ohne die kleinste Warnung. So was kommt vor. Inzwischen kann ich auch die Konturen von Seans Messer ausmachen: Es ist lang, gebogen und sieht sehr gefährlich aus. Es ist kein normales Messer. Es ist ein sehr, sehr ernst zu nehmendes Messer.

Lois jedoch ist bereits dabei, ihren Vorschlag in die Tat umzusetzen. Sie steigt auf die Veranda, knipst das Außenlicht neben der Eingangstür an, lässt sich in einem Adirondack-Stuhl nieder und streckt die Beine aus.

»Genau wie in Ihrem Buch«, sagt Sean, und sie wechseln einen Blick.

Ich komme mir ausgeschlossen vor, als steckten die beiden unter einer Decke. *Hat sie den Verstand verloren?*, frage ich mich unwillkürlich. Die ganze Zeit dachte ich, Lois wäre vielleicht ein bisschen neben der Spur, aber im Wesentlichen noch Herrin ihrer geistigen Kräfte. Womöglich ist sie in Wahrheit vollkommen übergeschnappt.

Sean folgt Lois auf die Veranda und holt eine Rolle Isolierband aus der tiefen Tasche seines, wie ich nun erkennen kann, extrem schäbigen Trenchcoats. Mein erster Gedanke ist, dass die aus der Kostümabteilung sich wirklich etwas Originelleres hätten einfallen lassen können. Dann denke ich, dass ich genauso verrückt sein muss wie Lois.

Aber er wird sie nicht fesseln, und er wird mich garantiert nicht in einen dieser Stühle kriegen, teures Messer hin oder her.

»Mein Gott«, höre ich mich explodieren. »Sie wollen sie mit Klebeband an einem scheißverdammten Adirondack-Stuhl festbinden? Ich glaube, es hackt.« Ich mache einen Satz nach vorn. Ich habe keinen konkreten Angriffsplan, behalte aber immerhin das Messer im Auge. Würde Mandy nicht dasselbe tun? Ich bin größer als er und wahrscheinlich auch stärker. Jetzt kann ich sein Gesicht sehen. Es ist schmal, voller Pickel und scheint nur selten Tageslicht abzubekommen. Und er sieht zu Tode verängstigt aus: Die Angst legt sich über seine Züge wie eine Sonnenfinsternis, und ich staune schon, dass er so auf meine Attacke reagiert, aber dann werde ich plötzlich zur Seite gestoßen, Hände packen mich um die Taille, Finger graben sich in meine Rippen – und jetzt schreie ich tatsächlich wie von Sinnen, bis ich merke, dass es Billy ist, der sich an mir vorbeidrängt, nach Sean greift, ihm das Messer aus der Hand windet und die Arme auf den Rücken dreht.

»Reiß mir ein Stück runter«, befiehlt er und wirft Lois die Klebebandrolle zu. Die zieht ein Stück ab, reißt es mit den Zähnen ab und hält es Billy hin, der mehr wie Zed aussieht denn je. Sie wiederholen die Prozedur noch einige Male, dann sind Seans Hände sicher hinter seinem Rücken gefesselt, und auch seine Fußknöchel sind zusammengebunden.

»Ich habe ihn kommen hören«, klärt Lois mich auf und drückt Billys Hand. »Nur für den Fall, dass du dachtest, ich hätte den Verstand verloren.« Sie umklammert die breiten Armlehnen ihres Stuhls und steht auf. »Die sind total verkehrt, oder?«, sagt sie und blickt auf die Stühle hinab. »Überhaupt nicht wie in meinem Buch. Unsere waren viel schöner.«

Lois

Eine Ewigkeit scheint zu vergehen, bis wir endlich wieder in meinem Mietwagen sitzen und zurück zum Hotel fahren. Die Polizei kam und die Eltern, und die Fragen wollten kein Ende nehmen. Im Rückspiegel sehe ich ein kaum merkliches Leuchten am Himmel hinter uns – kein Sonnenaufgang, aber eine Ankündigung.

»Die Polizei kommt uns gleich holen«, sagte ich, als ich von der Veranda trat, so wie ich vor all der Zeit von der Veranda getreten war. »Ich meine natürlich, Sean«, berichtigte ich mich, obwohl niemand zugehört zu haben schien. Sean wurde abgeführt, und ich war froh. Aber was wird er mit den Geschichten machen, die ich ihm in meinem Leichtsinn, getrieben von meinen eigenen Geistern, erzählt habe? *Geister: Graphologie, Gemmula, Gourmandise. Guttapercha, Gamelan, giusto.*

Carly sitzt weit zurückgelehnt neben mir; ihr Kopf rollt zur Seite, ihr Mund ist leicht geöffnet. Chloe, meine ich. Sie fände es bestimmt furchtbar, wenn jemand sie so sähe, aber mich beruhigt ihre Verletzlichkeit, ihre Nichtschönheit, wie flüchtig sie auch sein mag. *(Nichtschönheit: kein Wort. Neume, Najade, Nauarch, noogen.)*

Du bist die Sonne … Wir sind um eine Leerstelle gekreist, um ein Geheimnis, eine namenlose Bedrohung, Chloe und ich. Ich denke nicht, dass er ein Fehler ist: der Film, für den morgen die Dreharbeiten beginnen – diese indirekte, fiktionalisierte Neuinszenierung unserer Vergangenheit. Sobald wir die Vergangenheit und die Gegenwart, die Wahrheit und die Fiktionen miteinander vereint haben, werden wir die Schichten herunterschälen, die einzelnen Fragmente ordnen und wieder zusammensetzen. Mehr oder weniger.

Chloe bewegt sich. Sie schläft also doch nicht. Sie wendet den Kopf von mir ab zum Fenster, und im dunklen Innenraum des Autos, der nur von den Anzeigen am Armaturenbrett beleuchtet wird, spüre ich schon jetzt die Last dessen, was sie gleich sagen wird.

»Hätte er uns irgendwann was angetan?«, fragt sie leise, fast ohne Betonung. Ihre Worte sind so neutral, wie Worte überhaupt nur sein können. »Ich meine – glaubst du, er hätte uns getötet?«

Sie könnte auch Sean meinen, aber ich weiß, dass es nicht so ist. Sie meint Zed. Wir haben lange gebraucht, bis wir diese Frage laut stellen können, fast zwanzig Jahre. Und ich merke, dass ich gar nicht erst über die Antwort nachdenken muss.

»Ihm wäre nichts anderes übriggeblieben, oder? Weil das, was er wollte, unmöglich war. Er hätte uns umbringen müssen, um uns zu behalten. Wie in *Porphyrias Buhle*. Das hat er uns zu lesen gegeben, weißt du noch? Der Mann, der seine Geliebte mit ihren eigenen Haaren erdrosselt?« Mich schaudert. *»Und rührten uns die Nacht nicht fort …«*

»Was *wollte* er denn? Das hast du dich doch bestimmt auch gefragt?«

Mir gefällt die Bitterkeit nicht, die sich in ihre Stimme geschlichen hat, aber ich kann sie verstehen.

»Er war einsam? Er langweilte sich? Er war enttäuscht von der Welt? Er hatte Angst vor weiblicher Sexualität? Er wollte seine Schwester retten; er wollte, dass wir rein bleiben, weil er sie nicht hatte beschützen können. Er liebte –«

»Nein, Gott, hör auf«, sagt Chloe. »Ich nehme alles zurück. Ich will es gar nicht in Worte fassen. Es ist besser ohne Worte. Damit meine ich nicht, dass du falschliegst, aber –«

»Schon gut. Du hast recht. Besser, man spricht es nicht aus.« Ich weiß, dass es das ist, was sie hören will. Ich allerdings werde niemals daran glauben. Ich finde, Worte sind notwendig. Warum sonst hätte ich das Buch geschrieben?

»Ich glaube nach wie vor nicht, dass er uns etwas antun *wollte*«, hakt Chloe nach. Sie kann es nicht auf sich beruhen lassen.

»Jedenfalls nicht so, wie er es am Ende getan hat.« Ich nehme den Fuß vom Gas, weil ein kleines dunkles Tier über die Straße huscht. Ein Waschbär, die Scheinwerfer spiegeln sich in seinen Augen. »Ich glaube, er hat einfach nicht überlegt, wie es uns dabei gehen würde. Er hat nur an sich selbst gedacht. In gewisser Weise war er ziemlich egoistisch.«

Wir haben ihn noch nie zuvor kritisiert, zumindest nicht offen. Wir beide lachen etwas befangen über die Absurdität dieser Behauptung – dass der Entführer zweier junger Mädchen eventuell – nur eventuell – ein kleines bisschen egoistisch gewesen sein könnte.

»Ja«, sagt Chloe, »nur ein bisschen egoistisch. Er hatte nie die Absicht, unsere Herzen zu brechen.«

»Niemals.« Denn am Ende sind wir doch nicht heil davongekommen: Wir waren alles andere als unversehrt. Unsere zerbrechlichen, kindlichen Herzen. Es gibt Dinge, die kann man nie wieder reparieren. Nie.

Zu beiden Seiten der Straße erhebt sich dunkel der Wald. Wieder sage ich mir, dass es nicht unser Wald ist. Seine Geheimnisse haben nichts mit uns zu tun. Die Sterne sind dieselben, doch als der Morgen graut, verblassen sie. *Sterne: sakrieren, Samiel, Schimäre, Satellit, Segno, Solstitium, somnambul.*

Ja, Zed, ich weiß, was diese Wörter bedeuten. *Sakrieren:* weihen, heiligen. *Samiel:* ein Ausdruck für Satan. *Schimäre:* Trugbild, Hirngespinst. *Satellit:* ein Himmelskörper, natürlich. Ein Trabant. *Segno*, ein gutes Wort: das Zeichen, von dem oder bis zu dem noch einmal zu spielen ist. *Solstitium:* Sonnenwende. *Somnambul:* schlafwandlerisch. *Syzygie.*

Es ist nicht schwer, diesen Worten eine Bedeutung abzuringen.

Danksagung

Ich schulde Barbara Jones unermesslichen Dank, weil sie die Sorte Lektorin ist, von der die Leute behaupten, es gäbe sie heutzutage nicht mehr; dieses Buch hat ihrem Scharfsinn und ihrem erzählerischen Tiefblick viel zu verdanken. Außerdem möchte ich mich bei allen hinter den Kulissen bei Henry Holt bedanken, insbesondere bei Lucy Kim und bei Stella Tan. Mein tiefempfundener Dank gilt ferner Kimberley Witherspoon von Inkwell Management, weil sie dies alles möglich gemacht hat; Monika Woods, die eine großartige Leserin ist und mich unermüdlich unterstützt hat; und Alexis Hurley, die dafür gesorgt hat, dass der Roman auch in anderen Ländern Leser findet. Ich danke dem Vermont Studio Center für das Stipendium, das es mir erlaubte, das Buch in wunderschöner Umgebung und inspirierender Gesellschaft fertigzustellen.

Worte reichen nicht aus, um Gina Barreca zu danken – Freundin, Mentorin, Leserin und gute Fee. Ihre Großzügigkeit ist grenzenlos, ihr Einfluss unermesslich. Alison Umminger war mir von Anfang an eine wohlwollende, aufmerksame sowie wunderbar scharfsichtige Leserin und allerbeste Freundin. Auch andere brillante Freunde haben mir – aus Leser- wie aus Autorensicht – wertvolle Hilfe geleistet: Aaron Bremyer und Dionne Irving Bremyer, Greg Fraser, Chad und Gwen Davidson, Meg Pearson. Die Englischfakultät an der University of West Georgia hat mich die ganze Zeit über auf beeindruckende Weise unterstützt, und das, obwohl ich als Dozentin für viktorianische Literatur eingestellt worden war. Meine Liebe und unendliche Dankbarkeit gehören meiner Familie, meinen eifrigsten Unterstützern: Homer Mitchell, Wendy Mitchell Starkweather, Homer David Mitchell und Kim Marie. Dank geht auch an meine Unterstützer auf der Masters-Seite der Familie, die Karnopps, Noyeses und Lymans eingeschlossen.

Zu guter Letzt: Mehr als nur ein Dankeschön an Josh Masters, den glühendsten Fan dieses Romans. Dafür, dass er sich mit mir in diese fremde Welt begeben hat; dass er mich an seiner (vollkommenen) Vision hat teilhaben lassen; dass er die vielen herrenlosen Kreaturen gefüttert hat; dass er mit mir in ferne Länder gereist ist … für die beste Art von Liebe.